U0526866

难以攀登的美

刘上洋/著

江西人民出版社

序

这是我的又一本散文集。

这本集子，收录了我自2011年以来创作的散文36篇。从时间跨度来说，前后经历了10余年之久。

相比于其他作家，我的创作速度很慢。这首先是因为自己缺乏那种下笔如有神的才思，同时也与自己对散文的认识有关。我认为，散文作为一种美文，无论叙事、议论还是抒情，必须给人以美感，或意境美，或思想美，或雄放美，或婉约美，或深邃美，或通俗美，或悲壮美，或哀伤美，或孤寂美。而这种美又不是轻易能够达到的。这就好比登山，一路上，要爬陡坡，过深谷，闯激流，攀悬崖，经过数不清的艰难曲折，甚至多次失败，才能到达山顶，才能饱览四面江山来眼底的美丽景色，才能体验登山所带来的愉悦和痛苦。要创作一篇优秀的散文，也必须在崎岖陡险的路上艰苦登攀，如果眼光不高，意志不坚，勇气不够，笔力不济，就不能到达美的高峰，展现美的风采。这样的散文，也就不可能充溢时代的气息，跳动生命的脉搏，揭示人性的本质，具有内在的思想和灵魂，当然也就没有长久的生命力。正因为散文之美如此难以达到，所以我把这本散文集命名为《难以攀登的美》，用以记录我散文创作的心路历程。

这些年，我相继去过许多地方，祖国的壮丽山河，多彩名胜，不仅让我深感骄傲和自豪，也强烈地震撼着我的心灵，引起我的无限遐思。2012年，我到了云南省丽江市的石鼓镇，看见从青藏高原奔流而下的长江在这里拐了一个大弯，由一路向南突然掉头向东，朝着浩瀚的东海奔去。于是我写了《万里长江第一湾》，描绘了这石破天惊第一湾的自然风光，描绘了第一湾弯出的中华民族独一无二的自然景观和灿烂文明，并由此联想到历史和人文的拐弯，往往会改变社会和人生的走向，从而赋予了拐弯以深刻的思想内涵。2018年，我到了西沙，写了《波涌浪卷西沙情》，面对浩瀚碧蓝的南海，面对充满诗情画意的绿树银滩，面对从天边滚滚而来的滔天巨浪，我不由得想起人民解放军守卫祖国南海的伟岸形象，想起历代中国渔民开辟祖国海疆的壮烈情景，从而使自己的精神也得到了升华。可以说，祖国的大好河山是散文创作的永恒主题。我十分喜爱以这种用笔行走的方式，来表达我对祖国河山的崇高敬意，当然也体现了我对祖国河山诗意般的情怀和眷恋。

江西地处长江南岸，文化历史底蕴深厚，乃"文章节义之邦，真儒过化之地"。在这块土地上，有着太多的孕育，有着太多的创造，有着太多的传奇，有着太多的荣光。作为一名江西老表的我，应当尽力为这块丰饶美丽的土地而书写。但是，如何使自己的散文写出新意，写得让人读后留下印象，是我一直思考并认真解决的问题。为此，我在这方面做了一些积极的努力。一是在题材上，着眼于填补空白，写人所未写。《万寿宫：江右商帮的精神殿堂》一文，不仅第一次描写了万寿宫文化对江右商帮的影响，而且最先指出了江右商帮没有产生在全国有影响的巨商富贾，是因为经商的主要方向是人烟稀少、生产力十分落后的西南，而不是像徽商那样把经济发达、民众富庶的东部作为生意的主战场。二是对一些历史名称提出全新的看法，把颠倒的是非颠倒过来。"抚州蛤蟆头"长期以来被视作对江西抚州人的贬称，我通过考证，认为这个称呼是褒义，于是写了《点赞"抚州蛤蟆头"》，为抚州人正了名。三是对一些人们熟知的事物进一步挖掘其新的内涵。陈列在井冈山革命博物馆里"朱德的扁担"，以前我们认为它是红军官兵不怕艰苦、勇于胜利的象征。而在《扁担颂》中，我不仅认为中国革命的胜利是扁担挑出来的，而且人类的文明也是扁担挑出来的。扁担就是担当，扁担就是力量，扁担就是使命，扁担就是奉献。人类过去离不开扁担，将来也离不开扁担，特别是在长期实践中形成并潜移默化在人们心中的"扁担精神"是永远不会过时的，将会永远放射出灿烂的光芒。四是通过描写一个家族、一座建筑、一条驿道的盛衰变化，来反映历史的变迁。如《天下第一家——义门陈轶事》《一座围屋的回响》《梅关古驿道》等。历史是一面镜子，能够映照现实，也能够映照未来。一方面能够使我们重温历史，不忘历史，同时也能够使我们从历史中吸取经验教训，吸取智慧力量，在未来的道路上更好地前行。

在本集子中，有一部分是写西藏的散文。2013年7月，我随同甘肃原省委书记陆浩等同志到西藏调研和督导。短短的半年时间，我们跑遍了全藏的六个地市。在雅鲁藏布江畔，在喀喇昆仑山麓，在羊卓雍湖边，在羌塘大草原，在林芝的山林里，我们曾数次到牧民家中与他们共饮酥油茶，共叙民族情，共话脱贫致富经，共商改革发展计。我们还四次翻越喜马拉雅山，到了我国邻近尼泊尔的边境城市樟木、中印边境的亚东县、中国对印度自卫反击战前线指挥部所在地错那县麻玛乡勒布沟、全国最后一个通公路的县墨脱县。雪域高原的壮丽风光，具有浓郁特色的藏族建筑，淳朴热情的藏族同胞，还有那神山、圣湖，每一刻都在我的眼前亲切地晃动，都在我心中激荡起滚滚滔滔的波浪。于是，我情不自禁地拿起手中的笔，撰写了《永远的布达拉宫》《遥望珠穆朗玛峰》《飘过国界的哈达》等八篇散文，以文学的笔触反映西藏的自然景观、历史风情和解放后发生的巨大变化。

　　由于经济的发展和科技的进步，人类的生产和生活条件得到了极大的改善，社会的发展得到了极大的进步。但同时也带来了环境恶化、污染加剧、气候反常、灾害频发等诸多问题，对人类的生存和发展构成了严重威胁。这些问题，常常会引起我的思考，因而每到一地，我都会予以了解和关注，并用文字予以表达。在迪拜，我看到在一片最不适合人类生产生活的沙漠上，居然通过在建筑、旅游等方面打造出无数个"世界第一"，成了一个全球性的特大城市，为此我深感忧虑，写下了《迪拜的恐惧》。在赞比亚，我看到世界三大瀑布之一的维多利亚大瀑布因久旱无雨而失去了昔日那种奔腾咆哮而下的壮观时，不由得感慨万分，写下了《干渴的大瀑布》。在墨西哥和埃塞俄比亚，我目睹了玛雅文明和埃塞文明消亡后留下的遗迹，心情十分沉重，写下了《坎昆之殇》和《从高峰跌落的文明》。在国内，有的地方为了发展旅游，占用良田种植油菜花，甚至搞什么"观光农业"，我看了觉得很不是滋味，于是写下了《油菜花咏叹调》，发出了"油菜花要种，但不能仅仅为了好看"的呐喊。2022年，鄱阳湖出现了有水文记录以来的历史最低水位，裸露的湖滩几成沙漠，干涸的湖底成了草原，有些人却像发现了"新大陆"，纷纷前往观光游览。我对此感到非常焦虑，不由深长思之，于是写下了《落星墩·鄱阳湖》。总之，对于生态环境这样关系到人类前途和命运的大事，我认为文学特别是散文不能缺席，应该用文学来唤醒人们的环保意识，以保护好地球这个人类赖以生存的共同家园。

大凡上了一定年纪的人，都喜欢回忆过去。这是因为回忆不仅仅是对以往的一种眷恋、一种怀想，同时也是一种总结、一种镜鉴。无论何人，在经过岁月沉淀之后，来回望自己所走过的路，往往有一种特别的感受，对于我这个出生在乡村的人来说更是如此。所以，我写下了一组反映童年和青少年时代的散文，以感谢这片土地对我深厚博大的养育之恩。

当今时代，是互联互通的网络时代，人们的思维方式和阅读方式发生了深刻变化，对文学创作无疑也产生了深刻影响。我有一个强烈的感觉，就是散文越来越难写。由于人们文化水平的普遍提高，特别是写作能力的长足进步；又由于网络即时、即地、互动、快捷、无界、海量的特点，大大降低了文学的门槛，人们写了文章就可即时上传至网络。如今，几乎每一个人都是作家，每一个公众号、每一个微信群、每一个朋友圈，都是一本杂志。可以说每时每刻发表在网上的散文无以数计，而且题材五花八门，写法多种多样。有些体裁、内容和写法甚至大大突破了人们的想象，是以往散文从未有过的。特别是随着人们的鉴赏水平越来越高，一个作者要写好一篇散文并引起社会的关注，可说是比登天还难。在这种情势下，我深感自己散文创作步履蹒跚，存在许多明显的差距，特别是同一些优秀散文相比，还存在诸多不足。但不足就是动力，差距就是方向。我一定继续努力，不断耕耘，力争使自己跟上时代发展的步伐，力争把自己的散文写得稍好一些，不辜负广大读者的希望，不辜负中国特色社会主义新时代文学工作者的使命。

Contents ·目录·

第一辑

万里长江第一湾	/002
波涌浪卷西沙情	/009
江西第一树	/018
油菜花咏叹调	/026
落星墩·鄱阳湖	/032
贵州传奇	/040

第二辑

扁担颂	/050
长征第一渡	/058
万寿宫：江右商帮的精神殿堂	/061
天下第一家——义门陈轶事	/087
一座围屋的回响	/108
点赞"抚州蛤蟆头"	/119

梅关古驿道　　　　　　　　　　　/126

鹅湖之辩　　　　　　　　　　　　/144

第三辑

永远的布达拉宫　　　　　　　　　/156

遥望珠穆朗玛峰　　　　　　　　　/171

难以攀登的美　　　　　　　　　　/178

没有一棵树的城市　　　　　　　　/183

阿里红柳　　　　　　　　　　　　/188

飘过国界的哈达　　　　　　　　　/193

神奇勒布沟　　　　　　　　　　　/198

墨脱公路　　　　　　　　　　　　/208

第四辑

枫树的色彩　　　　　　　　　　　/214

古巴，那些我没有想到的　　　　　/222

坎昆之殇　　　　　　　　　　　　/231

从高峰跌落的文明　　　　　　　　　/239

干渴的大瀑布　　　　　　　　　　　/249

活着的废墟　　　　　　　　　　　　/254

迪拜的恐惧　　　　　　　　　　　　/260

第五辑

拾取娃声一串　　　　　　　　　　　/270

米粉的力量　　　　　　　　　　　　/308

冬修水库　　　　　　　　　　　　　/313

初学"爬格子"　　　　　　　　　　/318

试种"三季稻"　　　　　　　　　　/322

吃派饭　　　　　　　　　　　　　　/325

大学梦圆　　　　　　　　　　　　　/330

后　记　　　　　　　　　　　　　　/335

第一辑

> 世界上是没有直路可走的，一味直行既单调乏味也是走不了多远的。长江因为不断拐弯才显得美丽迷人，才能通向万里之遥的海洋；同样，人生也因为不断拐弯才显得丰富多彩，才能到达理想的彼岸。

万里长江第一湾

一

在云南丽江的崇山峻岭中，有一道十分壮美的景观，这就是万里长江第一湾。

大自然的鬼斧神工就是这样奇妙无比。从世界屋脊青藏高原奔腾南下的怒江、澜沧江和长江上游段金沙江，在巍峨绵延的横断山脉里并肩穿流，形成了世所罕见的"川"字形三江并流大观。然而，就在人们认为这三条巨龙会继续以不可阻挡之势齐头向南奔腾的时候，长江却在丽江境内突然掉头绕了一个180度的大弯，毅然地向北飘然而去，然后又折向东方，浩浩荡荡地奔向太阳升起的地方。

这是一次果断的抉择。

这是一次伟大的转折。

在人们的想象中，凡是转折处都是关键处，一定是非同寻常的，一定是惊心动魄的。但在万里长江第一湾畔，你看到的却是另一番景象。这里没有涛声澎湃，没有巨浪翻滚，没有那种令人胆战心寒的险恶。只见平缓的江流绕着大山在天地之间画出了一个巨大而漂亮的弧形，而且是那样的悠然平静，那样的从容镇定，那样的不动声色。一次决定方向和命运的大转折就这样在波澜不惊中静悄悄地完成了。

也许是亿万年来江水携带大量泥沙冲积的结果，在长江第一湾处形成了一片不大的开阔地。沿着逶迤的江岸，生长着如同飘带一般的茂密柳林，那随风微微摇曳的绿丝条，不仅把江湾打扮得婀娜多姿，而且把江水染得翠似碧玉。柳林外面，是一片平畴沃野，那弯弯曲曲的田埂，不经意地画出了一幅幅太极图。四周群山耸立，峰峦竞秀，那莽莽苍苍的气势，与壮阔的江流交相辉映，使妩媚秀丽的第一湾又平添了许多的雄伟和阳刚。

在第一湾的青山绿水间，藏着一个古老的纳西族小镇。由于虎是纳西族人崇拜的图腾，所以他们最初便把这个小镇叫作"虎族之花"。明代嘉靖年间，当时的土司木高为了纪念其两次征战所取得的胜利，用白色大理石打造了一面直径为1.5米、厚度为0.5米的石鼓，并将其竖立在一座亭子里。从此以后，这个小镇也就改名为石鼓，且一直沿用至今。据传说，这面石鼓非常神奇，它能像镜子一样观照人间的吉凶福祸。每当天下要出现大动荡或降临大灾难时，鼓面上便会裂开一条细缝。而当天下太平或国家昌盛时，鼓面上的裂缝又会悄悄弥合。把一面石鼓变为能预测社会兴衰治乱的神物，这不仅反映了纳西族人天人合一的丰富想象，而且给万里长江第一湾披上了一层更加神秘的色彩。

由于江流平缓和地势开阔，长江第一湾历来就是著名的交通要津和兵家必争之地。据说这里的点将台为诸葛亮当年征战泸水时所筑，这里的石门关为隋朝大将史万岁进军云南时所开。元明两代也都在此设立巡检司。同时，这里还是古代南方丝绸之路和茶马古道上的重要驿站，那古老的街巷似乎还晃动着商贾们忙碌来往的身影。然而，由于受到种种因素的制约，在过去很长很长的岁月里，人们并不知道这个繁华要地就是扭转长江流向的第一湾。直到1946年春节，有一个名叫范义田的当地学者，在自家的大门上贴出了"山连云岭几千叠，家在长江第一湾"的对联。此后随着这副充满诗情画意和豪迈激情的绝对，"万里长江第一湾"这个气壮山河的名字便逐渐传扬开来，并震响在辽阔的神州大地上。

谁说景美不怕山林深？如果没有人去发现和推荐，万里长江第一湾恐怕至今都藏在深闺无人识了。何况万里长江万道弯，要发现其中具有决定性意义的第一湾就更非易事了。

所以，并非所有的"第一"都可自然扬名并著称于世的。

二

江湾悠悠，江湾长长。

面对滔滔的江水，我的思绪也滔滔不绝。一条雄浑苍莽、桀骜不驯的大江，为什么会在这里悄悄地转个大弯呢？是浩瀚东海的吸引？是对另一方天地的向往？还是想轰轰烈烈地独树一帜？这或许是一个永恒的秘密。但有一点可以肯定,中华民族那一个美丽的江南,那一片耀眼的辉煌,都是长江第一湾"弯"出来的。

岂不是吗？正是长江第一湾，弯出了举世惊羡的壮丽风光。因为有了这次毅然决然的转身，才有了长江那滚滚东去、一泻万里的磅礴气势，才有了长江在玉龙雪山和哈巴雪山之间陡峭逼仄峡谷里奔腾咆哮所形成的"万仞绝壁万马奔，一线天盖一线江"的虎跳峡旷世奇观，才有了"青山巍巍神女秀，激流险滩恶浪涌"的世界绝景长江三峡，才有了"乱石穿空，惊涛拍岸，卷起千堆雪"的壮观赤壁，才有了长江与鄱阳湖在石钟山相汇相拥、水天一色的浩渺图景，才有了广袤无际、绵延千余公里的大平原，才有了长江入海口那浮在万顷碧波之上的绿色翡翠崇明岛。不仅如此，沿江两岸那雄伟的峨嵋、那险峻的巴山、那美丽的匡庐、那奇秀的黄山，以及那大大小小的山山水水，都为我们描绘了一幅幅多姿多彩的画卷。倘若没有长江第一湾，中华大地就会少了许多自然美景，中华大地的颜色也就不可能如此奇绝瑰丽。

长江第一湾，还弯出了中华民族悠久灿烂的文明。可以说，长江有多久，中华民族的历史就有多久；长江有多长，中华文明的源头就有多长。正是伴着长江第一湾东流的涛声，中华文明才逐渐汇成了一条波澜壮阔的历史长河。沿着这条长河，我们可以寻觅到几百万年前远古祖先在森林洞穴中茹毛饮血的生存情景，可以寻觅到原始社会我们祖先以石制器、以土制陶的艰辛创造。特别是进入殷商以后，我们可以看到滚滚江水辉映青铜器火焰所发出的耀眼光芒，可以看到一座座城市像珍珠般在沿江兴起闪亮，可以看到岳阳楼、黄鹤楼、滕王阁等一座座楼台溢彩流光，可以看到乐山大佛、大足石刻、景德镇瓷器和苏州园林的巧夺天工，可以看到川绣、湘绣、苏绣的绚丽多彩，可以看到两岸稻浪、棉海和江上帆影编织的繁华图案。而更为自豪的是，透过长江奔涌跳跃的浪花，我们可以听到屈原发出的深情呐喊，可以听到李白、杜甫、苏东坡等一代代文豪的不朽吟唱，可以听到朱熹、王阳明等哲人的内心独白，可以听到采茶戏、黄梅戏、昆剧、评弹等优美的曲调，可以听到现代中国屹立于世界民族之林的最强音。河流是人类文明的摇篮，文明要靠河流来孕育和滋养。所以，万里长江第一湾，不仅是开启和浇灌长江流域文明的第一湾，也是源远流长的中华文明第一湾。

由此可见，万里长江第一湾，是地球母亲对中华民族的一种特殊厚爱，是茫茫上苍对中华民族的一种特别恩赐。于是，我心里不由得暗暗庆幸。假如长江不在这里果断转弯，而是和其他两条江一齐向南奔去，那在中华大地上不仅会少了一条世界第三大河流，而且中华民族的历史文明也会重新改写。或许是由于这个拐弯过于重大和深远，因而江水在这里也就显得特别的悠缓和沉静。因为长江和人类一样都是有灵性的，在做出任何一个转折性的重大抉择时，不仅需要非凡的勇气，更需要高超的智慧。

万里长江第一湾，大自然深谋远虑的杰作。

三

在长江第一湾畔，矗立着一座雄伟的红军长征渡江纪念碑。1936年4月25日，由贺龙、任弼时等率领的红二军团和红六军团的18000多名红军就是在这里渡江北上，奔赴抗日前线的。据说，当时的江面上，小船穿梭，桨声哗哗，红旗飘舞，人喧马叫，场面非常壮观。事情至今虽然已经过去了70多年，但那古老的渡口却在依稀告诉人们当年发生在这里的那一幕威武雄壮的故事。

这时，我情不自禁地把目光投向滔滔而下的江流，继而又向东望去。在离长江第一湾下游不远的东边邻省贵州，有一座小城遵义，当年中国革命的洪流也在那里发生了一个历史性的大转弯。由于党内"左"倾机会主义的错误，第五次反"围剿"失败，红军被迫撤出中央革命根据地进行战略转移，开始艰苦卓绝的长征。就在红军遭受惨重损失面临生死存亡的危急关头，我们党及时在遵义召开中央政治局扩大会议，确立了毛泽东同志的领导地位，从而挽救了红军、挽救了党。从此之后，红军犹如一支滚滚的铁流，强渡乌江，四渡赤水，飞夺大渡铁索，跨过雪山草地，攀越腊子天险，登上六盘高峰，曲折行程二万五千里，最终胜利地到达陕北。铁的事实证明，如果没有遵义会议这一历史性的大转折，我们党不可能取得长征的伟大胜利，更不可能取得抗日战争和解放战争的彻底胜利。正是遵义会议这一弯，弯出了中国革命的光明前景，弯出了一个光闪闪的新中国。

其实，只要我们放眼观看，不仅是历史长河的关键性拐弯会彻底改变社会发展的走向，会决定一个组织乃至一个国家的兴衰存亡，人生的长河也是这样，有时一个关键性的拐弯，会让一个人的前途和命运发生根本性的变化。刚刚还是山重水复，拐一个弯，忽然变得柳暗花明；刚刚还觉得前程迷茫，拐一个弯，忽然眼前呈现一片新的天地。就说大家所熟悉的郭沫若先生吧。这位出生在长江岸边的赤子，原来是学医的。也许是长江第一湾在冥冥之中感染了他，就在他郁闷彷徨的时候，毅然决定弃医从文。这一果敢的转身，使他成了一个著名的历史学家和文学家。由此看来，关键时刻的拐弯对人生是多么的重要。从一定意义上来说，拐弯就是选择，就是机遇，就是在开始另一种人生方式，就是在发现另一种人生风景，就是在进入另一种人生境界，就是在创造另一种人生辉煌。

但是，在我们的现实生活中，有些人不喜欢拐弯，害怕拐弯，他们喜欢走直路，喜欢直达目标。然而实践告诉我们，世界上是没有直路可走的，一味直行既单调乏味也是走不了多远的。长江因为不断拐弯才显得美丽迷人，才能通向万里之遥的海洋；同样，人生也因为不断拐弯才显得丰富多彩，才能到达理想的彼岸。正所谓弯道悠长，直行难远。所以弯路才是自然界和人类社会的正道。弯是一种常态，一种品格，一种胆略，一种眼光，一种坚韧，一种力量，一种被扭曲的壮美，一种最低调的崇高。

如今，万里长江第一湾已经成了一个重要的旅游热点，当地还在这里建造了一个高高的观景台。我想，这不仅是为了让人们登临其上以更好地饱览第一湾的壮丽山水，更重要的是让人们能够看得更深远一些，去感悟历史的律动和生命的真谛。

万里长江第一湾，伟大的天地之湾，深邃的人文之湾！

2012 年 10 月

这唯一的蓝却显出一种特殊的美,这是一种无边无际的美,是一种一尘不染的美。天地的博大、简约和本真在这里得到了完美的统一,这也是美的最高境界。

波涌浪卷西沙情

一

向往西沙,是从一首歌开始的。那是很多年以前,在电影《南海风云》中听到这首优美动人的插曲时,我心里便萌生了一个强烈的念头,一定要找个机会到西沙去看一看。

或许是因为愿望越是迫切反而越不容易实现,多少年过去了,西沙只能常常依稀出现在我的梦境里,看来这辈子西沙是去不成了。然而,就在我觉得无望之时,今年年初,一个偶然的机会降临了,我和几位朋友登上了前往西沙的航程。原以为不可能的事突然之间变成了现实,我想这大概就是生活的魔力所在吧!

据友人介绍，西沙最美丽的地方是石岛，而且就在三沙市首府永兴岛的旁边，并有新修的海堤相连。于是，我们一下飞机，就直奔石岛而去。这是一个面积只有0.08平方公里、海拔15.9米的小岛，由于兀立在茫茫的大海之上，显得峻峭雄伟。在岛的前头，立有一块一人多高的花岗岩石碑，鲜红的中国国徽下，一幅蓝色中国地图庄严耀眼，左边竖写的"中国西沙石岛"几个大字苍劲有力。站在这里，举目远望，无边的蓝色奔涌而来，先是淡蓝、浅蓝，继而是翠蓝、深蓝，渐渐又变成褐蓝、墨蓝，一直延续至极远处，和天空的蔚蓝融为一体。这时海天之间，除了蓝色还是蓝色，显得无比澄澈和空旷。不像陆地有高山、江湖、草原、森林，有城市、村庄、田野、花园，而这里，只有唯一的蓝色。然而，比起陆地的五彩缤纷来，这唯一的蓝却显出一种特殊的美，这是一种无边无际的美，是一种一尘不染的美。天地的博大、简约和本真在这里得到了完美的统一，这也是美的最高境界。

小岛的东南面是著名的老龙头。这是整个西沙群岛的制高点。一块长条形巨石，嶙峋交错，昂然而立，犹如一条巨龙腾跃在大海之上。风任性地刮着，汹涌的巨浪像狂舞的白练从海面奔来，随即化作滚滚的浪墙撞向礁石，激起一堆堆晶莹的雪花。但前一排浪墙还未消散，后一排浪墙又撞了上来，在礁石上又碎成一片水花腾空而起。就这样，一道浪墙追着一道浪墙，一道浪墙压着一道浪墙，奔腾怒吼，吞云吐雾，好像要把整个大海掀翻似的，场面惊险壮观极了。

在老龙头峭壁上，刻有"祖国万岁"四个鲜艳夺目的大字。这是一名曾在西沙当兵的战士的作品。据说他当年在石岛上站岗时，凝望着祖国的万里海疆，胸中总会荡起一股豪情，于是一个美好的构想在他心中酝酿开了。有一天，他找来钻子、凿子和锤子，让四个战友先把绳子的一头固定在礁顶上，再用绳子的另一头拴住他的腰把他往下吊到峭壁上。他用粉笔先在峭壁上勾勒出字的雏形，接着一点一点凿刻起来，最后又在凿好的字体上涂上红漆。这样，一幅"祖国万岁"的摩崖石刻在祖国的最南端诞生了，并以其特有的风采，屹立在西沙海域的滔滔碧波之中。

在我国大陆，可以说摩崖石刻遍布名山大川，但那大多是帝王将相的风流显摆，是文人骚客的闲情卖弄，是才子佳人的低吟浅唱。但老龙头的这幅摩崖石刻，却是一个普通海防战士从心底发出的捍卫祖国领土主权的铿锵誓言。他刻下的是对伟大祖国的深深爱恋，是保卫祖国领土神圣不可侵犯的坚强决心。无论是其所处的位置和所蕴含的意义，都是许许多多的摩崖石刻无法比拟的。

此时，我的眼睛忽地一亮，大海波涛辉映着红色的石刻，这不就是一幅绝妙而壮美的"碧海丹心"图吗？

二

永兴岛是我们此行的第二站。这个面积只有 2.6 平方公里的岛屿，如今是我国最年轻城市三沙市的政治经济文化中心，处处焕发着蓬勃的生机和活力。如果说石岛是一部原始风光"短视频"，那么永兴岛就是一部流淌着时代气息的"现代片"。

走在小岛上，浓浓的绿色扑面而来。葱郁的树木、繁茂的灌木、茵茵的草地和怒放的鲜花，把小岛打扮得绿意盎然，香飘四溢，简直就是一座美丽的花园。透过婆娑的树影，可以看到宽阔的机场、湛蓝的港口、崭新的船舶和高高的灯塔。成片的树荫掩映着道路、街道和楼房，遮住了炎热，洒下了清凉。在参观了陈列着海龟、鲨鱼、砗磲等珍贵动物标本的西沙海洋博物馆后，我们来到了北京路。这条路虽然长度不到 500 米，但让我们感到格外亲切。整条街道非常整洁和漂亮，两旁有图书馆、学校、电影院、气象站、邮局、银行、书店、宾馆、百货商场、食品店、咖啡馆、餐饮店等。有的还开起了网店，我们看到店主在网上把西沙的金枪鱼、马鲛鱼和石斑鱼等热带海产品销往全国各地。三沙市政府大楼位于北京路1号，白色的三层建筑前面是绿色的草坪，正中有一方形旗台。每天清晨，鲜艳的五星红旗和海上的红日一起徐徐升起，成了永兴岛的一大景观。

尤其使人欣喜的是，岛上还生长着一片"将军林"。1982年，时任中国人民解放军总参谋长的杨得志上将视察西沙时在这里种下了第一棵树。从此以后，凡是来岛的部队和地方领导都会自觉地在这里种树造林。久而久之，就逐渐形成了现在这片蔚为壮观的人工树林。大概是要人们记住植树绿化的功劳，每棵树前都立着种树者名字的小牌子。伫立林前，只见那高大的椰子树，那伟岸的抗风桐，那挺拔的木麻黄，那茂盛的小叶榕，就像一个个身穿绿色军装昂首站立的军人，为小岛撑起了一片硕大的绿荫。因为树茂花繁，生态良好，小岛成了鸟儿的天堂，它们成群地在树林里自由自在地飞翔。以至为了确保飞行的安全，每每飞机起降，都要放炮驱赶成群的鸟儿。

在我们的印象中，整个西沙群岛是没有泥土和淡水的，只有甘泉岛上有一口淡水井。那永兴岛种树的泥土和淡水是怎样来的呢？原来，这都是守岛的解放军官兵和渔民们从遥远的陆地上运来的。每个人只要是从陆地上回来，哪怕少带些其他的物品，也要多带上些泥土，这样可以多栽几棵树。就是靠着这种"蚂蚁啃骨头"的精神，军民们几十年如一日，硬是在一个布满礁石的岛上铺上了一层厚厚的泥土。与此同时，为了解决种树和没有淡水的问题，岛上还设立了一个特殊兵种——雨水收集兵。他们唯一的使命就是收集雨水。别的人都喜欢风和日丽，而他们却盼望天天下雨，而且雨下得越大他们越高兴。每当风雨来临，他们不顾电闪雷鸣，忙前忙后，把收集雨水变成了一场场特殊的战斗。直到岛上的海水淡化厂建成投产以后,他们才卸下了肩上的担子,雨水收集兵也就成为历史,永远留在了海岛人们的记忆里。

我们常常把在沙漠里人工建立起来的"绿洲"称为人间奇迹,其实,在远离大陆千里之外没有泥土和淡水的海岛上植树造林,要比在沙漠中植树造林艰难得多。由此看来,解放军官兵和渔民们把永兴岛变成了"海上绿洲",可以说是创造了奇迹中的奇迹了。

三

七连屿,是永兴岛东北部20多公里海上的一串小岛。从飞机上俯瞰,这串小岛就像一头头巨鲸,列队游弋在海面上。我们到了其中最大的赵述岛。

波浪滔滔的大海,舟楫就是唯一的桥梁。我们是坐着冲锋舟去的。登舟之前,看着要坐这么一条只有10来米长、1米多宽的小艇在海上航行,心里有些害怕,但恐惧有时也是一种诱惑。随着马达声响起,冲锋舟如箭一般地离开码头奔向大海,后面顿时飞溅起一条长长的汹涌的浪的尾巴,那感觉真是刺激极了。但没过多久,冲锋舟的速度越来越快,海上的风浪也越来越大,冲锋舟不仅摇晃得更加厉害,而且还大落差地跳跃着。一会儿"唰"地冲上尖尖的浪峰,一会儿又"啪"地摔下深深的波谷;我们也一会儿被高高的浪头吞没,一会儿又从汹涌的浪涛中钻了出来。这情景,简直就是在海上冲浪啊!大概是从来没有经历过这样的惊险,有几个人被吓得发出一声声尖叫,生怕冲锋舟翻到大海里去。就这样在大风大浪中经过了魂飞魄散的半个小时,冲锋舟终于停靠在了赵述岛的岸边,我们也长长地舒了一口气。

没想到赵述岛环境这样幽静。这里没有喧嚣,有的只是海风轻轻地吹,海浪轻轻地摇；这里没有污浊，有的只是朗朗的阳光和甜甜的空气；这里没有绚丽，有的只是那条绿绿的环岛路和弯成了月牙般的海滩。当然，最庄严的是岛中间的中国领海基点方位碑，这是我国岛屿具体位置的标识，也是我国国家主权的象征。后面是一座高耸的风力发电塔，旁边不远有两栋别致的小屋，是用珊瑚做的，里面墙上挂着赵述岛的历史图片，玻璃柜里摆着从岛上出土的中国古瓷等碎片，还有介绍近几年岛上建设成果的照片和文字。虽然物件不多，但也算是一个简单的展示馆。

  在岛上，我们还看见了好几栋小洋楼，那是政府为渔民新建的住房。西沙和南海的渔民，绝大部分都来自海南岛琼海市潭门镇。从很早的古代开始，他们就祖祖辈辈在南海以捕鱼为生。在我们陆地居民眼里，大海是美丽和浪漫的代名词。但对于渔民来说，却是艰苦、恐怖甚至死亡的同义语。可以想见，在科技不发达没有机动船的古代，渔民们长年累月在海上捕捞作业，不仅要克服淡水和蔬菜缺乏的困难，要忍受炎热、孤独乃至病痛的煎熬，而且要战胜各种风浪，特别是台风暴雨的袭击，稍不留神，就有可能被茫茫的大海吞没。唯一可以安身立命的就是大海的岛礁和小小的帆船。所以，为了应对各种不测，渔民们用经验、汗水、心血和生命写下了一本《更路簿》。这其实是一本航海图，里面详细地记录了西沙和南海每个岛礁的具体位置、形状特征和航行路线。有了它，渔民们才得以乘风扬帆，冲破惊涛骇浪，把中国人民生产生活的身影不断地镌刻在西沙和南海的岛礁上。也正是在这本航海图的导引下，郑和七下西洋，开辟了海上丝绸之路，为中华文明和亚非欧文明架起了交流和友谊的桥梁。

  几千年中国版图形成的历史，是生活在这块土地上的各个民族不断融合的历史，也是中华各族人民披荆斩棘不断拓荒的历史。但由于长期重陆地轻海洋的思想观念影响，加上国力所不及，我们对海洋这块"蓝色国土"重视不够，因而在中国版图形成这本厚厚的史册上,镌刻的都是秦始皇、汉武帝、唐太宗、成吉思汗、努尔哈赤等如雷贯耳的名字,却唯独不见开发西沙、中沙和南沙群岛的历代渔民们。不能设想,如果没有历代中国渔民在三沙各个岛礁上生活并留下铁锅、瓷碗、铜钱等大量古代物品,南海诸岛也就不可能成为中国自古以来无可争辩的领土。所以,在中国版图形成的伟大史册上,应当郑重地写上"南海渔民"四个大字。

南海渔民,开拓中国"蓝色疆土"的无名英雄!

四

在永兴岛上,有一块"海军收复西沙群岛纪念碑",这是原国民政府海军军官张君然于1946年11月立的。旁边是一座日本人修建的三层炮楼。其作为日本侵略中国西沙的铁证,一直完整无损地保留了下来。

1931年日本帝国主义悍然发动"九一八"事变,随后又侵占了中国大片领土,南海诸岛也未能幸免。在中华民族面临生死存亡的危急关头,中国人民奋勇反抗日本侵略者,并于1945年取得了抗日战争的伟大胜利,西沙群岛也重新回到了中国人民的怀抱。但在1956年,南越西贡政权却派兵占领了西沙的珊瑚岛,1974年又占领了西沙的甘泉岛和金银岛,并打死打伤中国渔民多人,逼得中国不得不进行自卫反击。面对军舰总吨位和火炮最大口径占绝对优势的南越海军,我国海军运用机动灵活的战略战术,经过4个多小时的激战,取得了击沉敌舰1艘、重创3艘的战绩。第二天,又乘胜追击一举收复了被南越侵占的珊瑚、甘泉、金银三岛,用大无畏的英雄气概夺取了中国海军近代以来海上作战的首次大捷。

南越在西沙海战失败后不甘罢休，派出6艘军舰驶向西沙群岛，随后又派出2艘驱逐舰增援，摆出一副重新决战的架势。情势十分危急，三岛有可能得而复失。为此，中央果断决定调东海舰队3艘导弹护卫舰立即南下支援南海舰队。由于两岸关系紧张，原来大陆的海军舰艇从东海到南海都需绕道外海经过巴士海峡。这一次，由于时间非常紧迫，毛泽东主席亲自下令军舰直接由台湾海峡通过。潮声阵阵，夜色沉沉，没有灯火，没有船影，只有我方海军的3艘舰艇冲开黑暗，悄悄地在台湾海峡里向南航行。出乎意料的是，我军的舰艇没有受到国民党海军舰艇的干扰，于当晚便顺利驶过台湾海峡到达西沙。据有关资料披露，是蒋介石在接到报告后命令国民党海军舰艇驶离主航道撤到海峡东面海域的。在得知中国军舰赶来增援后，南越当局害怕了，做出了"应避免下一步同中国作战"的决定，随即将全部军舰撤回了。西沙海战最终以中国的完全胜利而结束。

历史就是这样让我们感慨和感动。毛泽东和蒋介石，一个是共产党的最高领导人，一个是国民党的最高领导人。这两位政治对手，虽然彼此交战几十年，一生势不两立，但在维护中国领土主权上却是心照不宣，默契合作。为什么会出现这样神圣的一幕？那就是流淌在两位领导人血管里的中华民族滚烫血液，使他们自觉超出党派、政见和信仰，始终坚持一个中国原则的民族大义。从他们这种对中华民族的大爱中，我们领悟到了中华民族能在几千年历史上即使多次遭到外敌入侵和内部分裂的情况下最终都能走向统一的根本原因。

近代以来，外国对中国的侵略，都是从海洋开始的。他们用军舰大炮轰开了中国的大门。在甲午海战中，清政府的海军被日本击败；在抗日战争中，国民党的海军同样又被日本打垮。但西沙一战，是新中国海军第一次参加海战，就打败了美国支持的南越海军，不仅极大地振奋了全国人民的精神，而且狠狠地打击和震慑了敌人,为我国后来解决南海问题奠定了重要基础。有了西沙之战,才有了我国对整个西沙群岛的控制,才有了南海长时期的和平与安宁,才有了今天我国在南沙群岛填海造岛的壮举。由此可见,和平有时要靠战争来获得。在一定条件下,战争是最好的和平盾牌。当然我们不希望有战争。但一旦敌人来犯,我们就毫不犹豫地与之战斗,用战争的胜利为和平筑起一道钢铁般的长城。

但是,战争要靠实力来说话,没有实力,战争也就不可能成为和平的盾牌。由此我想到在我们到达西沙的前几天,发生了一起非常严重的事件。美国海军的"麦克坎贝尔"号军舰擅自闯入我国西沙群岛的领海范围,虽然我国海军迅速派出军舰对其予以了警告性驱离,但毕竟给我国主权造成了威胁。风吼海啸,波翻浪急,南海在以自己的方式表达愤怒和抗议!美国之所以敢肆无忌惮地进行这种公然挑衅,除了其一贯奉行霸权主义和强盗逻辑外,同时也与我国的国防和经济实力不够强大有着直接的关系。所以,实力不强就要受欺负甚至挨打。战争必须要有实力做后盾。我们只有抓紧时间把自己的事情办好,让我国的综合实力和军事实力迅速强大起来,这样,我们才能以实力制止战争,以实力赢得战争,从而让战争永远远离西沙和南海诸岛,永远远离我们伟大的中华民族。

2019 年 2 月

江西老表和樟树，在十分漫长的岁月里，沐浴着同一片阳光雨露，经受着同一片冰雪风霜，已然有着高度的默契，已然有着共同的心性，已然融为了一体。江西老表的身上渗透着樟树的汁液，樟树的一枝一叶凝聚着江西老表的心血。樟树成了江西老表的化身，而江西老表又成了樟树的象征。

江西第一树

一

一次闲聊，有个朋友突然问我：什么树木是江西第一树？我几乎不假思索地回答说：樟树。

是的，樟树。在江西，没有哪种树可与樟树比肩。

不知是因为江西老表像樟树，还是樟树像江西老表，我心中始终有个感觉，冥冥之中，人和树是有某种神秘联系的，人与树是息息相通的，什么样的人群同什么样的树木而居，是有某种定数的，是天意的安排。在江西这块亚热带土地上，各种各样的树木无以数计，类似樟树这样的树木也不少，但江西老表却独独钟情于樟树。你看，从赣江两岸到鄱湖之滨，从千里武夷到巍巍罗霄，在村庄，在城镇，在山野，在地头，在水边，乃至在每一个角落每一个旮旯，都可以看见樟树的身影。它们或一棵独立，把蓝天揽在怀里；或几棵相互依偎，撑起一片绿荫；或几十棵上百棵簇拥在一起，蔚成遮天蔽日的绿色云彩；或整齐地排列在街道两旁，搭起一条条绿意沁人的时光隧道。作为自然界两种不同的生命，江西老表和樟树，在十分漫长的岁月里，沐浴着同一片阳光雨露，经受着同一片冰雪风霜，已然有着高度的默契，已然有着共同的心性，已然融为了一体。江西老表的身上渗透着樟树的汁液，樟树的一枝一叶凝聚着江西老表的心血。樟树成了江西老表的化身，而江西老表又成了樟树的象征。

不仅如此，江西的历史也与樟树密切相关。汉初在南昌设郡，因城南松阳门内有棵樟树，高七丈五尺、大二十五围，按今天的口径，就是高25米、胸围10米，繁茂高耸，垂荫数亩。由于"豫"有高大安裕的含义，樟即同章，樟木上有纹路，合为文章，所以就把所设之郡叫作豫章，意为文章昌盛之郡。正像有的古籍所说，因盛产香樟而得豫章之名。大概是由于樟树很多，江西的不少名称都与"章"有关。江西简称赣，贯穿全省南北的主要河流赣江，里面都有"章"，赣江的两大支流之一章江又称豫章水。至于以"樟树"命名的市镇乡村，也有好多个，尤以"药都"樟树闻名天下。所以人们说："若无樟，不成赣。"树缘、人缘、地缘这种高度的一致，绝不是偶然的巧合，而是大自然的神奇造化。

因此，樟树在江西老表的心中，任何时候都是至高无上的，是任何树木都无法代替的。也正因为如此，江西省把樟树定为省树，省会南昌市把樟树定为市树，可谓实至名归。

二

从古樟现存数量看，樟树也是当之无愧的"江西第一树"。

江西现有的树木种类繁杂，而樟树不仅数量多、分布广，古樟还特别多。全省古树名木有500多种，总计近13万棵，其中古樟有6万多棵，占了半壁江山。全省古樟林有300多处，胸围在9米以上的千年古樟群35处。这是多么巨大的古树宝库。

安福县有400年以上的古樟1万多棵，其中千年以上的古樟200多棵。该县严田乡严田村有棵樟树，树龄2000余年，树高35米、胸围13.9米，需要10个成人牵手才能合抱，平均冠幅39米，树形伟岸，浓荫蔽日，覆盖了将近3.6亩的面积。因其主干在5米处分为粗细大致相同的枝干，状如张开的五指，当地老表称其为"五爪樟"。几千年来，它就像一把时间的巨伞，撑起了岁月，撑起了星辰。

吉安县敖城镇有棵千年古樟，高28米，胸围10余米，树体挺拔，枝干纵横，在主干13米处生出多杆龙须似的分枝，有的仰天直立，有的俯地而行，母树的周围遍布子树36棵，占地约5亩，犹如热带的榕树一样，演绎了独木成林的罕世奇观。

泰和县江畔村有大大小小的樟树上万棵，其中最有名的迎客樟，胸径2米多，高30米，树龄1200多年，树干像挥展的双臂，好似在热情欢迎往来的客人。在该村的魁星塔旁，有一棵百年大樟树，分3—4个枝干，龙杆虬枝，斜伸横展，凹凸起伏，形如笔架，人们称为"笔架樟"。该县马市镇栖龙村有棵古樟酷似"心"形，每年七夕，一对对恋人纷至沓来，让这里成了网红打卡地。

婺源县浙源乡岭脚村有一棵古樟，300多年树龄，树径3米多，原来高达 40 多米，因遭雷击火烧，整个树身被斩断，现只剩下 10 多米高，树干几乎空透，仅剩两片树皮，但却依然葱郁葳蕤，让人叹为观止。

德兴市海口镇海口村有棵古樟，距今已有 1800 多年，树高 20 米，树冠 35 米，树围 23 米，需要 13 个人才能合抱。树的底部有个 10 多平方米的空洞，十几个人可以在里面打麻将，大革命时期还做过赤卫队的哨所。

九江市柴桑区涌泉乡东冲冯村有棵 500 多年的古樟，从主干 2 米处长出 10 根放射状枝干，被人们称为"十子树"。这棵古樟高 29.5 米，胸围 8.7 米，冠幅 35.6 米，树阴面积达 1000 平方米，匝地的清凉铺开了一片浓浓的福荫。

宜春市袁州区天台镇江东村有一棵古樟更为奇特，在一个树根上同时生长出 9 根主干，人们称其为"九兄弟樟"，除 1 根在 20 世纪 70 年代枯萎外，其余 8 根主干并肩挽臂，相依相偎，凌云吐烟，直插蓝天。

乐安县牛田镇有一片古樟树群，沿着乌江两岸绵延 10 里，面积约 70 公顷，有古樟 2907 棵，树龄都在数百年以上，最长的一棵超过千年。其中国家一级古树 288 株，二级古树 1536 株，三级古树 1056 株。有关专家认定这是全国规模最大的古樟群，将其称为"中国第一古樟林"。2016 年 5 月，古樟林入选上海大世界吉尼斯之最。

这些古樟，犹如穿越时空的精灵，阅尽世事沧桑，饱览人间风云。每一棵古樟，都是一颗"绿色化石"；每一棵古樟，都是一件"活的文物"。

樟树之所以有着如此长久蓬勃的生命力，关键在于其根系发达，地上的树枝长得有多高，主根深入地下就有多深；地上的树冠覆盖得有多宽，地下的旁根就伸得有多长。不少古樟的根好似长龙盘伸错展，忽而冲开厚厚的土层，钻入地下；忽而拱起巨石和建筑物，冲向地面，可谓力鼎千钧，威力无穷！因为有了深厚发达的根基，樟树才得以枝繁叶茂，屹立苍穹；才得以吸天地之灵气，采日月之精华，历经千年而依然郁郁葱葱，历经磨难而依然雄姿勃发。

加上樟与"张"同音，含有开张、张开之意。所有这些，正好符合人们期望健康长寿、兴旺发达、幸福吉祥、坚强向上的心理。所以江西老表把其作为"风水树"，作为"圣树"和"神树"，倍加爱护和保护。即使在1958年那样大量砍树大炼钢铁的时期，全省的古樟都安然无恙，没有人去毁坏和砍伐。

这也就是至今江西还能保存有那么多古樟的根本原因。

三

樟树之所以是"江西第一树"，还因为其有着第一流的品格。

樟树的奉献，是一种全方位的奉献。樟树全身是宝，它的干和枝，是上等的家具材料。樟木做成的箱子和橱子，美观精致，纹路缜密，结实耐用，不会变形，不生蛀虫，不生霉菌，香气袭人，历久弥新。年轻姑娘结婚时，若有樟木箱子做嫁妆，那本来就充满幸福的脸上会多添几分幸福。无论什么房子，只要在里面放上几根樟木条，满屋立即清香扑鼻，人顿时神清气爽。从樟木里提炼的樟脑丸，是天然的好药物。一件衣服放上一颗樟脑丸，不用担心化学污染，不用担心虫子噬咬。樟树的枝丫和叶子，不仅是烧火做饭的好燃料，而且是驱蚊的好材料。夏夜的乡村，蚊子特别多，人们用樟树枝叶烧起一堆火，那淡淡的青烟会把蚊子驱赶得无踪无影。樟树开出的花，细小而带绿黄，发出淡淡的清香，给人以温馨和享受。樟树结出的果子，像一粒粒黑色的珍珠，榨出的油可供人食用。20世纪60年代"三年困难时期"，因为食用油严重缺乏，我们村子的人就是靠樟油度过那段艰难岁月的。

樟树具有坚韧不拔的精神，一年四季始终保持一种蓬勃葱茏的形象。春天，狂风卷着暴雨，断裂了樟树的枝丫，但不久断裂的地方又长出了新枝。夏天，雷电将有些樟树拦腰劈断，或者将树身一劈两半，但它们忍受剧痛，顽强抗争，战胜死神，重新挺立，奇迹般地焕发出新的青春。秋天，万木凋零，落叶遍地，而樟树却在凛冽的霜天中傲然无惧，为人们铺开一片青翠。冬天，北风怒吼，天寒地冻，大雪把有些樟树的枝干压断，但它们毫无惧色，沉着坚定，用盈盈的绿意融化寒冬的严酷。每当换季的时候，樟树也是陈叶和新叶悄悄交替，几乎不为人所觉察，表现出一种谦逊淡然的操守。由于樟树终年常绿，不仅让人们时时感受春天的气息，感受空气的清新，而且让人们感受到大树底下好乘凉的惬意。特别是在烈日炎炎的时候，人们在树荫下喝茶、聊天、看书、娱乐，或是在紧张劳动之后，往树底下一坐，瞬间汗水全干，全身变得清凉。那种舒服，是无法用语言形容的。

　　或许因为樟树予人的好处太多，40多年前，樟树又被赋予新的使命，扮演了新的角色，成了城市的行道树。曾记得，在20世纪80年代，南昌市的阳明路和八一大道两旁，都是清一色的法国梧桐树。这种树，夏天浓荫遮天，密不透光。但一到秋冬，叶子全落，光枝秃丫，毫无生机。突然有一天，这些法国梧桐树不见了，取而代之的是一棵棵樟树。从此，南昌变得青翠欲滴，变得春意荡漾，没有了秋天，没有了冬天，人们一年到头都走在明媚的春天里，走在清新的绿荫里。

　　樟树，让春光在南昌流淌，让春色在南昌永驻。

四

　　改革开放以后，各地兴起了一股城市建设的热潮。不知是什么时候，移栽樟树成了一种流行和时髦。

在许多地方，人们为了绿化和美化城市，不惜动用大量的人力、物力和财力，种植各种各样的花草和树木，其中栽得最多的树木之一就是樟树。

按理，多栽樟树是好事，人民群众是欢迎的，但问题也随之出现了。

君不见，在有的城市新建的市民公园里，不知从哪里弄来的几棵古樟，栽在几处显眼的位置。它被切断主根，砍掉枝丫，只剩下一截主干和几根枝干，就像一个没有了脑袋和手脚的人，孤零零地立在那里。虽然不久古樟长出了新的枝叶，但总觉得不是滋味。也许有人会说，过不了几年，古樟就会长得很茂盛。但话好说树难长，古樟要恢复到原来的样子，恐怕需要经过相当长的时日。

有的城市在建设广场时，为了彰显历史的厚重，树立城市的形象，也弄来几棵古樟栽上。可能是因为赶时间，抢进度，要在某个时间节点完工，因而在最不适合栽树的盛夏季节栽树。烈日炎炎，火烧火燎，因为气温太高，古樟需要大量的水分才能成活。于是，有关人员便想出一个办法，给古樟"打吊针"，把几个配有养分的水袋挂在树上，用细管连通，再把针头插进树身，给其输水输液，那样子就像一个站在医院里输液的病人。一棵原本生机蓬勃的古樟，在烈日下被折腾得奄奄一息。也有的在严冬季节移来几棵古樟，不顾雨雪冰冻，强行栽下。因气温太低，冻坏树根，人们急忙弄来塑料布，几番包扎，给古樟穿上厚厚的"防寒保暖衣"，看上去真有些大煞风景。冬天和夏天，酷暑和寒风，人都躲在家里不敢出门，这些古樟能挺住吗？就是能挺住，能成活，但付出的代价也实在太大了。

前些时候，为了发展旅游，不少地方热衷于建设古镇。有的人生怕古镇不"古"，古镇不"老"，于是组织有关人员四处出击，搞来了不少樟树，其中不乏有些年纪的古樟，在古镇上栽成一片樟树林。但因为资金和管理技术跟不上，有些樟树不久就枯萎了。这种做法的初衷也许是好的，是出于对樟树的喜爱，但有时过分的喜爱往往会成为一种伤害。

其实，古樟的移栽，何止这些地方。在一些高档住宅小区里，在一些新建的豪华大楼前，在一些富家大户的私人花园里，都可以看到移栽的古樟身影。

俗话说，一方水土养一方人。作为有生命的树木，何尝不是如此。一棵古樟，在一个地方生长了几十年几百年甚至上千年，已经习惯了当地的气候和环境，习惯了当地的水质和土壤。可如今却突然换个新的地方和环境，它会觉得非常不适应，就会"水土不服"。有些古樟在原地生长得好好的，一经移栽，就生长得异常艰难，很难枝繁叶茂，很难回到先前的那种自由生长的状态，根本原因就在这里。更何况一棵古樟经过"斩干截根，除枝去丫"，再移栽到别的地方，就不是原来意义上的古樟了。特别是有些古樟在移栽中一旦不能成活，是不能再生的，是不可复得的。而这时失去的就不仅仅是一棵古樟，而是一段自然，一段生态，一段年轮，一段历史。

由于樟树成了风景树，各地栽种的数量越来越多，因而需求量越来越大，成了苗木场培育繁殖的主要品种。但不知什么原因，人工繁殖的樟树，比起在山里乡村自然生长的樟树来，不仅缺乏那种粗犷任意狂放不羁的野性，香味淡了许多，而且结子也很少。据说结的子还不能自然繁殖。当然，这不仅仅是樟树，几乎所有人工繁殖的生物品种都是这样。由于人口的急剧增加和生活品质的提高，人们对自然物品的需求越来越大，靠以往的自然繁殖远远满足不了需要，所以人工繁殖随着科学技术的进步应运而生。应当说，这是必要的。但人们千万不要忘记，任何人工繁殖必须遵守自然和生命的规律，人工繁殖的东西一旦丧失了自然的原汁原味，特别是丧失了自然繁殖的能力，其危害不可低估，甚至最终会危及人类自身的生存和繁衍。

樟树，生命的常青之树，赣人的精神图腾。让我们珍重和保护好这江西第一树。

2022 年 7 月

> 农业是我们的命根子，绝不能为了赚钱在农田里光种一些仅供参观的油菜花之类，一味地去搞那些中看不中用的"花架子"。油菜花要种，但绝不能单单为了好看。

油菜花咏叹调

一

又到油菜花开的时节了。

忽然一夜春风起，昨天还是青绿绿的田野变得金灿灿的一片了。

最壮观的是平原地区的油菜花，那无边无际的金黄，像一首气势磅礴的交响诗，随着风的轰轰烈烈的旋律，一直奏响到与蓝天相接的地方。又像一张铺在大地的巨大金色护身符，用吉祥无量的佛光，保佑着黎民百姓的安康。与世间任何事物一样，单独的一株或几株油菜花也许并不醒目，但当无以数计的油菜花聚合在一起，就会汇成一片铺天盖地的金色，让人震撼，让人博大，让人亢奋，在心中油然升起一种高贵、一种阳刚和一种豪迈。

比起平原来，山区的油菜花又是另一番景象。你看，一层层梯田把一道道金黄从山洼托向山腰,好似在青山之间挂上了一幅金色的油彩画。在这金黄之中,又涂抹着一片片粉墙黛瓦,舞动着一条条银练般的小溪,灵动中透着妩媚,斑斓中浸着诗意。突然一阵云雾涌来,天地披上了一层白色的轻纱,金黄的花儿和苍翠的山峰顷刻间不见了。过了不久,云雾消退了,满眼又是一片金黄和青翠。就这样,随着云雾的来来去去,色彩也不断变幻着,一会儿是茫茫的白,一会儿是耀眼的金,一会儿是悦目的绿,使人好似坠入如醉如痴的梦境。

不知什么时候,一辆辆大大小小的客车拖来了一群群城里人,于是一阵阵欢声笑语在油菜花海里荡漾开了。大概是第一次看到这么大片美丽的花儿,开始时大家拿着手机一个劲儿地拍照,巴不得把这金色的世界都收入镜头。没过多久,不少人觉得这样还不过瘾,于是又玩起了拍照的新花样。有些穿着红衣服的女青年站在油菜花中摆着各种姿势,那画面就是活脱脱的金黄丛中一点红,简直亮极了。有些妇女摘下披在肩上的红纱巾,拼命地向上挥动并跳跃着,那样子犹如一朵朵红云在金黄的花海中飘动。一些中年男女摆开了一字长蛇阵,各自做着不同的动作,好像在表演着一场花海现场秀。有些老年人沿着花径缓缓徜徉,时而驻足远望,时而低头凝视,孩儿似的童真不时浮现在他们脸上的皱褶里。有些年轻人干脆扮着各种怪相,随心所欲地玩起了自拍。一对对初恋男女静静地躲在花地的一角亲昵细语,仿佛除了这金黄的乐园就没别的世界。一群群小孩在花丛中奔闹嬉戏,尽情享受这天然花海带给他们的乐趣。这时,不远处,一位老农扛着一张犁头,赶着一头水牛,慢慢地走上了古老的石拱桥。桥头是参天虬劲的古樟,桥下是清澈奔流的溪水,两边是竞相盛开的油菜花,多么绝妙自然的构图呀!惹得许多摄影爱好者赶紧从四面八方围了过来,架起一排排"长枪短炮","咔嚓咔嚓"一阵狂拍,一幅幅新颖怡人的瞬间就此铺展开来。

油菜花,成了现代旅游的一道美丽风景,成了人们闲适生活的一道精神点缀。

二

在改革开放以前的很长一段时期里，油菜花可没有现在这么幸运。

那时候，没有谁会去注意油菜花，没有人会去专门观赏油菜花，也没有人认为油菜花也是一种花。同水稻一样，油菜只是农村一种普通的农作物，默默地生长在田野和山沟，只有农民才会重视和爱惜。因为在庄稼人眼里，这油菜花关系到他们一年的食用油。如果年成好，油菜花开得旺盛，油菜籽就收得多，那一年的食用油就不用愁了；倘若年成不好，油菜花开得稀疏，油菜籽就收得少，那菜碗里恐怕就有好几个月见不到油花了。

每年深秋来临，是种油菜的最好季节。晚稻收割以后，农民们在一部分田地里撒播红花草，这是来年水稻的主要肥料。不像现在，种水稻全靠化肥、农药和除草剂。过去是在春耕时把经过一冬长得茂盛的红花草用犁翻入土里沤烂，这样水稻的生长就有充足的有机肥了。另一部分稻田则用来种油菜，俗话叫"冬种"。这是一门技术性很强的农活，先要把稻田翻耕耙平，接着用锄头扒出一条条浅沟，再接着用草木灰和磷肥把油菜种子拌匀，然后装在撮箕里，沿着浅沟弯腰用手一撮撮抛种下去。幼苗长出后，还要进行施肥、排水等田间管理。等到第二年春天，满畈的油菜花开出一片金黄，不久就结出牛角似的细长果壳，里面躺着一粒粒又黑又亮的小小油菜籽。这时，农民们一面收割油菜，一面在收割完了的田里种上水稻。

春耕结束后便开始榨油，那场面真有点像打仗似的，但也是最开心最痛快的时候。榨油坊建在村外，油榨用一整根粗大的树干做成，长约5米，直径1米多，中间镂空成一个长方形的油槽。男人们打着赤膊，穿着短裤，腰扎围布，先把一筐筐油菜籽倒进热烘烘的大锅里炒熟，然后倒进碾盘里用牛拉着碾碎，接着装到木甑里蒸熟，再接着取出来填入用稻草垫底的圆形铁箍里，做成一个个胚饼，将胚饼装入油槽里，最后用木楔夹紧。这些程序完成后就可以开榨了。于是，几个身强力壮的中青年便站在一根从屋顶横吊下来的大木槌两边，喊着"一、二、三"，一起用劲把木槌狠狠地撞向木楔子。随着一声声"咚咚咚"惊心动魄的炸响，菜油便源源不断地从中间的油孔里往下流。随之一股浓浓的油香味在榨油坊周围弥漫开来，直沁人的肺腑。大家知道，那流下来的不是油，而是生活、是生命、是希望。于是就拼尽全力反复不停地撞击，直到油流渐渐变成了油滴，最后连油滴也没有了，变成了一个个圆圆的渣饼，他们才不得不停了下来。晶亮的汗水伴着闪闪的油光，映在他们的脸上就像一朵朵盛开的油菜花。

这是一朵朵怒放在人们心里的生命之花。

也许是生活中越不可或缺的东西，人们反而会越不当一回事，往往越会轻视和忽视，甚至视而不见。对于油菜花，历代文人骚客很少有描写和歌咏它的。宋代诗人杨万里曾写过一首诗："篱落疏疏一径深，树头新绿未成阴。儿童急走追黄蝶，飞入菜花无处寻。"只不过是把油菜花当作陪衬而已。元代诗人黄庚算是又进了一步，把油菜花喻为烂漫的春色。他在《田家》诗中写道："流水小桥江路景，疏篱矮屋野人家。田园空阔无桃李，一段春光属菜花。"宋代诗人张夏倒是专门写过一首名叫《沁园春·同其年咏菜花》的词，其中上半阕说："一望金铺，接段分邱，长堤短塘。羡欺桃压李，连天烂漫，迎风著露，遍地飘飏。"这应该是在写油菜花的诗文中最为大气和形象的一首了。

描写油菜花最直观的一首诗当属清代乾隆皇帝所作。全诗是这样的："黄萼裳裳绿叶稠，千村欣卜榨新油。爱他生计资民用，不是闲花野草流。"初次读来，这首诗确实有点打油诗的味道，缺乏那么一点艺术与诗意，但写出了油菜花的品性，写出了油菜花对于民生的特殊作用。较之文人士大夫们写的那些"唯美"油菜花诗，乾隆的诗可以说思想要开阔得多，意境要高远得多。这也许就是乾隆皇帝与一般文人士大夫的区别吧！

　　从乾隆的诗中，我们看到了油菜花的另一种美。

三

　　在我的印象中，油菜花旅游热的兴起是近些年的事。让人有些不解的是，世上的花有千万种，人们怎么独独对那一片片生长在庄稼地里的油菜花感兴趣，有的甚至钟情和喜爱到痴迷的程度？

　　是改革开放提升了人们的审美情趣？是人们想在现代化的五光十色中返璞归真？是油菜花那大片的金黄能给人带来一种满满的富贵感？抑或是油菜花本身就让人养眼养心又养身？

　　如今，在许多地方，春天的油菜花已成了一道必不可少的风景，不单单景区是这样，不少农村也把大片的田地种上了油菜花。真要佩服第一个发现油菜花观赏价值的人，是他让开在田间地头的油菜花登上了大雅之堂，成了与国色天香的牡丹一样瞩目的花卉，并发展成了一个雅俗共赏、欣欣向荣的旅游项目。可见，只要有了敏锐的市场眼光，就能发现商机，创造需求，让一些原本不起眼甚至很"下里巴人"的东西在市场上畅销和流行起来。

　　其实，岂止是油菜花，过去很多无人问津的东西现在都变得吃香了。过去对红薯、青菜、野菜之类，人们根本不屑一顾，现在它们却成了餐桌上的美食佳肴；过去人们以穿"的确良"之类的衣服为荣，现在却喜欢穿棉布、粗布衣服；过去人们讨厌到山区和乡下去，现在却一窝蜂似的往那里拥。怪不得现在不少山区和农村都建起了"度假村""农家乐"，那挂在门前的一串串红灯笼就昭示着这生意非常红火。

我原以为，在景区和农村的田地里种上油菜花供人参观，这是一件一举多得的大好事，既可以让游客享受花的美丽和芬芳，又可以增加景区和农民的收入，还可以为人们提供天然的有机食用油。但不知从什么时候开始，一些景区种的油菜花只是供人参观的，只开花不结籽，就是结了籽也不榨油。我不禁有些愕然，好端端的农田，种些好看但不中用的油菜花，这不是一种奢侈和浪费吗？不仅如此，有些地方为了吸引游客多赚钱，还专门培育出了不同颜色的油菜花，黄红蓝黑白橙紫，可谓是绚丽多彩、美不胜收。可是，这些油菜花好看是好看，闻起来却没有一点香味。这也难怪，无论多棒的动植物，一旦为人工所繁殖，原来的那个天然味道就丧失了。尽管没有花香，但是许多游客还是在花海里流连忘返，久久不愿离去。

由此，我又想到了时下各地正在打造的观光农业。据说这是集农业生产、环境美化和旅游功能于一身的现代田园农业。这创意也许是好的，出发点也无可非议，特别是随着改革开放的深入和人民群众生活水平的提高，各地确实要通过大力发展文化旅游业来不断满足人们日益增长的精神需求。但我们也千万不能忘了，农业是我们的命根子，绝不能为了赚钱把农业弄歪了，在农田里光种一些仅供参观的油菜花之类，一味地去搞那些中看不中用的"花架子"。倘若把农田变成种植花草的公园，把农业变成观光业，那将会严重地影响粮食生产。一个14亿多人口的大国缺少了粮食，其所带来的严重后果是十分可怕的。花儿虽然很美，但毕竟不能当饭吃。没有花的日子可能有些单调乏味，然而没饭吃的日子是万万过不下去的。

油菜花要种，但绝不能单单为了好看。

2021 年 3 月

> 灾难是最生动、最实际的教科书。它让人警醒，让人深思，给人以彻骨铭心的教训。

落星墩·鄱阳湖

一

我朝着落星墩走去。

扑面而来的情景，我以为是幻觉。落星墩不是鄱阳湖中间的一个小石岛吗，怎么变成了一片大草原？

但这却又是真真实实的存在。

放眼望去，草地平阔远大，莽莽苍苍，从庐山脚下一直伸向鄱阳湖的深处。无风时，如毯，如毡；风来时，如波，如浪。也许是季节关系，有些青草已经枯黄倒伏，使无边的绿色浸透着一种苍凉。

十月中旬的天气，因久旱无雨，显得分外干燥。脚下是一条被无数脚印在草地上踩踏出来的新路。路上人来人往，绵延不断。两旁摆满了各色各样的小摊。有卖鱼干的，有卖板栗的，有卖饮料的，有卖小食品的，有卖儿童玩具的，摊主的叫卖声此起彼伏，还有不时传来的顾客讨价还价声。沿途隔段距离，就有一处用充气塑料搭起来的儿童乐园，不少儿童在那里上下跳跃、内外穿梭，尽情享受着他们这个年龄的快乐。

草地的远处，一辆辆小车任意地奔驰，扬起一阵阵滚滚的沙尘，碾压出一道道杂乱的辙印。有些人在草地上搭起了帐篷，在那里野炊娱乐。有些人在草地上支起了遮阳伞，在那里招揽游客。三轮摩托车、电动车、自行车随意地摆放着，到处都是乱糟糟的。

落星墩上就更是人满为患。人们争先恐后爬上岩墩，用手机拍照和摄像。不知是哪来的一个旅游团队，几十个人站成几排，前面的人拉着一条红色横幅，以落星墩为背景，在拍照留念。还有人竟然弄来了几匹马，租给游人，让他们骑着从落星墩前飞驰而过。最惹人眼球的，是几个漂亮的女青年把落星墩作为网红打卡地，兜售着她们的生意。

落星墩及其四围宽阔的湖床，成了一个十足的旅游地。

我站在草地上，心里感到非常难受，甚至有些疼痛。不知鄱阳湖的其他地方，也是否都像落星墩这样？

于是，我来到了落星墩对面的鄱阳湖老爷庙水域，那里平时水深流急，波涌浪卷，被人们称为鄱阳湖的"百慕大三角"。可如今，这里沙滩裸露，湖面狭小，萎瘦成了一条河流，没有了那种叫人望而生畏的凶险莫测。湖底露出了一座明代修建的石桥，长 2930 米，宽 1.2 米，松木桥墩，长条花岗石桥面，有 983 个桥孔，因而被叫作"千眼桥"。石桥两边的湖床全部龟裂，密密麻麻的裂缝铺成了一张巨网，上面全是干枯的贝壳。湖岸则成了沙山，人踏上去，深陷沙里，滑上滑下，滑来滑去，每走一步都异常艰难。吹起的沙子打到脸上，有些生痛。没想到这里也成了人们旅游的地方，不少人在古石桥上欢蹦乱跳，拍照留念。他们只知开心好玩，全然不知干涸的湖水在痛苦呻吟。

离开老爷庙，我的脚步又踏进了鄱阳湖沿岸的万户镇和周溪乡。因为湖水急剧退缩，这里的鱼儿来不及随着湖水进到深水区，导致大量的鱼儿在湖滩上搁浅，也有不少的鱼儿滞留在开裂湖床缝隙的残水里。这时，许多村民趁机赶来，蜂拥而上，一个劲儿地捡鱼，有的拿着蛇皮袋，有的提着大箩筐，一边捡一边往里装。尽管鱼儿狂甩尾巴把他们溅成了大泥人，但人人都毫不在乎，狂捡不停，据说一天捡鱼可达五六万斤。殊不知，他们捡的不是鱼，而是一条条鲜活的生命。这些生命随即就会化作餐桌上的佳肴，化作市场上的俏货。从2020年开始的鄱阳湖禁渔，就此功亏一篑。

接下来，我又到了鄱阳湖南矶山湿地保护区，干旱使这里成了无边无际的大草原。要不是岸边牌子的提醒，还以为是到了呼伦贝尔大草原的深处。几年新冠疫情下来，使出不了远门的市民把这里当成了新的游乐胜地。草地上，停满了一排排小车，挤满了旅游观光的人群，搭满了五颜六色的帐篷，飘荡着烧烤鱼味的炊烟。随处可见人们丢弃的塑料垃圾，脚印和车印踩碾出的光秃秃平地，像长在绿色草地上的癣疤，难看极了。

我还在网上和报纸上看到，在鄱阳湖的核心区段，不少摄影爱好者架着"长枪短炮"，有的甚至操弄无人机在湖中盘旋，进行所谓的艺术摄影。干枯的沙滩，大片的草地，随湖水退缩而分叉的江河，统统在他们的镜头中成了一首首美丽的抒情诗，灾难被美化，干旱成美景，甚至成了人间仙境。

整个鄱阳湖区，变成了一个个落星墩，变成了一个个巨大的游乐场。

我的心底也不由得变得干旱，裸出了一片沙滩，长出了一片草地。

二

我曾无数次到过鄱阳湖,记忆中的落星墩不是这样的。

据有关历史记载,落星墩是天上的星星坠落到鄱阳湖上所形成,像一颗星星浮在烟波浩渺的水面。郦道元的《水经注》说:"落星石,周回百余步,高五丈,上生竹木,传曰有星坠此以名焉。"宋人蒋之奇在诗中写道:"今日湖中石,当年天上星。"因为落星墩的独特与神奇,所以在鄱阳湖岸边设立了一个星子县(现庐山市),县城离水面大约一公里。最初的落星墩,只是一块巨大的岩石,宋代初期曾在上面建立寺庙,明代又加建了亭台楼阁。如今的落星墩上,中间是一座寺庙,一边是一座七层宝塔,另一边是一座二层六角的亭子。看上去,既显得古色古香,又带有某种神秘意味。

经过落星墩,于我印象最深刻的有两次。第一次是到鄱阳湖调研。那是一个风和日丽的天气,我们一行乘着机动船,在湖上缓缓行驶,犁开的浪花像银线般翻涌。四周水域空漾澄澈,一望无际,天光云影辉映着碧波万顷,飞翔的鹭鸟伴随着汽笛声声,好一派波澜不惊的万千气象。在星子县城附近的水域上,落星墩这座微型小岛悠闲地浮在波浪滔滔的湖面上。它既像一颗闪烁在水上的星星,又像一顶露在水面的皇冠。在浩瀚水势的衬托下,显得极为精巧美观。壮阔和妩媚在这里以一种近乎完美的比例,绘出了一幅天然水墨画。

第二次是1998年。从6月中旬起,天像漏了底,雨水下个不停,导致江河水位猛涨,长江和鄱阳湖发生百年一遇的特大洪水。我乘船察看鄱阳湖的洪水情况。由于水位突破历史最高纪录,加上风雨肆虐,湖上波涛怒吼,浊浪排空,把沿湖大堤打得千疮百孔,随时都有溃决的危险。当船行至星子县城附近水域时，只见落星墩全部被水淹没，只有几座建筑在滚滚的浪头中瑟瑟发抖。这时，我仿佛听见落星墩在呼喊：快救救我吧，实在是撑不住了！然而我知道，在威力巨大的洪水面前，人类的力量是非常渺小的，唯一的办法只能是等着洪水自然退去。

不过，洪水来时的鄱阳湖，虽然十分恐怖，让人胆战心惊，但却呈现出一种别样的气势。你看，这时的湖面分外壮阔丰满，波浪分外凶猛澎湃，张扬着一种肆无忌惮的野性，奔卷着一种前所未有的狂放，迸发出一种难以想象的能量，激荡起一种无坚不摧的力量，具有海的博大、海的汹涌、海的阳刚、海的震撼，真可谓不似大海，胜似大海。

不知为什么，我忽然觉得，比起风平浪静的鄱阳湖来，洪水滔天的鄱阳湖更让人喜爱。因为这才是本色的鄱阳湖，才是生命奔涌的鄱阳湖，才是真正意义上的鄱阳湖。

当然，由于冬季寒冷少雨，以往的鄱阳湖每年也都会出现一段枯水期。落星墩和湖区其他地方的湖滩也会裸露，有些干涸的湖底也会长成草地，但那是一种纯净的裸露，是一种纯净的绿色，没有人们旅行的身影，没有肆意狂奔的车轮，没有到处乱丢的污物。只是到了近些年，旅游观光休闲成为一种时尚，干旱的鄱阳湖才出现了今天的乱象。

这或许是人们的物质和精神生活水平提高以后所带来的一种弊病吧？

三

也许是天公有意考验，今年的鄱阳湖，早早地干枯了，而且干枯在夏秋交替之际的丰水期，干枯在落星墩周边本是汪洋一片之时。

由于天气异常，从7月份起，江西久旱不雨，南昌和鄱阳湖等地更是零降水。再加上长期高温天气的炙烤，导致长江和鄱阳湖水位迅速下降。8月6日，鄱阳湖代表站星子站水位降至11.99米，鄱阳湖进入枯水期，比1951年有历史记录以来提早100天。9月6日，星子站水位退至7.99米，鄱阳湖又进入极枯水期。9月23日，这天也是秋分节气，星子站水位退至7.10米，刷新了历史最低水位。到10月26日，更是降到了6.90米，鄱阳湖通江水体面积缩小至只有240平方公里。到10月底，鄱阳湖和江西全省重度干旱112天。

于是，江西发布了历史上首个枯水红色预警。

特重度干旱，不仅给沿湖地区群众的生产生活带来了严重影响，给湖区动植物的生存繁衍构成了巨大威胁，而且由于大量人群和机动车拥入落星墩等裸露的鄱阳湖湖区，大量的垃圾、秽物和机油等严重地污染了湖床，使本来因特大干旱遭到破坏的湖区生态环境又雪上加霜，以至到了无法承受的程度。

鄱阳湖经受着一场前所未有的生态灾难。

这种生态灾难，迅速波及和威胁到鄱阳湖的周边地区。

10月4日，随着冷空气南下，呼啸的北风刮起了鄱阳湖滩的大量沙子，致使南昌出现了罕见的沙尘暴天气，PM 2.5指数突破500，黄沙蔽天，满城昏暗，污染爆表，令人窒息，连呼吸都感到困难。

但是，我们却常常哀叹洪水的威胁。其实，比起洪水来，干旱的威胁更大。洪水来得突然凶猛，但可以及时知晓，而干旱的到来却是静悄悄，神不知鬼不觉；洪水淹没的往往是"一条线"，而干旱所及往往是"一大片"；洪水造成的损失大多是显性的，而干旱造成的损失大多是隐性的；洪水一般都是"过路水"，而干旱一般都是"蹲地鬼"。所以，从某种程度来说，旱灾更可怕。

灾难是最生动、最实际的教科书。它让人警醒，让人深思，给人以彻骨铭心的教训。

水是人类的生命之源，水是人类文明的摇篮。而鄱阳湖是江西的母亲湖，是长江中下游的重要水源地，也是全国和全球的重要湿地。危害鄱阳湖就等于危害人类自己，善待鄱阳湖就等于善待人类自己。保护鄱阳湖，珍视鄱阳湖，已到了刻不容缓的时候。

为了不使特大干旱中的鄱阳湖区生态环境恶化，在中共江西省委、省政府的统一部署和指挥下，有关地方采取了一系列保护措施。在落星墩，志愿者主动组织了垃圾捡拾队；在江豚和候鸟集中区，当地村民自动组织了救护队；湖口、都昌、鄱阳、余干、永修、南昌、新建等沿湖地区，都制定了不准随意进入湖区的禁令；鄱阳湖自然保护区也发出了有关通告，并联合有关部门进行专门检查监督，及时发现和处理损坏湖区环境的人和事。

我们应当呵护鄱阳湖的每一棵草，每一寸土，每一条鱼，每一只鸟。

千万不要把鄱阳湖底长出的成片青草，当作人奔车驰的大草原。

千万不要把鄱阳湖底露出的古代石桥，当作文物古迹来观赏。

千万不要把搁浅在鄱阳湖滩上的大量鱼类，当作美味佳肴来捡拾。

千万不要把鄱阳湖干枯后江河的无奈分叉，当作大地的生命之树来歌咏描绘。

千万不要把鄱阳湖饥渴难耐的窘相，当作一种新鲜奇异的风光来旅游。

此刻，鄱阳湖最需要的，不是人们探寻追逐的好奇足迹，不是文艺家们追逐的诗情画意，不是人们对湖里动植物的胡乱索取，而是人们爱惜自然的敬畏之心，人们切切实实的保护行动。

当然，保护鄱阳湖，归根到底是要保护地球的整体自然生态环境。这就需要我们人类改变自己的思维方式。只有心灵纯正了，思维端正了，我们才能从根本上建设好生态文明，使青山常在、绿水长流，把特大水旱灾害造成的损失减到最低,让鄱阳湖永远保持一湖清水。否则,不仅落星墩会由水上景观变为陆上景观,鄱阳湖最终也会干枯,更为严重的是,地球最终会渐渐干枯,人类的血液最终也会渐渐干枯。

2022 年 11 月

> 奇迹往往都是在怀疑和不可能中创造的。只要认准了方向、选对了路子，就能后来居上、后发制人，创造出赶超发展的新传奇。

贵州传奇

在很长一个时期，人们对贵州的印象，就是一个不起眼的边远省份，不仅地处高原，山深林密，水急滩险，道塞路窄，而且人的思想观念落后，经济也欠发达。但是，最近的贵州之行，却让我对这里发生的变化感到有些吃惊。近些年来，就是这么一个不沿海、不沿江、不沿边的内陆"阿卡林"省，在改革开放大潮的推动下，不断书写着快速发展的新篇章，用异军突起的辉煌传奇，牵动着全国甚至全世界人民的眼球，着实让人刮目相看。

传奇之一：茅台酒

或许因为股市是经济运行的晴雨表，所以我一直非常关心股市的走势和股价的变动。从前年1月份开始，让我感到迷惑不解的是，在整个股市萎靡不振的情况下，唯独茅台酒的股价逆势上扬，一路走高，总市值突破1万亿元。这是一个什么概念？这个数字相当于当年贵州全省生产总值的60%多，差不多是省会贵阳经济总量的3倍。当然，股市的市值同经济总量不是一回事，两者没有可比性。但不管怎样，对于一个年产4万多吨的酒厂，这个市值可是一个天文数字。

毫无疑问，茅台酒的天价市值，创造了贵州经济的一个传奇！

有人说，茅台酒的传奇，是茅台镇优越的天然地理位置成就的。这话有一定道理。我们去茅台镇的那天，车子还未进到镇里，就被一股浓浓的酱香酒味包围着，人也有些微微的醉意。虽然我们没有想到茅台镇的地理位置这样偏僻，但一看就是一个十分适合酿酒的地方。你看，整个镇子裹在一条大峡谷之中，赤水河从城中穿流而过，四周高山耸立，清一色的紫砂页岩构成。由于山体中沙质和砾石含量很高，并具有良好的渗水性，因而溶解了许多对人体有益的微量元素，最后汇入赤水河中，为茅台酒酿造提供了纯净甘甜的优质水源。加上峡谷深达300多米，夏天很热，冬天温暖，雨水不多不少，这种特殊的小气候，使得茅台镇就像一个大酒窖。正是茅台镇的天然造化和赤水河的天然赐予，让茅台酒始终蕴含着一种天人合一的神韵，是别的地方无法替代的。据说，为了减少运输和酿制成本，有关部门曾把茅台酒的制作搬到遵义，虽然是一样的原料、一样的工艺、一样的师傅，但酿造出来的酒，就是没有那个茅台味，所以只好又搬了回来。可见茅台镇和赤水河所形成的特殊地理、地质、气候、生态、水质，造就了独一无二的茅台酒。离开了茅台镇，离开了赤水河，就没有独步天下的茅台酒。

有人说，茅台酒的传奇，是其悠久的历史和独一无二的酿造工艺成就的。陪同人员告诉我们，早在汉代这里就生产一种叫作"枸酱"的酒，汉武帝非常爱喝。这也是茅台酒的前身。自此以后，这种酒就逐渐发展为一种酱香型白酒，并形成了两次投料、八次下窖、九次蒸馏、七次取酒，以及五年存储的酿造工艺。到了清代中期，这种酿制酱香酒的烧房已有 20 多家。诗人陈熙晋曾经写道："村舍人声沸，茅台一宿过。家唯储酒卖，船只载盐多。"就是那时茅台镇商贾云集、繁华热闹的写照。只是石达开太平军的一把战火和当地少数民族的起义，把茅台镇一夜之间变成了废墟，整个酒业也随之毁为一旦。到了光绪年间，有姓赖、姓华、姓王的三户人家，各自在茅台镇重新建立烧房，分别酿造出了"赖茅""华茅"和"王茅"的酱香型白酒。1915 年在旧金山举办的巴拿马万国博览会，"华茅"和"王茅"两家酒厂以"茅台造酒公司"的名义，把这种酱香型白酒送往参展，一举获得金奖。茅台酒从此为外界所知，跨入了名酒的行列。但是，那时的茅台酒再怎么有名气，也只不过局囿在黔川的一个小小角落里。再说对于有着博大精深酒文化的中华民族来说，在世界上得奖并非茅台一家，怎么就独独只有茅台酒力压群雄呢？

有人说茅台酒传奇，是中国工农红军和人民共和国成就的。这确是一个关键性因素。无论新中国成立前后，茅台酒的作用都非同小可。1935 年 3 月，红军在茅台镇三渡赤水，战士们在这里不仅喝了茅台酒，并且用酒擦洗疗伤。对此，抗战末期，周恩来在重庆曾动情地对作家姚雪垠说："我们长征到茅台时，当地群众捧出茅台酒来欢迎，战士们用茅台酒擦洗脚腿伤口，止痛消炎，喝了可以治疗泻肚子，暂时解决了我们当时缺医少药的一大困难。长征胜利了，也有茅台酒的一大功劳。"这是一段多么辉煌的历史！这也是别的白酒无法比肩的。也许是因为茅台酒对中国革命的这份特殊贡献，新中国成立后，我们党和国家的领导人对茅台酒也就更加厚爱。在 1949 年 10 月 1 日举行的开国大典宴会上，用的主酒是茅台；毛泽东主席第一次赴苏联访问，赠送给斯大林的礼品当中就有茅台；在标志着新中国第一次外交胜利的日内瓦会议上，中国代表团宴请外国政要的酒是茅台；尼克松开启了中美关系的破冰之旅，周恩来总理同他开怀畅饮的是茅台；中英香港问题谈判结束后，邓小平与撒切尔夫人共同举杯相庆的是茅台。这么多伟大人物和政府首脑都喜欢茅台酒，也就使茅台酒显得更加不同凡响，由此誉满中外。对于有着"伟人崇拜"心结的中国人，怎能不叫他们心驰神往，一喝为荣？

这次到茅台镇，我们还特意考察了江西人在这里创办的一家酒厂。沿着赤水河畔行进，起初两边的街道还比较整洁干净，但越往里走，就越是杂乱无章，有些道路弯曲狭窄，堵车也很厉害。两边山上建了不少酒厂，山头上都是房屋。据说茅台镇及其周围现有酒厂300多家，产酒20多万吨。国人就是这样，看什么赚钱就跟着一拥而上，相互之间开展恶性竞争。最后大家都一败涂地。中午，酒厂主人拿出他用茅台工艺酿制的白酒招待我们。喝着这浓郁的酱香型白酒，心中不免无限感慨。如今，茅台酒已被推到了极致，推到了王者的地位，成了一种豪华高贵的象征，成了一种身份和等级的象征。一个人倘若能够喝上茅台酒，或者用茅台酒接待客人，那一定感到无上的荣光和骄傲。茅台酒已经不是一般意义上的消费食品，而是一种炫耀性消费，与挎LV包、戴百达翡丽表、开法拉利车毫无二致。这大概就是茅台酒在股市上连连暴涨，以至涨到了严重背离其真实价值的缘由吧？茅台酒已经严重变味了！我真有些担心，这样继续下去，再加上那么多杂牌酒厂鱼目混珠，茅台酒的声誉会不会在有朝一日丧失，茅台酒的传奇也会不会有可能在转瞬之间破灭。

传奇之二：大数据

提起大数据，人们自然而然地会想到北京、上海、深圳等大城市，怎么也不会和贵州联系在一起。

这也难怪，过去的贵州，无论从哪个方面看，都是一个发展滞后的地区。这里没有什么大的厂子，更没有什么高新科技企业。在这片山连着山、壑连着壑的土地上，有的只是原始和落后。虽然在社会主义现代化春风的吹拂下，贵州全省的面貌发生了前所未有的深刻变化，但与沿海省份相比还是相差不少。这么一个西部地区的省份，怎么可能发展大数据产业呢？

记得几年前，当几位友人说起贵州要建大数据中心时，我心里也打了一个大大的疑问号。大数据是当代最前沿的高新科技，需要传递、加速、展示、计算、存储数据信息的大型先进网络基础设施，贵州有这个能力建起来吗？

然而，奇迹往往都是在怀疑和不可能中创造的。今天，一个令全国各地乃至世界都瞩目的大数据中心，巍然地屹立在贵安新区。这里有美国苹果公司亚洲最大的数据中心，有腾讯用于存储最核心数据的七星绿色数据中心，有阿里云的全球备案中心与技术支持中心，有由60万台存储服务器组成并为170个国家提供大数据服务的华为七星湖数据存储中心，还有英特尔、百度等国内外知名互联网企业的数据中心。短短时间，贵州一跃成为高科技产业发展的新高地。

这次我到贵州，深深地被贵州的大数据产业所震撼，也为贵州这种赶超跨越的精神所感动。他们是怎样让高科技的大数据之花在一个边远的内陆山区省份盛开怒放的呢？

在同贵州有关人士的交谈中，我找到了答案。

2010年以来，眼看着全国各地改革发展的大潮风起云涌，一种加快发展的紧迫感奔涌在贵州全省广大干部群众的心头。他们认为，贵州要缩小同发达地区的发展差距，唯一的办法就是解放思想，打开思路，出奇制胜，实现弯道超车。于是他们根据当今全球产业发展的趋势，对照贵州的现有条件进行了一次全面深入的分析和研究。他们认为，互联网的迅速发展，催生了许多新兴产业，其中大数据就是一种具有无限广阔发展空间的产业，而且将来会成为一种核心资产。谁拥有了大数据，谁就掌握了主动，谁就掌握了未来。由于大数据中心是由许许多多服务器为主体组成的，其运行需要充足的电力、适宜的温度和安全的环境，而这些条件又恰恰是贵州所拥有的，有些还是独一无二的。贵州水资源极为丰富，规模较大的水电站就有9座，而且电价便宜，只有其他地区的一半。贵州四季如春，气候宜人，即使在夏季，平均气温也只有22℃，是一个天然的散热器，最有利于服务器的冷却，并延长服务器的使用寿命。贵州地质稳定，不是地震区，加上地形复杂，山岭密布，可以保证海量数据运行的稳定和安全。就这样，一个把贵州建成大数据中心的崭新决策诞生了。

为了把这项决策以最快的速度付诸实施，贵州省委、省政府在省会贵阳附近规划了一个贵安新区，同时出台了一系列政策措施，在土地、税费等方面给予让利优惠，很快就吸引了众多互联网巨头来这里投资兴业，创办大数据中心。现在，以大数据为引领的电子信息制造业已经成为贵州发展的新引擎，不仅大大地改变了贵州落后的形象，而且使贵州的发展迈上了世界前沿科技发展的快车道。

由此，我想起了美国经济史学家亚历山大·格申克龙1962年在其所著的《经济落后的历史回顾》一书中首次提出的"后发优势"概念。他说：一个国家或地区，相对落后的程度越高，其后的增长速度就越快。原因在于后发地区或国家可以借鉴发达地区或国家的发展经验，选择最适合自己的道路，少走弯路，跨越不必要的发展阶段。贵州的发展就是这样，在一个没有大数据的空白地方，发挥后发优势，无中生有地打造了一个大数据的高地。可见，只要认准了方向、选对了路子，就能后来居上、后发制人，创造出赶超发展的新传奇。

传奇之三：大旅游

我们这次到贵州，一个突出的印象就是这里的旅游非常红火。

无论走到哪里，都是络绎不绝的游人。不要说黄果树瀑布、梵净山、遵义这些著名的旅游胜地一年四季人满为患，就是像贵阳附近的青岩镇这样原不为人所知的地方也是热闹非凡。因为青岩镇里有座江右商人建造的万寿宫，而我们这次考察的内容又恰好是万寿宫文化在贵州的传播历史，所以一定要去看看。青岩镇是古代的一个交通要塞，坐落在一个小山丘上，巍峨的城墙蜿蜒耸立着。进入高大的拱形城门，只见用青石板铺就的狭窄古街上人来人往，据说这还是在平日，要是到周末，小街上人头攒动，摩肩接踵，挤得人简直动不了脚步，只得随着人流不由自主地慢慢向前移动。我们沿着小镇的古街走了好一阵，前面出现了一座古色古香的建筑，近前一看，牌楼式的正门上方竖刻着"万寿宫"三个繁体字，大家不由得精神为之一振。没想到贵州人民把万寿宫保护得这么好，完好的门楼、完好的戏台、完好的大殿、完好的许真君塑像。贵州人何以如此重视万寿宫呢？第二天，我们参加《历史视野下的黔赣文化》一书出版发行座谈会时，才知道贵州全省一半以上人口的祖籍为江西，至今还保存有100多座万寿宫。我终于明白了其中的缘由。

说句实在话，很长一个时期，贵州的旅游并不怎么出色，显得有些冷清沉寂。相比之下，地理环境差不多的邻省云南，旅游却风生水起，热火朝天。特别是西双版纳的热带风光，苍山洱海的晨曦夕照，香格里拉的神奇秘境，丽江古城的历史韵味，少数民族的多彩风情以及玉龙雪山、哈尼梯田、虎跳峡、石林等风景名胜，每天都吸引着从四面八方而来的游客。旅游，让云南这方土地变成了一个巨大的"无烟工厂"，给全省的经济和社会发展插上了一条更为瑰丽的翅膀。

云南旅游品牌的成功塑造，既给贵州以深刻的启示，又让贵州坐不住了。他们发誓要急起直追，迎头赶上，把贵州的旅游名片擦亮。经过几年的精心筹划和建设，一批崭新而又奇特的旅游景点呈现在世人的面前。你要领略少数民族的风情，就到"西江千户苗寨"、千里苗疆第一寨"苗王城"和多姿多彩的侗寨去；你要领略被联合国教科文组织列入世界自然遗产名录的中国南方喀斯特地貌的壮观，就到长达238公里的世界上最大的溶洞"双河洞"和世界上最大的溶厅"苗厅"去；你要领略云贵高原怒放的山花，就到毕节世界上最大的百里杜鹃花海去；你要领略樱花的烂漫和绚丽，就到拥有70万株樱花世界上最大的贵安樱花园去；你要领略现代化桥梁的雄伟，就到相当于200层楼高的世界上最高的桥梁北盘江大桥去；你要领略宇宙的深邃和神秘，就到平塘县境内的山区去，那里建有世界上最大的单口径射电望远镜；你要过上舒适惬意的日子，就到贵州去安家落户，那里夏天不热、冬天不冷，是最适合人居住的地方。再过一段时候，你还可以到贵阳市郊的东方科幻谷去，去那里体验云霄飞车、科幻模拟器、互动式射击等35个虚拟现实娱乐项目；可以到射电望远镜附近的天文旅游文化园去，那里有暗夜观星、天文时光村等15个项目等你去观光和体验。也许是这些"世界之最"和现代科技旅游正好契合人们好奇猎胜的心理，因而爆发出强大的吸引力，这些年到贵州旅游的人数一路飙升，每年均以30%以上的速度增长。正因为如此，《纽约时报》公布的2016年全球最值得到访的52个旅游目的地，中国的贵州赫然上榜。2018年5月，美国有线电视新闻网（CNN）又把贵州列为中国最有前途的旅游目的地。2019年10月，以评估和发布旅游指数的孤独星球（Lonely Planet）更将贵州评为世界十大最佳旅游地区，贵州也是中国唯一上榜的地区。如今，多彩贵州的品牌已经叫响了海内外。

贵州，中国旅游业一个新的传奇。

贵州，中国旅游业升起的一颗新星。

2019年12月

第二辑

扁担就是民心，扁担就是力量，扁担就是使命，扁担就是奉献。

▌扁担颂

一

在井冈山革命博物馆里，每当看到"朱德的扁担"，我的心里就会像波涛一样翻腾不息。

论形状，这根扁担并没有什么特别之处。它和别的扁担一样，都是竹子做的，三四尺长，中间稍宽，两头略尖。但这又是一根极不平凡的扁担，是一根有着特殊经历的扁担。

关于这根扁担的故事，我早在小学的课本里就读过。1928年，朱德同志带领队伍到井冈山，跟毛泽东同志带领的队伍会师了。红军要巩固井冈山根据地，打破敌人的封锁，就必须储备更多的粮食，而井冈山产粮又不多，这样就要组织红军到山下的茅坪去挑粮。于是朱德同志也戴着草帽，穿着草鞋，不顾山高路陡，同战士们一起挑粮上山。战士们看到他白天挑粮很累，晚上还要研究怎样跟敌人打仗，怕他身体吃不消，就把他那根扁担藏了起来。不料，朱德同志又找来一根扁担，写上"朱德的扁担"五个字。大家见了，就不好意思再藏他的扁担了。我记得当时读这个故事时，深为朱德同志的这种革命精神所感动，不由得对他满怀崇高的敬意。但由于年龄小和阅历少，对"朱德的扁担"的内涵却不甚明了。

1973年，我有幸到江西师范学院中文系读书，学校组织到井冈山"开门办学"，才使我真正明白了"朱德的扁担"所蕴含的不同寻常的意义。

那是我第一次上井冈山，不是坐车上去的，而是走路上去的。我们全系同学先坐校车到永新县城，接着背负行李，沿着毛主席当年率领秋收起义部队走过的小路，步行向井冈山进发。一路上，我们经过了三湾、龙源口、砻市、茅坪、黄洋界、双马石、大井等地，最后一站是茨坪。每到一地，我们都要住下，参观革命旧址，重温当年历史，学习革命传统，畅谈心得体会。开始时，大家觉得自己年纪轻，对走路爬山不当一回事，一个个都信心满满。但走了几天后，有些人就感到支撑不住了。有时路程较长，一天要走好几十里路，有些同学一到住地，就坐下来不想动了。特别是从茅坪到黄洋界，十几里的高山陡坡，空着手登山都会累得气喘吁吁，何况背上还背着东西。有些同学上山没走多久，双腿就像灌了铅一样，又沉又重又痛，只好走一会歇一会，体力好的同学主动帮把东西背上，照顾着一起往上攀登。幸亏那时的井冈山，树木稀少，红军小道也很通畅，如是像现在这样森林茂密，绿海茫茫，路被淹没，那登起来就更艰难了。我不由得边走边回想，当年毛委员和朱军长挑着100多斤重的粮食上山，那需要多大的体力，又需要吃多大的苦啊！肯定汗水湿透了衣衫，脚底磨起了水泡，肩上火辣辣地痛。但即使累成这样，他们也只在黄洋界上的荷树下歇一歇，又弯下身子挑起沉重的担子继续往前走去。

可见，小小的扁担，体现的不仅仅是一种脚力，更是一种意志力。

井冈山斗争时期，是中国革命最为艰苦的时期，用陈毅的话说，"那是一段苦到了极点的日子"。物资奇缺，饥寒交迫，从军长到伙夫，每人每天只有五分钱菜金，吃的是南瓜和野菜，盖的是稻草被子，穿的是单衣单裤。毛委员桌上的油灯，三根灯芯只点燃一根，过的是同普通战士一样的生活。朱德说，我们就是要和士兵"有盐同咸，无盐同淡"。更为严峻的是，敌人先后多次对井冈山根据地进行"会剿"，所到之处，"茅草要过火，石头要过刀"，企图把中国革命第一个农村根据地扼杀在襁褓之中。然而，就是在这样一种艰难和危险境地下，井冈山根据地不仅没有被敌人打垮，反而在敌人的炮火中巍然屹立，革命的红旗更加高高飘扬在雄伟的井冈山上。

我们到达茨坪时，首先参观了井冈山革命博物馆，正当大家在"朱德的扁担"前久久凝视时，从博物馆外飘来了一阵《挑粮歌》：

　　一根扁担两头弯，井冈山下把粮担。
　　军民同心反封锁，革命斗争不怕难。

这昂扬激越的歌声，仿佛把我们带到了当年红军挑粮的现场，也使我们真正理解了"朱德的扁担"的深刻含义。这条扁担，挑的不仅是粮食，挑的是革命根据地的重担。井冈山斗争时期的官兵，正是用这根扁担，挑出了官兵一致、同甘共苦精神，挑出了不畏艰难、克敌制胜的英雄气概，挑出了中国革命胜利的星星之火。

二

倘若我们再放开来看，中国革命的伟大胜利，可以说是用扁担挑出来的。

中央苏区时期，我们党和红军能够迅速发展，日益红火，扁担扮演了重要的角色。春耕时节，红军战士们用扁担为老百姓挑秧担肥。秋收时节，红军战士们用扁担为老百姓挑粮担谷。平时就更不用说了，红军战士们用扁担为老百姓挑水担柴、挑石挑土，只要老百姓有什么要挑的东西，红军战士们都主动拿起扁担全力相助。小小扁担，架起了红军同人民群众联系的桥梁，使红军获得了人民群众的衷心拥护和支持，获得了扎根生长的深厚土壤。

在红军长征途中，扁担同样发挥着非常重要的作用。由于天上有敌机轰炸，地上有敌军堵截，红军只能在山野乡间的小道上行进。他们用扁担挑着日常生活用品和军用物资，爬山涉水，历尽艰辛，环境险恶极了。尽管如此，红军每到一个地方，都坚持用扁担帮助老百姓挑担做事。在邛崃市红军长征纪念馆里，保存着这样一根特殊的扁担。1934年底，红军长征经过这里。由于时值严冬，天气寒冷，很多战士得了伤寒。当地一位姓张的老中医看在眼里，急在心里，于是天天挑着担子上山采集草药给战士们治病。不久，战士们的病情渐渐好转并痊愈了。红军离开时，因为没有钱给这位老中医支付治疗费用，就留下了一根扁担作为信物，说："如果将来革命成功了，你就拿着这根扁担找政府要医药费。"以后，这根扁担就一直被老中医全家视为传家宝，一直保存着。2005年，老中医的孙子将这根扁担捐给了邛崃市红军长征纪念馆。

在抗日战争中，为了打破国民党对陕北根据地的封锁，毛主席发出了"自己动手，丰衣足食"的号召。于是，在旅长王震的带领下，三五九旅挺进荒无人烟的南泥湾，拿起锄头和扁担，开荒种地打粮，把个南泥湾变成了陕北的"好江南"。小小的扁担，彰显着自力更生的无穷威力，闪烁着排难而进的锐利锋芒。最终，我们党领导的人民军队在战胜重重困难之后不断发展壮大，同全国人民一道，把日本侵略者赶出了中华大地，取得了抗日战争的伟大胜利。

在徐州淮海战役纪念馆里，有一根刻满了地名的扁担特别醒目。它记载着一个十分动人的故事。在淮海战役决战的紧急关头，支前农民唐和恩用这根扁担挑着100多斤重的粮食，走过山东、江苏、河南的88个村庄，把粮食送到了战场的最前线。这根扁担，与其说挑的是粮食，不如说是淮海战役老百姓踊跃支前的生动缩影，唐和恩只是其中的一个突出代表。我从一则资料中读到，在整个淮海战役中，500多万民工挑着箩筐、推着小车向前线运送粮食和物资，其规模之大，人数之多，运送的物力之巨，均为古今中外战争史上所罕见。这是淮海战役中最动人、最壮观的场面，也是中国人民解放军能够击败国民党军队的根本原因。从某种角度来说，淮海战役以少胜多的奇迹，是老百姓用扁担和手推车创造的。

由此可见，扁担就是民心，扁担就是力量，扁担就是使命，扁担就是奉献。扁担，不似武器，却胜似武器。没有扁担，就没有中国革命的最后成功，就没有五星红旗在天安门广场的冉冉升起。

扁担，中国人民担当精神的象征，中国人民革命胜利的功臣。

三

如果说革命时期需要扁担，那么，建设时期同样需要扁担。

中华人民共和国成立初期，我们面对的是国民党留下的一个烂摊子，到处满目疮痍，伤痕累累，城乡破烂，经济凋敝。为了医治战争的创伤，我们党领导全国人民继续拿起扁担，以前所未有的雄心壮志，顶着日月星辰，冒着风风雨雨，担起了江河大地，担起了希望憧憬。

人们不会忘记，无论在大江南北，还是长城内外，广大人民群众掀起了一个个修建公路和铁路的热潮。他们用扁担挑土筑基，一条条公路和铁路，在平原上、在山岭里、在城乡间，不断延伸开来。

人们不会忘记，针对水旱灾害频发严重影响国计民生的状况，全国各地展开了一场场水利大会战。一座座水库、一条条水渠、一条条河堤，在广大农村干部群众的肩挑担扛中诞生了。

人们不会忘记，为了改变中国"一穷二白"的面貌，全国广大干部群众挑砖挑瓦，奋力拼搏，盖起了一座座厂房、一座座学校、一座座医院、一座座科研院所、一座座车站码头，用扁担扛起了国家经济和社会发展的柱石。

人们不会忘记，在全国各地的原野上，农民们用锄头和扁担平整土地，造出了一片片高产稳产农田。到了秋收时节，他们又挑着一担担粮食和棉花来到收购站，一斤不少地交给国家，让全国人民吃饱穿暖，以充沛的精力建设社会主义的宏伟大厦。

值得自豪的是，我年轻时也曾是这挑担大军中的一员。我和乡亲们一起挑泥，一起挑石，一起挑粪，一起挑肥，一起挑谷，一起挑薯，一起挑禾草，一起挑土坝，一起挑着难忘岁月，一起挑着满满收获。

其实，人们挑的何止是这些。在祖国的各个领域，都可以听到扁担发出的"咿呀咿呀"声，都可以看到人们挑着担子挥汗前行的身影。扁担，肩负着人民生产生活的重任，肩负着社会主义建设的重任。可以说，祖国的贫穷落后面貌是用扁担挑走的，人民群众的新生活是用扁担挑来的。

倘若再往深处看，我们伟大祖国的辉煌历史何尝不是祖先们挑出来的，他们用扁担挑出了村庄，挑出了城市，挑出了良田沃野，挑出了美丽家园，挑出了长城故宫，挑出了灿烂文明。

四

历史在发展，时代在前进。

20 世纪 70 年代末期，中国掀起了一场改革开放的大潮，短短 40 余年，神州大地发生了翻天覆地的变化。随着科学技术的进步，如今许多劳动工具被机械化和自动化所替代。特别是近些年来，互联网技术突飞猛进，大数据、云计算、人工智能、虚拟现实、物联网等高新技术像雨后春笋，层出不穷，整个世界朝着网络化、智能化、即时化、便捷化、一体化方向迅猛发展，地球变为了"地球村"。现代化的快速推进，使得许多本应人工来做的事情不再用人工了，使得许多本应扁担来挑的活儿不再用扁担来挑了。这样，昔日大有用场、须臾不可离开的扁担，如今变得可有可无，甚至成为过时的物件了。

于是，有不少人认为再也不需要扁担了，不再去理会扁担了，甚至把扁担当柴火烧了。

今天，扁担真的是过时了吗？我们真的是再也不需要扁担了吗？

当然，对于扁担自身来说，根本就不会去计较人们的这种态度。可不是吗？在人们眼里，扁担不过就是一件简单普通的劳动工具而已。人们要挑东西，就把它用上。东西一挑完，便把它往墙角里随便一丢。一旦又要挑东西了，再把它拿出来，用完了又往墙角里一丢。唯一能让人有点印象的，就是不少扁担由于在人的肩上磨久了，被汗水浸透了，变得滑溜溜光亮亮，呈现出一种特有的色彩。

但是，我们千万要记住，今天看似过时无用的东西，从长远来看恰恰是不能也不会被淘汰的。人类不仅过去离不开扁担，将来也一定离不开扁担。即使科技再发达，现代化再普及，扁担的功能在有些方面是永远代替不了的。你看，在乡村的羊肠小道上，一些农民兄弟姐妹正用扁担挑着东西在艰难行走；在城市建筑工地上，一些中青年农民工正用扁担把旯旮里的垃圾挑出来倒在环卫车上；在名山风景区，一些高山挑夫正在用扁担把东西挑往山顶；在高山茶园，茶农们正在用扁担把采摘下来的新茶挑下山来；在脱贫攻坚的战场上，许多乡村干部正在用扁担为贫困户挑货担物。总之，在一切使用不了现代机械的地方，都需要扁担。

由此，我们可以理直气壮地说一声，扁担永远不会过时。只要人类存在，扁担就会存在。只要我们在路上，扁担就不会废弃，更何况在长期实践中形成并潜移默化在人们心头的"扁担精神"是永远不会磨灭的，将会永远放射出灿烂光芒，激励着人们在新时代中国特色社会主义的大道上奋勇前进，去奔向更加美好的明天。

小小的扁担，一头挑着艰辛，一头挑着幸福；一头挑着回忆，一头挑着希望；一头挑着过去，一头挑着未来。

让我们一起为小小的扁担高唱一首热烈深情的颂歌。

2021年3月

> 在前进的道路上，还有大大小小的江河横阻在我们面前，还有许许多多的"浮桥"需要我们去架建，还有千千万万的"第一渡"需要我们去跨越。

长征第一渡

在我所到的江河渡口中，最让人感动感慨的是位于江西于都县城东门的贡江渡口。

82年前，中央红军就是从这里出发开始二万五千里长征的，因而被称为"长征第一渡"。

那是一个炮火连天、硝烟弥漫的艰难岁月。由于第五次反"围剿"的失利，中央革命根据地陷入了十分危险的境地。为了冲破国民党军队的重重包围，中央红军被迫进行史无前例的战略大转移。然而，当8万多红军战士从根据地的四面八方秘密集结到于都县境内的时候，波浪滔滔的贡江却挡住了他们前进的步伐。

架桥渡河，也就成了中央红军迈开万里长征第一步的唯一选择。

于是，在于都县城东门等8个渡口，红军工兵营的战士们迅速展开了一场特殊的战斗。他们挥刀击水，劈波斩浪，把宽达600多米的江面变成了架设浮桥的战场。

架设浮桥首先需要大量的木船。于都的乡亲们不声不响地把自家的渔船撑来了，这一下就撑来了800多条。有了船，还得要有木板，于都的乡亲们又争先恐后地将自家的门板卸下来，肩扛背驮送来了，这一送就是成千上万块。由于白天怕敌人发现而防止敌机轰炸，架桥只能在晚上进行。这时，又是于都的乡亲们自发地举着用竹子和干柴扎成的火把，为架桥的战士们送来亮光。还有很多的乡亲，干脆就直接加入到架桥的队伍中。想想当时，那是一种多么火热壮观的场面。茫茫夜色中，无数的火把映红了江面的浪花，红军战士和乡亲们一道，架船的架船，铺板的铺板，一切都那么默契，一切都那么融洽。就这样，在军民的奋力拼搏下，县城东门渡口等一座座浮桥神速般地在水深浪急中搭建起来了。

长龙江上卧，天堑变通途。

1934年10月18日晚，秋风瑟瑟，秋月朗朗，战地的黄花不时散发着阵阵清香。毛泽东、朱德、周恩来等中央领导同中央第一野战队从县城东门渡口浮桥过江踏上征途。那天晚上，渡口两旁人山人海，数以万计的男女老幼伫立在这里，为红军战士送行。他们一边将鸡蛋、糯米团等往红军战士的口袋里塞，一边哽咽着反复说着一句话"盼你们早日回来呀！"

漫漫长征路，就这样在老百姓的依依不舍中启程了。

红军走后，当地群众把城东渡口亲切地叫作"长征第一渡"。一个本来十分平常的渡口就这样永远地留在了人们的心中，留在了我们党的光辉史册里。

如今，在渡口旁边，建起了中央红军长征第一渡纪念碑园，园中还建有中央红军长征出发纪念馆。漫步在这花繁树茂的园内，凝望着那双帆高扬巍然矗立的纪念碑，不由得让人生发起一种红军不怕远征难的豪迈气概，而纪念馆里陈列的那些当年群众自发送来搭建浮桥的船只、门板和红军过桥渡河的黑白照片，又让人仿佛回到了当年军民一起携手架桥的历史时刻。是啊，人民群众永远是我们的力量源泉和胜利保证。正是有了人民群众无私的支持，才有了长征"第一渡"，才有了中央红军在长征路上冲破敌人的围追堵截，最后胜利到达陕北的壮举。尔后，也正是有了人民群众无私的支持，我们党所领导的军队，才能跨过黄河开辟抗日根据地，打败日本侵略者；才能渡过长江消灭国民党反动派，把胜利的红旗插遍全中国。

如果把中国革命胜利的历程比作一座长桥，那么这座长桥就是广大人民群众用自家的小船和门板无私地架设起来的。

这时，我把目光投向了当年的渡口。这里石阶依旧，面貌依然，用老百姓家中的木船和门板搭建的浮桥静静地躺在江面上。渡口附近，一座宽阔雄伟的现代化大桥飞架两岸，桥上车水马龙，人来人往，流淌着喧嚣和繁华。也许有人会说，在日新月异的现代化今天，我们再也不需要这古老的渡口了，再也不需要老百姓的木船和门板了，再也不需要用木船和门板搭建的浮桥了。其实不然。尽管在过去长期的革命斗争和建设中，我们党带领全国人民闯过了一个个激流险滩，创造了一个个辉煌奇迹，今天又在进行着举世瞩目的改革开放和中国特色社会主义的伟大事业，但我们应当清醒地看到，这只不过是万里长征走完了第一步，通向明天的征途更加漫长，也更加艰巨。在前进的道路上，还有大大小小的江河横阻在我们面前，还有许许多多的"浮桥"需要我们去架建，还有千千万万的"第一渡"需要我们去跨越。所以我们既离不开现代化的大桥，也离不开古老的渡口和浮桥，更离不开用自家的小船和门板搭建浮桥的广大人民群众。特别是在那些惊涛骇浪汹涌而来的关键时刻，我们更是需要踏着人民群众用自家的小船和门板架建的"浮桥"去抵达胜利的彼岸。

长征第一渡，你虽然伫立在中国革命历史的源头，但却始终激励着我们初心不改，奋勇地奔向中华民族伟大复兴的美好未来。

（原载《求是》2016年第17期）

> **选**择到什么地方经商做生意十分重要。徽商选择向东就把生意做得风生水起高潮迭涌,江右商帮选择向西就很难把生意做大做强。所以,经商,方向十分重要。方向对了,商机就多,发财就快;方向错了,商机就少,发财就慢。

万寿宫：江右商帮的精神殿堂

一

著名作家余秋雨曾经写过一篇散文,说在他到过的省会城市中,南昌算是不太好玩的一个。这话引起了南昌人的极大不快,认为有失公允,不符合事实,有的人甚至要余先生为南昌正名。虽然余先生也为此做过努力,但效果甚微。平心而论,当年余秋雨先生产生这种看法,也不能全怪他。他那时来南昌,城里可看的景物确实寥寥无几。闻名遐迩的滕王阁还没有重建起来,城区的铁柱万寿宫在"文化大革命"中被一把大火烧成了灰烬,西山万寿宫在离市区几十公里的郊外,地方偏僻,路况又差,不太容易去。加上我们过去很少提及万寿宫，很多外省人对此几乎一无所知。这样，对于颇有造诣的文化学者余秋雨先生，他到南昌后当然只有把眼光投向青云谱，投向开创一代画风的八大山人，从中领略中国绘画以至中国文化的大境界。

其实，在江西老表的心目中，相较于青云谱，无论是地位还是影响，万寿宫都要高得多。如果打个不太恰当的比喻，八大山人好似阳春白雪，而万寿宫则像下里巴人。300多年前，在青云谱那冷寂阴湿的房间里，作为明朝皇室后裔的八大山人，目睹朱家的江山被清军的马蹄踏碎，心如刀绞，悲痛欲绝，于是拿起画笔，把满腔的愤怒和反抗挥洒在宣纸上，或用一只翻着白眼单脚吊立于枯枝的小鸟，或用几枝寒风中扭曲硬撑的残荷，来宣泄心中的不满和痛苦。也许是情由心生、境由画造，这样八大山人也就在有意无意中开创了新的大写意画风。如果没有明朝的灭亡，八大山人也就不可能创作出那么多风格独具的画作，也就不可能在中国画坛上树起一座巍峨的丰碑。但实事求是地说，不管八大山人在绘画上取得多么杰出的成就，不管青云谱多么有名，在当时为温饱生计奔波的老百姓眼里都是无关紧要的，也是索然无味的。所以青云谱和八大山人也就很难走进一般老百姓的心里，而只能在一些文人墨客和士大夫中享受其崇高地位。文学艺术有时就是这样，其水平的高低同大众的喜爱往往是两回事。对许多大家的作品，老百姓觉得离自己的生活太远，所以他们并不买账。如此，青云谱被普罗大众冷落也就很自然了。

但是万寿宫却完全不同，自从其诞生的第一天起，就与老百姓的命运紧紧地连在一起。万寿宫所祭祀的主神许逊，生于西晋时的南昌，同八大山人一样都是一位地道的老表。他先在四川旌阳当了10年县令，做了很多好事，深受当地人民的爱戴。以后辞官回到家乡，为人民斩妖除蛟，消除水患。传说他在南昌的广润门旁铸了一口铁柱井，里面安了8根铁链，锁住孽龙尾巴，并作谶语符咒。同时他还灭瘟除疫，治病救人，使得南昌地区风调雨顺，人民安居乐业。许逊后来隐居西山，潜心修炼，被尊为净明道的祖师。在东晋宁康二年（374年）136岁时终于修成正果，携全家42口，连同鸡犬，拔宅升天。这也是成语"一人得道，鸡犬升天"的来历之一。

　　由于许逊竭尽全力为老百姓谋福祉，特别是使人民不再受洪水之害，在他仙逝升天之后，当地的人们把他视为"福主"，并自发地建祠纪念，这祠以后被称为万寿宫。在江西历史上，最早建造的万寿宫就是本文开头时所讲的两座。一是许逊隐居修道地的西山万寿宫，这是一个庞大的建筑群，高大华丽的山门里面，有高明殿、关帝殿、三官殿、谌母殿、三清殿、夫人殿、玉皇殿、财神殿，有玉册阁、紫微阁、敕书阁和冲天阁，以及十二小殿、七楼、三廊、七门、三十六堂和大戏台。宫外还有太虚观、接仙台、云会堂等附属建筑。远远望去，红墙绿瓦，层楼叠阁，金碧辉煌，气势恢宏，犹如天上宫阙。二是南昌老市区许逊斩蛟治水处的铁柱万寿宫，虽然在"文化大革命"中被毁，但从清光绪四年（1878年）《逍遥山万寿宫志》的绘图来看，铁柱万寿宫的规模也是不小的。整个宫殿分为东西两个部分，主体建筑在东部，前院有戏台、水池，宫墙内有广庭，中设甬道，通向正殿，后面是玉皇殿，均为五开间重檐歇山式建筑。西部主要有关帝殿、夫人殿、谌母殿等。但最具象征意义的铁柱井却没有了。据有关专家考证，明初大臣宋濂曾作《镇蛟灵柱颂》，吏部尚书刘崧也在《紫霞沧州楼记》中称"此楼与铁柱亭对峙"，应该说铁柱井至少在明朝初期是存在的。

　　从晋代开始，许逊就逐渐成为江西特有的地方保护神，成为全省老百姓心中的神仙。从此，赣鄱大地乃至省外赣籍移民地区都相继建起了万寿宫，特别是在明清时期随着江右商帮的兴盛，万寿宫的建设又掀起了一个新的高潮。据有关资料，现今发现最早且保存完好的江右商帮在外省建造的万寿宫，是明代天顺年间修建的重庆中坝万寿宫。可以毫不夸张地说，举凡有江右商帮的地方，就一定会有万寿宫。在江右商帮最为兴旺的清代，全国共有近2000座万寿宫，除省内600余座外，几乎分布于全国各地，甚至漂洋过海，建到了东南亚一带，现在新加坡的惹兰勿律街上就有一座万寿宫。

江右商帮，让万寿宫成了江西在全国乃至海外的历史性地标。这是中国建筑史上的一大奇观。

二

我总在想，对许逊的崇拜和祭祀，最初只不过是当地的一种民间风俗和宗教现象，万寿宫也只是道观建筑。无论是许逊本人的经历还是专门祭祀他的万寿宫，可以说同江右商帮没有什么关系。但为什么江右商帮走到哪里都要建造万寿宫供奉许逊呢？以至最终人们把万寿宫和江右商帮完全等同起来，认为江右商帮就是万寿宫的代表，万寿宫文化就是江右商帮文化，对万寿宫文化本身的内涵反而淡化甚至不知其然了。

任何事物都不是无缘无故产生的。江右商帮之所以要举起万寿宫的旗帜，乃是当时他们经商做生意的需要。

第一，万寿宫在历代朝廷和老百姓中享有的神圣地位，有利于提升江右商帮的影响力。万寿宫始建以来，不仅受到当地老百姓的顶礼膜拜，而且得到历代朝廷的高度重视。南昌市区的万寿宫，唐代叫"铁柱观"，北宋大中祥符二年（1009年）宋真宗将其改名为"景德观"。南宋嘉定元年（1208年），宋宁宗御书"铁柱延真之宫"，将"观"改为"宫"。元元贞元年（1295年），元成宗继位后又将原额改赐为"铁柱延真万年宫"。明代朱元璋夺取天下后驾临南昌城，首先来到铁柱宫，亲上御香，成为第一个在铁柱宫进香的皇帝。

嘉靖四十五年（1566年），明世宗又将宫名改赐为"妙济万寿宫"，并御书"神仙怡世"。市郊的西山万寿宫，南北朝时叫游帷观，北宋大中祥符三年（1010年），宋真宗将其升格为"玉隆宫"，并亲书匾额。宋徽宗政和六年（1116年）赐为"玉隆万寿宫"，并以长安崇福宫为蓝本进行了大规模扩建。明正德十五年（1520年），明武宗题额"妙济万寿宫"。每逢许逊升天之日，数以万计的老百姓都会自觉地来到万寿宫举行祭祀许真君的盛大庙会。而诞生于宋元、兴盛于明清的江右商帮，其历史虽然比万寿宫晚得多，但他们深知万寿宫的这种特殊地位和影响，所以最初闯荡在外的江右商人便产生了一个大胆想法，何不把商会的会馆建成万寿宫？这样可以使商会的会馆更具号召力和凝聚力，特别是万寿宫那种皇权的威严和神秘的宗教力量更是一般会馆所没有的，让人顿生一种神圣感，因而不仅会提高江右商人的信誉、提升江右商人的地位，而且会为江右商人做生意创造一种良好的氛围。把万寿宫作为江右商帮的会馆，体现了江右商人的智慧，也使江右商帮同万寿宫结成了一体，万寿宫最终成了江右商帮的象征。

第二，供奉万寿宫的主神许真君，使江右商帮有了保护神。在古代交通、科技十分落后和生活条件非常艰苦的情况下，长期在外做生意的人们，希望有一个神灵来保佑他们身心的平安健康和事业的兴旺发达。在我国福建沿海一带，妈祖就是广大渔民的保护神。这位海神原是福建莆田湄洲湾海滨的一位姑娘，她不仅有着预知天气的本领，而且练就了一副好水性。她会告诉渔民什么时候可以出海，什么时候需要返航。每当大海发生风暴渔船被困的危急时刻，她会毅然纵身跃入海里冒着风浪进行救援。据说有一天晚上，大海像泼了浓浓的墨汁，狂风掀起了滔天巨浪，正在回家途中的渔船迷失了方向。这时，年轻的姑娘毅然将自家的房屋点燃，让熊熊的火光引领着渔船归航回到了港口。但可惜的是，姑娘28岁那年，在一次海上救援中再也没有回来。

村里的人认为是她感动了上天而升天成神了，于是人们就称她为妈祖，后来妈祖成了东南沿海世代渔民乃至海外华人的共同神祇。渔民们出海之前，都要到妈祖庙里烧香叩拜，祈求妈祖护佑。妈祖是他们战胜各种艰难险阻的巨大精神力量。目前，全世界有妈祖庙上万座，遍及45个国家和地区。20世纪80年代，联合国有关机构授予妈祖"和平女神"称号，并于2009年9月将其正式列为人类非物质文化遗产。同妈祖相比，许逊的成仙过程也极为相似。他原为一介平民，通过举孝廉，做县令，为民除害，行医治病，最终羽化成仙，被人们自发祭拜。江右商帮长期出门在外做生意，吉凶难卜，生死难料，因此他们需要一个神祇来保护他们，而在赣地早已成神的许真君正好符合这些生意人的心愿，于是便把许真君奉为江右商帮的"福主"进行祭祀。人们的心理是十分复杂的，明明知道神祇是人供奉出来的，但对神都有一种敬畏心，都相信神有一种超自然的灵性。祭拜了，心里就踏实了，精神就有了支撑；不祭拜，就会显得心神不定，恐惧不安，以至出现不应该出现的过错和不测。

第三，万寿宫所蕴含的文化内核，有益于江右商帮生意的进行。在长期的历史积淀中，万寿宫文化由最初许逊创立的"忠、孝、廉、慎、宽、裕、容、忍""八宝垂训"逐渐发展成了一种具有鲜明特色的地方文化现象。这种文化集中表现在不惧邪恶、敢于斗争上，表现在舍弃自我、造福百姓上，表现在不畏艰难、坚忍不拔上，表现在忠诚待人、讲求信用上，表现在取财有道、义利兼顾上，表现在宽容大度、谦虚谨慎上，表现在同舟共济、相互帮助上，表现在孝长爱幼、清白做人上，表现在积德向善、善有善报上。还有就是许逊一生与"水"有关。古人认为"水主财"，水能生财，财随水走。五行中的水也代表财富。这是因为凡是有河流的地方都是商船云集、经济发达的地方。所以，万寿宫的宗教伦理文化也是江右商帮所主张的商业伦理文化。于是，他们便全盘"拿来"为我所用，以至成了江右商帮不成文的行规，成了江右商帮文化的核心和支柱。

此后，随着江右商帮队伍和活动范围的不断扩大，万寿宫文化渐渐成了江西地域文化的代表。

第四，以万寿宫为会馆，可以为江右商帮营造一个"远方的家园"。在古代，由于条件艰苦，商人做生意很不容易，不仅长期背井离乡，尝尽远离亲人之苦，而且要在异地他乡顽强奋斗，拓出经商的新天地。可以想见，独在异乡为异客的商人们，心里是多么的寂寞孤独，又是多么的无依无靠。他们需要亲情，需要乡情，需要同故乡人在一起炉边夜话、同枕共眠，在一起大块吃肉、大碗喝酒，在一起看戏娱乐、同哭同笑。这样就需要有一个公共活动场所。于是商会会馆就顺时顺势地诞生了，于是江右商帮也建起了具有会馆功能的万寿宫。江右商人经常在这里见面会友，在这里协商事情，在这里互通有无，在这里歇脚休息，在这里拉家常，在这里看大戏。即使长年不能回家，也有一个温暖的归宿。万寿宫给了江右商人莫大的心灵慰藉，成了他们不可或缺的精神家园。

三

在云南会泽县，有一座被誉为全省古代建筑之冠的宫殿式建筑。这就是江右商人在清康熙五十年（1711年）兴建的万寿宫。这座宫殿的三进院落，沿中轴线依次排列。第一进为门楼通道，前檐三重，悬挂九龙捧圣"万寿宫"直匾，后为五重飞檐的戏楼，福禄寿三星镇中，屋顶42只翘起首翼角，与戏楼台下42根落地柱相对应。第二进是真君殿，面阔五间，石雕围栏，直柱飞檐，画栋雕梁，巍峨壮观，两边为对称的偏殿，后檐有一韦陀亭。第三进是观音殿，殿堂高大雄伟，两面是东西书房。另外在中殿和后殿两边还辟有东西跨院。整座建筑占地面积7545平方米，房屋44间，集雄、奇、秀、美于一体，不愧为万寿宫建筑中的杰作。

此时，一场祭祀许真君的仪式正在宫里举行。来自当地的江右商人们表情严肃、神态虔诚，朝着许真君三跪九拜，一方面祈求"福主"保佑，一方面向"福主"发誓遵守"贾德"，做个有良心的生意人。宫里香烟缭绕、烛光闪烁，神台上的许真君似动非动，若隐若现，显得更加神秘和灵验。

这种祭祀仪式，每逢重要节日或时刻，江右商帮都要举行，这是对他们的一次宗教洗礼，也是对他们的一次精神淬炼。正是在这种祭祀活动中，万寿宫文化逐渐渗入江右商人们的灵魂深处，并化为实际行动，从而形成了宝贵的江右商帮精神。

江右商帮精神是一种不畏艰苦、拼搏创业的精神。不论在哪里做生意，也不论做的是哪门生意，江右商人吃苦的精神都是有口皆碑的。别人去不了的地方，江右商人会去；别人不想做的生意，江右商人会做。跌倒了，爬起来；亏损了，从头再来。清代临川商人李宜民，开始经商时就出师不利，连连亏损，把老本都搭了进去。但他没有气馁，只身前往云南太平土司一带从事贩运活动。他风餐露宿，忍饥挨饿，艰难跋涉在深山老林中，从一个寨子到另一个寨子，从一户人家到另一户人家，把货品卖给当地人。就这样积小利为大利，手中终于有了一笔钱。这时，他又前往广西桂林，打入盐业经营领域。当盐运商看到地方官府对他们多方敲剥而纷纷畏缩不前时，李宜民却果敢而上，独自担当起运盐的任务。他派出100多条大船，往返于粤桂之间，虽然每次赚钱不多，但一直坚持运输不止，以至逐渐掌握了盐业经营权，成为广西首富。像李宜民这样"哪儿有财发就去哪儿拼"的例子，在江右商人中比比皆是。特别是在一些中小商人中，他们所遇到的困难，所经历的艰险，所打拼的程度，所吃过的苦头，丝毫不会比李宜民逊色。许多商人肩挑货担，走州过府，不顾风吹雨打，不顾路途安危，到处买卖货物，哪怕只有微利也决不放弃。这也是江右商帮能够历尽磨难而得以不断发展的根本原因。

江右商帮精神是一种讲求诚信、童叟无欺的精神。万寿宫文化的核心之一就是"诚信"，这也是江右商帮的一个重要行规。江右商人不管在哪里做生意，都把诚信带到哪里，最典型的是江西樟树的药帮。据《清江县志》载，樟树本地的药材资源并不丰富，主要来自湖广和四川及南直隶等地，但药材的加工都在樟树。因为坚持不掺杂使假、不偷工减料、不以次充好，保证了过硬质量，从而赢得了"药不到樟树不齐""药不过樟树不灵"的声誉。樟树的药材随着药商的经营足迹遍及全国各地甚至东南亚等地，樟树也由此成为全国著名的"药码头"。其他行业的商人也是如此。临川人张世远、张世达兄弟在汉口做纸业生意，有一次卖纸后发现买主钟良佐多给了100两银子。兄弟俩认为"此非分之财，必还之"，马上找到买主如数予以归还。浮梁人朱文炽是有名的茶商，每当茶叶过期后，他就在与别人交易的契约上注明"陈茶"字样，从不以旧当新，蒙混和欺骗顾客。

江右商帮精神是一种团结互助、宽容和谐的精神。在做生意的过程中，不免要遇到很多意想不到而靠个人又很难解决的事情，面对这种情况，江右商人都会伸出援助之手，急人所急，帮人所需。明清时的江右商帮，大约有60%的人都出身贫寒人家。做生意缺乏资金，这时亲友、乡邻都会拿钱借贷给他们，为他们筹措经商的本钱。各地在建造万寿宫时，所需资金也不是商人平均分摊，而是实力强的就多出，实力弱的就少出，有些生意做得不好的就象征性地表示一点。黄庆仁栈是个合伙药店，一方老板去世后，因他的小孩还是幼儿，另一个老板便主动地承担起抚养其幼儿的责任，孩子长大后又让其一起经营药店。对伤害自己的同行，江右商人也是宽以待人、和谐相处。南昌人胡哲启在湖广一带经商，有一次，他把一批价值千两银子的货物存放在宝应一家商行，被行户盗卖。有人主张到官府去控告，胡哲启却摇了摇头没有同意，并说钱丢了可以再赚，人际关系搞坏了不可弥补，和气才能生财。特别是在碰到有人趁火打劫时，江右商人都会挺身而出，奋力相救。高安商人梁懋竹与两位同行押运一船货物经过洞庭湖时，因天色太晚在码头泊宿，不料有几个盗贼登船向他们索要财物，为保护两位同行，梁懋竹谎称他们是自己的兄弟，自己拿出钱财把盗贼打发走了。

江右商帮精神是一种致富讲义、回报社会的精神。为民造福是许真君一生的最大功德，也是万寿宫文化的本质体现。江右商人始终坚守这一要义，在做生意致富后，自觉把一部分钱财用于社会公益事业，或修桥修路，或建渡置船，或兴建书院，或扶贫济困，或救灾赈灾，或修谱建祠。清朝嘉庆、道光时期的金溪商人陈文楷，先后在四川和云南开采铁矿取得了不错的业绩，于是他便拿出一部分银子从四川购买1万余石大米运至江西老家减价出售，以帮助穷困百姓度过饥荒。对云贵当地的百姓，他"夏施汤药，冬施棉花，访急难困苦者而援之。值岁余，袖白金分贻孤寡、炊烟不举者"。临川商人华联辉，在贵州开设"永隆裕"盐号，靠经营盐业成为贵州的第一大富豪。清同治元年（1862年），他在茅台最先创办"成义烧房"，成为茅台酒的创始人之一。他富了不忘义举，投入百万两白银兴教办学，开办书局，扶困济民。南昌人黄文植是中国近代著名的实业家和金融家。他为人慷慨，乐善好施。湖北和陕西发生水旱灾害，他捐财献物，还在汉口和南京等地设立孤儿院，将灾区的孤儿接来抚养教育。他捐资20万两银子加固赣江大堤，捐资10万两银子在南昌创办小学，让农家子弟免费入学。他还捐资在家乡修桥梁、建渡口和施粮济贫。还有些江右商人将乡邻们所欠的债务主动免掉。金溪商人刘光昌长期在外做典当生意，晚年回家仍操旧业。有些乡民用衣被典贷粮食，有一年歉收而无法赎回，随着天气渐冷，刘光昌将这些乡民招来，让他们将衣被全部取回，所贷粮食均不再索要。有人不解，刘光昌说："天气凛冽，族邻号寒，吾忍厚绵独拥乎？"临川商人李春华在贵州经商几十年，晚年返回家乡之前，招来欠款人，将1万多两银子的债券当面全部烧毁。所以，提起江右商帮，许多人都以"义贾"相称。从一定角度来说，这是对江右商帮的最高评价。

万寿宫，为江右商帮高耸起了一座精神宫殿。

四

也许有人会问，既然江右商帮这么优秀，又号称中华"十大商帮"之一，但为什么没有出过在全国赫赫有名的巨商呢？又为什么没有成批地涌现出类拔萃的大贾呢？历史是复杂的，其中的原因也是复杂的。

在我的面前摆放着两张特殊的地图。一张是江右商帮在全国和海外所建万寿宫的分布图，我粗略地做了个统计，其中在湖南、四川、贵州和云南四省建造的万寿宫共有700多座，大约占了省外万寿宫的40%。一张是徽商分布图，以扬州为中心向周边辐射，其主要范围在江浙一带。

我的心不由得一震，这两张图就像两个截然相反的箭头向万里长江的两头射去，一个向东，一个向西，深深地刺痛了我的心。

第一个箭头是徽商，他们所指向的中国东部是长江下游地区，这里是中国最富庶的地方，河流纵横，水网密布，地势平坦，沃野千里，人口稠密，交通便利，物产丰富，经济发达，人们生活富裕，市场十分广阔，到处充满着蓬勃的商机，到处活跃着令人眼花缭乱的生意。成批的徽商从皖南的大山里走出，他们沿着长江顺流向东，来到了这片黄金般的土地，乘势借力，大展身手,把无数的商机转化为巨量的财富,涌现了一批批叱咤风云的商界巨头。

第二个箭头是江右商帮,他们所指向的中国西部是长江中上游地区。大家想想,古代的中国西部意味着什么?意味着高山峡谷,艰难险阻;意味着树深林密,虎狼出没;意味着交通闭塞,路途遥远;意味着人口稀少,贫穷落后。而且越往西越糟糕,不少地方还处于刀耕火种的原始社会。江右商人去到这样的地方做生意,会有什么商机吗?会有什么大买卖吗?做生意能够赚到大钱吗?能够成得了大气候吗?

江右商帮来到西部后,看到这里的银、铁、铜、铅、锌等矿产资源十分丰富和一些日用的生产生活物品严重缺乏,于是他们主要开展两大类经营活动:一是矿产开采,二是贩卖布匹、药材、瓷器、纸张、茶叶和经营钱庄、刊刻图书等。据有关资料记载,明清时期,西南的云贵川等省的采矿业大多操于江右商人之手。每开一矿,投入银子10万两、20万两不等,雇工多达上百人。也有一部分江右商人集矿主和行商两重身份为一体,一面开矿,一面做货物买卖。云南有个叫卡瓦的地方,既开矿又做买卖的江西人有二三万人。江西商人车鹏在云南华宁县建立窑厂,生产和销售碗碟等日用陶瓷。尔后有汪、彭、杨、周、张、卢、尹等江西老乡相继而至,从而形成了一个以制瓷为主业的碗窑村。在贵阳,市中心成片的店铺都为江西商人所开,丰城商人几乎垄断了全市的油业,绸缎经营业的老大也是一个名叫蔡逊堂的江西商人。在云贵两省,甚至出现了"非江右商贾居之不成地,无江右商贾买卖不成市"的景象,许多城镇还建起了"江西街""江西路"。怪不得如今云贵两省的人口中至少有一半的祖籍是江西。但是,由于这里路途遥远、交通不便、成本高昂、市场狭小,大多数江右商人都赚不到多少钱。可以说,西南地区的山山水水为江右商帮提供了做生意的广阔场所,同时也极大地限制了江右商帮的扩张,阻挡了江右商帮前进的步伐。

由此可见，选择到什么地方经商做生意十分重要。徽商选择向东就把生意做得风生水起高潮迭涌，江右商帮选择向西就很难把生意做大做强。所以，经商，方向十分重要。方向对了，商机就多，发财就快；方向错了，商机就少，发财就慢。

也许有人会问，江右商帮为什么不像徽商那样向东经商，而非要到西部去呢？这与明朝初期的大移民有着密切的关系。经过唐宋两朝的发展，江西的经济走在了全国的前列，出现了人多地少、不堪重负的局面。相反湖广特别是四川等西南地区，人口数量严重不足，大量土地无人耕种。在元末农民起义中，朱元璋先后战胜陈友谅、张士诚和取得北伐胜利后建立了大明王朝。为了改变这种发展不均的局面，他多次颁发移民令。江西民间亦自发地向湖南、湖北和四川等地大量移民。这也就是历史上有名的"江西填湖广，湖广填四川"。这个移民潮从明初一直持续到清初，移民人数总计近1000万人。俗话说："美不美家乡水，亲不亲故乡人。"因为天然的血缘关系和老乡感情，江西商帮也就自觉和不自觉地伴随着这股移民大潮把生意做到了乡亲们的移居地，何况其中有不少的移民本身就是做生意的商人。正如抚州人艾南英在《天佣子集》中所说："随阳之雁犹不能至，而吾乡之人都成聚于其所。"加上这一带是新的开发区域，进到这里经商又没有什么竞争对手。这恐怕是江右商帮向西部发展的一个主要原因。当然，也有不少江右商人到其他方向经商做生意，但始终没有形成江右商帮的主流。

五

以万寿宫为道场的净明道，其实是一种"草根宗教"，因为信奉和祭祀许真君的都是一般民众。同样，把万寿宫作为会所的江右商帮，也是一个"草根商帮"，因为其经商的人员大都是草根阶层。这样就决定了江右商帮一般都缺乏封建官府权力的背景。而在中国皇权一统的封建专制社会，如果背后没有强大的权力特别是朝廷皇权的支撑，生意无论如何是做不顺、做不大的。只有得到封建权力强力支持的商帮，生意才能如鱼得水，无往不胜。因为红顶和草帽毕竟有天壤之别，不可同日而语。

这里先让我们回顾一下晋商发展的历史。这个商帮为什么能够纵横驰骋而执中国清朝商业之牛耳？说一千道一万，就在于后面有清朝政府的强大背景。早在明朝末年，一些山西商人就以张家口为基地，往返于关内外从事贩卖贸易活动，为满族政权输送物资，甚至传递文书情报，从而同满族政权建立了良好的关系。清朝建立后，这种关系就更为巩固和密切。顺治初年，清政府将山西商人范永斗召为内务皇商，赐产张家口，并受朝廷委托经营皮币生意。康熙中期，清政府在平定准噶尔叛乱时，组织一批汉族商人随军贸易，而这些商人中的绝大多数都是被清廷命名为"皇商"的山西商人。他们为清军提供军粮、军马等军需品，清廷也给予了这些商人独占其利的经商特权，使他们获得巨额利润。人们所熟知的"走西口"，出了这个口就是大青山，就是包头，就是库伦（今乌兰巴托），许多晋商长年在这一带做生意，并得到清政府的特殊照顾，其中最大的"大盛魁"商号，从业人员达六七千人，其家产能用50两重的银圆从库伦到北京铺一条路。特别是晋商握有为清政府代垫和汇兑军协饷的特权，继而涌现了一批票号金融寡头。由此可见，始终依靠结托清政府，始终依靠清朝政府这个强大的权力后盾，是晋商得以崛起的根本原因。

其实，何止是晋商，中国所有的大商巨贾都是傍着朝廷这座权力大山登上财富巅峰的。徽商胡雪岩原本是个钱庄的学徒，因为靠上了浙江巡抚王有龄，创办阜康钱庄，一跃为杭城的大商绅。左宗棠接任浙江巡抚后，胡雪岩凭着1861年太平军攻打杭州时为清军购买军火、粮米有功，又得到左宗棠的信任，委任他为总管，主持全省钱粮、军饷，阜康钱庄由此获取了丰厚的利润。他还协助左宗棠开办企业，主持上海采运局，兼管福州船政局，经手购买外国机器、军火，从中获得了巨量回佣。他还操纵江浙市场，专营丝、茶出口，垄断金融。同治十三年（1874年），又开办胡庆余堂药号，精制便于携带和服用的药丸、药膏，赚取了可观的钱财。就这样，胡雪岩的生意像膨胀的气球一样迅速扩张，仅仅数年，其阜康钱庄的银子就达到2000万两，支店遍及大江南北，同时还购置了1万余亩的田地。

与此相反，我们江右商帮却严重缺乏这种封建权力的背景。他们很不善于经营同官府的关系，与朝廷的接触就更是微乎其微。也许是长期生活在自给自足的环境里养成的万事不求人的性格，江西人外出经商，不善于和外人打交道，也很少主动去打通当地官府和官员的环节，往往是一人或几人在一起闷头打拼。再说江右商人大都没有多少本钱，根本没有雄厚的实力去同官府和官员建立深厚的关系。即使有少数江右商人能够和官府或官员结交，也是场面上的，礼尚往来式的，真正与官府或官员特别是朝廷利益与共的红顶商人少之又少。吉安商人周扶九可说是江右商人中有封建权力背景的商人之一。由于他举家迁往扬州后即同江淮主管盐业的官员攀上了关系，加上其又具有胆略和谋略，逐渐取得了盐业经营权，不到20年便成为中国巨富。之后他又移居上海，一边经营地产和黄金生意，一边将积累起来的资本在上海、南京、武汉、长沙、南昌等近20个城市开设钱庄。但绝大多数江右商人却没有周扶九这样幸运。由于缺少官府和朝廷的有力支持及保护，不仅很少获得封建官方给予的商业机会和经营特权，而且在做生意时放不开手脚，显得小心翼翼，甚而常常遭受不公正对待，不是被敲诈勒索，就是被排挤打压，致使生意很难做下去。因此，许多江右商人就以家族、姓氏、村庄和地域为单位，在其经商做生意的地方集中连片居住，以集体的力量来对付封建官府和官员的这种欺压和盘剥。还有些江右商人索性到封建官府统治薄弱人烟稀少的西部少数民族居住地乃至缅甸去发展，在那里做生意，久而久之成为当地少数民族的酋长或首领。明代万历年间，任云南澜沧兵备副使的王士性曾往各地巡视，发现江西抚州商人不少，因而在其著述中这样描述说："视云南全省，抚人居什之五六，初犹以为商贩，止城市也。既而察之，土府、土州、凡爨猡不能自致于土司者，乡村间征输里役，无非抚人为之矣。然犹以为内地也。及遣人抚缅，取其途经酋长姓名回，自永昌以至缅莽，地经万里，行阅两月，虽异地怪族，但有一聚落，其酋长头目无非抚人为之矣。"云南如此，贵州也是如此，现在该省不少少数民族人士就是江西人的后裔。贵州省原省长王朝文是位优秀的苗族干部，他的先祖就是清朝时的一位江西抚州商人，有一次，因到苗寨经商做生意，被寨主的女儿看中而被招为女婿，从此便在苗寨生活下来，并一代一代生息繁衍至今。

所以，在权力至高无上的封建社会，有无权力背景直接决定了经商的层次格局和兴衰成败。由此，我想起了现在流行的一句网络语言：人家有的是背景，而我有的是背影。这不就是晋商徽商和江右商帮的形象写照吗？

六

综观全国各地的万寿宫，都有一座大小不等的戏台，这几乎成了万寿宫的一种标配。每年农历八月初一到十五，各地的江右商人都会请戏班子来演戏。所演的不外乎都是帝王将相和才子佳人的故事，特别是那些"清官戏"和"男女相约后花园，落难公子中状元"的戏剧，同万寿宫文化有着很多相似的地方。许真君的好官形象，许真君隐居山林潜心修道的成功，许真君一人得道鸡犬升天的善报，不就是封建社会仕而优则名、"十年寒窗一举成名"、一人做官全家沾光的生动体现吗？加上江西是个官本位根深蒂固的省份，这些因素的叠加，不能不对江右商帮产生诸多的消极影响。

这种消极影响最突出的表现就是不少江右商人身在商场心在衙门，把做官看成人生的最高追求。明明每天在经商做生意，但时时刻刻都在考虑怎样才能捞到一官半职。但官场和商场一样都是非常严峻的，科举取士就像千军万马过独木桥，并不是所有人都经得起"十年寒窗苦"，都能"金榜题名"的。这样有些人便被迫做起生意来，先赚钱，再用钱买官。丰城人李钟喆，一生追求科举功名，但却屡试不第，而家道又日渐衰弱。于是让两个儿子到湖北做生意，赚了不少钱。他便用这些钱买了个"文林郎"的官，又让孙子读书中了进士。临川人李诞辰，靠经营盐业成为商界富翁，后入仕为官，最后做到两江盐督。庐陵东界人刘子持，少时孤贫。他经商致富后，便助两个弟弟读书，二弟刘子杨在乡试中夺魁，被任命为阳春知县。在明清两朝的江右商帮中，这种为官而商，先商后官，把经商当作一种权宜之计，当作一种台阶和跳板，以实现"曲线科举致士"的人，几乎随时可见。据历史专家方志远考证，在明清时期，还有一种所谓的"捐纳"，亦即商人用钱为自己或子弟捐官，或让自己或子弟入国子监读书。明朝规定凡捐米800石均可入国子监读书。清朝规定凡纳谷180石或银子108两即可"捐纳"。这一政策就更是对商人赚钱捐官的直接激励。据史载，吉安商人致富后用钱为父母和自己买官的现象非常普遍。如庐陵湖塘人罗克勤被官府"赠奉政大夫"，庐陵第四塘人刘培秀被官府"赠通政大夫"，等等。骨子里的轻商重官，使一些通过经商赚钱买了官职的江右商人不再在商场上奋力拼搏，而是整天陶醉于头上的乌纱帽。

19世纪晚期，全国掀起了轰轰烈烈的洋务运动，江浙皖等地的不少官员和商人都纷纷创办新式工厂，有些朝中大臣直接就是洋务运动的巨头，成了中国第一批"发洋财"的人。两广总督、洋务派代表人物张之洞创办了汉阳铁厂，修建了京汉、粤汉铁路。中国民族工业的先驱荣宗敬、荣德生创办了纺织厂和面粉厂，被誉为"棉纱大王""面粉大王"。然而，一心只想做官的江西人却泥古不化，裹足不前，几乎没有人投入到这场前所未有的经济大变革中去。在洋务运动中的缺位，使江右商帮白白丧失了发展壮大的良机。

实践证明，一个热衷于科举做官的商帮，是不可能在商场上演出一出出威武雄壮的大戏的。

七

江右商帮很少出现坐拥巨资的杰出人物，与万寿宫的"裕"文化有着很大的关系。"裕"者，小富即安也。只要有吃有穿有用，生活不愁，一辈子也就安心了。这种典型的小农经济思想，与商业精神是背道而驰的。一般来说，追逐效益最大化，追逐利润最大化，这是经商做生意的最高目标，也是衡量经商做生意成败的主要标志。小富即安，肯定是不能把生意做大做红火的。

由于小富即安，江右商帮在经商做生意的过程中，不是富而思进，而是不思进取。他们往往满足于小本经营，即使赚了不少的银两，有了一定的实力，也不去扩大经营规模，总觉得这样已经非常不错，没有必要再去花那个心思折腾了。同时，小富即安的心理，还使不少江右商人在做生意时怕"肥水流入外人田"，因而喜欢一家人单打独斗，开的是"夫妻店""父子店""兄弟店""姐妹店""亲戚店"，多家联手合伙经营的极少，更不要说雇请行家里手为自己的商业进行经营了。再就是，小富即安还导致了江右商人在一个地方经商后，基本上就在原地打转，不敢或很少想到要把生意做到更广阔的地方去。至于把商业资本转化为产业资本和金融资本连想都不敢想。还有一些江右商人在赚了几把银子后便心满意足，洗手上岸，不再去经营生意买卖了。南昌人刘善萃，在汉口经商致富后，回到家乡买田置产，不复出门。金溪人徐廷辉，在云南做生意，家里生活富裕后，便毅然告别了商场，过起了安闲日子。不仅如此，在江右商人中，有不少人是亦农亦商，农忙时在家种田，农闲时挑着货担外出做生意。还有些是手工业者，靠仅有的一技之长赚钱。

在万寿宫文化中，与"裕"文化紧密相连的是"孝"文化。这种文化很容易导致人们恋家顾家，缺乏远大目光。在江右商人中，有不少在外经商发了财后便回到家里孝敬父母。武宁人柯性刚，善于经营生意，有人劝他把生意做到川广去，这样可以成为大富翁，他却遵循"父母在，不远游"的古训，赚了一些钱后撒手不干，终日陪伴着父母和家人。

万寿宫文化中的"裕"和"孝"，就像两根无形的绳索，禁锢了江右商人的思想，缚住了江右商人的手脚，使他们严重缺乏创造力，特别是在经营方式上，不能审时度势，不能大胆创新，而是墨守成规，抱残守缺，不敢越雷池一步，基本上是以"小""散""旧"为主，而且代代相传，一成不变。这样就使自己的生意越做越被动，经商之路也就越走越狭窄。为什么江右商帮的中小商人特别多，而富甲一方的大佬特别少？这不能不是一个十分重要的原因。这也是江右商帮的一个典型特征。

但是，晋商就不是这样，他们的经营方式要先进得多。这突出地体现在三个方面：一是经营上舍得资本投入，不少晋商都是大投入、大产出，做的是大买卖、大生意。二是敢于大胆拓展经营业务，在生意做到一定规模后马上由本地向外地乃至全国和国外发展。创建于清道光四年（1824年）的中国第一家票号"日升昌",分号遍布全国30多个城市,业务远及欧美和东南亚等地,以"汇通天下"著称于世。乔家大院的主人乔致庸在全国和国外开有钱庄、票号200多处,资产达数千万两白银。三是联合或委托经营。开始由几个商人组成共同经营的主体,后来发展到东伙制,即由东家出资,聘请掌柜经营,东家不能干预具体经营业务,掌柜和员工根据所负责任大小获得一定股份,也称身股制,年终根据商号收益按股份多少参加分红,有点类似于现在的股份制。这样就保证了商号能够由最能干的人进行经营,有利于调动全体员工的积极性,有利于产生更高更好的效益,有利于生意的快速扩张和做大做强。这是晋商的一大创举,也是晋商得以不断发展并称雄于全国的奥秘所在。

因此,一个好的经营方式,就是一把经商做生意的金钥匙。有了这把金钥匙,就能不断打开创造财富的新大门。

江右商帮所缺少的正是这样一把金钥匙。

八

万寿宫文化作为一种在道教基础上形成的文化,"慎"是其主要内容之一,核心是讲究自我修炼,慎思慎为,也就是强调指向人的内心,因而具有很强的封闭性。因为向内,就自我束缚,瞻前顾后,前怕狼,后怕虎;因为向内,就对外界有一种本能的拒绝,对风险有一种本能的畏惧。同时,江西又是四面环山的盆地型内陆地区,远离浩瀚无际的大海,这里没有汹涌滔天的海浪,没有嶙峋交错的暗礁。这种封闭的地理环境与向内封闭的文化环境,构成了江西自然和人文的基本特征。

由于受万寿宫向内的封闭性"慎"文化影响，加上生活在封闭的地理环境中，江右商帮先天就缺乏一种敢想敢干、敢于冒险的精神。商场犹如大海，充满惊涛骇浪；从商犹如下海，必须搏风击浪。所以，经商做生意，必须具有一种"风萧萧兮易水寒，壮士一去兮不复还"的决绝，必须具有"哪管波涛滔天，我自只管向前"的胆略。只有不怕风险，敢于闯荡，才能把生意做到别人不敢做的地方去，才能不断开拓出一方方商业的新天地。而且，经商的风险同效益是成正比的，风险越大，效益越高；风险越小，效益越低。本来，明代海禁以后，江西成了唯一的南北主要交通要道，所有的对外贸易货物都要经过这里，这为江右商人把生意做向全国各地，特别是借船出海向海外发展创造了千载难逢的机遇。但江右商帮却因为风险意识薄弱，"怕"字当头，怕这怕那，不愿远行，不愿冒险，不敢勇于进击，不敢大胆向前，生怕到头来"竹篮打水一场空"。明朝后期的新城县（今黎川县），是闽赣两地的区域贸易中心，江西的大米、福建的私盐，多经此地中转。从这里跨过武夷山就是福建沿海，但当地许多商人因害怕海洋的风暴，害怕海洋的鱼腹，而不愿远行，只满足于在这里做个中转商，当个"座山雕"。黎川如此，其他地方也是如此。清同治年间的《会昌县志》记载，当地的商贾，"不善治生"，"惮作远客"，"故资舟车以行其货者甚寡。如杉木为邑所产，康熙、雍正间，尚有运金陵以售者。近年木客，不过贩及省垣青山而止。粤东引盐，销售于瑞金、宁都、石城、于都、兴国，俱从本邑上游顺流泛舟。然售贩者，邑人仅十之二，闽粤之客十有八"。由于不愿远行，不敢闯荡，江右商帮的生意也就很难红火兴旺起来。

但是，与江右商帮一山之隔的闽粤两大商帮就完全不一样。由于闽粤两地远离京城，受封建朝廷的控制相对薄弱，又濒临沿海，受海洋贸易的影响，所以两地很早就形成了浓郁的重商文化。特别是经年与大海打交道，他们身上有着海洋一般的性格，海洋一般的意志，海洋一般的胸怀。这就是天不怕，地不怕，敢于冒险，敢拼敢闯，敢为天下先的精神。可以说，凡是有潮水的地方就有闽商和粤商；凡是风险最大的地方，就有闽商和粤商。闽商把"少年不打拼，老来无名声""三分天注定，七分靠打拼"作为经商做生意的信条，一旦认定了有利可图，就倾家投入，成功则立马成为巨商富贾。粤商更是驾驭海洋贸易的高手。《清稗类钞》这样记载道："潮人善经商，窭空之子，只身出洋，皮枕毡衾以外无长物。受雇数年，稍稍谋独立之业。再越数年，几无不作海外巨商矣。"他们扬帆远航，漂洋过海，开启了"海上丝绸之路"的征程，用血泪、汗水和生命谱写了一部向外拓展、发家兴业的奋斗史。正因为如此，闽商中出了"橡胶大王"陈嘉庚、"亚洲糖王"郭鹤年那样的海外华人杰出企业家，粤商中亦出了一批世界级的商界巨人。伍秉鉴创办的"怡和行"，从事中西贸易，到美国投资铁路、证券和保险业务，一度成为世界级的跨国财团。林道乾原是明朝一个小官，因不满朝廷的海禁政策，索性辞职下海，他招募船员数千人，组成100多条的庞大船队，在海上从事往返暹罗（今泰国）的大米贸易30年，获取巨额财富。最后率领众人移居泰国。当地人把封给他的"北大年港"改名为"道乾港"。

敢于冒险，使闽商和粤商成为浩瀚商海中劈波斩浪的头号巨舰。而万寿宫的"慎"文化，却使江右商帮只能在海洋之外的陆地上负重前行。

九

到过贵州石阡的人都知道，这里有一座被列入"国保"单位的万寿宫，据传是清朝乾隆年间的江右商人左成宪重修的。雍正末年，紧随江右商帮的身影，左成宪从家乡来到了石阡，他发现这里盛产茶叶，便做起了茶叶生意。他把茶叶运到四川贩卖，又从四川买盐到石阡出售，同时把家乡的瓷器百货运到石阡售卖。就这样经过数年赚取了大量钱财，成了当地的富豪。他看到原来的万寿宫矮小狭窄，根本无法体现江右商帮行走天下、雄视八方的气势，便拿出40万两银子进行了重建。这重建后的万寿宫果然非同凡响，不仅具有当时最大的规模、最精致的做工，而且设计巧妙、布局奇特，宫中套宫、院中带院。整个建筑依地就势，逐级升高，就像镶在天地之间的一座巨大雕刻。

毫无疑问，石阡万寿宫是云贵高原上所有万寿宫建筑的一座高峰，但遗憾的是，在江右商帮中却极少有这样高峰式的代表人物。就像这云贵两省一样，虽然是全国四大高原之一，但却没有像珠穆朗玛峰那样的高峰。江右商帮在历史上创造的辉煌，恰是这种有高原无高峰的辉煌。反观徽商和晋商，却是一种在莽莽高原上耸立着无数高峰的辉煌。

为什么会出现这样的状况呢？让我们穿越到清代的生意场上去寻找答案吧。

在纵贯南北的千里大运河上，一条条载满食盐的商船犁开水面缓缓行进着。这些商船的主人大多都是徽州商人。因为盐业是一个带有垄断性且利润率极高的行业，所以这一船船白盐就是一船船白花花的银子。正是掌握了盐业的经营权，一大批徽商成为中国商界的大亨。康乾时期，在扬州经营盐业的徽商拥有资本4000万两银子，而当时清朝的国库存银只有7000万两。休宁商人汪福光，在江淮之间从事贩盐生意，拥有船只1000来艘，这是怎样的一种场面啊！歙县商人江春，经营盐业达52年之久，号称"天下第一盐商"，乾隆皇帝下江南时，他一夜之间用盐建造了一座白塔，引得龙颜大悦。而前面已经说过的晋商所经营的票号，也是效益奇好的生意。因为其类似于今天的银行，以钱生钱，一本万利。可见盐业和票号，是当时最容易赚钱且增值最快的两大生意。

反观江右商帮，虽然也有极少数靠经营盐业发迹的，但这只是凤毛麟角。也有一些是经营钱庄的，但资本雄厚的人极少，能把钱庄转化为票号的就更是空白。绝大多数的江右商人做的都是成本高、周期长、利润低的矿业，贩卖的也主要是本地出产的土特产品和农副产品，最大宗、最贵重的也就是粮食和木材。无论是经营的规模还是效益，同盐业和票号比起来相差甚远。《广志绎》有这样的记述："木非难而采难，伐非难而出难。木值百金，采之亦费百金，值千金，采之亦费千金。"这就是说，经营木材是赚不到什么大钱的。贩运粮食的效益也好不到哪里去。由于运输路线长，又受丰歉年影响，加上朝廷有时对价格的干预，因而平均下来的利润率也很不理想。由此可见，经营什么样的货品，对一个商帮极为重要，直接决定着一个商帮的前途与命运。江右商帮之所以不能迅速扩张和崛起，其中的因素是不言而喻的。

这也难怪，一个在当时最赚钱行业经营缺位的商帮，怎么能够创造令人惊羡的中国商海传奇呢？

十

1978年在中国大地上兴起的改革开放大潮，使古老的中华民族翻开了崭新的一页，昔日的江右商帮也凤凰涅槃，破茧成蝶，蜕变成了令人刮目相看的新赣商。

今日的江西商人不再是缩手缩脚、步履维艰的生意人了，他们一个个像身怀绝技的水手一样勇敢搏击于商海的潮头；他们不再是在生意场上做些小打小闹的买卖，而是用大气魄、大手笔构建起工商业的宏伟大厦；他们不再是"一个包袱一把伞，跑到西部做老板"，而是走南闯北把生意做到了祖国的四面八方，做到了五大洲四大洋。如今，放眼全国和世界，到处都有江西商人的身影，到处都有江西商人的足迹，到处都有江西商人创办的企业，到处都有江西商人建立的功业。

于是，从改革开放初期到新时代发展的伟大史册上，我们可以看到一串长长的新赣商名字，他们好似耀眼的群星，闪烁在万里长空。

于是，过去以信仰万寿宫为核心的江右商帮文化重新得到了发扬光大，并形成了"厚德实干，义利天下"的新赣商精神。

更使人感到高兴的是，为了保存南昌的历史记忆，南昌市已在恢复和建设铁柱万寿宫历史文化街区。古时的南昌，有7个城门，其中位于抚河和赣江交汇处不远的广润门是各种货物的进出聚散地，素有"千船万帆广润门"之称。广润门附近，就是铁柱万寿宫。在其周围，有经营各种日用小商品的翠花街，有专卖渔具土布的棋盘街，有专卖布匹绸缎的罗帛市，有专卖各种乐器的胡琴街，有专卖稻米粮食的米市街，有专卖小菜和土特产的直冲巷，有专卖竹子制品的箩巷，有专门制售老醋的醋巷，还有油巷、柴巷、炭巷等。由这20多条老街老巷组成的万寿宫街区，是老南昌最繁华的地方，是老南昌最大的商业交易市场。这里镌刻着江西古代商业的骄傲与自豪，沉淀着江右商帮的文化和精神。

这让我想起了历史上这样的一幕：1595年4月的一天，万寿宫里发生了一件破天荒的事情。一个高鼻梁、蓝眼睛的"外星人"突然降临在这里，立即在人群中引起了一阵骚动。这是一位来自意大利名叫利玛窦的人。他被万寿宫商业街区乃至南昌市的城市风情所深深吸引，一住就是3年，而且在他与亲友的书信中进行了详细的描述。当然，随着时代的进步，今天来到南昌的外国人已不计其数，来江西投资兴办企业的外商也与日俱增。我们完全可以自豪地说，今天的万寿宫和南昌，今天的江西已经和世界各地融为一体了。

在写作这篇文章之前，我特地去拜访了西山万寿宫和正在恢复建设的铁柱万寿宫，回来时正值省里在召开世界赣商大会。看着那万商云集热气腾腾的场面，我仿佛听见赣商行进在未来大道上铿锵的脚步声。如果说过去的江右商帮铸造了独一无二的万寿宫商业文化，那么新时代的赣商一定能够续写万寿宫商业文化的新辉煌。

这时，我突发奇想，江西应该建设一座全新的万寿宫，既作为与老万寿宫的对照，又作为改革开放和中国特色社会主义新时代赣商崛起的新标志。届时，如果余秋雨先生到来，他一定会大声赞叹，现在的南昌有看头了！

2019年11月

文化的奥秘就在这里，当其内化为一个人或一个民族的价值观和信仰时，就会产生不可阻挡的力量，激励着这个人或这个民族奋勇前行，就是失败了也在所不惜。

天下第一家——义门陈轶事

一

汽车沿着深山沟里的一条公路行驶着，连绵的山峰像巨浪般迎面扑来，晶莹的溪流如银线般向后飘舞。大地上下，一片秋色。过了个把时辰，车子在一个山脚前的平地上停了下来，抬眼望去，一块挺立的巨石上镌刻着五个鲜红的大字：天下第一家。

德安义门陈遗址到了。

这是一个在中华民族历史上赫赫有名的家族，创造了历时332年、传承15代、3900余人不分家的历史纪录。在这么漫长的时期内，这么多人聚族而居，财产共有，一起生产，一起生活，有饭同吃，有酒同喝，平等相待，和睦相处。

这不能不是人类社会的一个奇迹！

这是一个跨越了唐朝、五代十国和宋朝三个时期久盛不衰的大家族。而这段历史的前半期正是天下大乱的时期，唐末军阀混战，五代十国争雄，神州上下，烽烟四起。但义门陈家族却逆势发展不断壮大，不仅没有被长期的战乱所击垮，而且打破了一个大家族会随着改朝换代而衰亡的魔咒。这不能不是中国家族发展史上的一个神话！

我原以为，这么一个神奇庞大的家族，肯定坐落在古代的交通要道上，肯定聚集在山区的一片开阔地中，肯定会有不少的陈姓后裔仍在这里繁衍生息。但眼前的情景却完全相反，他们的故地在一条狭窄的山洼里。不要说在古代，就是在交通发达的今天这里也是十分偏僻的。现在虽然有个义门陈村，但姓陈的人家只有屈指可数的几户，几栋水泥房子建在路边，显得孤独而又寂寞。

历史和现实的反差竟然如此之大。我不由得发出一声感慨：这难道就是当年那个兴旺空前的义门陈吗？

据有关史料记载，义门陈最繁荣的时期，楼阁亭台，耸延四方，旌旗映日，玉柱连云，在方圆20多里的范围内，各种各样的精美建筑遍布青山绿水间。如果把巍峨宽大的正宅比作月亮，那么诸如望迎亭、旌表台、议事厅、百柱堂、大公堂、击鼓楼、秋千院、东佳书院、御书楼、东皋祠、九里殿、百婴堂、百犬牢、酒坊等大大小小的建筑就像撒在远远近近的星星，相互遥望着、呼应着、映衬着、闪烁着，发着不同的光。我心里暗自思忖，这么多的辉煌建筑，怎么会消失得如此彻底，以至无踪无影，连一点点痕迹都没有留下？

是岁月这把刀子的无情砍削，还是人类自己的践踏和摧残？

在翻阅了有关资料后才知道，义门陈的建筑，有些是在自然的风雨中倒塌的，有些是被人类的掠夺和战争毁灭的。仅宋代以来，义门陈就经历了三次大的破坏。第一次是在南宋建炎三年（1129年），流寇李成带着一帮匪徒，冲进义门陈，大肆抢劫财物，砸坏房屋，留下一片狼藉扬长而去。第二次是不久后，金兵南下，德安沦陷，因抗金名将陈士尹是义门陈的后裔，凶恶的金兵对义门陈故里进行疯狂的报复，几乎将所有建筑夷为平地。后来虽有所修复，但往昔的辉煌一去不复返了。第三次是元末农民起义，朱元璋与陈友谅大战18年，最后在鄱阳湖打败了陈友谅。为了泄恨，朱元璋下令对陈友谅祖居地义门陈先后两次焚烧和血洗。一夜之间，义门陈便成了一片火海和废墟。中国古代有个成王败寇的顽疾，胜利的一方总是对失败的一方毫不留情，非得把其一切铲平，让其在地球上彻底消失不可。

幸好几年以前，德安县车桥镇在当年义门陈正宅的附近重建了大公堂，使人们得以依稀管窥这个大家族的些许面貌。这是陈氏家族祭祀祖先的祠堂，坐落在一个小山垄里，整个建筑顺着地势向上递进。最前面是一个广场，面积不大，却很精致。从广场沿着石阶拾级而上，是一个长方形平台，两根汉白玉圆柱擎天屹立，上书对联一副：聚族三千口天下第一，同居五百年世上无双。接着便是大公堂的正门，红墙灰瓦，飞檐翘角，大门上面悬挂着"义门陈氏"匾额，四周金龙围绕，尽显高贵堂皇。大门前有一口水井，井水清澈甘甜，四季不涸。穿过正门，可见一小段灰色的残损砖墙，中间有一个大理石门，看上去有些年头但不像是宋代的遗存。再往上的最高处就是陈氏祠堂，里面供奉着义门陈的历代先祖。在祠堂四周，14棵古柏树和1棵皂角树苍然挺立。大公堂两旁的建筑是义门陈文史馆。墙上的那一行行文字和一张张图片，清晰地记载着义门陈家族的发展轨迹和脉络，这也是中华民族家族文化的一幅缩影。

我无法想象当年义门陈建筑的原貌，但眼下的这座大公堂，无论是所处的地点还是建筑本身，都显得小气逼仄，与义门陈大家族的名气很不相称。

二

唐朝大和六年，即公元832年。

对于义门陈家族来说，这是一个永远值得铭记的年份。

这一年，在江州为官的陈旺，携着全家老小，开始了一次非同寻常的迁徙。

陈旺此前居住在江州甘泉乡齐集里杖迁坪，也就是现今九江市柴桑区狮子乡牌楼村。这是他祖辈陈伯宣选择的居家地。陈伯宣出生在福建，年轻时随着父亲游览江州庐山。由于自幼爱好僻静，又博览经史，因而一登上这座峰峦，他就被这里优越美丽的环境迷住了。他见"彭蠡浸其左，九江注其右，豫章都其南，浔阳宅其北。山高水澄，秀甲他郡"，便在庐山圣治峰下的龙潭窝结茅隐居，一边过着远离尘世的生活，一边注释司马迁的《史记》，并最终于唐开元十九年（731年），在庐山脚下的杖迁坪定居下来。他甚至对他的子孙叮嘱道，这是一块要出"王侯将相与三公"的风水宝地，一定要在这里扎根传家，让陈氏家族在这块土地上繁衍兴盛起来。

既然这是一块有利于子子孙孙的福地，陈旺为什么还是要另觅他迁呢？

也许是杖迁坪就在庐山脚下，离江州太近，而江州就在长江岸边，鄱阳湖畔。陈旺嫌这里嘈杂太多，烦扰太多，是非太多，祸殃太多。从秦皇横扫六合、统一海内开始，江州一带就是兵家的必争之地，多少战火在这里燃烧，多少马蹄在这里踏过，百姓受尽流离失所之苦，家家受尽兵燹劫掠之害。特别是这时的大唐王朝，虽然安史之乱平息不少时日，但社会还未从战乱中恢复过来，人们还处在对刀光剑影的恐惧之中。而更为糟糕的是，这场战争过后不久，另一场战火又熊熊燃起，全国继而陷入藩镇割据杀伐的血泊之中，整个唐王朝风雨飘摇，败象百出，昔日经济繁荣和社会安定的景象不再。作为紧挨江州的庐山，自然也被战乱的云烟笼罩，已没有一片平静的山林，没有一条幽静的峡谷。所以，陈旺他要离开庐山，离开江州，远离红尘，远离众人，到一个更远的地方去，到一个人迹罕至的地方去，到大山深处去，那里没有喧嚣、没有战火，可以安顿身心、安顿灵魂，可以过上稳稳当当安定舒适的生活。

也许是受了中国历史中隐士和山林文化的影响。陈旺是进士出身，是个标准的文人士大夫，他对中华民族的隐士文化非常熟悉。许多有志之士逃避乱世，躲开王朝，山林往往是他们最好的去处。中国最早的隐士可以追溯到尧舜时代的许由。尧帝想把位子传给他，许由当场严词拒绝，并逃到箕山隐居。尧帝又想请他出来担任九州长官，许由又跑到颖水边洗耳，把自己隐藏得更深。他的这种崇高气节赢得了后世的尊敬，因而被称为隐士的鼻祖。尔后又有东汉时期刘秀的好友严光，年轻时两人同床共枕。刘秀做了皇帝后，遣使备车，几次上门，请他出任谏议大夫，严光不从，悄悄隐居到富春山读书垂钓去了。当然，在江州出生长大读书为官的陈旺，更是对前辈老乡陶渊明这位大隐士情有独钟。在昏黄的油灯下，他不知多少次读罢《归去来兮辞》《归园田居》和《桃花源记》掩卷遐思，憧憬着"结庐在人境，而无车马喧""方宅十余亩，草屋八九间"的那种超脱与宁静；憧憬着"开荒南野际，守拙归园田""采菊东篱下，悠然见南山"的那种惬意与悠闲；憧憬着"山气日夕佳，飞鸟相与还""狗吠深巷中，鸡鸣桑树颠"的那种和谐与从容；憧憬着男女老少，怡然自乐，不知有汉，无论魏晋的那种世外桃源般的自由与自在。所以，陈旺决心要像陶渊明那样，"久在樊笼里，复得返自然"。他毅然决然地向着庐山以南的另一座大山里走去。

这座大山就是横贯江西西北部、蜿蜒逶迤几百公里的幕阜山脉。

陈旺带着家人在崎岖曲折的羊肠山道上艰难而行。走了100多里，来到一条深深的山沟，陈旺被这里的景色陶醉了，只见青山飞峙，林茂草丰，水碧泉清，鸟语花香，两边的山峦盘亘出两条巨龙，挡住了外面的世界。陈旺大喜，这里不正是自己心中憧憬的那个桃花源吗？于是便停下脚步，卸下行装，在这里依山建屋，安家扎根和立业。

这个地方叫艾草坪。其时属于江州府蒲塘场太平乡常乐里，如今为九江市德安县车桥镇义门陈村。

义门陈家族的历史，就这样在这里开启了，而且开启得是那样简朴平静、悄然淡淡，没有锣鼓齐鸣，没有鞭炮声声。

陈旺也就成了义门陈的肇基始祖。

三

在中华文化中，人们十分重视人的名字。一个婴儿出生后，对于究竟起个什么样的名字，长辈们常常要搜索枯肠，煞费苦心。因为名字的好坏，往往暗含着本人乃至家族的命运。老辈给陈旺取这个名字，其寓意当然十分明显，那就是希望陈氏家族兴旺发达。

但是，世上的事情是不以人的意志为转移的，人们希望的事情，却总是不能如期而至。在迁至艾草坪的很长时间内，陈家的人丁并不兴旺，从陈旺开始连续四代都是单传。在医学极不发达的古代社会，一个家庭几代都是独苗，这是非常危险的。全家人为此十分焦急和担心。然而，就在陈家传至第五代时，突然峰回路转，柳暗花明，陈旺的重孙陈青，连生了6个儿子。从此，义门陈人丁兴旺，子孙满堂，整个家族迅速地发达昌盛起来。

陈旺的名字终于应验了。

按照常理，一个家庭如果子女太多，父母就要考虑给他们分家。但陈青没有这样做，6个儿子虽然先后结婚和生子，陈青却让他们生活在大家庭里，无论是日常生活还是耕读大事，都统一安排、统一调度。陈青作为一家之长，全面负责和管理大家庭的所有事务。

由此可见，义门陈不分家的历史是从陈青开始的。他成为义门陈的第一任家长。

在鼓励子女独立和时兴小家庭的现代社会，人们也许很难理解陈青的主张和做法。但在1000多年以前，这是一种十分正常和自然的现象。从东汉时起，不少豪门大户，历经多代都不分家，有的即使分家，也住在同一个地方。特别是这些豪门大户都是很有影响的官宦世家，出过许多将相诸侯。可以说，世族大户是显赫和力量的象征，是繁荣兴旺和传至久远的保证。与义门陈同时，多代没有分家的就有张氏、李氏、裴氏、王氏等10多个大家族。唐朝进士出身且为朝散大夫的陈青，对中国历史上和当时的豪门望族的情况应该非常了解。所以，他做出不分家的决策，绝非一时心血来潮，随意而定，而是一个深思熟虑之举。

陈青不让儿子们分家，也许还有文化意义上的考量。陈青是一介儒生，饱读儒家诗书。他和天下所有的儒生一样，都十分推崇"大道之行也，天下为公"的政治理想，都向往建立一个人们共有共享的大同社会。这个理想社会是个什么样子呢？由西汉戴圣辑录、编撰的《礼记》做了详细的阐述，原文是这样说的：

> 大道之行也，天下为公。选贤与能，讲信修睦。故人不独亲其亲，不独子其子，使老有所终，壮有所用，幼有所长，矜寡孤独废疾者皆有所养。男有分，女有归。货恶其弃于地也，不必藏于己；力恶其不出于身也，不必为己。是故谋闭而不兴，盗窃乱贼而不作。故外户而不闭，是谓大同。

短短一段文字,把一个大同社会描绘得跃然纸上。为了实现这个理想社会,多少中华儿女进行了艰苦卓绝的探索,多少仁人志士付出了悲壮惨烈的代价。然而,理想很丰满,现实很骨感。在几千年来的中华大地上,不时呈现的却是朝代更替、战乱频仍、生灵涂炭、百姓倒悬的悲惨与黑暗,"天下为公"的大同社会如同镜中月、水中花一样虚幻缥缈。面对此种状况,陈青心想:既然这种大同社会在一个国家不能实现,那我就在自家试试,把全家建成一个没有剥削,没有压迫,人人平等,和睦共处,"父慈、子孝、兄良、弟悌、夫义、妇听、长惠、幼顺"的世代和谐大家庭。文化的奥秘就在这里,当其内化为一个人或一个民族的价值观和信仰时,就会产生不可阻挡的力量,激励着这个人或这个民族奋勇前行,就是失败了也在所不惜。我想,这大概就是陈青做出不分家主张的最深层原因。

义门陈坚持长期聚居不分家,与历朝皇帝对其的旌表也有着密不可分的关系。经济学里有个马太效应,意思是强者更强、弱者更弱,好的更好、差的更差。似乎这个效应也奇妙地体现在陈氏家族上。到了唐朝中和四年(884年),陈家人口增至差不多200人,家道也非常红火,不觉成了当地的望族。陈青的孙辈陈崇已是第三任家长。这时,虽然黄巢发动的推翻唐王朝的战争失败,但全国社会矛盾仍然十分尖锐。为了安抚民心、稳定局面,朝廷在各地旌奖了一批"德义人家"。由于陈氏家族讲孝义、重德行、口碑好、影响大,因而位列其中。唐僖宗御笔亲题"义门陈氏"四字,并敕"九重天上旌书贵,千古人间义字香"对联一副,对陈家予以表彰。

其实,这不仅是表彰义门陈的义,而且是表彰义门陈对朝廷的忠。在中国朝野的字典上,忠义是连在一起的,忠是义的前提,义是忠的体现。所以,正是这种全心全意的忠,让义门陈赢得了朝廷的高度信任,也使得历朝皇帝对义门陈褒奖有加,一个个旌表接踵而至。

唐大顺元年（890年），唐昭宗李晔御笔亲题"旌表义门陈氏"六字，以表彰其"义风"昌著。

南唐升元元年（937年），烈祖李昪敕筑旌表台，赐匾一块，上书"义门"二字，镌刻在陈氏家族的门闾之上。

北宋初期，宋太宗赵光义先后三次对义门陈予以旌表。第一次赐匾"至公无私"，第二次赐字"真良家"，第三次赐字"义居人"。

宋天禧四年（1020年），宋真宗赵恒对义门陈赐联一副，上书"三千余口文章第，五百年来孝义家"。

宋天圣三年（1025年），宋仁宗赵祯敕联一副于义门陈：萃族三千九百余口天下第一，合爨五百八十多年世上无双。嘉祐五年（1060年），宋仁宗又下诏特许义门陈建立祠堂，祭祀祖先。

在封建社会，皇帝是至高无上的。一个家族能够得到皇帝的表彰和题字，那是一种极大的荣耀、一种极大的激励！更何况不是一个皇帝，而是多个皇帝！不是一个朝代的皇帝，而是几个朝代的皇帝！那种荣耀的程度就更是无与伦比，真可谓是举世无双了。而且，中国自古以来还有一个传统，不管是什么人和家族，一旦被朝廷树为正面典型，就必须把这个完美的形象一直保持下去，不能有任何闪失，不能有任何瑕疵，否则就是自损形象，就会遭到社会的谴责。所以，无论从哪方面说，皇帝的旌表，对义门陈家族的稳定和发展都是一种关键性的推动力量。只有竭尽全力保持义门陈的兴旺，保持义门陈的风范，才对得起皇恩浩荡，才不辜负义门陈的声誉。

既然如此，义门陈怎么能分家呢？萦绕在他们心中唯一的想法，就是要创造一个家族永远在一起义聚生活的非凡历史。

四

一个人多业大的家族，短时间在一起生活可以，但要长期不分家绝不是一件容易的事情。

这就需要有高超的治家本领。

我们常说，治国是一门学问，其实，治家也是一门学问。从本质上说，国和家是相通的，国是放大的家，家是缩小的国。上下有序，男女有别，既是国之伦理，也是家的规矩。所以，治国和治家，在大的方面没有什么区别。

义门陈借鉴古人治国的经验，第三任家长陈崇实行了一套带有独创性的治家方略。

方略之一，建立家族管理体制。群雁能高飞，全靠头雁领。家族要兴旺，须有好家长。义门陈的发达，首先缘于实行家长制。有了家长，整个家族就有了核心，就有了统领。为此，专门设立了主事一人、副主事二人。主事担任家长，是家族的最高领导，全权负责对家族事务的管理，所有重大事务都在他的指挥下进行，副主事则是家长的有力助手。同时设立了库司，负责管理家族的财政等。在各田庄设立了庄主，具体负责对田庄的管理。特别是对主事、副主事和库司的推选，不论辈分，不分嫡长，唯才是举，唯才是用，谁有能力就由谁担任，并且一切实行民主管理，重大事项都经议事堂商量决定。这种家庭内部管理体制，不仅体现了义门陈家族的高超智慧，而且开了我国历史上家庭民主管理的先河，是一个难能可贵的创造。

方略之二，以法治家。经过多代的发展，义门陈成了一个拥有众多人口的大家族。人员多了，情况就复杂了，各种各样的矛盾就会产生，五花八门的言行就会出现，有些人甚至还会我行我素，走向极端。针对这种状况，为了"维系孝义之风旌不坠",令"子子孙孙无间言而守义范",家长陈崇制定了义门陈家法三十三条。这个家法,对家族事务的决定和管理、家族成员日常生产和生活、男婚女嫁和小孩抚养、年轻人读书和培养等都做了详细规定。同时还严格规定义门陈人不置仆、不纳妾、不赌博、不斗殴、不淫酒色。在此基础上,陈崇又亲自拟定家范十二则,即尊朝廷、敬祖宗、孝父母、和兄弟、严夫妇、训子孙、隆师儒、谨交游、联族党、睦邻里、均出入、戒游惰。接着又推出家规十六条。为了保证家法的实行,陈崇还设立了刑杖所。在家庭私设法庭,这在现代社会是绝不允许的,但在封建制度下却是家族管理的有效形式。有一次,一个田庄的庄主陈魁,从库房领了30两银子,同一个马夫到江州去办事。大概是初次进城,出于好奇,办完事情后两人就去逛街观景了。到了江边,只见浔阳楼高高耸立,画栋雕梁,里面人声鼎沸,热闹非凡。陈魁挤进去一看,原来是在赌博。于是,手心痒痒,按捺不住,把剩下的3两银子往桌上一放,同人赌博起来。也不知手气为何出奇的好,不到一个时辰,竟然赢了35两银子。回到家后,陈魁把办事剩余的银子和赢来的银子全部交给了库房。谁知就在他上床躺下休息时,这事被报告到家长那里,家长当即认为他虽把赌资交公但违背了不准赌博的家法,便命人用绳子把陈魁捆绑起来,杖打15下,并令各庄来人,现场进行警示教育。从此,义门陈就很少出现违法乱纪的事情,整个家族"人无间言","争讼稀少",和睦相爱,仁义彰显,被当朝奉为"齐家"的典范。

方略之三,教化立德。要治理好一个大家族,既要靠法和刑,还要靠教化,靠提高人的素养。于是,义门陈来了个"两手抓",一手抓家法,一手抓教育。家族为此专门设置了一所学堂,所有适龄儿童都要进入这里读书。但仅仅这样还不够,唐大顺元年(890年),义门陈又创办了规模更大、层级更高的东佳书院。这是中国历史上最早的书院,也是当时中国最美的书院。整个书院的建筑气势恢宏，错落有致，有宽敞美观的 30 多间学屋，有号称"所藏书与帖，天下数第一"的藏书楼，有被誉为天下胜景的一字园。书院开初专收义门陈家族 15 岁以上"有赋性聪敏者"读书，后来对外开放，"延四方学者"，江南学士皆慕名而来，鼎盛时有学生 400 余人。东佳书院还专门设有学田 20 顷，这在世界上是首创，使书院有了办学之资，能够长用不竭，持续发展。书院教育，不仅陶冶了义门陈子弟的情操，使他们都知书达理、德智兼备，而且培养了大批科宦人才。到北宋咸平四年（1001 年），通过科举任官的约有 430 人，史料记载的义门陈"十八朝官""二十九地方官""五十八进士""八文龙""九才子"都出自这里。这是古代家族史上少有的文化现象。正因如此，晏殊、苏东坡、杨亿等在游览书院时，都留下了动人的诗篇。黄庭坚更是感慨之至，挥笔写下了"义门流芳"四个大字，以表示对书院的赞许。

由于治家有方，义门陈男司耕读，女司纺织，共同劳作，和谐一家，出现了"堂前架上衣无主，三岁孩儿不识母。丈夫不听妻偏言，耕男不道田中苦""大鼓一敲同吃饭，钟声一响齐干活"的喜人景象。

一个财产共有的"大公家族"就这样以特立独行的姿势横空于世，横亘在中国封建私有制的大地上，横亘在几千年中华文化追求向往的星空中。

义门陈的壮举，使许多人以至皇帝都感到惊奇和不解。北宋淳化四年（993 年），宋太宗赵光义在召见义门陈第八任家长陈兢时，问他为什么能够长期义聚，陈兢回答说："公也，公则无私，无私方可义聚。"

这是义门陈治家的核心秘方，也是义门陈治家的思想基石。

五

历史在按照自己的逻辑演进，义门陈也一路顺风顺水，风光无限。

但是，再耀眼的辉煌也有暗淡之时，再繁荣的家族也有没落之日。

到了北宋初期，义门陈家族就走下坡路了。

这时的义门陈家族，仿佛是一个步履蹒跚的老人，全身的机能在不断衰退。先是被全家族长期引以为自豪的共有制出现了重重危机。家族的先辈们原以为，义门陈所有人都是同一个祖宗的子孙，所有财产都是大家共同创造的，所有劳动成果为大家共享共有。这与由不同姓氏不同人群组成的共同体，有着本质的区别。因为是一家人，大家同在一个屋檐下，同在一条大船上，只能同舟共济患难与共，有福同享有苦同吃，不会出现那种只顾自己不管别人、各怀心思自行其是、你争我夺钩心斗角的局面。然而，这不过是一种美好的愿望而已。先辈们也许没有想到，林子一大，什么鸟都有。即使是一个家族，人与人也是很不相同的，不仅各自有着自己的性格，而且有着自己的想法，特别是家族的人口急剧增多以后，成员的品行就更是千差万别了。有的人相对公道，有的人相对自私；有的人相对诚实，有的人相对虚伪；有的人相对憨厚，有的人相对灵活；有的人相对大度，有的人相对小气；有的人相对勤快，有的人相对懒惰。这样，在对待家族的整体利益上，在对待家族共同劳动的态度上，家族成员之间就会产生很大的分歧，表现也就会大相径庭。一些脑筋比较活络的人就会觉得，反正财产是家族共有的，吃的也是家族大锅饭，我多干了不能多得，少干了也不会少得，何必那么卖力气。于是在劳动时出工不出力，整天打发时光混日子。这种干好干坏干多干少一个样的直接后果，就是严重影响家族成员的积极性，久而久之，整个家族创造财富的速度便大大下降，家族的经济实力也大大萎缩，家族经济当然也就每况愈下，以至家底掏空，徒有其表，成了一个空架子。到淳化年间（990—994年），义门陈人连吃饭都成问题，"举宗啜粥，杂以藻菜"。后来官府只好每年春首借给义门陈家族官粟2000石，且不计利息，遇到荒年还可以拖欠不还。义门陈人原来以为家产共有可以保证家族永远兴旺发达，没想到却最终导致了家族的衰败。究其原因，其实很简单，家族共有必须以家人无私和物质丰富为前提。在人们还普遍存在私心且生产力又很落后的情况下，家族共有怎么能够长久？而且家族共有越久，所带来的后果也就越严重。

义门陈所坚持的家族共有制就这样违背了它的初衷。

同家族共有制一样，义门陈的家族治理方式也遇到了严峻挑战。应该说，在人数较少的时候，义门陈的家族治理方式是很有效的。但是人口数量多了以后，其弊端也就逐渐显现出来。前面已经讲过，义门陈的历代家长是内部民主推举产生的，但究其本质，还是一种封建家长制的人治模式。且不说这些"选"出的家长都是家族最高长辈，就说这些家长本身的素质，也是参差不齐。在有些年代，家长的能力强一些，义门陈的管理就好一些；在有些年代，家长的能力弱一些，整个家族的管理就差一些。何况家族管理同企业管理一样，也有个边际效率递减问题。人口在一定范围以内，家族管理的效率是高的；人口一旦超过了一定规模，家族管理的效率就逐渐降低，超过的人口越多，管理的效率就越低，直到降至为零，进而出现负效率。特别是家族管理是以血缘关系为纽带和基础的，血缘关系越近，向心力就越强，家族的管理也就相对容易一些；血缘关系越远，向心力就越弱，家族管理的难度也就大得多。再说家法，虽然也是义门陈家族管理的有力手段，曾经发挥过无可替代的作用，但几百年一成不变，不能与时俱进，其中有些内容已经过时，适应不了家族发展的需要。于是，有法不依、违法不究、执法不严的现象也就随之产生。一些不肖子孙越来越不听管教，背地里不时偷鸡摸狗，甚至典卖田产，据为私有。更为严重的是，这些违反家法的行为得不到及时惩处，过去人见人怕的刑杖所成了一种摆设。这样，家族内的违法之风日甚一日，最后到了无法收拾的地步。这不仅严重败坏了义门陈的家风，而且动摇了义门陈的根基。义门陈就如同一座内里被蛀空的大厦，随时都有倾覆的危险。

由于受儒家思想影响太深，义门陈家族奉行耕读传家的传统，极端蔑视经商。这也是导致义门陈家族江河日下的重要因素。在义门陈人的眼里，耕田务农和读书做官，自古以来就是中国人的正经事业，经商那是下等人所做的，而且无商不奸，凡是经商的都不是正经人。所以，义门陈家族对商人既瞧不起又非常痛恨，他们怕经商滋长唯利是图心理，败坏道德情操，辜负义门陈的崇高荣誉。所以，偌大的一个家族，竟找不到一处商业，也没有一个人经商，就是有的家族成员想从事商业，也会遭到族人的强烈反对。于是，300多处田庄成了义门陈家族津津乐道的唯一产业，几千人的大家族，除了少数人读书做官外，大部分人整天都围着农田转，农田成了他们生命的全部，农业成了义门陈主要的收入来源，全家族的庞大开支仅靠农业来维持。本来，一个大家族就像一个小国家，应该从业门类齐全，士农工商，样样皆有，缺一不可。只有这样，才能使得家族的经济来源多样化、丰富化，即使有哪个方面遭受损失，也可东方不亮西方亮，这业亏了那业赚。如果单单依靠农业养活和支撑一个这么庞大的家族，那是万万不可想象的。

任何大厦都不是独木可以支撑的，更何况是一座人口众多、规模恢宏的大厦。

六

义门堂里，一个特殊的仪式正在进行。

陈氏家族的头头脑脑们齐聚在一起，人人脸色沉重，但又非常无奈。他们一会儿抬眼望望吊在中梁上的大铁锅，一会儿又望望坐在高高椅子上的家长陈泰。渐渐地，大家的眼里又充满着一种茫然和忧虑。

这是公元1063年，宋嘉祐八年。义门陈家族在奉旨分庄。

在此之前，宋仁宗下达诏书，令义门陈拆家分庄。这时的义门陈，虽然在下坡路上滑行，但瘦死的骆驼比马大，毕竟是一个有着巨大规模的家族，不仅有3900多人，而且有田庄、楼堂、作坊、院场、山林等大量家产，要分拆谈何容易。但皇上有旨，又必须执行。只是这么大的一个家族怎么个分法呢？这么多人又分到哪里去呢？为此有人想了个办法，向家长陈泰建议，把老祖宗铸造的那口多年不用的大铁锅吊在义门堂的中梁上，再让它砸下来，砸出多少块碎片，就分成多少家，就到多少个地方去。陈泰听了，连连点头，觉得这是个好办法，于是就命人紧锣密鼓地落实。现在一切都布置完毕，只等陈泰一声令下。

陈泰闭着眼睛坐在高高的椅子上纹丝不动，过了好长一段时间，只见他眼睛一睁，朝着吊在中梁上的大铁锅，把手狠狠地一挥："解开绳子，砸！"

声音不大，但斩钉截铁。

随着咣当一声巨响，大铁锅砸了下来，碎片散落在地上，大家小心翼翼地捡起，算了算，291块！

这个数字，意味着陈氏家族的人要分庄去这么多的地方，从此天各一方，在那里安家落户，在那里生儿育女，在那里祖祖辈辈地生活下去。

这与其说砸碎的是大铁锅，不如说是砸碎了义门陈家族人的心。

家长陈泰从来没有像现在这样难受和痛苦。一个传承了几百年的大家族，就要在他的手里结束了。他感到有愧于祖宗，有愧于义门陈的门庭。这次对家族的拆分，皇上美其名曰因义门陈孝义太盛，散至各地做忠孝典范，教化民众，其实，这里面还有着不便说出的理由，只能永远埋在义门陈家族人的心底。

陈泰心里清楚，皇上颁旨让义门陈分家，这里面隐隐约约透露着朝廷的某种担心和防备。当年，宋太祖赵匡胤登基前，担任后周殿前都点检和节度使的要职。因为手握重权，声望日隆，终于在一个叫陈桥的地方，逼迫年幼的皇帝让位，把黄袍加在了自己的身上。大概是觉得理亏心虚，赵匡胤担心别人仿而效之，为防止类似的事情在子孙身上重演，他不时提醒，皇榻之侧千万不能有他人安睡。对老祖宗的这个训诫，宋仁宗当然不敢忘怀，当然时刻铭记在心。如今的义门陈，虽然以孝义行天下，对朝廷也很忠诚和维护，但毕竟已是个举足轻重的大家族了，而且有那么多人在朝廷和地方为官任职。现在虽相安无事，但若再发展若干年，那时人更多势更大，谁能保证不发生变故？再说又传闻义门陈那个地方要出天子，那就更危险了，特别是陈氏家族在历史上还有过这方面的"前科"。南北朝时期，陈氏的先祖陈霸先原是南梁的大将，公元557年，他逼梁敬帝禅位，自己做起了皇帝，国号陈。前事不忘，后事之师。对于这样一个有着这方面遗传基因的家族，更应当十分警惕和防范，趁其在困难之时分而治之，让其偃旗息鼓，以消除大宋王朝的后患，这应该是上策中的上策。

值得注意的是，让义门陈分庄的主意是当朝大臣文彦博、包拯等首先提出来，并建议皇帝采纳的。凭良心说，这些大臣对义门陈家族总体上是不错的。在义门陈受到皇帝的多次旌表嘉奖后，他们也跟着唱和，写了不少诗文给予赞扬。文彦博有诗云："御笔亲题灿锦霞，满封官职遍天涯。名垂万古应不朽，庆衍千秋宰相家。"吕端有诗云："八百头牛耕日月，三千灯火读文章。永清潭底观鱼变，东佳岗上听莺吭。"但是，出于同朝廷一荣俱荣一损俱损的考虑，这些朝廷大臣在骨子里对义门陈又不是那么放心的。他们怕义门陈继续发展下去，如一旦生变，不仅会危及朝廷安全，也会危及自己的利益。如果说朝廷是棵大树，那么他们就是这棵大树上结出的果，树之不存，果将焉附？所以，无论从哪方面讲，他们都要为朝廷的长治久安竭诚尽力。有一个传说可以证明大臣们的这种心理。据说有一年，皇帝派了个钦差大臣来到义门陈视察，一进村里，百犬夹道而立，像仪仗队一样对他热烈欢迎。这位大臣感到很神奇，随即命人拿来100个米粑放入食槽里，这时99只犬来到槽边，但并未开吃。就在大臣将信将疑时，只见有只白犬衔了一个米粑送到一间草屋的一只黄犬嘴里，然后转身回来高吠一声，众犬才开始吃起来。事后他才知道，这只黄犬腿瘸，行走不便，但每次进食，都不会被忘记。钦差大臣不由赞叹："真乃义犬也！"回到朝廷后，这位钦差大臣向皇上报告此事，在赞扬之余，发出一声感叹："犬且如此，何况人乎！"这话实际是在间接提醒皇上：一个连犬都能团结如一的家族是十分可怕的。人类的高明之处，就是往往在一些冠冕堂皇的话中包藏着某种用心和计谋，让对方在不知不觉中欣然认同和接受。为什么文彦博、包拯等人向宋仁宗奏请分拆义门陈，皇帝欣然批准？除了对上皇帝的心思之外，恐怕与这些人的心态也有很大的关系。

当皇帝和朝中大臣不约而同想到一块的时候，义门陈分家也就不可避免了。

当然，义门陈的衰败，也让朝廷产生了一个新的担心，这就是一个家族一旦穷了，什么忠孝，什么正义，也就被扔到一边去了，也就什么事都干得出来了。历史上的那些造反和起义，不都是被贫穷逼出来的吗？义门陈这么一个大家族，再贫穷下去，如果揭竿而起，那不是对朝廷的最大威胁吗？

义门陈的拆庄分家，是内外各种因素共同作用的结果，是一种历史的必然。

七

带着依依不舍，带着惆怅遗憾，甚至些许怨言，义门陈人上路了。他们裹着行装，扶老携幼，分别奔向72个州郡的291个地方。

开始时，他们的脚步显得很沉重、很吃力。但不知不觉间，他们好像冲破了某种羁绊，心里豁然开朗了许多，步伐也变得轻松起来。

分到各地的义门陈家族成员，也许刚刚安家时不习惯，慢慢地，陌生就变得熟悉，他乡就成了故乡。

从此，各地的义门陈人，勤奋耕耘，精心治家，保持和发扬孝义、和谐的家风，且代代相传，使中华民族的传统美德绽放出夺目的光彩。

从此，各地的义门陈人，生生不息，代代繁衍，到今天已经达到近2000万人，不仅遍布祖国的大江南北，而且遍布世界的各个角落。有人做过统计，散居海外的义门陈后裔共有300多万人。真可谓是"天下义门出江州，一门繁衍成万户"。

从此，义门陈后裔中贤能辈出，他们的身影闪烁在中国历史的各个领域。尤其是在近现代，出了许多叱咤风云的人物。他们文韬武略，各领风骚，功勋卓著，光耀史册。清末著名的维新派人士陈宝箴及其后辈陈三立、陈寅恪，我党老一辈领导人陈独秀、陈云、陈毅、陈赓等都是义门陈的后裔。

一个义门陈分庄了，千万个义门陈崛起了。

拆分的是一个家族，壮大的是一个姓氏。

分庄，使义门陈重新获得了生机，重新焕发了青春。

分庄，使义门陈产生了裂变，产生了飞跃。

没有分庄，就不可能有"天下义门陈"。

如果说长期聚居不分家创造了义门陈的第一次辉煌，那么拆庄分家则创造了义门陈的第二次辉煌。

千百年来，不管哪里的义门陈人，都以"义门"为荣，他们房子的大门上或者大厅里，都悬挂着"义门世家"或"江州义门"的匾额，念念不忘自己的祖居地，念念不忘自己是江州义门陈的子孙。在他们心中，义门陈永远具有神圣崇高的地位。不论是在天涯还是海角，每逢过年过节，他们都要向着江西德安义门陈这个方向，遥相祭拜，以寄托对祖宗故土的思念。

千百年来，不知有多少义门陈的后裔跋山涉水来寻访他们的祖居地，不知有多少义门陈的后裔在续写义门陈的篇章。清朝康熙七年即1668年的清明节，分庄到湖南常德武陵庄的义门陈后裔陈建松等3000余人，相约到义门陈故里祭拜祖先。他们目睹祖居地恢宏秀美的建筑全都荡然无存，回忆着祖先孝义治家的种种动人事迹，不禁思绪万千，一致表示要重振义门陈的雄风。最后，在陈建松的建议下，大家买来工具，伐木拓土，架梁砌墙，建起了一座精美巍峨的建筑，并将其命名为重兴祠。直至今天，类似的故事还在继续。湖北黄梅县有个叫陈雁南的人，是义门陈的后裔。他高中毕业后当了一名教师，业余研究义门陈文化。苦于没有研究经费，他辞去教师工作，开了一个无线电修理店，把赚来的钱全部用来研究义门陈文化。他背着一个尼龙袋，不顾酷暑寒冬，风餐露宿，日晒雨淋，考察了全国大部分省区市义门陈的实地，查阅了许多图书馆的资料，访问了许多义门陈的后裔，通过9年的努力，编成了8卷本150多万字的《江州义门陈文献集》。台湾是义门陈后裔的重要聚居地,在义门陈文史馆举行开馆典礼时,有几位台湾义门陈后裔专程赶来参加,并深情地说道:"到了义门陈故里,就找到了自己的根和脉,有一种特别亲切的感觉。"

其实,这些年来,不仅仅是我国各地,全球五洲四海的义门陈后裔,他们或从新加坡,或从马来西亚,或从美国,或从欧洲,或从澳大利亚,纷纷来到德安义门陈故里。他们在这里肃然而立,他们在这里深深鞠躬,他们在这里跪地祭拜,他们在这里不约而同地深情呼喊:"德安义门陈,我们心中永远的老家!我们梦里永远的牵挂!"

2020 年 3 月

这里的每一块砖石、每一寸泥土，都长满了时间的青苔，都镌刻着岁月的印记，都飘散着昔日的烟云，都流淌着文明的沧桑。它是如此厚重，又是如此亲近。在这里，人们可以触摸到最真实的过往、最真实的存在。

一座围屋的回响

一

在江西赣南颇具特色的客家围屋建筑中，我认为最具震撼力的是关西新围。

第一次见到关西新围，是在20多年前。那时我在赣州工作。记得是有次在龙南县开会之后，有人提议去看看这座建筑。出发时心绪懒懒的，但当车子沿着弯弯曲曲的公路拐进一个小盆地时，兴致却上来了，眼前也豁然一亮。只见四周青山环抱，碧水回流，一座规模宏大的正方形古建筑矗立在小盆地中间，占地有近万平方米。

当地人告诉我，这就是关西新围，为清朝中期龙南县的客家木材商人徐名均所建。

赣南现有客家围屋500多座，主要分布在与广东和福建相邻的几个县。在此之前，我曾先后到过闽粤两省交界的多个地方，对客家围屋也有一些大致的了解。闽西一带的围屋都是土夯的，当地叫土楼，虽然也有不同的形状，但大多数为圆形，一般是从一个圆心出发，依照不同的半径，一环一环向外拓展，其最中心处为家族祠堂，向外依次为祖堂、围廊，最外一环住人。整个土楼高三至五层，一层为厨房，二层为仓库，三层及以上为住房，且每个房间一样大小。据说永定土楼曾经被美国的卫星侦察误认为是中国的核反应堆，美国还派遣特务乔装成旅游者到实地拍照窃取情报，结果闹了一个国际大笑话。而粤东的客家围龙屋则又不一样，在整体造型上好像一个太极图。堂屋是主体，或是二堂二横，或是三堂三横，或是更多。堂屋的后面是半月形围屋，与两边的横屋相接，将堂屋围在中间，有一围龙、二围龙，甚至五围龙。整个房屋的前面是一个半月形池塘，恰好与半圆形的围屋组成了一个大圆形，形成了阴阳两仪的太极图案。

但是，关西新围却完全出乎我的想象。这哪是一座围屋，简直就是一座军事重地！你看，那高耸陡峭坚固厚实的围墙，那巍然屹立在四个屋角上的炮楼，那布在墙上的一个个黑乎乎的梅花枪眼和火炮口，那设在围墙四周上层供运送战斗物资的外走马和内走马通道，还有那门板上钉满厚厚铁皮的三重券顶式大门，使整座房子显得壁垒森严又威武冷峻，甚至冷峻得有些可怕。按照常理，人的住房是很讲究温馨和谐的，主人为什么要把房屋建得如此杀气腾腾？我有些迷惑不解。

不仅如此，新围里面的主体结构同一般围屋也大相迥异，排列有序的庞大建筑群完全是一派浓郁的赣式风格。整个房屋青砖黛瓦，府第架构，前后三进，五组并列，共有14个天井、18个厅堂、199间房子。按照客家习俗，中轴线上是一组壮观的祠堂建筑，前面是一个宽敞的院坪，东西的"日""月"两个仪门相互对应。祠堂的大门为乾坤门，两旁立有一对石狮子，雄狮左脚托着官印，雌狮左脚抓着元宝，两只狮子深情遥望，尤其是母狮怀里还抱着两只憨态可掬的小狮子。祠堂里面依次是下厅、前厅、中厅和上厅。这是公共场所。每当逢年过节、婚丧喜庆、祭祀祖先等重要日子，全家族的男女老少都要聚集在这里举行隆重的仪式或活动。与祠堂并排的是两边三列建筑，分别被称为下栋、中栋和上栋，这是围屋主人和家属子女以及有一定身份的人的住房。在挨着围墙的两旁建有偏房，这是供长工和家丁住的。靠后面围墙是一排土库，这是存放粮食和杂物的地方。在围墙的最前面还有一堵大影壁，并向两边延伸成隔离墙，与紧靠围墙的跑马楼之间形成一个安静幽雅的单独小空间，里面建有戏台和小阁楼，供人饮酒、娱乐和休闲。可以说，整个围屋极尽了家族的铺张排场和礼仪空间规程，是一个不折不扣的乡村版"小宫廷"。

尤其让人没有想到的是，在围屋的西门口还建了一个颇具苏杭风味的小花洲。虽然有的建筑已经坍塌，但当年的格局还基本保留。花园面积大约5亩地，建得非常精致。中间一个小湖，湖心一个小岛，岛上建有假山和塔台，置有石桌和石椅，一座曲桥卧在微澜之上，岸边还有梅花书房等。据说这个小花洲是徐名均为他的两个小妾而建的。这两个小妾，一个是苏州人，一个是扬州人，是徐名均在那里经营木材生意时认识和纳娶的。由于环境幽静，风景秀丽，这里成了读书人的天堂。每天从日出到日落，家族里的学子们就在这里看书作文，有时累了，就在岛上或湖岸散散步。据徐家的家谱记载，在清道光年间，龙南全县出了5个翰林，其中3个是徐名均的子孙，怪不得当时人们说这是一块风水宝地。

由此可见，同其他客家围屋相比，关西新围确实别具一格，显得不同凡响。一座客家民居，把围屋、炮楼、赣派建筑、江南园林完美地融为一体，给人以耳目一新的感觉。既有"围"的气势，又有"园"的韵味；既有"宫"的派头，又有"家"的氛围；既充满浓浓的火药味，又洋溢着浓浓的书香味；既充满阳刚之气，又散发着阴柔之美。这种建筑样式，恐怕在我国的民居建筑史上也是不多见的。

关西新围，赣南客家围屋创新的典范，赣南客家围屋建筑的杰出代表。

二

我在围屋里慢慢地品味着，并不时用手摸摸墙壁门柱，凉凉的砖石似乎还透着当年的余温。不知为什么，一个问号在我的脑子里久久挥之不去，在科技十分落后一切依靠人力手工的古代，建造这样一栋规模宏大、首屈一指的围屋，不要说在这个偏远闭塞的小山村里，就是在交通较好和条件不错的平原地区都是一件很难的事，但徐名均却把它建起来了，这不能不让人感慨万分。

在中国历史上，凡是房屋建得豪华的都是财力雄厚的人家。也就是说，好的房子都是用钱堆起来的。开初时，徐名均虽然做的是木材生意，但并不是非常富有。由于地处九连山脉，阳光雨水充沛，清朝时的龙南，树木繁茂，森林遍布，特别是盛产的一种红心杉木，因为质地优良而被称为"龙木"，很受南京和扬州一带人士的欢迎。于是徐名均就在家乡收购这种木材，烙上"西昌"字号，并扎成木排，顺河漂入赣江，经由鄱阳湖和长江，然后把木材卖到南京和扬州。想想那个时候，徐名均能把生意从一个小山村做到千里之外的大地方，是要一些胆略和本事的。当然他也很清楚，由于关口太多税负太重，加上还要打点，要想赚大钱发大财比登天还难。但生意场上的风云往往是变幻莫测的。也许是财运对徐名均分外垂青，一个偶然的机会，使得他的木材生意来了个山回水转柳暗花明。有一次，他放排经留南昌，恰逢天气骤变，赣江上波涛汹涌。为了防止木排被大浪冲散，徐名均冒着风雨到码头查看。这时，在不远处，一个小孩不知怎么突然掉到了江里，徐名均马上冲过去跳入水中将小孩救了起来。俗话说，救人就是救己，助人自有人助。原来那被救的小孩是南昌知府大人的公子。为了感谢徐名均的救命之恩，知府大人不仅用轿子把他接到家里盛情款待，而且当即写了个对徐名均的木材在赣江上通关免税五年的手令。此后，徐名均的木排生意就一路顺风顺水，银子也像江水似的滚滚而来。过了一些时候，这事被其他木材商人知道了，纷纷求徐名均帮忙。他灵机一动，让这些商人的木头都烙上"西昌"字号，这样这些商人的木材也一样享受通关免税的待遇，徐名均则按比例收取冠名费。就这样，徐名均的木材生意越做越大，财富也越聚越多。之后，他又在龙南县城开设了药铺和当铺，最终成了当地的首富。徐名均这时的口袋鼓胀得满满的，但他并未再去投资扩大自己的生意，而是置田买地建围屋了。木材生意让他走出了围屋，最后又让他重新回归到围屋。这不仅是他个人的宿命，也是整个中国封建时代商人的缩影。

那么，徐名均为什么要把围屋建成这个样子呢？任何建筑都是社会人文环境和自然环境相结合的产物。建筑不仅是凝固的历史和凝固的艺术，也是凝固的风俗习惯和凝固的环境。赣南是江西形势派风水的发源地，房屋的建筑要根据山的走势、水的流向和当地的风俗来决定，有利于人与自然的和谐相处，有利于房主全家的兴旺发达。徐名均是客家人，有 10 个儿子和 30 个孙子。客家人一直都是以围屋聚族而居，一座围屋内常常住着数十人或数百人，多代同堂，最高长辈拥有绝对的权威。徐名均新建围屋的最大心愿，就是要让全家和所有儿孙们生活在一起，并不断繁衍下去。他不仅要成为这座围屋当下的最高主宰，若干年后他还要成为这座围屋里让世世代代子孙们共同祭祀的祖先。总之，他要把外部的世界全部收敛在这座新建的围屋里，让其成为一个家族式的"独立王国"。

同时，新建围屋要具有很强的防卫功能，这是客家围屋的一个显著特征，也是徐名均反复考虑的一个问题。龙南山高路远，地处偏僻，尤其是在明清时期，土匪出没，强盗横行，社会治安混乱不堪。因而不少围屋都建有炮楼。为了使自己新建的围屋做到攻防兼备，徐名均首先想到了离关西不远的杨村燕翼围。这座高达四层的方形围屋，沿边有136间房子，屋的中间为公共院子。整个围屋只有一个大门进出，外墙笔直厚实，墙上布满火枪眼，特别是屋顶对角上的一对凸出的碉堡，不仅像飞燕似的灵动飘逸，而且使全围有了很强的攻防能力。这样，燕翼围也就自然而然地成了徐名均建造新围时最直接的参考。

徐名均是生意人，走南闯北，见多识广，到过不少地方，见过不少世面。他不仅熟悉赣地建筑的样式，而且对其他地方的建筑也接触不少，特别是在南京和扬州一带做木材生意时，六朝古都的豪宅庭院，瘦西湖的风景和苏州园林都在他心中留下了十分美好的印象，他甚至还有可能慕名去过一些富商巨贾的故居，为那王府般的建筑和花园般的大院所惊叹。可以想见，徐名均在构建其新的围屋时，一定会吸收这些建筑，尤其是"府第式"和"园林式"建筑的长处，从而尽量把自己的围屋建得大气合理、精致美观，至少在当地是第一流的。

古代人造房子，没有现在这样专门从事设计和建造的机构和专业人员，只是依靠工匠个人的智慧、经验和水平，而且这些建筑技艺都是在家族或师徒之间传承的。徐名均虽然不懂房屋的具体设计和建筑,但民间有着许多能工巧匠,他会聘请当地最好的房屋建造工匠,并将自己的想法告诉他们。而这些工匠也会根据他的意图拿出样式并付诸实施。我们现在无法想象当时的建筑过程和场面,那一定是非常壮观和复杂的。终于,从清嘉庆三年(1798年)到道光七年(1827年),经过29年的建设,一座规模宏伟的新围耸立在了关西的青山绿水间。

就这样,徐名均倾其一生,把他的巨额财富和广博见识化作了这座庞大的家族建筑,而这座庞大的家族建筑又沉稳地展现了一代商人的强健精神和内心憧憬。历史有时就是充满这样的悖论:徐名均当年建造这座围屋,本来是想为自己和子孙建造一栋宽大精美的住房,没想到却为国家留下了一栋具有独特客家风格的历史性建筑;本来是想为子孙留下一份丰厚的家产,没想到却为国家留下了一份丰厚的物质遗产。人们也因这栋房子记住了徐名均的名字。

一件纯属为了家族私利的事情竟然成了甚大的社会功业。徐名均就这样在无意中成了当地的历史名人。

三

中国建筑的历史,从某种角度来说,是一个不断建设不断毁灭的历史。我们现在看到的很多名胜古迹,并不是原汁原味的真迹,而是修了又修的"补品",其中不少还是重新修建的"赝品"。这一方面是因为中国的历史太长,很少有建筑能长久保存。一座滕王阁,建了毁,毁了建,至今建毁29次,再也寻觅不到当时的丝毫风貌了。就是让我们感到无比自豪的万里长城,大部分段落也在时间的风吹雨打下成了残垣断壁，就是一些尚存的段落也不知修缮了多少次，今天我们看到的山海关老龙头长城就是明代重修的。但为什么一座客家民居关西新围却能从清代中期一直完好无损地保存至今，而且成为不可多得的精品建筑呢？

仔细想想，我觉得大概有这么几个因素。

其一，关西新围的建筑质量非常高。质量是房屋的生命，直接关系到房屋寿命的长短。无论是外面的围墙还是里面的房间，关西新围都建设得十分精细，是用尽了全部心血建筑起来的。为了增加外面四周围墙的强度，不仅墙基打得结实，下面埋有10米深的防腐梅花桩，据传能千年不坏，而且地面5米以下墙体全部用石灰、沙石、黄泥混拌而成的三合土并掺入红糖水和糯米汁夯筑，墙体底部宽达0.9米，往上逐渐收缩至0.35米。5米以上墙体为水磨青砖平砌到屋顶。为了防止敌人爬上屋顶，瓦面上布满了用剧毒药水浸泡过的三角铁。同时，围屋内的祠堂和厅堂的大门全为青石雕刻，天井沿阶用巨石条打制，所有梁柱窗框均用上等木料制作，地面用水磨方砖或青砖铺就，还配有消防池、消防缸和防震、防风等设施。正是靠着这种一丝不苟的"工匠精神"，保证了过硬的建筑质量，使得整座围屋历经200多年风雨依然坚固如初。

其二，关西新围地处偏僻山区。连绵逶迤的崇山峻岭构成了赣南地形的主要特征，尤其是龙南的关西地区，更是藏匿在高山深处的盆地之中，远离平川，远离大海，远离人口稠密的城市，这样也就很少有人去关注这座围屋。当然，历史上这里也常有盗匪出没，也发生过各种冲撞，甚至也烧过零星的战火，但毕竟没有充当过炮火连天、硝烟滚滚的大战场，没有经过片瓦不留的屠城般血洗，就是在日本鬼子占领大半个中国的抗日战争时期，这里也还是一片比较安定的后方。关西新围也就在时空的夹缝中幸存了下来。在历史上关西新围经历的唯一一次抢劫是在清朝年间。广东会党首领翟火姑听说徐名均富甲一方，并新建了一栋大围屋，于是便派副首领罗添亚带领几千兵丁开到关西，先将围屋围得水泄不通，然后用炮火轰击。在这危急时刻，围内的男人通过墙上的枪眼用土枪猛烈射击敌人，通过炮口用火炮猛烈轰击敌人，把敌人打得抱头鼠窜。后来县里援军赶到，广东兵丁见势不妙，只好灰溜溜地撤走了。

其三，关西新围得益于家族的世代居住和保护。不像大多数的汉族人，都是一家一户居住，子女结婚以后都要同父母分家，另行盖房过日子。就是一些官宦或大户人家，尽管家族兴旺时几代人同堂生活在一起，但时代一旦发生变故就会迅速衰败，房屋也会随之变换主人，正如唐代刘禹锡在《乌衣巷》诗中所说"旧时王谢堂前燕，飞入寻常百姓家"。这样久而久之，这些房子中的绝大多数就会在不断易主中得不到及时维修而倾圮了。再加上战乱频仍，天灾人祸，能保留下来的房子就更是少之又少了。但是客家人却不是这样，他们是汉族中一个特殊的群体。在历史上的几次大移民中，他们几乎是以同宗同族为单位从中原南迁至赣闽粤交界的山区地带，在那里定居下来。由于初来乍到，人地生疏，为了保护自身安全，不受外部侵犯，他们便一个家族居住在一起，于是创造了围屋这种特殊的建筑形式。又由于一个家族世世代代居住在一座围屋里，这样也就有利于房屋的传承和保护，即使损坏了，也能得到及时的修复。关西新围自建成之日起，虽然时代更迭，但围屋里的主人是稳定的，一直居住着徐名均的嫡系后代，就是在大兴土木推土机到处轰鸣的今天，也没有被压碎在现代化和商业化的履带之下。

关西新围是幸运的。这种幸运可遇不可求，所以也就显得弥足珍贵。否则我们就会失去一座客家建筑丰碑，失去中华民族的一大建筑瑰宝。

四

在中国民间，特别是广大农村，曾经有不少颇具特色的建筑，但出于这样那样的原因，有不少的精品建筑被历史淹没了，只有极少数的建筑在某个历史节点上由于需要被挖掘出来，从而引起人们注意，成了珍贵遗存。凤凰古城的吊脚楼不就是因为沈从文小说《边城》里的描写而从此为世人所知闻名天下的吗？那个古镇周庄不也是因为画家陈逸飞的一幅画而成了当今旅游热点的吗？关西新围正是在改革开放和客家恳亲的潮流中被人们重新审视，而被发现了其巨大的历史和建筑价值，逐渐走进人们的视线，来这里参观的人因此也慢慢多了起来。

人们来到关西新围，是为了一睹它古老而独特的建筑艺术和风采，而更重要的是为了穿过那夯土的围墙和古旧的房间，去触摸客家人的历史和文化，去触摸中华民族变迁的历史脉搏。

也许是随着文化和精神层次的提高，现在有许多人喜欢跨越时间和空间去探访和感知古代，这在一定程度上已成为一种时髦和潮流。于是，一股"古镇热"和"古村热"在各地骤然而起，并迅速发展成为方兴未艾的旅游产业。为了吸引人流，一些地方不是下力气对原来的古镇和古村进行原汁原味的保护和修缮，而是拆掉旧的重新修建，有的甚至花费巨资凭空打造出一个"古镇"或"古村"，其最后的结果是大同小异，一个模样，严重同质化。几乎所有的"古镇"都是中间一条小河，河上几座石拱桥，河中几条小木船，两岸建些古式商铺。几乎所有的"古村"都是几条古巷子，青石板路面，两边砌些古房子，再移栽几棵古树。对这样被改造得面目全非、失去了原有风貌的"古镇"和"古村"，有些人还自鸣得意，陶醉其中。其实，他们不知道，古镇和古村的文化是历史沉淀下来的，而不是靠临时打造和重建出来的。在这样的"古镇""古村"参观，人们看到的是一个假古董，不免大煞风景。

但在参观关西新围时就没有这种感觉，自始至终有一种浓浓的古朴味道包裹着你。这里的每一块砖石、每一寸泥土，都长满了时间的青苔，都镌刻着岁月的印记，都飘散着昔日的烟云，都流淌着文明的沧桑。它是如此厚重，又是如此亲近。在这里，人们可以触摸到最真实的过往、最真实的存在。正因为这样，关西新围才引起了那么多人的感慨和惊叹。围屋研究学者万幼楠先生曾在一本书里说，凡是初次接触关西新围的专家都有一个共同的感受：令人震撼！专门研究中国民居的日本早稻田大学片山教授形象地把关西新围称为"东方的古罗马城堡"。也正是在他们的极力推介下，关西新围的名气才与日俱增，终于在21世纪之初被评定为第五批全国重点文物保护单位，关西新围也由此变得愈加红火。

记得是两年前，我在南昌接待了一位美籍华人朋友。他是客家人，父辈时移居美国，现在从事中外文化交流工作。之前他曾去看过闽西土楼和粤东围龙屋，这次又专程到龙南参观关西新围。这是他的再次寻根之旅。他告诉我，对于一个人来说，只有明白了自己"从哪里来"，才能永远不忘根和脉。回去后，他要做好有关介绍，让更多的海外华人了解关西新围，了解赣南围屋，了解客家历史，了解客家文化。

那天，将这位朋友送到机场的时候，他紧紧地握了握我的手，然后转身大步向候机厅里走去。从他铿锵有力的脚步声中，我真切地听到了关西新围走向世界的回响。我相信，总有一天，也许就在不久的明天，关西新围的名字一定会赫然写在联合国世界文化遗产的名录上。

2019年5月

> 唯其土气，才接地气；唯其卑微，才显高大。

点赞"抚州蛤蟆头"

一

长期以来，人们总认为"抚州蛤蟆头"是一句骂人的话，是对抚州人的丑化和矮化。

岂不是吗？在许多场合，只要一说起抚州人，有的人就会脱口冒出一句"蛤蟆头"。在同抚州朋友见面时，有的人也会开玩笑似的说一句"蛤蟆头"。特别是在与抚州人争辩或吵架时，有的人更是会把"蛤蟆头"叫得震天价响，让人听了很不舒服。

今年5月，我和几个朋友来到了抚州市金溪县，这次抚州行使我对"抚州蛤蟆头"的看法发生了彻底的改变。原来，"抚州蛤蟆头"根本就不是一个贬损语，而是一个名副其实的褒义词，是对抚州人的一种特殊赞美！

去金溪的那天，天气十分难得，微风和煦，阴雨相间，太阳偶尔也会探出云层洒下几许灼热。我们行走在县里的大道小路上，在感慨到处旧貌变新颜，特别是古村保护亮点迭出之时，竟意外地发现在县城的老城区里有一座水门庙，里面供奉的竟是活生生的"蛤蟆菩萨"！在一个特制的神龛里，四只蛤蟆静静地蹲坐着，幽暗的光线里透着一股神秘和灵性。神龛上分别写着"万明降福""有求必应""威灵赫赫""感应昭昭""一神通天下""雨化敕良明"字样。神龛前，亮着两支蜡烛，摆放着四杯酒和两杯茶，烛光映着酒香和茶香，还有那两旁或明或暗的燃香，混合成一股浓烈的香味弥漫在庙里。这种专门为蛤蟆立的庙，于我是第一次见。听说在抚州其他地方也有不少蛤蟆庙。抚州市市区东门外正觉寺的千佛楼西边就建有一座将军殿，里面供奉着三尊青蛙将军的神像，俗称"蛤蟆菩萨"。有关人员告诉我们，每到过年和春耕时节，老百姓们就会成群结队地到蛤蟆庙里烧香叩头，朝拜祭祀，祈求蛤蟆菩萨的保佑。

把蛤蟆当菩萨祭拜，而且把活生生的蛤蟆当作菩萨祭拜，由此可以看出蛤蟆在抚州人的心中有着多么崇高而又神圣的地位。

也许有人会问，是不是因为抚州人有着"蛤蟆崇拜"情结，所以外地人就称他们为"蛤蟆头"。其实不然，"抚州蛤蟆头"这个称呼是抚州人自己叫出来的，而且是一位大名鼎鼎的历史名人叫出来的，这个人就是王安石。

据传北宋年间，临川学子王安石参加科举考试，以优异的成绩名列前茅。与他一块参加考试的邻居王安平，当场竖起大拇指对王安石连连称赞道："你不愧是我们临川呱呱叫的角色！"然而有个没有考上的书生却在旁边以讥讽的口气说："呱呱叫是蛤蟆的叫声，像蛤蟆头一样，有什么了不起？"王安石听了马上反驳道："蛤蟆头有什么不好？我就愿做蛤蟆头。"在场的人都说王安石讲得有理，于是这话很快就传开了。

从此以后，在赣鄱大地上，又多了一个颇具特色的称呼："抚州蛤蟆头"。

二

"抚州蛤蟆头"这个称呼，散发着浓浓的田野味和乡村味，听起来有些土气，也有些卑微。但唯其土气，才接地气；唯其卑微，才显高大，才值得大大的点赞。

我们点赞"抚州蛤蟆头"，是因为这个称呼展示了古代抚州人一种最原始的科学智慧，一种最原始的图腾崇拜。在人类的早期，由于对世界的认知处于一种朦胧混沌的状态，人们认为某些动物、植物或非生物有着一种超自然的保护自己的力量，于是便把它们人格化或者神化，从而形成某种图腾崇拜。抚州地处宽广富饶的赣抚平原，自古以来就盛产水稻，是著名的粮仓。但是由于常常受到虫害的侵袭，致使这里的水稻严重歉收，乡亲们也因此过着食不果腹的日子。在长期的稻作实践中，抚州人发现蛤蟆能够吃掉水稻的害虫。凡是蛤蟆多的年份，害虫就少，水稻就长势良好，获得丰收；凡是蛤蟆少的年份，害虫就多，水稻就长得枯黄，严重歉收。由此抚州人得出了一个结论，蛤蟆不仅是水稻的保护神，也是百姓的保护神，更是为民除害的活菩萨！所以他们就把蛤蟆作为图腾来崇拜。现代科学也充分证明，蛤蟆是水稻害虫的天敌，是捕捉水稻害虫的高手。有人曾做过统计，一只青蛙一年可以捕食1.5万多只水稻害虫。试想，千千万万只青蛙聚在一起，那可要捕食掉多少水稻害虫啊！这不就是一支浩浩荡荡的水稻除害大军吗？所以，蛤蟆就是丰年，蛤蟆就是富足。同时，蛤蟆还是天气预报的能手。"地上蛤蟆叫，天上雨水到"，"田里蛙不叫，大旱逃不掉"。密集的蛙声总是预示着风调雨顺，伴随着五谷丰登。怪不得金溪人把那座祭祀蛤蟆的庙叫作水门庙。在生产力十分低下的农耕时代初期，抚州人就能够对蛤蟆的益处有了某种科学的认识，并逐渐形成了一种自然拜物教，这是非常了不起的。

我们点赞"抚州蛤蟆头"，是因为这个称呼叫响了人类繁衍生息的最强音。我们知道，"蛙"同"娲"同音。而女娲是中华民族的始祖，所有炎黄子孙都是她的后代。正如《说文》所说，"娲，古之神圣女，化万物者"。无独有偶，人们把小孩也称作"娃"，把生孩子叫作"生娃娃"。这不是简单的巧合，而是青蛙的某些特性十分符合人类的生殖繁衍愿望。你看刚刚出生的小孩肚子鼓鼓的，很像青蛙也就是蛤蟆的腹部，而蛤蟆的繁殖能力又很强。每当春天来临，无论河沟还是湖汊，到处都是蛤蟆产的卵子，它们像一串串黑色的珍珠浮在水中。每只青蛙一次可产卵几百个甚至上千个。大约一个星期，这些卵子就变成小蝌蚪，经过一些时候又变成一只只小青蛙。这时，我的眼前不由得浮现出齐白石《蛙声十里出山泉》那幅著名的水墨画。画面是一条山涧，急湍的山泉在涧中流淌，水中游着六只小蝌蚪，上方用石青点了两个远山头。奇怪的是，画中却没有青蛙。就像小学课本里《小蝌蚪找妈妈》的故事一样。十里都是蛙声，十里不都是青蛙妈妈和它们千千万万的子女小蝌蚪吗？齐白石不愧是画坛大师，他用"画外音"告诉人们，青蛙是一个生生不息非常兴旺的庞大家族。这不就是我们中华民族多子多福传统的形象写照吗？青蛙是一种很"贱"的动物，只要有少许的食物，水里陆上都能成活。而且一到寒冷季节它们还会钻到土里冬眠，来年春天又破土而出，"死而复生"。在自然环境非常恶劣和生活条件十分艰苦的古代社会，养大一个小孩不容易，时刻都有夭折的危险，大人们都希望自己的小孩能像青蛙那样贱生贱养，长大成人。古时的抚州河湖密布，水草丰茂，十分适宜蛙类的生长，可谓是蛙类的世界和天堂。因而蛤蟆又成为抚州人心中的生育神。他们都期盼自己的家庭能像青蛙那样生育多多，子孙满堂，一代一代繁衍不息，一代一代兴旺下去。可见，对蛤蟆的崇拜就是对生命的崇拜。所以，"抚州蛤蟆头"这个称呼，既体现了抚州人古老质朴的自然生育观，又折射了抚州人的人类与动物和谐共生的、朴素的、天人合一的生态观。

我们点赞"抚州蛤蟆头"，是因为这个称呼体现了抚州人勇争第一的"呱呱叫"精神。蛤蟆的叫声，从来都是雄壮的、嘹亮的、威武的、鼓舞人心的。我住的地方在一个湖边，每当春天来临，湖里就会传出蛙鸣声，开始是一声两声、三声四声，接着是五声六声、七声八声，渐渐地，蛙声越来越多，越来越密，最后汇成了一股摄人心魄的巨大声浪。我曾听说在世界一些地方，甚至会出现成千上万只蛤蟆聚集的景象。1983年6月的一天，湖南醴陵县大障乡石冲村就出现了十几万只蛤蟆聚会的奇观。这天清晨，村民们突然被一片高亢的蛙声惊醒。他们出去一看，发现在四个村庄连片种植的杂交稻制种秧田里全是蛤蟆。它们三只一堆，五只一群，叫声连天，震耳欲聋，像战鼓擂动，像军号齐鸣，像惊雷炸响，回荡在田野山头，激扬在天上云间。青年时代的毛泽东，曾写过一首"独坐池塘如虎踞，绿荫树下养精神。春来我不先开口，哪个虫儿敢作声"的《咏蛙》诗，更是把青蛙的霸气表现得淋漓尽致。可以说，蛤蟆发出的"呱呱叫"声音，也是抚州人敢于力压群雄、勇当第一的铿锵表达。正是在这种精神的激励下，才有临川才子，才有抚州文章，才有心学创立，才有"临川四梦"，才有金溪雕版书，才有流坑"千古第一村"，才有抚河两岸许许多多流光溢彩冠盖华夏的"呱呱叫"篇章。

我们点赞"抚州蛤蟆头"，是因为这个称呼蕴含着抚州人追求富贵的难得品格。在抚州文化中，蛤蟆是水神，而水又是主财的，所以蛤蟆就是抚州人的财神。正因如此，抚州人在江西老表中是最会做生意的，无论在东海之滨还是西南边陲，无论在繁华闹市还是偏僻山村，都留下了他们在商海艰难跋涉的足迹和奋力打拼的身影，其中还涌现了数量众多的富商大贾。举世闻名的茅台酒，其创始人之一就是被誉为清代贵州首富的江右抚州商人华联辉。清代广西首富李宜民也是江西抚州人。据明代万历年间任云南澜沧兵备副使的王士性记载，在云南各地经商的人，抚州人居十之五六，他们不仅在城镇做买卖，而且把生意做到了山高林密的少数民族部落，许多人还融入其中，担任了部落的酋长头目。抚州人不仅尊普通的蛤蟆为财神，就是颜值相对较低的癞蛤蟆即蟾蜍亦被他们看作是富贵的化身。因为蟾蜍身上有着许多疙瘩状的突起物，老百姓把这看成是金钱，所以癞蛤蟆又称金蟾。直至今天，抚州等地的不少商家还把后背驮着金钱、口中衔着金币的蟾蜍摆放在柜台上，以表达自己对富贵的美好追求。不仅如此，在中国古代民间，蟾蜍还是镇凶邪、主富贵的象征，以至羽化成了天上的神仙。在嫦娥居住的月宫里，就有一只可爱的蟾蜍，所以月亮亦被称为"蟾宫"。据说在武则天所建的洛阳城上阳宫遗址里，竟出土了一只石蟾蜍。蛤蟆受到嫦娥和皇家的青睐，可见它们是多么的高贵！

三

春夏之交的赣抚大地充满生机，富有诗意，也是蛤蟆最活跃的季节。在我们参观的路上，不时可以听到稻田、小溪、湿地和草丛里发出的一阵阵蛙鸣。在一些古村的池塘边，也不时可以看到有些蛤蟆跳入水中，先是溅起一朵朵水花，然后伸着两腿急速游着，在泛起的一圈圈涟漪中忽地无踪无影了。此情此景，使我想起了中华民族文学海洋中那些描写蛙声的诗文。韩愈的"一夜青蛙鸣到晓"、赵师秀的"青草池塘处处蛙"、陆游的"草深无处不鸣蛙"、辛弃疾的"稻花香里说丰年，听取蛙声一片"、刘基的"一池草色万蛙鸣"，这些佳句不仅写尽了蛙声的悦耳动听，也生动地表达了自古以来人们对蛤蟆的深深喜爱。

其实，不仅仅是抚州地区，在我国许多地方都有蛤蟆崇拜的习俗。广西壮族地区的图腾就是青蛙，广大的壮族民众不仅把青蛙视为丰饶神的化身，而且是生育神的化身。直至今天壮族地区的不少器物和石壁上都刻有青蛙的图案，民间还流传着许多关于青蛙保护庄稼、青蛙和人类婚媾的神话故事。特别是一年一度的"蛙婆节"，从农历新年开始一直要举行到正月底。大年初一那天清晨，村寨里的男青年都要争先恐后地到田野里找青蛙。第一个找到青蛙的是运气最好的人，并要当众宣布同青蛙结婚，大家都称他为"青蛙郎"。通过这一系列的盛大祭祀活动，既展现了青蛙巨大神奇的力量，又把壮族人民对青蛙的崇拜表现得酣畅淋漓。

德国作家格林写过一个著名的童话，叫作《青蛙王子》，说的是有个长得光艳照人的小公主，有一天在水井旁边的台子上玩她最喜爱的金球，不小心把金球滚进了井里。小公主急得伤心地哭了起来。这时，有只小青蛙来了，问她为什么哭泣。小公主说，我的金球掉到水井里了。小青蛙说，你不要难过，我来帮帮你。说完跳进水井把金球捞了起来。从此以后小青蛙和小公主成了好朋友。当小公主得知小青蛙原来是个英俊帅气的小王子，因为得罪了一个坏巫婆而被变成了小青蛙时，小公主就想方设法把小青蛙变回了小王子。后来两个人结了婚，过上了美满幸福的新生活。这虽然是个童话，但我们可以看出青蛙有着一颗乐于助人的善良之心。好人终有贵人助，好心终归有好报。如果说格林童话里的小青蛙原本就是一个英俊潇洒的王子，那么，"抚州蛤蟆头"就是我们赣鄱大地一支出类拔萃的精英！

小小蛤蟆，寄托着人类幸福吉祥的情感。"抚州蛤蟆头"，更是饱含着丰富美好的寓意。让我们为"抚州蛤蟆头"点赞祝福！让我们把"抚州蛤蟆头"叫得更响！

2020 年 6 月

人们今天来攀登古驿道，来领略古梅关的雄姿，并非单纯地为了游玩，而更多的是踏着古驿道，去寻觅历史的足迹，去倾听历史的回声，去触摸历史的脉搏，去丈量历史的厚重，从中获得历史的感悟、历史的经验、历史的启迪、历史的智慧，激励自己不断增添前进的动力，去奔向更加美好的未来。

梅关古驿道

一

好一条古驿道，一条越过崇山峻岭的古驿道。

这条古驿道，盘旋缠绕，吞云吐雾，像一条时隐时现的长龙，游弋在赣粤两省的边界之间。

这就是著名的梅关古驿道。

这条古驿道，北起江西赣江上游章江畔的南安府，亦即今天的大余县城，南至广东珠江上游浈水河边的南雄县城，长约40公里。由于这条驿道以陆路连通了长江和珠江两大水系,因而成为古代中国一条南北主通道。

去年5月,我同省内外几位著名作家和文友来到赣南,寻访了梅关这条千年古驿道。

由于历史的变迁,江西境内的古驿道只存留了从山脚到山顶的一段,长有几公里。穿过一座仿古牌坊,只见一条古色古香的山道顺着山势蜿蜒而上,伸进层峦叠嶂之中。它宽约2米,路面用鹅卵石和小石块铺成。从山下往上望去,大家有个感觉,似乎山不是很高峻,驿道也不是很陡险,估计登上去不会太费劲。但没爬多久,大家就感到有些吃力。这一方面是因为昔日车马的碾压使路面凹凸不平、坑坑洼洼,有些马蹄印和车辙印有10厘米深,走时不是深一脚浅一脚,就是磕磕碰碰,生怕扭着脚、摔着跤,所以都小心翼翼;另一方面古驿道的坡度还是很大的,险峻也被"之"字形路和道旁茂密的树林掩盖了。还没登到古驿道的一半,大家都气喘吁吁,脚下发沉,有的文友支持不住,只好半途停下,坐在路边,望山兴叹。

这让我想起一句俗语:看山容易爬山难。世上有许多事情就是这样,表面上看很容易,其实做起来很难。

沿途存留了一些古迹,大家走走停停,不时驻足观赏。山脚有重建的古驿站,有石制的饮马槽;半山有展翅如飞的来雁亭,有介绍王阳明在南赣征战的文字牌,有龙干虬枝冠盖如云的千年枫树,有供旅人歇息建在驿道上的凉亭遗址。据说过去沿途还有136块诗碑,镌刻了古代名人志士的诗词名言。在梅关南面的驿道旁,还有纪念驿道开凿者张九龄的张公祠和夫人庙,有纪念中国禅宗佛祖慧能过梅岭时的六祖庙、衣钵亭,以及卓锡泉、衣钵石。一路上,我们觉得不是在攀登古驿道,而是在攀越一道历史的长廊。

好不容易登上山顶,只见一座雄伟的关楼耸立在岭巅的隘口之间,"南粤雄关"四个苍劲有力的大字赫然横亘在关门之上。关楼原为两层,上层为阁楼,下层为驿路通道。由于历经风吹雨打，阁楼已经倒塌，只剩下高宽各 3.5 米、长 5.5 米的拱形砖墙门洞。旁边石壁下，竖立着一块高 2.4 米、宽 1.4 米的石碑，上刻"梅岭"两个鲜红的楷体大字。关楼南面朝着广东，门额上写着"岭南第一关"，两侧题有"梅止行人渴，关防暴客来"对联。从洞口望过去，蜿蜒的驿道和山林犹如长镜头里的照片，幽深漂亮极了。

伫立关口，放眼远眺，山色苍茫，林海起伏，一会儿像巨浪般迎面扑来，一会儿又像波涛般远去。我们的心中顿时充满一种"一关隔断南北天"的豪迈。这时，我们才真正理解什么叫"北挹三江，南控粤海"，才真正理解梅岭为什么会成为古代的军事要塞。据说，梅岭最初叫台岭。秦始皇统一中国后，派大将赵佗统兵三路向岭南的百越进军，其中一路翻越台岭，直下岭南的浈水。秦亡后，赵佗在岭南拥兵自立，是为南越王。生于台岭的百越人梅铂在跟随刘邦平定天下后回到家乡，在这里筑城练兵，与南越王赵佗以军对峙，划岭而治。因梅铂爱好梅花，又率众在山上广种梅树，所以老百姓将台岭改称为梅岭。汉武帝时，一个叫庾胜的军人在跟随楼船将军杨仆平定南越国后，率军驻守在梅岭一带。他在岭下建城，在岭上设置关卡，并把城郭、关卡与章江连接起来。为了纪念庾胜，当地老百姓又把梅岭称为大庾岭。

梅岭的这条小道，不仅是军事要道，也是内陆和岭南人民往来的主要通道。隋炀帝开凿大运河后，全国经济快速发展，南北交往日益频繁，通过梅关驿道的人也越来越多，特别是肩挑背扛运送货物过岭的人不断增加。但由于一直是一条狭窄陡险的羊肠山道，人们常常要壮着胆子，费尽九牛二虎之力才能翻过，因而梅岭小道也就被人们视为"畏途"，成为南北交通的"瓶颈"。

直到唐开元四年（716 年），一个叫张九龄的人的出现，才使这种状况有了彻底的改观。

张九龄是广东韶关人，此时在朝廷担任左拾遗内供奉之职。从年轻时进京赶考开始,他就多次走过这条小路,深知这条小路的崎岖陡险,深知攀登这条小路的艰难辛苦,深知这条小路对南来北往和发展商旅的重要性。这年,他向朝廷主动请缨回到南方,组织开凿大庾岭驿道的工程。为了把驿道修好,他不仅把夫人接了过来,把家安在南安府,而且同开凿驿道的数千名工匠们一起摸爬滚打。他攀崖过壑,披荆斩棘,勘察山势,设计驿道,并在工地吃住,参与工程修建。好不容易把路基修成了,到了梅岭主峰,却石壁陡立,悬崖嵯峨,如同一只巨大的石虎蹲在岭头,将路拦腰斩断。在今天,开凿这样一个山头,可以说是小菜一碟。但在古代,这可是一个很大的难题。于是,他和工匠们商量,终于想出了一个办法。大家把一大堆柴火堆在岩石上,浇上火油点燃,熊熊的火焰将岩石烧得滚烫。这时,大家把准备好的冷水浇上去,滚热的岩石在骤然遇冷的情况下嗞嗞作响,纷纷开裂。工匠们用铁钎对着裂缝开打,一块块岩石被凿下来。就这样反复作业,岩石被一层层凿掉,高峻的山头终于被开凿出了一个巨大的豁口,天堑变成了通途。同时,张九龄还在沿途修建了驿站、茶亭、客店、货栈等设施,大大方便了旅客和行人。就这样,一条宽敞的驿道开凿建成了。

从此,大运河、长江、赣江、珠江连为了一体,中国从此有了贯通南北的交通大动脉。

张九龄开凿的不仅仅是一条驿道,他开凿了一条历史的大道,开凿了一个崭新的历史。

二

梅岭驿道的凿通,首先带来的是商旅和经济的繁荣。

人们不再惧怕"山道狭深,人苦峻极",也不再像以往那样"运则负之以背","螺转九磴而上"。在"坦坦而方五轨,阗阗而走四通"的驿道上,"蚁施鱼贯百货集,肩摩踵接行人担","商贾如云,货物如雨,万足践履,冬无寒土",真个是好一派梅关驿道风光。

有了这条驿道,南北的货物交流从此变得便捷,北方的货物经大运河入长江经赣江到达南安,再翻过梅岭驿道经南雄转入珠江到达广州,而岭南的货物则反其道而运之。据有关史料记载,凡是由北向南的物品,大都是金帛瓷器等精细之物,凡是由南向北的货物,大都是盐铁粗重之类的东西。同时,梅岭驿道也是海上丝绸之路的重要组成部分。唐时,我国有一条从南海通往东南亚、印度洋北部诸国、红海沿岸、东北非和波斯湾诸国的海上航路,叫作"广州通海夷道"。这是我国最早的海上丝绸之路。内地的丝绸、瓷器、茶叶和铜铁器等经过梅关驿道到广州再运往海外。同样,海外的香料、花草、奇珍异宝等经广州通过梅关驿道输送至内地。正如著名中西交通史专家张星烺所说:"唐时广州之波斯、阿拉伯商人,北上扬州者,必取道大庾岭,再沿赣江而下,顺长江而扬州也。"

当然,在唐宋元时期,不只有梅关驿道这一条通道,还有其他的对外贸易出海口。但到了明清时期,情况发生了根本变化。明太祖登基伊始,就实行海禁,下令"片板不能下海"。清朝康熙皇帝更有过之而无不及,无论官民,一律禁止出海,特别是乾隆皇帝1757年实行"一口通商"政策后,广州便成了唯一的对外通商贸易口岸。这样,大运河—长江—赣江—梅关—珠江也就成了唯一的对外通道。凡是运往广州的货物或是由广州运往内地的货物,都要经过梅关驿道。这是梅关驿道最为繁忙最为辉煌的时期。据有关史料记载,每天经过梅关驿道的商旅有5000人。这是怎样一支庞大的队伍!

明万历年间,西洋传教士利玛窦来到中国。他从广州北上经过梅关驿道时,在日记中具体地描述了驿道上的繁忙景象:许多省份的大量商贾抵达这里,越山南运。同样地,也从另一侧越过山岭,运往相反的方向。旅客骑马或乘轿越岭,商贾则用驮兽或挑夫运送。这种不断来回运送的结果,使山两侧的两座城市成为货物转运中心,而且秩序井然,使大批的人员连同无穷无尽的商货,在短时间内得以输送。从利玛窦日记的字里行间,我仿佛看到,在蜿蜒逶迤的梅关驿道上,一支又一支的商队川流不息,来回往返。在骑着高头大马或坐着四抬大轿商人的带领下,有些人挑着装满茶叶的担子,有些人赶着驮满瓷器的牲口,有些人推着装满货物的独轮车子,有些人抬着装有贵重物品的箱子,吃力而缓慢地攀行着。那担子的"咿呀"声,那车子的"咕噜"声,那"噔噔"的脚步声,那"嘚嘚"的牲口蹄子声,还有人们粗重的喘气声,汇成了一支杂乱沉重的曲子,回荡在山岭之间。

我想,从唐代直到清代中期,在这支绵延千年的庞大商队中,一定会有许多赫赫有名的富商巨贾在梅关驿道上留下的脚印,一定会有许多商界精英在梅关驿道上留下的传奇,一定会有许多商海潮人在梅关驿道上留下的佳话。

我在梅关古驿道上寻找着,在当地的史籍里寻找着,在当地的残砖断瓦中寻找着,在当地的民间传说中寻找着。然而,我失望了,竟没有找到记载巨商富贾一鳞半爪的文字,没有听到商界精英的片言只语,也没有看到商海潮人的丝毫痕迹。只是在担任过当地官府要职或有关名人的笔记中,偶尔看到有普通商人活动的记载,而且这些商人都是以负面形象出现的。

我随手摘来了一则。北宋年间,因官盐质差而价贵,私盐质好而价低,所以梅关驿道上的私人贩盐之风日盛一日,最多时达到几百上千人。他们为了保护自己贩卖私盐不受侵犯,往往带着兵械。北宋嘉祐五年(1060年),蔡挺任南安知军,他下令官军没收所有盐贩商人的器甲,并赦免其罪,因而先后缴得兵械上万件。同时,蔡挺还在山顶修筑关口,设立官方收税点,从此驿道上就有了梅关，人们将其称之为"唐时路，宋时关"。于是，这些贩卖私盐的普通商人活动，也就作为南安知军蔡挺打击和治理私盐贩子的"政绩"而写进了有关史书。倘若蔡挺不去打击和治理私盐贩子，我们今天根本就不知道梅关驿道上还有大规模贩卖私盐的商人活动。

一条贯通南北的古驿道，极大地活跃了南北商品的流通和商旅的往来，为历代中国经济的发展做出了巨大的贡献。按理在其史册上，应该有一串长长的巨商富贾的名字。但是由于中国历来就鄙视商人，"士农工商"，把商排在最后一位，根本就不予提及，就是偶尔提及，也是极尽抹黑之能事，冠以无商不奸之罪名。因而在历史最需要书写的名人名册上，梅关驿道却出现了最不应该出现的空白。这恐怕也是中国不能从封建社会自然生长到资本主义社会的重要原因。因为人类社会的发展，归根到底是社会生产力的发展。而商业活动从来就是构成社会生产力的重要一环。正是日益频繁的商业交换活动，推动着生产和消费的不断发展。可以说，一个轻视商业活动的社会，必然是一个缺乏活力的社会；一个没有商人地位的社会，必然是一个没有生机的社会，以至最终会被历史所淘汰。

其实，空白的岂止是商旅，还有从中原南迁而来的无数先民。在中华民族历史上，曾有三次大的南迁移民潮，第一次是永嘉之乱时期，第二次是安史之乱时期，第三次是靖康之耻时期。此外还有明代初期的大移民。江西赣南等地的客家人，有相当一部分人是从中原南迁至江西定居，尔后再迁到广东福建，在明末清初又从广东福建返迁江西的。可以说，在梅关驿道上走得最多的人，除了商旅，就是移民。但因为他们实在太普通了，就像驿道两旁的草芥一般，所以没有人去关注他们。还好在梅关南面山上的驿道边，有一个珠玑巷，这是从唐代以来形成的南迁移民聚居地，也是南迁移民的中转站。全巷长约 1500 米，宽约 4 米，用鹅卵石铺砌而成，巷内有古楼、古塔、古榕、古桥、古建筑遗址，特别是保留着 175 个姓氏祠堂。当年，许多南迁移民在珠玑巷住上几年或几十年，又继续向南，到珠江三角洲等地定居。据说，从珠玑巷迁移出去的姓氏至今已达 186 个，其后裔繁衍达 7000 多万人，遍布海内外。所以珠玑巷被称为广府人的祖居地，广府文化的发祥地；被誉为中华文化的驿站，中国三大寻根地之一。就是这样一批批绵绵不断、浩浩荡荡的移民队伍，在历代各级官府的正史中，却极少看到有他们活动的记载，而只能从他们的家谱中梳理出一些大致的脉络。

缺少商贾和移民的记载，这不能不是梅关驿道历史的一大缺憾。这也是中华历史文化的一大缺憾。

三

也许是中华文化中一直有着重官崇文的传统，也许是江西一直被誉为"文章节义之邦，真儒过化之地"，所以，在梅关驿道上，听到最多的都是有关官员和文人学士的故事。他们虽然生活的朝代不同，经历的时空不同，担负的职务不同，但都像南来北往的其他官员一样，坐着官轿，在梅关驿道留下了一段难忘的人生旅程。

北宋庆历五年即 1045 年，28 岁的周敦颐调任南安军，任司理参军。正值风华正茂的他，胸中自有一番雄心大志。自从汉武帝采纳董仲舒"罢黜百家，独尊儒术"的建议后，儒学虽然被奉为官方的意识形态，但到魏晋特别是唐末和五代十国时期，已经被冲击得七零八落。对此，周敦颐痛心疾首，寝食不安。为此，一个念头在他心中确立。他要对儒学进行改造，要对儒学重新进行阐发。为了获得灵感，多少次，他攀登在梅岭驿道上，来回不停地思考。因为他精通儒释道，所以在儒学的基础上，吸收道家思想，撰写了《太极图说》一书，开辟了理学的源头。为了传授主张，他还创办了南安军学堂。恰好这时，兴国县令程珦调到南安军任通判，他看见周敦颐"胸中洒脱，如光风霁月"，遂结为至交，并让其儿子程颢、程颐拜周敦颐为师。此后，在梅岭脚下和古驿道旁，师生三人常常聚在一起，探讨天地宇宙之奥秘。这样，周敦颐的思想之"源"，渐渐地变成了"二程"的理学之"流"。这是中国思想史上的一跃。尽管这一跃处于刚刚起跳的阶段，但有着非同寻常的意义，开了儒家学说新的先河，对中国的社会发展产生了深远巨大的影响。

50多年后，苏东坡来了。这是他二过梅关。前一次是在北宋绍圣元年即1094年，因为新旧党争，苏东坡受贬，发配惠州。这时，他的心情是悲怆惆怅的。过了梅关就是南蛮，就是生命未卜之地。他不禁悲从中来，写下《过大庾岭》一诗，发出"今日岭上行，身世永相忘"的慨叹。大概是想留个纪念，苏东坡还在大庾岭上栽下了一棵松树。不久，苏东坡又从惠州流放到海南的儋州，那是个更为遥远偏僻的地方，瘴气弥漫，蛇兽遍地，时刻都有一去不复返的危险。6年后，赵佶即位，是为宋徽宗。元符三年（1100年），他下达诏书，大赦天下，命苏东坡复任朝奉郎。这样，苏东坡于1101年踏上了北归路。当他再次登上梅关的时候，他不知是喜还是悲，想到自己九死一生，能够重回朝廷，他心中充满着一种喜悦，有一种春风扑面的感觉。然而，当想到自己年逾花甲，不复往日的朝气时，不免又感到悲凉，特别是看到自己栽的那棵松树长得郁郁葱葱时，两相对比，心情就更加抑郁了。所以，他在梅关驿道遇到一位老翁时，写了一首《赠岭上老人》的诗题于村头的墙壁上："鹤骨霜髯心已灰，青松合抱手亲栽。问翁大庾岭头住，曾见南迁几个回。"这时的苏东坡，回望来路，感到自己最为辉煌的一段人生被永远地抛在身后了，再也不可能喷发出当年那种"大江东去"的豪情了。而梅关就是其人生悲剧性的转折点。他慨叹命运的反复无常，慨叹命运的不公多舛。尽管他下了梅关，到南安府受到倪太守的热情接待，游览了东山真觉寺、府城谯楼及南安军学等地，写下了《登谯楼》和《南安军学记》等诗文，并在他寓居的宝界寺常乐院粉壁上作了一幅《竹石图》，但那也无法掩盖他的心灰意冷，于他只不过是一种夕阳的余光返照。果然，苏东坡一回到常州的长子家中，就一病不起，溘然去世。中国文学的一代巨擘就这样消失在了历史的长河中。

过梅关最悲壮的要数文天祥了。南宋祥兴二年即1279年的五月初四，文天祥被元军押解到了大庾岭。这是文天祥被俘的第78天，次日就是端午节，梅关上下都洋溢着浓浓的节日氛围。但身为囚徒的文天祥却百感交集，痛苦无比。自从元军占领了南宋都城临安，文天祥就在家乡拉起了抗元队伍，并在梅岭一带抗击过元军。那时的他，曾写过一首《赠南安黄梅峰》："清浅风流圣得知，黄昏归鹤月来时。岭头更有高寒处，却是江南第一枝。"以此表明自己抗击元军的决心。而现在自己却从天上跌到了地下，境遇被完全颠倒了。于是，自己在广东海丰县五岭坡兵败被俘的情景，在零丁洋上目睹南宋十万士子随着陆秀夫背着小皇帝一起蹈海殉国的惨烈情景，都一幕一幕出现在眼前。朝廷和皇帝都没有了，自己的生命还有什么意义。他下定了以死报国的决心，写下了一首绝命诗："梅花南北路，风雨湿征衣。出岭同谁出？归乡如不归。山河千古在，城郭一时非。饿死真吾志，梦中行采薇。"他要像伯夷、叔齐耻食周粟隐于首阳山采薇充饥最终饿死那样，开始绝食。但押送的元兵拼命给他灌食。文天祥绝食不成，只能横眉冷对。到了元大都后，尽管元朝的大臣以至皇帝忽必烈反复引诱威逼劝其投降，但文天祥不为所动。在被俘三年的最后一天，他在菜市口英勇就义。文天祥以视死如归的大无畏气概，谱写了一曲惊天地泣鬼神的正气歌，其悲壮雄浑的旋律，久久回响在中华大地。

对于王阳明来说，梅关古驿道为他一生画了一个完满的句号。可以说，南赣是王阳明的福地。此前，王阳明因为得罪太监权臣刘瑾而被发配至贵州龙场，在那里悟道开始创立心学。回朝后不久升任都察院左都御史，接着又任南赣巡抚。这是一个不太好干的岗位。当时的赣南、粤北和闽西一带，土匪横行，祸害无穷，社会极不安定，老百姓叫苦连天。他一上阵，就运用心理和武力相结合的战术，各个击破，只用一年多时间，先后剿灭了詹师富、陈曰能、卢柯、谢志珊、蓝天凤、池仲容等土匪，让当地百姓过上了平安生活。正德十四年（1519年），王阳明又率部平定了宁王朱宸濠的叛乱。两年后，在南昌揭示致良知学说，完成心学体系。同年六月，升任南京兵部尚书。嘉靖六年（1527年）五月，受命平定广西思恩、田州、仙台等地瑶族、僮族叛乱。次年秋，因肺病剧发，十月上疏告退，在返乡途中到达梅关时，因重病缠身，发出"人生真是一关过后一关难"的感慨。沿着古驿道下到南安府后，王阳明在这里住了3天，因病情恶化被手下抬往停泊在章江边青龙铺的舟船上。临终前，手下人员问他"有何遗言"，王阳明以微弱的声音说："吾心光明，亦复何言？"是的，王阳明心中没有什么遗憾了。他治学是一代大儒，治世是一位能臣，打仗是一位良将。他的心学，本身就是一种智慧，本身就是一种哲学。他实现了"立德、立功、立言"的人生宏愿。而这些，大部分又是在江西完成的。从某种角度来看，他不是拖着奄奄一息的病体，而是以一个成功者的形象昂首阔步经过梅关的。

走在梅关驿道上的汤显祖，充塞在他心头的，一半是不平，一半是壮志。这位集儒家、道家和佛家学说于一身的才俊，在明万历十九年即1591年，因上《论辅臣科臣疏》，弹劾大学士申时行，触犯权贵，被贬到雷州半岛的徐闻县做典史。对此，他是愤怒的。他愤怒朝廷的不公，愤怒皇帝的昏庸，愤怒吏治的腐败。然而，作为一个朝廷小官员，他又无法改变这种局面。所以唯一的只有服从。哪怕贬得再远，也只能老老实实去赴任。从京城官员跌入被贬流放,他心理上的落差是很大的,被打击的创痛也是难以承受的。庆幸的是,当他在梅岭脚下同好友谭一召在南安府衙后花园寻幽时,听到了以前府衙太守之女在此与书生私会,被其父怒责后,忧郁成疾,逝后葬于梅树下又还魂的故事,给热爱戏剧创作的他提供了不可多得的素材。两年后,汤显祖被朝廷从徐闻县召回,任浙江遂昌县知县。因不满小人的谗言,愤而辞官,回到家乡临川,埋头戏剧创作。一部以南安府衙后花园故事为背景的伟大戏剧《牡丹亭》就此诞生。可以说,没有这次被贬徐闻,汤显祖也不会到南安,也不会走过梅关驿道,也就不会有这部戏剧巨作的问世。汤显祖在官宦道路上失去的,最终在梅关驿道上得到了。他失去的是头上的乌纱帽,却收获了精彩绝伦的戏剧作品,成为伟大的戏剧家,被誉为东方莎士比亚。从此,一颗巨星照亮了中国和世界戏剧文化的星空。

当然,经过梅关古驿道的文人士大夫远不止这几位,还有宋之问、朱熹、解缙、袁枚等许多著名人物;有"一门四进士,叔侄两宰相"的本土名流戴第元、戴均元、戴心亨、戴衢亨;有1656年到中国向清顺治皇帝朝觐的由彼得·德·候叶尔、雅可布·凯塞尔率领的荷兰国使团,这个使团的规模很大,其中光运送礼品的挑夫就达900人。正是这一个个国内和国外名流的不期而至,为梅关驿道增添了沉甸甸的分量。

四

20世纪二三十年代,一种鲜红的颜色,使梅关古驿道变得更加斑斓多姿。

这红色,是伟人铿锵有力的步伐踏出来的,是镰刀加斧头的旗帜辉映出来的,是红军官兵在血与火中淬炼出来的。

宋庆龄，这位中华民族的杰出女性，在梅关古驿道上就曾有她奋力攀登的身影。1926年10月，国民革命军北伐攻克武汉，宋庆龄为之欢欣鼓舞。11月底，她率领前线慰问团从广东出发途经江西去武汉。当她一步一步登上梅关时，看见古驿道两旁，一树树梅花在寒冬中绽放，散发着浓郁的清香，不禁思绪万千。她想起了丈夫孙中山先生未竟的事业，想起了北伐革命的艰难曲折，想起了国民革命志士的流血与牺牲，深感革命尚未成功，应当发扬梅花不畏风霜雨雪的精神，继续英勇奋斗，不断夺取新的胜利。大概是心有灵犀，同行的何香凝女士随即作诗一首："南国有高枝，先开岭上梅。临风高挺立，不畏雪霜吹。"宋庆龄听了频频点头叫好。从梅关下到大余县城，宋庆龄听说当地的土豪劣绅叶世尰、钟雨生等人，经常在街头乡里横行霸道，强取豪夺，鱼肉百姓，无恶不作，立即要求国民革命军把这几个人抓起来，交县政府严惩。老百姓为之拍手称快。宋庆龄不畏邪恶、为民除害的形象，就像一枝傲雪凌霜的红梅，开在梅岭之上，给梅关古驿道增添了新的色彩。

让梅关古驿道大放光辉的，是红军战士们手中高擎的那面鲜艳红旗。1929年元月，毛泽东和朱德率领红四军主力部队从井冈山向赣南闽西进军，攻下大余县城，并在这里休整。毛泽东和朱德分别召开排长、连长以上干部会议，明确这次进军的主要任务是开辟新的红色区域，建立新的红色政权，并要求全军严格遵守纪律，树立红军形象，扩大共产党的政治影响。接着又召开军民大会，号召工人、农民和士兵团结起来，为打倒军阀、地主和官僚资本主义而奋斗，并将打土豪的财物当场分发给贫苦群众。大余城里，群情激昂，喜气洋洋，一片欢腾，人们沉浸在浓浓的革命氛围中。离开大余后，毛泽东和朱德又率领红军一路奋战，在瑞金开辟了中央革命根据地，成立了中华苏维埃共和国临时中央政府，大余也成了中央苏区的一部分。

从此，毛泽东和朱德领导的红军队伍，犹如一道道霹雳闪电划过长空，照亮了梅岭,映红了梅关古驿道。

然而,由于第五次反"围剿"失败,1934年10月,中央主力红军被迫进行战略转移,同时留下一部分红军继续坚持对敌斗争。鉴于敌我力量过于悬殊,根据中央指示,留下的红军实行分路突围,分散至赣、粤、闽、湘、浙、鄂、皖等南方八省,建立十四个游击区。作为留在中央苏区的主要领导项英和陈毅,转移到了赣粤边游击区,从此展开了艰苦卓绝的南方三年游击战争。

于是,一场场你死我活的战斗在这里进行,一个个英雄的故事在这里传扬。

在梅关古驿道上,人们永远不会忘记一个名字:刘伯坚。1935年3月,担任赣南省军区政治部主任的他,在向赣粤边游击区转移的途中,遭到敌人的突然袭击,在于都和安远交界的地方,不幸被一颗流弹击中左腿而落入敌人魔掌。敌人先把他押到信丰,接着又转至大余县城关押。面对敌人明晃晃的赤刀,刘伯坚毫无惧色,大义凛然,拖着沉重的铁镣在大街上行走,表现了一个共产党员的英雄形象。回到牢中,他写下了光照日月、气吞山河的不朽诗篇《带镣行》:"带镣长街行,志气愈轩昂。拼作阶下囚,工人齐解放。"在审讯归来的晚上,刘伯坚对着朦胧的月光,又写下了一首七绝《狱中月夜》:"空负梅关团圆月,囚门深锁窥不得。夜半皎皎上东墙,反影铁窗皆虚白。"抒发他不能同战友们在梅关会合共同战斗的心情。此后,尽管敌人软硬兼施,使尽了各种手段,都没有使刘伯坚屈服,最后决定对他下毒手。就义前,敌人问他有什么要求,刘伯坚回答说:"第一,我要写封遗书,交代我的子孙后代要将革命进行到底!第二,死后要葬在梅关。"敌人问他,为什么要葬在梅关?他说:"葬在梅关,站得高,望得远。在我死后也要看到弥天的烽火彻底毁灭你们的蒋家王朝!"一个无私无畏的共产主义战士在敌人的枪声中倒下了。梅岭在呜咽,鲜血在流淌,梅关古驿道顿时变得一片鲜红。

与刘伯坚慷慨悲歌相呼应的，是陈毅在战火中写下的梅岭诗章。刚转移至赣粤边，为解决怎样开展游击战的问题，游击区的领导在大余河洞乡长岭村召开会议，确立了以油山、梅山、北山为主要根据地，深入群众，依靠群众，在隐蔽条件下进行机动灵活的武装斗争。同时把部队分成三个大队，下设分队，每个分队十几人至二十几人，分散独立地开展游击战。为了做到分而不散，又在三座山分别建立秘密交通点。方向明确了，策略制定了，陈毅心里感到从未有过的轻松。在经过大庾岭时，他临风而立，面对连绵起伏的山峦，满腔热血顿时沸腾起来，豪迈的诗句不觉脱口而出："大庾岭上暮天低，欧亚风云望欲迷。国贼卖尽一抔土，弥天烽火举红旗。"

为了消灭红军和游击队，蒋介石一面采取修筑碉堡、经济封锁、移民并村、保甲连坐等手段，一面抽调大量正规部队，对赣粤边游击区进行封锁和"围剿"。但是，红军和游击战士紧紧依靠人民群众，利用山中复杂地形，运用灵活的游击战术，一次次挫败了敌人的进攻。对当时严酷和艰苦的情况，陈毅在《野营》《油山埋伏》《赣南游击词》等诗中有详尽的描述。请看这样一些诗句："恶风暴雨住无家，日日野营转战车。冷食充肠消永昼，禁声扪虱对山花。""走石飞沙大地狂，空山夜静忽闻狼。持枪推枕猛起坐，宛似鏖兵在战场。""天将午，饥肠响如鼓。粮食封锁已三月，囊中存米清可数，野菜和水煮。""夜难行，淫雨苦兼旬。野营已自无篷帐，大树遮身待晓明。几番梦不成。""满山抄，草木变枯焦。敌人屠杀空前古。"然而，"靠人民，支援永不忘。他是重生亲父母，我是斗争好儿郎。革命强中强。"

1936年冬，蒋介石得知赣粤边红军游击队不但没有被剿灭，反而像燎原之火越烧越旺。于是恼羞成怒，随即调遣重兵，用放火烧山、逐户搜杀等残忍手段，对赣粤边游击区发动第二次"清剿"。在一次战斗中，陈毅与部队和警卫员走散，独自一人被困在梅山斋坑的一处密林深处人迹罕至又陡峭隐蔽的小山洞里。由于山中气候变化无常，特别是连续突围奔波又被雨淋，陈毅生病了，加上旧疾复发，一度昏迷过去。醒来后，他想到这次难逃国民党的魔掌，一股悲壮之情在心中奔涌，遂写下绝笔诗三首："断头今日意如何？创业艰难百战多。此去泉台招旧部，旌旗十万斩阎罗。""南国烽烟正十年，此头须向国门悬。后死诸君多努力，捷报飞来当纸钱。""投身革命即为家，血雨腥风应有涯。取义成仁今日事，人间遍种自由花。"写好后，他将诗密藏于衣底。幸好这时，斋坑村农妇张千妹上山砍柴，发现了陈毅。于是她冒着危险为陈毅送药送水送饭。就这样，陈毅在山洞中隐伏了二十多天，终于脱离了危险。这三首诗，如今刻在梅关古驿道上，默默告诉人们赣南三年游击战争的艰难与惨烈，同时又使人们从心底激荡起一股革命的豪情。

其实，这股革命豪情，说到底，是一种对革命矢志不移的初心，一种为革命勇于献身的壮志，一种对革命必胜的坚强信念。

梅关古驿道由此显得更加不同凡响。

五

星移斗转，时异境迁。

19世纪下半叶至20世纪初期，随着"五口通商"、京汉和汉粤铁路的修建，中国的交通格局发生了巨大变化，海运代替了河运，铁路代替了驿路，原来处于南北交通枢纽的江西被边缘化了，大量的人流物流再也不需要经过江西和梅关了。特别是大余至南雄公路的通车，使得梅关古驿道被彻底地废弃了。

梅关古驿道，又重新长满了野草和藤木，只好静静地躺在深山密林中，成了人迹罕至、野兽出没的荒芜之地。

同一个人在完成其人生事业的目标后自然退隐一样，梅关古驿道也在完成了它的伟大使命后默默地退出了历史舞台。

有时在历史长河中退出，也是一种进步。

路还是当年的路，关还是当年的关，山还是当年的山。但在这条驿道上，再也看不到飞驰的马蹄，再也看不到川流不息的商旅队伍，再也看不到南迁的游子，再也看不到文人学士的挥毫吟唱。

但是，梅关古驿道上的梅花仍然盛开着，而且开得更加鲜艳。自从汉初将军梅铞在这里栽种梅树后，梅关就成为我国四大探梅胜地。凡来梅关的人，无不对这里的梅花赞叹不已，并留下不少诗句。早在三国时期，东吴的陆凯率大军过梅岭时在《赠范晔》的诗中就写道："江南无所有，聊赠一枝春。"唐代白居易在《白氏六帖》中记"大庾岭上梅，南枝落，北枝开"。明代刑部右侍郎、有"梅花进士"之称的刘节在诗中赞叹道："庾岭初放一枝红，玉骨何人夺化工。澹着绛桃浓着杏，春光散在万花丛。"更有人形容在梅关"一脚踏两省，八面梅花香"。是啊，每到梅花盛开的时节，驿道两旁，山洼山脊，南坡北坡，点白绛红，云蒸霞蔚，流香溢彩，那是一种多么壮观美妙的景象！梅花，是梅关一道永不凋谢的风景。

同梅花一样永不凋谢的，还有梅关古驿道的历史。在这坎坷不平的路面上，不仅刻下了中华民族发展的千年轨迹，载满了中华民族发展的千年辉煌，尤其是它所承载的历史文化和精神，犹如一道高高的丰碑，巍然屹立于天地之间，永远镌刻在人们的心中。

这不，当改革开放的春风吹遍大江南北的时候，梅关古驿道又重新成为人们关注的热点。大余县对梅关古驿道按原样进行了修复。同时还在县城建设了牡丹亭文化园、南安府衙、东山大码头和梅岭三章纪念馆、南方红军三年游击战争纪念馆，以及丫山风景区，大余又重现了当年"庾岭南来第一州"

的雄姿。如今，山上古驿道和这些景点连成了一条旅游黄金线路，一年四季吸引着海内外的游人。我们上到梅关的时候，恰好碰到几十位从广东方向来的游客。他们惊叹于古驿道的艰险，惊叹于古梅关的壮观，纷纷用手机拍照，以定格这难忘而有意义的时刻。

是啊，人们今天来攀登古驿道，来领略古梅关的雄姿，并非单纯地为了游玩，而更多的是踏着这条古驿道，去寻觅历史的足迹，去倾听历史的回声，去触摸历史的脉搏，去丈量历史的厚重，从中获得历史的感悟、获得历史的经验、获得历史的启迪、获得历史的智慧，激励自己不断增添前进的动力，去奔向更加美好的未来。

梅关古驿道，一条古朴厚重的历史大道。

梅关古驿道，一条通向未来的文旅大道。

2021 年 8 月

世上的事情往往就是这样奇特。一个不起眼的地方或是一栋很平常的建筑，或因为一个偶然的重大事件，或因为某些名人权威的一次活动，其命运会在一夜之间发生根本性的改变，变得非同寻常，变得声名远播，以至成为历史的胜迹。

鹅湖之辩

一

初夏的江南，正是多雨的季节。天气也像小孩的脸似的，一会儿一个模样。刚刚还是阳光灿烂，突然，一阵风起，头顶上迅即翻卷起一阵浓浓的乌云，接着就是一阵瓢泼大雨，天地顿时沉浸在一片昏暗混沌中。

不一会儿，风雨住了，前面山峰被洗得青翠欲滴。附近的山脚下露出了一组古色古香的建筑。不像中国传统建筑的大门一般都建在正中，这座建筑的大门开在左面。抬头一看门头的横额，不禁吓了一跳，原来这就是大名鼎鼎的"鹅湖书院"。

也许是喝了几年文科墨水，我对古代书院有着一种特殊的兴趣，所以就迫不及待地走了进去。人们常说建筑是凝固的音乐，那眼前的这座书院就是一首用中国传统文化音符谱出来的精美乐曲。你看，那贯穿南北的中轴线是乐曲的主旋律。前面的照墙是过门，礼门和头门是序曲；中间高大的石牌坊是第一串高音，半椭圆形的泮池和那居中横卧清波之上的石拱桥是一段幽缓的抒情；三栋纵向依次排列的主殿是乐曲的高潮，第一殿为讲堂，第二殿为藏书楼，第三殿为"四贤祠"，里边供奉着朱熹、陆九渊、陆九龄、吕祖谦四位大儒；主殿两边的一排排房舍是乐曲的辅助音，至于"斯文宗主""道学之宗"之类的匾额及各种对联、雕刻则是乐曲的装饰音；乐曲最后以一个高高的坪台收尾，使整首曲子在优美典雅中又不失昂扬和奇崛。

据记载，最初的鹅湖书院并不很大，而且几毁几建。书院现今的规模形制是明代奠定的。明正德六年（1511年），著名文学家、"前七子"首领李梦阳任江西提学副使，主管全省学政。他来到鹅湖书院，看见房屋坍塌，杂草丛生，野兽出没，荒芜不堪，心中十分难受。一向具有强烈使命感和书生情怀的他，当即命令铅山县令秦礼予以修复。这样费了不少的时日，一座崭新的书院又重新建立起来了。清代康熙年间，该县县令施德涵又再次对书院进行了全面整修，使之功能更加完备。由于鹅湖书院远近闻名，吸引不少人前来求学，常年学子就有一百多人，其中还有不少是外地的学子。

站在这里，我仿佛听到了从历史深处传来的抑扬顿挫读书声。

鹅湖书院原本是一座寺庙，位于鹅湖山的峰顶。这里也是武夷山脉北端的一部分。唐代大历年间，南岳的大义禅师云游至此，见这里奇峰耸峙，树茂林密，云雾缭绕，宛若仙境，便在这里开山建寺，驻锡传经，鹅湖山也因此成为一方佛教净土，以至惊动了几千里之外的朝廷和皇帝。唐德宗赐额"鹅湖峰顶禅院"，此后，唐宪宗又赐额"鹅湖峰顶慈济禅院"。在封建专制社会里，皇帝是至高无上的天子，经其这么亲自赐额，鹅湖寺的佛光又亮了许多，地位也尊贵了不少，来此烧香拜佛的人也络绎不绝。

然而，到了南宋时期，这座寺庙的命运却发生了戏剧性的变化，变成了一座书院。

这就是一直延续至今的鹅湖书院。

其中的故事，也颇有些意味。

二

公元1175年，也就是南宋淳熙二年。端午节刚过，粽子的余香还未飘散，在福建武夷山通往江西铅山的小路上，有两个中年人领着几个随从，不紧不慢地走着。他们时而跋涉在崎岖陡险的山道上，时而穿行在蜿蜒狭窄的田间曲径上。一路长亭短亭，一路风声雨声，经过20多天的艰苦行程，当月底，他们抵达了铅山境内的鹅湖寺。

这是两位不寻常的客人，一位是朱熹，一位是吕祖谦。两人都是当时著名的理学家，前者为北宋以降的理学集大成者，后者为浙东婺州学派的代表人物。在此之前，吕祖谦在武夷山协同朱熹编撰《近思录》，完稿后便返回浙东。朱熹怀着满腔感激和深情，特地为他一路送行。他们的到来，使静寂的寺庙一下子变得热闹起来。

这天晚上，吕祖谦躺在床上怎么也睡不着。山上万籁俱寂，一片漆黑，一切生命似乎都停止了，只有林涛偶尔发出低沉的轰鸣。吕祖谦瞪着眼睛直直地望着屋顶，思绪随着林涛不断地绵延起伏。他想到了朱熹的理学，又想到了陆九渊的心学，虽然两者都属于理学的范畴，但朱陆两人在一些重大问题上又有着明显的分歧，能不能有什么办法将两人的观点"会归于一"呢？突然，他心里豁然一亮，陆九渊就在离这不远的金溪县，何不邀请他来这里同朱熹当面讨论取得共识呢？吕祖谦把自己的想法同朱熹说了，朱熹听了大喜过望，连连点头表示赞成，心想正好可以利用这个机会，阐述和宣传自己的学术主张，同时对陆九渊的心学予以说服，以此不断扩大自己学说的影响。真可谓一箭双雕，何乐而不为。

六月初，陆九渊和其兄陆九龄应邀到了鹅湖寺。朱熹和吕祖谦热情相迎，陆氏兄弟连声致谢。别看他们兄弟俩表面上客客气气不动声色，但私下却为这场辩论做了充分的准备。因鹅湖书院地处赣闽浙交界，三地的一些学子听说朱熹同陆九渊要进行辩论，于是纷纷赶来。就这样，在吕祖谦的主持下，一场激烈的辩论在寺庙里摆开了。

寺外阳光灿烂，显得有些灼热。寺内虽然清凉，但充满着一种剑拔弩张的气氛。朱熹与陆九渊兄弟分坐在两旁，表情严肃庄重。辩论的第一波是本体之争。虽然双方都认为理是本体，都充塞于宇宙中。但在什么是理的问题上却发生了严重分歧。朱熹认为理是万物的本源，是一切事物的根据，而"知"却要向外求取。而陆九渊认为心即理，"心"与"理"不能分开，"心"是根本，主张本心至上，"心外无学"，"心外无物"。双方慷慨陈词，交锋激烈，据理力争，互不相让。中国的文人就是这样，平时乃一副斯文模样，一旦论辩起来，就怒发冲冠，唇枪舌剑，恨不得彻底把对方驳倒，让对方俯首称臣。

由于辩论了一整天也没个结果，第二天朱熹与陆九渊兄弟又接着辩，问题转到了"为学之方"，也就是学习的方法。朱熹认为先泛观博览，而后归之于约。也就是说，先要多读书，多观察事物，然后通过分析和归纳，得出结论，所谓"格物穷理"是也。陆九渊则认为先发明本心，而后使之博览，主张只要拥有一颗明白的内心，就可对天下万事万物的道理自然贯通。他的兄长陆九龄甚至以事先写好的"易简功夫终久大，支离事业竟浮沉"的诗句，讥讽朱熹的治学方法是烦琐、是支离。惹得朱熹脸色大变，极为不满，指责陆九渊先发明本心的"简易功夫"是空虚之学。双方的言辞越来越犀利，越来越充满火药味，就像一阵阵来回猛射的连珠炮，使在场的人感到就像是在进行一场短兵相接的特殊战斗。

就这样，一连论战了三天，双方谁也没有说服谁，最后只得无果而散。吕祖谦的初衷落空了，朱熹的脸上也现出了几分无奈。

其实，这场辩论出现这种结局是不足为怪的。无论朱熹还是陆九渊，两人在这时都已初步形成了自己的学术体系。朱熹此前在建阳的寒泉精舍潜心五年，一方面系统编辑程颢、程颐等理学家的言论、文字，一方面把理学精神糅进儒家的经、史、子、集之中，基本完成了对《四书》的纂修，并在此基础上构建起了自己的理学学说。陆九渊从24岁起就开始研究心学，这时其心学的主要观点也已形成。这就使他的"心本体论"同朱熹的"理本体论"有了本质的区别，由此也导致了两人在认识和对待事物的态度及方法上的根本不同。无数事例证明，一个人的学术观点一旦形成是很难改变的。试想，两个对立学术体系的建立者面对面地展开辩论，他们怎么能够相互服气轻易认输呢？又怎么能够通过一场辩论就归于一致呢？

这就是我们常说的，两强相争，难论输赢；两峰对峙，难论高低。更何况，历史上的学派之争并不都是正确和错误之争。吕祖谦的想法未免太天真了。

也许是因为朱熹和陆九渊都是当时名声显赫的大儒，加上南宋又是中国历史上书院最为兴盛的时期，两人辩论后不久，淳熙十年（1183年），当朝皇帝便赐名鹅湖寺为"文宗书院"。

寺院就这样被书院代替了。世上的事情往往就是这样奇特。一个不起眼的地方或是一栋很平常的建筑，或因为一个偶然的重大事件，或因为某些名人权威的一次活动，其命运会在一夜之间发生根本性的改变，变得非同寻常，变得声名远播，以至成为历史的胜迹。

我不由暗暗感慨，假如没有朱熹陆九渊的"鹅湖之辩"，一座响着晨钟暮鼓的寺庙会成为一座理学文化的殿堂吗？

这大概就是名人的力量。

三

在建立朱子理学的过程中，朱熹立下了一个强烈而宏大的志向，就是希望自己的学术有朝一日能在皇帝的支持下成为一统学术。早在三十刚刚出头时，朱熹就在家中紫阳书堂发奋读书著述，并多次做梦到曲阜孔府拜谒，写下了"胜日寻芳泗水滨，无边光景一时新。等闲识得东风面，万紫千红总是春"的诗句，表达了自己要像孔子那样成为一代圣人的愿望。在武夷精舍讲学时，他又赋诗"明年定对白虎殿，更诵《大学》《中庸》篇"，进一步把这个志向表达得明白无遗。

朱熹的一生，可以说是把这个志向贯穿始终的一生。他19岁取得进士资格，22岁入仕，虽然先后在福建、江西、浙江、湖南等地和朝廷任职，但做官在任的时间总共加起来也只有8年4个月，并有10次在朝廷任命后未到任就职，相反却把绝大部分精力花在学术研究和著书立说上。无论走到哪里，他不仅把学术活动开展到哪里，同时还把书院办到哪里，并讲学授徒。在任南康知军时，朱熹修复了废弃百年的白鹿洞书院，并自认洞主，制定学规，开讲儒学，引得千余名学子慕名而来，使这座书院兴旺空前，一跃而为全国书院之首。在任职长沙时，又重修岳麓书院，亲自讲学，使得岳麓书院声名鹊起，传扬四方。特别是在1181年，朱熹因得罪权臣而被迫到武夷山九曲溪畔建立精舍，这是他一生学术活动的黄金期，这时他一面广招学子讲学，一面著书立说，从而使朱学不仅有了一个很大的发展，而且得到了大规模的传播。只是到了晚年，朱熹的学术活动才遭到了一次巨大的挫折。1195年，宋宁宗继位，改年号为庆元，韩侂胄任首辅，因其反对朱熹的学术思想，于次年禁止理学，并指控朱熹的学术为"伪学"。这就是南宋历史上的"庆元党禁"。60多岁的朱熹亦被排挤出朝回到建阳的竹林精舍从事讲学和著述。看到自己学术一统的期望落空，朱熹只好仰天长叹，悲从中来，巨大的痛苦不断袭击着他，几年之后就在凄凉中辞世了。也许是祸兮福所倚，庆元党禁解除后，朱熹的理学即被恢复，并最终在宋理宗时上升到南宋占统治地位的学说。

生前没有实现的志向在身后实现了，朱熹在九泉之下可以瞑目了。

为什么南宋朝廷最终会选择朱熹理学作为一统学说呢？我在书院的"四贤祠"里徘徊着，从供奉着他们四人牌位上方的"顿渐同归"匾额上，突然领悟到了其中的原因。首先，由于唐末和五代十国时期佛、道思想的巨大冲击，儒家思想逐渐丧失了主导地位。因此北宋建立后，重新构建儒家学说就成了当朝最紧迫的任务。在此背景下，周敦颐、邵雍、张载、程颢、程颐等学子对儒家经典各自进行了新的阐述，并建立了不同的思想体系。但这时的儒学已被改造成了理学。由于其产生的影响广泛而深刻，从北宋到南宋的各级官吏、知识分子和学术达人大多数都是理学的信奉者，这样就使朱熹理学成为正统思想有了广泛的基础。其次，朱熹的理学是当时最庞大和最有影响的学派。汉武帝时期，董仲舒提出了"罢黜百家，独尊儒术"的主张，并对孔子的儒家学说第一次进行了改造，掺进了"天人感应""君权神授"等内容，从而使封建帝王的统治更加合法化。朱熹的理学是第二次对儒家学说的系统改造，他综合了各家理学的观点，吸收佛、道的一些内容，建立了一个"致广大而尽精微"的完整理学思想体系,可以说把儒家思想改造到了登峰造极的地步。加上他重视兴办书院,到处讲学,信徒众多,这样就使他的理学传播甚广,因而也就容易被朝廷所接受。再次,朱熹理学在对儒学的改造中加进了很多有利于巩固皇权的内容,最厉害的是提出"存天理、灭人欲"的主张,并把"三纲五常"纳入天理的重要范畴,这无疑是给普通百姓戴上了一道道紧箍咒,使得帝王能够实行更为有效的统治。最后,还有一个不便明说的理由,朱熹理学之所以能够定为占统治地位的学说,就是南宋朝廷深恐学术的自由繁荣会导致思想的多元和混乱,从而削弱朝廷的思想控制力,以致从根本上动摇封建皇权的一统天下。

正是因为朱熹理学具有这种强化封建统治的强大功能,所以在此后的元朝、明朝和清朝,一直把其定为封建统治阶级的官方意识形态。唐代和宋代的科举考试虽然也考儒家经典,但唐代主要偏重诗作,宋代主要偏重策论。而之后朝代的科举考试却把朱熹理学作为唯一的依据和标准。元朝皇庆二年即 1313 年恢复科举,皇帝就诏令以朱熹的《四书集注》为标准取士。明朝洪武二年即 1369 年科举考试,确定以朱熹的"传注为宗"。到了明朝中期,王阳明又继承和发展了陆九渊的心学,他所提出的圣贤论、致良知、知行合一等观点,又成为巩固封建统治秩序的另一根强大精神支柱。清朝就更是把程朱理学和陆王心学抬到了极端,作为衡量一切是非对错的最高标准,文化专制主义的铁幕就这样把中华大地遮得严严实实,透不出一丝风来。

随着朱熹和陆九渊地位的神化,"鹅湖之辩"的地位也不断抬升,以至被描绘成是一次伟大的"历史之辩",开中华学术自由辩论之先河,是中国哲学史上一次影响深远的学术辩论大会。鹅湖书院也随之成为中国书院历史上一座独特的精神地标。

但是,一个问号在我脑中突然升起,假如理学没有成为南宋和以后历代王朝的一统思想,朱熹和陆九渊的"鹅湖之辩"又会是一个什么样的命运呢?

也许平常得不能再平常,也许早已被历史风尘淹没而无人问津了。

四

其实,在南宋,选择其他学术作为主流思想的机会是有的。

宋朝是我国历史上一个特殊的朝代。这是一个国力羸弱的朝代,又是一个文化发达的朝代;这是一个纸醉金迷的朝代,又是一个活力喷发的朝代。北宋的诗词、文章、绘画和书法以其独特的光辉照耀着中国文学的星空。活字印刷术的发明和火药、指南针的广泛应用,谱写了中国古代科学技术的灿烂篇章,为中华民族在世界科技史上留下了浓重的一页。思想学术领域也异军突起,各种学派纷纷创立并不断传播。"靖康之难"后,北宋灭亡,南宋建立。这个退守于江南一隅的政权,虽然在金兵咄咄逼人的强大压力下充满着外患和内忧,但在思想文化学术方面继承了北宋的传统,各种学术流派继续兴起和发展。除了朱熹理学、陆九渊心学和吕祖谦的"婺州学派",其他有名的学派亦有不少,如张栻的"湖湘学派"、陈亮的"永康学派"、叶适的"永嘉学派"等。可以说,自西汉以后的很长一段历史时期,中国没有产生过很有影响的儒学大家和流派,到了宋朝特别是南宋,儒学的研究才出现了一个名家辈出学派林立的局面。

这种文化和学术繁荣局面的形成,要归功于宋朝对文化人实行的优容宽厚政策。据说,宋太祖赵匡胤在开国第三年,即"密镌一碑,立于太庙寝殿之夹室,谓之誓碑",凡新天子即位,都要到碑前跪拜默诵。只是这誓碑的内容,从来秘不示人。直到金兵攻陷开封,打开宫门,人们才知道誓碑上写着"不得杀士大夫及上书言事人，子孙有渝此誓者，天必殛之"。正因为如此，宋朝的文人学士才能够在文化思想学术的天地里自由翱翔，创造出一个又一个辉煌。宋太祖誓碑，可谓是中国文化思想学术史上的一座丰碑。

在宋朝的各种学术流派中，永嘉学派和永康学派虽然也是儒学，但它们完全是以一种崭新异样的面貌出现的。永嘉学派反对理学空谈，强调"道"存在于事物的本身之中，"物之所在，道则在焉"，提倡对事物做实际考察来确定义理。特别是反对传统的"重本抑末"即只重视农业轻视商业的政策，主张发展工商业，提高商人地位，"通商惠工，以国家之力扶持商贾，流通货币"。在诗词创作上，力主继承韩愈"务去陈言""词必己出"的传统，从观点到文字均应新颖脱俗，有所创新。永康学派也旗帜鲜明地反对朱熹理学空谈心性命理、重义轻利、只讲王道不讲霸道等观点，主张"义利双行""王霸并用"的事功之学，认为道存在于实事实物之中，义与利是统一的、并存的，道义不能脱离功利，"义利就在利欲中"。同时强调重视商业，农商"相资以为用"。在学术文章上，提倡经世致用，文以载道。为此，陈亮同朱熹进行了长达三年的论战。由于叶适和陈亮都是浙东人，两个学派的观点又非常相近，所以同被称为浙东学派。应该说，永嘉学派和永康学派的这些观点是符合当时历史发展潮流的，是有着明显的进步意义的。所以浙东学派同朱熹理学、陆九渊心学形成了南宋学派三足鼎立的局面。

永嘉学派和永康学派在当时出现并不是偶然的。这是因为南宋虽是半壁江山，但地处富庶的江南，特别是经过唐代和北宋时期的发展，城乡的工商业蓬勃兴起，尤其是沿海地区的手工业作坊和商品市场非常活跃，经济社会发展呈现出一些新的特点。可以说，南宋社会发生的这些变化与永嘉学派、永康学派的观点，对南宋朝廷也产生了重要影响。宋孝宗就曾明确表示他不喜欢理学，甚至屡屡压制和打击理学，重用的官吏也大都是事功型人物。假如南宋朝廷能够清醒地认识到这种社会发展趋势，因势利导，把永嘉学派或永康学派上升为国家的主导学术，那么中华民族就有可能一改理学一统的局面，从而产生一种新的走向。南宋也有可能因为重视工商业的发展而由弱变强并最后收复失土走向复兴。

但是，历史是不能假说的，中华民族的历史在宋朝特别是在南宋拐了一个大弯。这是一个由盛转衰的大弯。

为什么这么说呢？因为从南宋晚期把朱熹理学定为一统学说后，整个社会开始变得万马齐喑、死气沉沉，宽松的思想学术环境没有了，著书立说的自由没有了，特别是民族的创造源泉几乎枯竭，理学代替了思想，科举代替了科学，一切有悖于理学的学术研究和科学探索都被视为"异端邪说"，或被讨伐，或被禁止，或被罪诛。生生不息几千年的中华民族就此由兴盛走向衰败，以致到了近代被动挨打，屡屡遭受西方列强的侵略，差点到了亡国灭种的地步，其根源在南宋就生成了。

"鹅湖之会"就是中华民族这条历史长河在大拐弯时激起的一个巨大漩涡。

所以，我们在肯定"鹅湖之辩"积极作用的同时，也不要忘记这次辩论给中华民族带来的思想阴影。从本质上来说，朱熹和陆九渊的"鹅湖之辩"，只是理学内部不同观点的争辩，并非真正意义上的对立学派之间的辩论，同春秋战国时期的"百家争鸣"不可同日而语。如果说得不客气点，这种辩论扩大和强化了理学的影响，让人们的思想进一步禁锢在理学的思维里而不能自拔，对社会历史的进步毫无推动作用。

由于急着赶路，在书院里没看多久我就出来了。这时，一阵乌云猛压了过来，狂风卷着暴雨顿时倾泻而下。但我也顾不了这许多便毅然上路了，车子在风雨交加中跑了一段路，司机发现方向不对，于是又调转车头开足马力向前奔去……

2019 年 10 月

第三辑

杰出的建筑是需要时间的。没有充足的时间是出不了建筑精品的。那些靠一时突击在短时间里赶造起来的建筑，只能是粗劣的、短命的。即使一时被炒得沸沸扬扬，甚至赢得一片赞美声，也只能是昙花一现，终将会被历史所淘汰。

永远的布达拉宫

一

如果要评选和排出中国乃至世界的著名建筑，一定少不了西藏的布达拉宫。

第一次看到这座心仪已久的建筑是在五年前。那是一个朗朗的秋日，天空蓝得澄澈透明，好似用水刚刚洗过了一样。杨树和柳树铺展出一片片金黄，使大地平添了一层诱人的高贵。耸立在拉萨市中心的布达拉宫此刻格外地引人注目。它就像一幅巨大的油彩画镶嵌在红山之上，高挂在天地之间，看上去是那么巍峨壮观，那么奇特瑰丽。

这是一座典型的藏式风格宫殿式建筑。它依山就势，巧妙布局，群楼重叠，殿宇嵯峨，中间是雄伟的红宫，两边稍低的是白宫，东西长约360米，高约115米，共计13层，总建筑面积13万平方米，有大小房屋2000多间。宫墙由坚固厚重的花岗岩砌筑，宫檐由一种涂成深紫红色的白玛草做成，宫顶的四周由半人多高的女儿墙围绕。整个建筑充分利用山形和空间，大胆运用不规则非对称原理，分部合筑，层层套接，由下而上收缩，高低错落有致，山殿融为一体，天然人工合一，再加上宫前下边左右两条逶迤而上的城墙式梯形通道，让人不由得产生一种横空出世、气贯苍穹之感。特别是那位于最高处的红宫七座金顶，一色的鎏金屋顶，一色的鎏金飞檐，一色的鎏金宝瓶，连同那竖立在四周女儿墙上的一色鎏金宝幢，汇成了一片光芒四射的金色，在红色和白色宫墙的映衬下，闪现着一种宏阔而夺目的美。伫立这里，放眼远眺，拉萨城尽收眼底，拉萨河波光粼粼，刀刻一般的山峦连绵起伏，一朵朵白云不时从蓝天上飘过，真乃好一个如梦如幻的佛界天境。

难怪有人这样评价说：布达拉宫创造了世界建筑工程史上一个令人叹为观止的奇迹。无论在建筑艺术还是建筑美学上，其成就都达到了无与伦比的高度。

然而，许多人也许不知道，就是这样一个伟大的天才的杰作，事先却没有整体设计，也没有统一的规划，而是历代达赖喇嘛和其臣属凭借自己的意愿不断拼建和叠加而成的。

我们不是经常强调建筑的设计要先行吗？可见这也不是绝对的。有时打破惯例逆规而行，也能做到出奇制胜和出类拔萃。

最早的布达拉宫可追溯到公元7世纪初期，它也不是现在这个规模和样式。当时正是吐蕃政权在西藏高原崛起的时候。松赞干布以其雄才大略消灭了部落割据，统一了西藏，并建都拉萨。公元641年，为了迎娶大唐的文成公主，他决定"为公主筑一城以夸后世",于是在拉萨的红山上修建了一座富丽堂皇的宫殿。据说有三大殿宇999间房,中间为九层的主殿,一侧为藏王的寝宫,另一侧为后宫。在主殿与后宫之间架有一条铁铸的空中廊桥,宫外还筑有三道围墙。因为松赞干布把观世音菩萨作为自己的本尊佛,所以就用佛经中观世音的住地来给宫殿命名,布达拉也就是普陀山的音译。不幸的是,就是这样一座宏伟的宫殿,却在公元8世纪的末期遭受了一场严重的雷击而引发熊熊大火,宫殿的一部分由此变为了一堆焦炭。到了公元9世纪后期,随着吐蕃王朝的土崩瓦解,布达拉宫也就在频繁的战乱中彻底塌毁了。至今唯一存留下来的遗迹,就是位于现在布达拉宫中央和红山最高点的法王洞,里面不仅供有松赞干布、文成公主以及禄东赞等大臣的塑像,而且还有他们当年用过的炉灶、石锅和石臼等物品。这个岩洞式的殿堂,虽然面积只有20多平方米,但透过其所处的非同寻常的位置,可以想见1300多年前的布达拉宫具有何等雄伟的气势!

也许是因为伟大的东西总是不朽的,虽然自吐蕃王朝灭亡后,布达拉宫的废墟在红山的草丛中静静地躺了800多年,但是,藏族人民并没有忘记这座神圣的宫殿,他们一直企盼重现它的辉煌。

这一时刻终于来到了。公元17世纪中叶,五世达赖喇嘛阿旺罗桑嘉措执掌了西藏的政教合一大权。根据经师贡觉群培的建议,他决定重建布达拉宫。为此他亲上红山实地勘察。那天,也是他永生难忘的一天。据传说,当他行至中途时,突然乌云密布,大雨滂沱,前面的道路变得异常艰难。五世达赖喇嘛并没有因此而退缩,他认为这是上天在有意考验他的诚意和毅力,于是当即举行驱魔法会。说来也真有些奇怪,没过多少时辰,天上便云开日出,阳光万里。五世达赖喇嘛不由得喜上心头,精神大振。1645年,一项浩大的重建工程紧锣密鼓地开始了。五世达赖喇嘛不仅亲自参与设计,而且经常过问工程建造的进程。就这样历经七年，一座白色的宫殿饱含着五世达赖喇嘛和广大工匠们的心血与汗水，在红山之巅又再次高高地崛起了。至于为什么要把宫殿的外墙涂以白色，一种说法是最初的布达拉宫就是白色的，而五世达赖喇嘛在重建时当然要和他的杰出先祖松赞干布保持一致；另一种说法是为了同周围的雪山相协调。但不管如何，这种洁白的颜色，既蕴含了藏传佛教清净无尘的圣洁境界，又体现了雪域高原的环境美学。工程一竣工，五世达赖喇嘛就从哲蚌寺移居到布达拉宫，开始了他政教合一的新生涯。

或许是佛祖冥冥之中的安排，公元1682年五世达赖喇嘛圆寂。为了让人们铭记这位藏传佛教的杰出大师，他的重臣、时任第巴的桑结嘉措拆毁了白宫正中的旧房并在此基础上修建红宫。史载当时的建设场面非常可观，从全藏各地抽调来的7700多名各类工匠，汇成了一支浩浩荡荡的建筑大军，他们不畏日晒雨淋，也不畏风霜冰雪，怀着一腔虔诚，克服重重困难，在红山上又一次展开了大规模的神圣施工。这里需要浓墨重笔提及的是，在这支建筑大军里，还有康熙皇帝专门委派来的114名工匠，他们以精湛的技艺在这里辛勤地进行着创造性劳动。公元1693年，红宫顺利完工，并于藏历4月20日举行了隆重的落成典礼。同时还在宫前立了一块无字碑以示纪念。出乎人们意料的是，这座耗银213万两的红色宫殿一问世，就产生了强烈的艺术效果，它和两边的白色宫殿形成了鲜明的对比，使整个布达拉宫显得更加的绚丽多彩。

红宫竣工以后，布达拉宫的建设步伐并没有停止。在这之后的岁月里，历代达赖喇嘛又陆续对其进行了扩建，或增建了佛殿，或新建了僧校，或添建了金顶。八世达赖喇嘛还利用重建布达拉宫时挖掘取土形成的深塘建造了龙王潭，为布达拉宫增添了特有的灵气。十三世达赖喇嘛最后又新建了白宫东日光殿。至此，布达拉宫的建设才真正完美地落下帷幕。

而这时已是公元1938年了，从布达拉宫重建开工算起到竣工之日，整整历时293年。也就是说，布达拉宫的建造几乎用了3个世纪的时间。

在历史的长河中，3个世纪的时光只不过是短暂的一瞬，但对于一座宫殿的建造来说那就是非常漫长的了。然而也正是这漫长的时间，成就了一个创举，成就了一个经典，成就了一个传奇，成就了一个神话。当然，类似这样的建筑不仅仅只有布达拉宫，举世闻名的德国科隆大教堂的建造就花了400多年。由此可见，杰出的建筑是需要时间的。没有充足的时间是出不了建筑精品的。那些靠一时突击在短时间里赶造起来的建筑，只能是粗劣的、短命的。即使一时被炒得沸沸扬扬，甚至赢得一片赞美声，也只能是昙花一现，终将会被历史所淘汰。

时间是最好的建筑大师，布达拉宫的建设历程充分证明了这一点。

二

在人们心目中，布达拉宫是旧时代西藏政教合一的象征。

事实也确是这样，多少年以来，布达拉宫既是历代达赖喇嘛居住和生活的场所，又是他们行使西藏政治和宗教权力的地方。所有重大政治和宗教决策都在这里做出，所有重大政治和宗教文告都在这里发布，所有重大政治和宗教活动都在这里举行，这里的一举一动乃至于一个小小的微笑或一个小小的不高兴，都牵动着西藏政治和宗教的神经。所以，无论从哪个意义上来讲，布达拉宫不仅是西藏的政治中心，也是藏传佛教的最高殿堂。

正是由于布达拉宫这种特殊地位的影响，许多人特别是藏区的佛教僧徒至今都把这里视作藏传佛教的最高圣地。不像在别的地方参观到处人声鼎沸，热闹繁杂,即使是在曾经至高无上威严无比的北京故宫,人们也可以随意地品头论足,毫无顾忌。而在布达拉宫,尽管人流如织,摩肩接踵,但却秩序井然,没有喧哗,每个人都心存敬畏,轻轻地挪动着脚步。不少善男信女还从几十公里、几百公里甚至千余公里之外一路一叩一拜地来到这里,在佛像前烧香磕头。从他们无怨无悔且带着欣慰满足的目光里,流露出一种宗教信仰的力量。

夹在参观的人群当中,我慢慢地走,细细地看。宫殿内就像迷宫一样,曲折幽深,左弯右拐,廊梯交错,忽上忽下,叫人丈二和尚摸不到头脑。还有那暗淡的光线,缭绕的烟雾,以及明明灭灭的酥油灯火,更使得宫内充满着一种异常神秘的氛围。而这也正是宗教殿堂需要达到的效果,因为只有神秘才能产生恐惧,只有恐惧才能产生敬拜。不过,我却没有过多地被这种氛围所笼罩,或许是自己的思想、兴趣和爱好不同,我总觉得,布达拉宫这座壮美的宫殿,与其说是著名的宗教圣地,不如说是一座宏伟的藏族文化艺术博物馆。

首先是那多姿多彩的壁画和唐卡令人叫绝。可以说,整个布达拉宫就是一个图画般的世界。如果你从历代达赖喇嘛居住和施政的白宫进入,再到由众多佛殿和灵塔殿组成的红宫,就会发现无论是每座门庭还是每扇窗棂,无论是每道横梁还是每个斗拱,无论是每根柱子还是每方屋顶,无论是每个条柜还是每个垫椅,都绘有祥云、卷草、缠枝、奇叶、宝相花、西番莲、石榴花、法轮宝珠、吉祥八宝以及狮、象、十二生肖等图案,有些花纹还是雕刻的,也有一些花纹是预先刻好再贴上去的。特别是每间殿堂、寝宫、厅室、廊道的墙壁上,所绘的壁画就更为精美,题材也更为广泛,有表现藏族起源的,有表现宗教神话的,有表现佛经故事的,有表现藏传佛教宁玛、萨迦、噶举、格鲁等各派发展史的,有表现藏传佛教各派创始人的,有表现一至十三世达赖喇嘛生平的,有表现西藏历史上重要人物的,有表现西藏历史上重大事件的,有表现藏族建筑、体育、娱乐、生产、生活等民俗风情的,有表现藏医和藏药的,有表现布达拉宫动工、修建、竣工场景的,等等,简直就是一部生动直观的西藏历史大型画册。与壁画争奇斗艳的是唐卡,这种类似于卷轴工笔画的艺术,传说是松赞干布发明的。他在一次神示后,用自己的鼻血绘制了《白拉姆》像,由文成公主亲手装裱。此后,唐卡艺术便像珠穆朗玛峰融化的涓涓雪水一样在青藏高原汩汩地流淌开来,并成为具有浓郁藏族特色的艺术瑰宝。如今悬挂在布达拉宫里的众多唐卡中,有刺绣、织锦、缂丝和贴花等织物类的,但大多数还是绘于布或纸上,然后用绸缎缝制装裱的。所表现的内容虽然也非常丰富,但大量的还是多姿多态的神佛菩萨和藏传佛教祖师像。其最早的作品绘于宋代,也有少量是元代和明代的。据有关人员介绍,布达拉宫里的壁画面积有2500多平方米,唐卡有7万余件,同时还有那高挂在各大殿堂和宫室里五彩缤纷的一排排经幢和经幡,还有那满地铺展的织有各种彩色图案的地毯,几乎无处不着色,一派艳丽堂皇,叫人看了真有些头晕目眩。

　　布达拉宫的佛像,也堪称一奇。这些佛像最早者为公元6世纪所作,最晚者系20世纪中期所造;大者高达数丈,小者只有寸余;而且质地多样,有纯金的,有纯银的,有青铜的,有合金的,有鎏金的,有水晶的,有琥珀的,有象牙的,有石质的,有陶质的,总共有近30万尊。这不就是一个佛像的王国吗?我也曾观瞻过内地寺庙里的不少佛像,总有一种千篇一律、千佛一面的感觉。而在布达拉宫里,各种佛像不仅造型奇特,而且神态各异,或庄,或谐,或善,或威,或秀,或雅,或笑,或怒,或凶,或慈,真个是栩栩如生,惟妙惟肖。特别是那些金刚亥母、供养天女和度母之类的塑像,身体都呈"S"形,一个个就像在舞蹈似的,乍看好像同佛殿里的庄严氛围很不协调,其实这是一种典型的印度佛像风格。我们中国人看女性美不美主要看脸部,而印度人主要看身体,而"S"形身体曲线又把女性之美淋漓尽致地表现出来了,所以布达拉宫里的许多女菩萨乃至有些男菩萨也都采取这种三曲式造型。不仅如此，在这个佛像的王国里，观音的塑像也千变万化，别具一格。内地的观音佛像都是仪态端庄、慈悲为怀的母性形象，而在这里观音却全是男儿模样。其中最有名的当属殊胜三界殿里的那尊纯银铸造高达3米的大悲观音像，你看他头戴金冠，身穿黄袍，披肩束腰，双手合掌，端直而立，胸前挂着长串红绿宝石佛珠，共有11个头、1000只眼和1000只手，一副帅哥美男的打扮，仿佛《西游记》里的唐僧再世。藏传佛教还有一个内地佛教所没有的修行现象，这就是密宗。它是印度高僧莲花生于公元8世纪后半叶传入西藏的。在红宫持明殿主供的就是他的高达2.3米的银质像，与其相映的是密宗的欢喜佛。代表法的男身和代表智慧的女身交合在一起，是生殖崇拜所产生的性力思想的一种象征，也是佛教教义"色不异空，空不异色，色即是空，空即是色"，以达到"以欲制欲"的最高修行境界的一种体现。与内地寺庙相比，布达拉宫的佛像还有一个不同的地方，就是藏传佛教各派的祖师、上师以至历代达赖喇嘛的塑像特别多，在一些重要殿堂，他们不仅同释迦牟尼、观音、如来、弥勒等佛祖像并列，有时还位列这些佛祖像之前。起初我们有些不解，后来才得知在藏传佛教中，对祖师的崇拜是放在第一位的，因而祖师的塑像也无处不在，而且摆在主要或中心的位置。

布达拉宫，还是一个工艺品和珍宝的海洋。这里的瓷器精致华美，有些还很有一把年纪，那只霁蓝釉留白折枝花卉纹高足碗就是元代的，至于以后历朝历代的各种瓷器，那就数不胜数了。这里的玉器、料器和珐琅器光怪陆离，什么桃形玛瑙杯和白玉圆雕佛手花插，什么粉料葫芦瓶和绿料出戟尊，什么画珐琅夔龙纹花觚和掐丝珐琅三兽耳提梁香炉，林林总总，令人目不暇接。这里的生活用品高雅华贵，那金澄澄和银光光的各式餐具、茶具和酒具，那小巧玲珑、奇形怪状的各种鼻烟壶，可谓是异彩纷呈，仅达赖喇嘛用过的一只金壶就重达120两。尤其让人大开眼界的是宫内那眼花缭乱的宗教工艺品和文物，这里且不说那些饰有精美图案的金灯，那些刻有吉祥图案的红色曼扎，那些镶有金银翅的法螺，那些代表智慧和方便的铃杵，那些饰有动物头形的金刚橛，那些镶有宝石和珍珠的法王冠，那些铜鎏金长法号，那些银质錾花纹千幅法轮，那些铁错金金刚锤，那些景泰蓝沐浴瓶，那些银质香炉和佛盒，那些錾花指捻转经筒等各种各样见所未见的法器，也不说那些将殿宇楼阁、佛塔佛像浓缩于其间，集佛教万千气象于一体，于小巧中见雄伟，于精致中见秀丽，披金裹银，溢彩流光的坛城，就说那些大大小小的近万座佛塔和灵塔就够震撼的了。其中大量的小型佛塔本身就是一件件精美的工艺品，而那些大的佛塔特别是历代达赖喇嘛的灵塔则是用五光十色的金银珠宝组建起来的大型工艺品。它们之中最为华丽的有两座。一座是五世达赖喇嘛的灵塔，全部用金皮包裹，共耗黄金3721公斤，塔身上镶嵌珍珠、宝珠、天珠、宝石、珊瑚、玛瑙等18600多颗，其豪华的程度，被誉为"世界第一饰"。另一座为十三世达赖喇嘛的灵塔，同样外包金皮，并镶嵌金刚钻、青金石100余颗，大小珍珠27400余颗，各种珍宝、水晶石、海螺等10000余颗，塔旁还有用20多万颗珍珠、珊瑚以及金丝串缀而成的曼扎。在所有佛塔中，这是价值最高的一座。当然，整个宫内最珍贵的还要数那几万部大藏经了，这当中有用金汁书写的《大乘首楞严经》、有用八宝汁书写的《丹珠尔》、有用金银汁书写的《甘珠尔》，特别是那写在整片贝多罗树叶上的《八千颂》，也叫贝叶经，虽然历经千年，但字迹清晰如新，为世间所罕见，是藏传佛教乃至全球佛教界保存最好且独一无二的极为重要的历史珍品。

在参观中，一位藏族同胞十分自豪地说过，在布达拉宫的任何一个角落，随便一样东西，都是价值连城的珍宝。这话虽然有些夸张，但从历史和艺术的角度来看，也不是没有道理的。在悠久灿烂的中华文化艺术大厦中，布达拉宫无疑是一个风格独具和内容丰富的艺术宝库。

三

布达拉宫的历史，也是一部藏汉一家亲、中华大一统的历史。

在白宫的松格廊门厅的墙上，有一幅描绘文成公主进藏的大型壁画。画面之上，文成公主端坐在四马大轿上，脸上荡漾着浓浓的爱意，眼睛深情地凝望着前方，在威严有序的仪仗队的护卫下，由吐蕃大臣禄东赞陪同，行进在通往拉萨的漫漫征途上。特别让文成公主感到温暖的是，松赞干布竟然翻越高高的唐古拉山千里迢迢前往青海迎接爱妻，双双携手共返拉萨后，又在新建的布达拉宫按照汉族礼节举行了盛大隆重的婚礼。松赞干布还欢快地登上高大的宝座，当场为文成公主加冕，封她为王后。于是，藏汉一家的历史就这样从布达拉宫开始了。成为王后的文成公主也没有辜负藏族同胞的希望，她忠实勤勉地履行着女主人的职责，一方面以自己的柔情和智慧协助丈夫松赞干布治国理政，一方面组织随她入藏的各类工匠，把中原地区先进的生产和制造技术传授给当地民众，使西藏的经济和社会发展进入了一个崭新的时代。文成公主也因此受到了广大藏族民众由衷的敬仰和爱戴。为此，后人在拉萨的大昭寺和布达拉宫等地，供奉着文成公主的塑像。千百年来，她的像前一年四季香火不断，酥油灯昼夜长明。在人们心中，文成公主渐渐由藏汉民族融合的化身变成了普度众生的女神。

在布达拉宫，另一位女子的塑像也让人由生敬意。这就是唐朝的金城公主。在时隔半个世纪之后，她踏着文成公主的足迹来到布达拉宫，和吐蕃国王赤德祖赞甜蜜地走进洞房，结为了百年之好。拉萨和长安由此更加紧密地联系在一起。或许是天下之事从来就像天上的月亮一样圆了又缺，缺了又圆，唐玄宗天宝十四年（755年）突然爆发"安史之乱"，一夜之间大唐皇朝便岌岌可危。吐蕃和唐朝的关系也急剧恶化。他们乘机派军队大举侵占了唐朝广阔的疆域，甚至在763年攻陷了京城长安，占领半月之久才撤师而退，从此，双方战火不断，杀戮代替了和睦，一家人变成了仇敌。然而值得庆幸的是，这种局面没有多久就结束了。公元821年至823年，唐朝和吐蕃举行了著名的长庆会盟，双方达成了不再仇视、友好相处的和解，并将盟约分别刻在三块石碑上，一块立于拉萨，一块立于长安，一块立于汉蕃边界。如今其中的两块已不复存在，只有拉萨布达拉宫附近大昭寺前的那一块还完整无缺地保留着，在默默地向人们诉说着当年发生的故事。

在布达拉宫，我目睹了元、明两朝中央政府赐给西藏地方政府的各种敕命、封诰和印信。虽然在公元9世纪末期吐蕃灭亡后西藏重新沦为了地方割据，唐朝也在公元10世纪初覆灭，布达拉宫这座曾经洋溢着藏汉亲情的宫殿也随之被废弃，但是历史前进的车轮是谁也阻挡不了的。公元1271年，中国的元朝在"嗒嗒嗒嗒"的马蹄声中诞生，这时的西藏也结束了分裂，正式纳入中国的版图，以五祖八思巴为首的萨迦地方政权归属于元朝的治下，并实行了与元朝内地行省相同的建制。到了明朝，虽然萨迦政权被帕竹政权所取代，但中央政府对西藏的统属关系进一步强化，不仅在藏设立了军政机构，而且直接任命主要官员。布达拉宫里有一幅高3.6米、宽1.87米的明成祖朱棣的唐卡画像，那头戴皇冠、身穿龙袍、浓眉黑须，威严地端坐在龙椅之上的神态，就表明他不仅是明朝的皇帝，也是西藏的最高统治者。

白宫的东大殿和红宫的殊胜三界殿，是布达拉宫里两个最大也是最重要的殿堂。在这两个圣殿里，我更加深切地感受到了清朝中央政府在西藏政教合一地方政权中的崇高权威。大凡宗教界的人士都知道，白宫的东大殿是西藏政教合一的权力中枢，但里面的布置则实实在在地体现了清朝中央政府的最高地位。在大殿北墙正中的上方，悬挂的是清朝同治皇帝亲笔所书的"振锡绥疆"的金字大匾，下方供有藏传佛教格鲁派创始人宗喀巴的塑像，再下方摆着达赖喇嘛的座椅。尤其是清朝顺治皇帝册封五世达赖喇嘛为"西天大善自在佛所领天下释教普通瓦赤喇怛喇达赖喇嘛"的金册、金印摆放在十分醒目的位置。它让人想起了历史上那至关重要的一幕。公元1652年，也就是清朝刚刚建立之初，五世达赖喇嘛赴京觐见顺治皇帝，受到了非常隆重的礼遇。顺治皇帝不仅专门为他修建了住所，多次接见宴请，而且正式对其进行了册封。就是在这次以后，达赖喇嘛的封号及其在西藏的政教地位，由中央政府正式确定下来。也就是在这次之后，历代达赖喇嘛都必须经过中央政府的册封也正式成为制度。所以，每当中央政府册封了新的达赖喇嘛，都要在东大殿里举行隆重的坐床、亲政大典。而红宫的殊胜三界殿，则把清朝皇帝在西藏政教界的至高无上展示得佛意绵绵。在这座金碧辉煌的殿堂里，北面正中供奉的是康熙皇帝的"长生禄位"牌，上面竖写的藏、汉、满、蒙四种文字的"当今皇帝万岁万岁万万岁"金字闪闪发光。在"长生禄位"牌的后面，是乾隆皇帝的画像，那头戴红色僧帽、身着红黄两色袈裟的样子，俨然就是菩萨的再世。事实上藏传佛教也认为，乾隆皇帝是文殊菩萨的化身。也许就是这个原因，在乾隆的画像前，常年灯光通明，香火鼎盛。每逢皇帝的寿辰之时，达赖喇嘛等西藏政教高级要员还要在此行三跪九拜之大礼。此番情景，让你觉得康熙和乾隆似乎不是清朝的大帝，而是佛国的祖师。

在布达拉宫里，我看到了清朝中央政府用政治、军事和宗教相结合的方式治理西藏的智慧。红宫的长寿乐集殿，是六世达赖喇嘛的寝宫。这位14岁进入布达拉宫的新主人，本来在他的人生征途上是一片阳光，但没想到的却是乌云密布，电闪雷鸣。五世达赖喇嘛圆寂后，前面提到的那位红宫建造的主持人第巴桑结嘉措密不发表15年，在暗立仓央嘉措为新的达赖喇嘛的同时，背地里勾结新疆境内的准噶尔汗企图将另一股西藏的政治势力大藏汗消灭，以达到其脱离清廷的目的。这就引起了大藏汗的警觉和不满，以至兵戎相见，结果第巴桑结嘉措被大藏汗所杀。而身为达赖喇嘛的仓央嘉措，虽然没有卷入这场政治斗争的旋涡，但却始终未能忘情于世俗生活，不仅以亲身感受创作了大量情诗，而且还经常偷着出宫去和情人幽会，相传八廓街那栋名为"玛吉阿米"的小楼就是他和情人幽会的密地，那首脍炙人口的《在那东山顶上》就是在那里写下的。由于仓央嘉措同第巴桑结嘉措的关系，他不免受到牵连。大藏汗派人向清朝中央政府状告其耽于酒色，不守佛规，请予废立。于是，康熙皇帝便命人将仓央嘉措解送北京，行至青海湖时其不幸逝世，年仅24岁。这也是清廷第一次废除达赖喇嘛称号。历史有时就是这样阴差阳错，硬要一个追求情爱的热血文学青年去戒规森严的最高佛教殿堂里研经弘法和净面素身那是很难做到的，而最高佛教殿堂里也是决不能容下这样的世俗情种的。因为佛经和情诗、佛事和情事之间从来就是水火不容的。然而坏事有时也会变为好事。通过第巴桑结嘉措这件事，清朝政府进一步意识到西藏问题的复杂性，应当予以高度重视。特别是在此后不久准噶尔人出兵占领西藏，杀害大藏汗，不服清廷管控，脱离清朝统治。在这种情形下，清朝政府果断派军进行平定，并在1727年废除第巴职务，设立驻藏大臣。1751年即乾隆十六年又制定了《酌定西藏善后章程十三条》，在建立西藏噶厦地方政府的同时，强调驻藏大臣与达赖喇嘛具有同样重要的地位。现今在八角街还保存着驻藏大臣衙门的旧址，那兼具藏汉风格的古老门楼不由得使人想起250多年前这里的情景。时间的指针转到了八世达赖喇嘛时期，西藏与南边的邻国廓尔喀因边界纠纷发生战争，清朝即派大将福康安率军前来参战并取得了胜利。1793年，根据乾隆御旨，福康安和八世达赖喇嘛、七世班禅就涉藏事务制定了"二十九条章程",其中"金瓶掣签"是重要内容之一。自此,凡是达赖喇嘛和班禅大师转世,都用"金本巴瓶掣签"决定,而中央政府的驻藏大臣则是主持人。每当这一时刻的来临,庄严的布达拉宫神秘地吸引着芸芸众生特别是佛教界热切而期盼的目光。

在布达拉宫,我还见证了藏族同胞反对外国侵略、反对分裂祖国的一幕一幕。19世纪40年代以后,英国凭借工业革命积聚起来的强大军事实力,把侵略的魔爪伸向了中国,他们先是用炮舰从海上轰开了中国的大门,接着又用枪炮从陆路进犯中国的西藏。而这段时期又恰逢十三世达赖喇嘛土登嘉措主政西藏的时期。从1894年清帝下令他亲政后,虽然在有些大的问题上他有过彷徨、动摇和骑墙,甚至还逃到外国避难,清朝政府也因此曾经废除过他的达赖喇嘛的称号,但就其一生来说,总体上的表现还是比较好的。1903年面对英军的疯狂入侵,十三世达赖喇嘛领导西藏人民进行了英勇顽强的抵抗。尤其是当英军攻到江孜时,当地军民僧侣同仇敌忾,浴血奋战,致使英国侵略者受到了重创。当英国试图抛开清朝政府欲与西藏单独谈判立约时,十三世达赖喇嘛断然予以拒绝,并于1908年进京觐见光绪皇帝和慈禧太后,共同商讨西藏事宜。当英国在印度西拉姆召开会议阴谋划分内外藏,妄图把西藏从祖国分裂出去时,十三世达赖喇嘛明确表示坚决反对。在他的晚年,还多次在不同场合申明拥护中央政府,并派代表参加国民政府于1930年召开的蒙藏委员会会议。但与此同时,一股分裂的暗流也悄悄在布达拉宫里涌动,而且随着十三世达赖喇嘛的圆寂而愈涌愈烈。1951年春中国人民解放军和平解放西藏,刚刚亲政不久的十四世达赖喇嘛即派代表在北京同中央人民政府签订了关于西藏问题的"十七条协议",并致电毛泽东主席表示坚决维护祖国的统一。1954年他又赴京参加第一次全国人民代表大会,并当选为全国人大常委会副委员长。1956年西藏自治区筹备委员会成立时,他又担任主任委员。前来参加成立大会的中央代表团团长、国务院副总理陈毅还亲临布达拉宫，转达了毛泽东主席对他的亲切问候。应该说，中央人民政府对十四世达赖喇嘛是十分信任的，也寄予了厚望。但他却阳奉阴违，认敌作父，最终在美国中央情报局等外国反华势力的策动和支持下，于1959年3月10日发动武装叛乱，走上了分裂祖国的罪恶道路，毫无疑问，其结局也是十分可悲的。他惶惶地逃往了印度，永远地离开了布达拉宫，永远地被钉在了历史的耻辱柱上！

　　布达拉宫，藏传佛教的永远秘境。

　　布达拉宫，中华一统的永远见证。

2014年5月

> 对于一个人来说，在前进的道路上，一定要不断地提高自己的相对高度。只有这样，才能观高不觉高，也才能看到一座又一座更高的山峰。

遥望珠穆朗玛峰

一

去年夏天，我们踏上了被誉为世界屋脊的青藏高原，目睹了珠穆朗玛峰神圣而又瑰伟的风姿。

我们是早晨从日喀则出发的。从这里到珠峰登山大本营有200多公里的路程。在我的想象中，珠穆朗玛峰作为世界第一高峰，在前往她的路途上，一定都是高山峻岭，一定都是悬崖深谷。人坐在车上，一定会感到心惊肉跳，一定会被吓得魂飞魄散。但是实际情形却恰恰相反，车子行了很久，就好似在丘陵地带行驶一样，不仅很难看到巍峨高峻的大山，而且还不时会出现一片片绿树、庄稼以至宽阔平坦的田野。倘若不是远处的雪山在蓝空下泛着银光，你肯定会觉得这不是在雪域高原而是在美丽江南了。

然而，随着车轮的飞转，路边的景色却渐渐地发生了变化。就在我们不经意间，路边郁葱葱的树木不见了，绿油油的青稞不见了，取而代之的是一些矮小的灌木蹲长在山谷之间。到后来灌木也消失了，展现在眼前的是一片片草原。这些碧绿的小生命从山下的低洼处一直铺向山顶，用微不足道的身躯汇织了一张连绵起伏的天然绿色巨毯。在这无边无际的绿茵中，时而会有一团团乌云和一絮絮白云在飘动，那乌云便是牦牛，那白云便是羊群。放眼望去，碧绿的草原连着湛蓝的天空，地上的羊群辉映着天上的云彩，让人不由得产生一种壮阔而灵动的诗意。在一些山口或高处，挂满了五颜六色的经幡，风儿吹来，掀起阵阵彩色的波澜。看见车子来了，路旁的牧民和小孩不断挥手向我们致意，那憨厚善良的神态，使我们想起了藏族寺庙里大大小小的佛像。不知从什么时候起，草原突然隐退了，除了嶙峋峥嵘的光山秃岭就是乱石遍布的沟壑，一切绿色的生命在这里戛然而止，毫无生机的荒凉使人感到一种窒息，一种恐怖，一种似乎进入了月球似的孤寂。

有人告诉我们，这里海拔已经超过了 4500 米。但一路上大家似乎没有觉得在登高，这也许是路途曲折漫长，在慢慢爬坡的缘故。其实人生又何尝不是这样，许多新的高度都是在前行途中不知不觉登上去的。

在柏油路的尽头，终于遇到了一座高山。寸草不生的山坡上盘桓着一条简易裸露的土路。车子在凹凸不平的路面上跳跃着、颠簸着，我们被抛得一上一下，身子像散了架似的。特别是车子在经过一个个"之"字形的弯道时，巨大的惯性一会儿把人甩向左边，一会儿又把人甩向右边。连续大幅度的激烈摇摆，不仅使我们本来由于缺氧引起的头痛变得更加厉害，而且又使我们感到一阵阵的头晕目眩，以致肠胃翻腾，直想呕吐。还有令人讨厌的是，因为是土路，前面车子卷起的尘土，拖成一条长龙，滚滚飞扬，遮天蔽日，使后面的车子根本看不到前方，只能放慢速度拉开一段距离远远跟行。幸好山的坡度不算很陡,所以尽管山道弯弯,尘土弥漫,这段行程还是比较安全和顺利的。

翻过高山,便是一个村庄,大家惊奇于在这样一个自然环境十分恶劣的高海拔地区竟然有人居住,可见人的生命力是何等顽强。在村庄的后面是一片宽阔的石头河滩,一条小河在中间哗哗奔流。同行的藏族同胞说,这条河由珠穆朗玛峰的冰雪融化汇流而成。在藏语中,"珠穆朗玛"是大地女神的意思,怪不得这河里的水是那么的纯净、那么的清澈、那么的晶亮,甚至还带有一种神圣的味道。

沿着河岸而上,又行了一段路程,前边山脚下出现了一座寺庙,这就是世界上海拔最高的庙宇——绒布寺。前方是一片开阔的沙石谷地,没有公路,只有车轮碾压出的道道印迹。这时,只见司机加大油门呼啸着向前冲去,那种无拘无束,那种放纵任意,充溢着一种野性,张扬着一种自由。就在大家为此而血脉偾张、豪情澎湃时,车子吱的一声急刹,猛地在一块不大的土石坪上停了下来。

原来是到了珠穆朗玛峰登山大本营。大家的脸上不禁泛起了一阵惊喜。

二

天公作美,阳光灿烂。

此时的珠穆朗玛峰,像一座巨大无比的金字塔,披着银装,晶莹剔透,在蓝天下光闪闪地屹立着,并显露出一种少有的冷峻和阳刚。但没过多久,一团白云又飘然而至,裹在她的身上,若隐若现,半有半无,这时她又像一个披着轻纱的羞涩仙女。面对这座神往已久的世界最高峰,大家都不约而同地向她久久行着注目礼。

　　不知为什么，我忽然觉得，仰望中的珠穆朗玛峰，并没有此前心目中的那样高大和雄伟，没有那种直插云霄的冲天气势，没有那种"唯我第一、舍我其谁"的王者霸气，没有那种叫人一看就叹为观止的震撼与刺激。不要说和西藏的其他雪山相比没有什么大的不同，甚至在观感上还没有内地的一些山峰那样显得高耸挺拔。我曾在鄱阳湖上遥望过庐山，曾在齐鲁大地上仰视过泰山，曾在关中平原上远眺过华山，胸中都会油然涌起一股顶天立地、高不可攀的感觉。其实这三座山峰的高度也就在海拔1500米左右，加起来的总高度也只有珠穆朗玛峰的一半。它们尚且会让人产生如此巍峨壮观的印象，那么天下第一高峰珠穆朗玛峰给人的冲击力肯定就更加无法比拟了。试想，一座高达8844米的山峰耸立在人们面前，那该是一种怎样的景象啊！这恐怕是用任何语言都无法形容的。但眼前这巨大的视觉差，使我心里不免感到有些迷惑不解。

　　在登山大本营边的一块台地上，立有一块珠穆朗玛峰高程测量纪念碑。看着上面用醒目的红色数字标明的珠峰高度，再抬头望了望远处的珠峰峰顶，一个问号始终如珠峰的云彩一样在我的脑子里盘旋，为什么在世界第一高峰面前会产生不是很高的感觉呢？这种落差和错觉是怎样形成的呢？这时，正好旁边有人在问珠峰登山大本营的高度，一声5200米的回答使我恍然大悟，这不就是因为我们所处的位置高吗？站在这样的高度看珠峰，当然就不会觉得很高了，世界第一高峰的形象也就大打折扣了。这其实也给了我们一个很重要的启示：对于一个人来说，在前进的道路上，一定要不断地提高自己的相对高度。只有这样，才能观高不觉高，也才能看到一座又一座更高的山峰。

　　在登山大本营看珠穆朗玛峰没有"世界第一高"的感觉，还有一个重要因素，就是珠峰不是一峰独立，不是唯我独高。在她的周围，可谓群峰争雄，竞相昂首。仅在方圆20多公里的范围内，高达7000米以上山峰就有40多座。在其南面的3公里处，耸立着8516米的世界第四高峰洛子峰和7589米的卓穷峰；在其北面的3公里处，耸立着7543米的章子峰；在其东面不远处，耸立着8463米的世界第五高峰马卡鲁峰；在其西面附近，耸立着7855米的努子峰。如果说有大山就有群峰的话，那么有群峰才有高峰。正是这些林立的高峰，使得最高峰珠穆朗玛峰不能鹤立鸡群，而只能默默地和其他高峰并肩而立，以至让人乱眼迷离，难分高低。这样，珠穆朗玛峰的"世界第一"自然也就模糊在人们的视线之中了。

身为最高而不显其高，这也许是一种最高的境界。

三

登上珠穆朗玛峰峰巅，是世界上多少人梦寐以求的愿望。

一个多世纪以来，在珠峰那银白色的险峻陡坡上，闪现着一批又一批攀登者的背影。

也许是因为西方人喜欢探险，最早向这座地球最高峰发起挑战的是英国人。

那是在一个气候适宜的春夏之交，一个名叫豪伍德·布里的英国人，率领着一支登山队来到了珠穆朗玛峰脚下，拉开了人类首次攀登世界第一高峰的序幕。不用说，这无疑是一场险象环生、生死未卜的战斗。在攀登的过程中，他们不仅要越过锋利无比的冰刀脊、险峻异常的冰陡崖、或明或暗的冰裂隙、迷宫一般的冰塔林和随时会发生雪崩的地区，而且要应对变幻莫测、反复无常的恶劣天气。结果可想而知，他们失败了。在此后的数十年里，英国人曾经8次试图登顶珠峰,并有10余人遇难,但却没有一次取得成功。直至1953年,他们的后继者埃德蒙·希拉里和丹增两人才第一次把人类的脚印踏上珠穆朗玛峰峰巅,开创了人类首次登顶成功的新纪元。

在英国人登上珠峰后不久,中国人也不甘示弱,奋力迈开了攀登的新步伐。20世纪60年代初期,王富洲、贡布和屈银华以大无畏的英雄气概,把鲜艳的五星红旗插上了珠峰之巅,谱写了中国人第一次征服地球最高峰的历史新篇章。他们的名字因此被广泛地传颂着,他们的事迹也因此被镌刻在中华民族的史册上。然而很多人却不知道,就是在这次攀登中,有一个名叫刘连满的人,在登至"第二台阶"时,毅然地把氧气给了队友,虽然自己没能登顶,却为队友的攀登成功竖起了一架坚实的人梯。

在人类不断攀登的陡险征途上,我们常常把赞美和荣誉献给那些成功登顶的人们,而容易忽略那些在成功者背后默默奉献、勇于牺牲的人。殊不知,这些人也是成功者,同样应当为他们建造一座辉煌耀眼的纪念碑。

随着时代的变迁,攀登珠峰的内涵也渐渐地发生了变化。如果说过去的登山是为了显示人的意志力而挑战自然极限的话,那么现在的登山则是为了和平与友谊,让人类的明天更加美好。

1988年初夏,这是一个令人难忘的季节。中国、日本和尼泊尔三个国家组成的联合登山队,兵分两路,从珠峰的南北两侧同时攀登,从而创造了会师峰顶、双向跨越的伟大奇迹,友谊之花第一次在珠峰之巅绽放。时过两年,也就是1990年,中国、美国和苏联的登山队员相聚在珠峰脚下,并一道成功登顶,他们以这种独特的方式,向全世界宣示爱好和平的心愿。1993年,中国海峡两岸的登山队员,怀揣着同一个梦想,首次携手挑战珠峰取得胜利,在实现祖国和平统一的伟大事业中留下了自己厚重的足迹。最激动人心的莫过于2008年5月8日上午,肩负北京奥运火炬接力珠峰传递任务的中国登山队，经过艰苦攀登顺利到达峰顶。由藏族女队员次仁旺姆高擎的奥运"祥云"火炬在地球的最高峰熊熊燃烧，其辉煌的光焰照亮了天地，照亮了世界的每一个角落，不仅把奥运精神提升到了一个前所未有的高度，而且推动着人类的和平、友谊与发展进入了一个更新更高的天地。

然而，近些年来，在攀登珠穆朗玛峰的队伍中，也出现了一些不该出现的身影。他们当中，有旅游爱好者，有好奇探胜者，有一试身手者，有盲目冒险者，甚至还有白发苍苍者和身患残疾者。这些从全球四面八方而来的人们，不仅使珠峰狭窄的登山小道变得人满为患，而且那些随意丢弃的废物和垃圾严重地污染了珠峰的生态环境。更有那么几个富豪，凭着自己的财大气粗，不惜动用人力和物力，硬是装模作样地登上珠峰，以此向世人展示自己超凡的身价和本领。珠峰这座世界第一高峰，正在成为世界的最高娱乐场和最高名利场。这样，攀登珠峰也就随之失去了其本来应有的意义。

人类应当永远牢记，地球上只有一个珠穆朗玛峰。让我们怀着敬畏和虔诚，小心翼翼地保护好这座冰清玉洁的世界第一高峰。

2014 年 6 月

我们应当明白，有些高峰是不能去攀登的，也是不需要去征服的。这不仅是因为攀登和征服这些高峰会消耗大量的人力物力，会造成一些无谓的牺牲，会破坏本来很好的原始生态环境，更是因为人类对有些高峰应当永远保持一种敬畏的态度，应当永远让这些高峰成为一种不为人知的秘境。

难以攀登的美

在西藏的林芝境内，有一座著名的雪山，这就是南迦巴瓦峰。

最初看到这座雪峰的姿容是在林芝地委的一个会议室里，那是一幅放大了的摄影作品，挂在正面墙上的中间，绚丽而又醒目。画面上，冰雪覆盖的南迦巴瓦峰巍峨高峻，犹如一个晶莹剔透的巨大白色笔架，横空摆放在蓝天白云之中，那中间突兀挺起的最高一架，便是它的主峰。在皑皑雪峰之下，是由高山冷杉等涂成的一片墨绿；再往下，是各种落叶、不落叶的乔木及灌木杂草抹出的一片五彩缤纷；底部则是蜿蜒奔腾的雅鲁藏布江。看得出，这是南迦巴瓦峰秋天特有的景色。也只有这时，南迦巴瓦峰才显得最为美丽迷人。

而我们去观看这座雪峰的时候，却是炎热多雨的盛夏。

那天，我们从米林县城出发，沿着雅鲁藏布江岸的公路而行，一路风光绮丽。林芝不愧为西藏的江南，不像拉萨、日喀则等地的山都是光秃秃的，这里的每一座山都淌着绿、流着翠，空气好像过了滤似的，清新得没有一点杂质。雅鲁藏布江在这里也显得分外平缓宽阔，因泥沙沉积而形成的大片滩涂上长着一棵棵杨柳树，那婀娜多姿的神态，让人想起传说中的一位位雅江仙女。大概是无拘无束的浪漫性格使然，有时江水分成几股支流在滩涂间随意地缠绕，用优美的曲线勾勒出一幅幅怡人的图案；有时放任的支流又重新嬉戏在一起，再次汇成滚滚的巨流向前奔去。偶尔在江流中间浮着一个树木繁密的狭长小岛，那仿佛就是镶嵌在江中的一块巨大绿宝石。更使人惊叹的是雅鲁藏布江和尼洋河的汇合处。因为雨季雅鲁藏布江的水是浑黄的，而从林芝方向流过来的尼洋河水是清澈的，所以汇流后呈现出一种一江两色的奇观。这时你会从中深深地体会到什么叫"泾渭分明"。不过，这种现象十分短暂，由于雅鲁藏布江的水量大得多，很快就将尼洋河的清澈吞没了，江水重又变得浑黄一色。这时你又会深深地领悟到什么叫"合二为一"了。我们的祖先真是智慧极了，他们所创造的许多反映社会现象的词汇，原本都是自然界的体现，都可以从多姿多彩的大自然中找到答案。

大家被青藏高原这瑰特的画山秀水陶醉着，心里也格外美滋滋的。不知什么时候，雅鲁藏布江两边的山突然变得陡峻起来。宽阔的江面也猛然束身收紧变成了一条细长的哈达。车子喘着粗气爬着坡，在经过了一个叫派镇的村庄后，在一块平地上停了下来。陪同的人员用手朝前指了指说："这里是雅鲁藏布江大峡谷的起点，也是南迦巴瓦峰的最佳观赏点。"顺眼望去，雅鲁藏布江果然在这里拐了一个直角形大弯，然后在深达近5000米的两山之间的谷底向下咆哮奔腾了500公里，一条世界上最长、最深的河流型大峡谷就这样镌刻在地球之巅。然而，无论我们怎么瞪大眼睛搜寻，就是不见南迦巴瓦峰的影子。说来也真是有些奇怪，别的地方都是太阳高照、晴空万里，唯独南迦巴瓦峰上空覆盖着厚厚的云层，硬是不让我们看到它的真面目。

　　大家的心里不免有些失落。因为来之前，许多人都说南迦巴瓦峰是世界上最美的雪山，它虽然只是世界第十五高峰，海拔7782米，但却像一个巨大的感叹号垂天而立，使自西向东雄伟绵延了2400多公里的喜马拉雅山到此戛然而止。不仅如此，由于处在雅鲁藏布江这个印度洋向北输送水汽的通道上，因而南迦巴瓦峰又多了许多的灵气和斑斓。在别的雪峰，即使是珠穆朗玛这样的世界第一高峰，除了峰顶的冰雪晶莹玉洁、银光闪耀外，其他部分都是乱石峥嵘、一片荒凉。而南迦巴瓦峰却不是如此。它就像一位英俊漂亮的高贵王子，头上戴着白色的王冠，肩上披着绿色的大氅，身上穿着华丽的彩衣，脚下盘绕着长长的巨龙。另外，还有数不清的珍禽异兽陪伴左右，不用挪动一步，它就跨越地球的寒、温、热三极，拥有世界上最丰富的气候；不需任何描绘，它就尽揽地球的赤、白、绿、黄、青、蓝、紫，拥有世界上最瑰丽的色彩。是老天爷给了南迦巴瓦这样特别的宠爱，使它在无数雪山中脱颖而出，成了大自然的骄子。

　　然而，没有想到这样一座美丽至极的雪山，还有一段不光彩甚至是丑恶的历史。据说，很久很久以前，南迦巴瓦不是山峰，他和他的弟弟加拉白垒都是天宫的将领。有一天，天帝派他们兄弟俩下到凡间镇守青藏高原的东南方。弟弟加拉白垒由于勤奋好学，不仅武功日益高强，而且长得也越来越魁梧。哥哥南迦巴瓦十分妒忌，于是在一个月黑风高之夜将弟弟杀害，并割下他的头颅丢在了雅鲁藏布江边。不久，加拉白垒的头颅便化作了一座高达7294米有着圆圆峰顶的雪山。天帝为了惩罚南迦巴瓦的罪过，也把他变成了一座雪山，永远站立在雅鲁藏布江边，与弟弟加拉白垒遥遥相对，以使他时时地忏悔。这当然是一个神话，虽然神话不是现实，但却是现实的反映。倘若人类一旦像南迦巴瓦那样有了妒忌心，就会邪恶丛生，刀枪相向，哪怕亲人之间，也会拼个你死我活，杀个血流成河。给一座如此美好的山峰加上一个如此罪恶的故事，大概是要警醒人们改恶从善，不要去做那些害人害己的事情吧。

由于来一次很不容易，大家都在静静地等待着，等待着云层散去，等待着南迦巴瓦峰的出现。人们的心理就是这样，越是不容易看到的就越是希望看到。也许是天公有意，这时云层在缓缓地移动，渐渐地，南迦巴瓦峰露出了一角，大家不由得惊喜和骚动起来，匆忙拿起相机对准焦距，准备摄下这难忘的一瞬。然而，过了许久，那云层非但没有移开，反而又倒回来把南迦巴瓦峰重新遮住了。就这样像捉迷藏似的，南迦巴瓦峰时而掀开一点面纱，时而又把面纱盖上，反反复复，断断续续。我们心里也随之时而充满希望，又时而变得失望，世界上再没有比在希望即将出现时又迅速破灭更为失望的了。真没想到要看见南迦巴瓦峰如此之难，怪不得当地人把它叫作"羞女峰"，原来在一年中差不多有三分之二的时间它都躲在白云的后面，就像一个待在被窗帘遮得严严实实的闺房里羞于见人的大家闺秀，使许许多多仰慕它的人高兴而来、扫兴而归。殊不知，这羞涩的背后，也是一种不善解人意的无情表现。

也不知是不是天气变化的缘故，过了1个多小时，随着云层的扩大和增厚，南迦巴瓦峰干脆就再也不露面了。我们只好极不情愿地离开了。没有看到南迦巴瓦峰固然十分遗憾，但转念一想，留下了遗憾也就留下了想象的空间，留下了回头再来的愿望，这未尝不是一件好事。因为遗憾本来就是人生的重要组成部分，对于一个人来说，没有遗憾的人生绝不是完整和完美的人生。

在世界上所有7000米以上的高峰中，南迦巴瓦峰是攀登难度最大的一座。这不仅因为它十分陡峭险峻，还因为全山的数十条冰川都属于海洋型冰川，运动很快，稳定性差，冰崩、雪崩非常频繁，加上气候变化无常，这就使它比其他雪山增加了许多不可预测的因素。也许就是由于南迦巴瓦极具挑战性，所以征服这座高峰一直是全世界登山者的共同目标和愿望。早在1960年11月，我国刚成立不久的西藏登山队就派出一支十几个人的队伍开始了对南迦巴瓦峰的攀登，但没有取得成功。直至20世纪90年代初期，中日两国组织了联合登山队，再次向南迦巴瓦峰发起进攻。登山队在途中被暴风雪等恶劣天气几次逼退，终于经过50多天的艰险攀登，好不容易把人类的脚印踏上了这座雪山的峰顶。

这是人类迄今为止唯一一次登上南迦巴瓦峰。虽然此后也有许多的登山者试图登顶，但都以失败而告终。其中一些人尽管屡登屡败，但依然屡败屡登，大有一种不到长城非好汉、不登峰顶不罢休的倔强劲儿。人类的天性就是如此，对于高峰，总是一味地强调不断攀登和征服，今天攀登上了一个新的高峰，明天又开始去攀登另一座新的高峰，今天征服了一个新的高峰，明天又开始去征服另一座新的高峰。其实，我们应当明白，有些高峰是不能去攀登的，也是不需要去征服的。这不仅是因为攀登和征服这些高峰会消耗大量的人力物力，会造成一些无谓的牺牲，会破坏本来很好的原始生态环境，更是因为人类对有些高峰应当永远保持一种敬畏的态度，应当永远让这些高峰成为一种不为人知的秘境。倘若人类毫无节制、一意孤行，那么所有的高峰征服之日，也就是人类的灭亡之时。

南迦巴瓦，难以见到的美。

南迦巴瓦，不可攀登的美。

2014年12月

树是人类的氧吧，是生命的象征。没有一棵树的城市是不可想象的。但那曲人却以顽强的意志，克服常人难以想象的困难，在这里栽下了一棵棵科学发展之树，并正在汇成一片郁郁葱葱的大森林。

没有一棵树的城市

如果听说一个城市没有一棵树，人们一定会惊愕地瞪大不相信的眼睛。作为人类聚居的城市，怎么能离得开树呢？就是迪拜这样建在沙漠上的城市，还要不惜一切代价植树造林，让其变得绿意浓浓。

树是人类的氧吧，是生命的象征。没有一棵树的城市是不可想象的。

然而，在西藏自治区的那曲，全城就看不到一棵树。

带着一种好奇和困惑，去年9月中旬，我们踏上了前往那曲的征程。

天苍苍，野茫茫。火车沿着天路从拉萨向北风驰电掣般奔驰。在过了一条峡谷之后，进入了一片宽阔的草原。时值初秋，草原展现出耀眼的金黄，一直铺向巍峨的念青唐古拉山脚下，同山顶的皑皑白雪遥相辉映，勾勒出一幅壮观的雪山草原图。一群群的牦牛和绵羊在低头吃草，那专注的神情似乎忘记了周边的一切。间或有清澈的小河弯曲在草原上，看上去就像巨幅金黄绸缎上绣出的蓝色哈达。一些藏族村落或房屋稀疏地散落在草原上，给这偌大的空旷平添了几分充实。原以为在列车的呼啸声中这片草原会很快抛向身后，然而整整一个上午，极目之处，除了金黄还是金黄，而且越往前面，这金黄越来越宽、越伸越远，直到两边的群山在天际线消失了为止。这时，金色的草原和湛蓝的天空融在了一起，让人真正体会到了什么叫作博大无穷，人类的任何伟大在这里都变得十分渺小。也就在这时，你会不知不觉地感到自己在进行着一场无拘无束、野性十足的心灵放牧。

这草原，便是著名的藏北羌塘大草原。

列车的速度渐渐慢了下来，不一会儿停在了一个不大但很精致的车站里。原来是到那曲了。

这是一个约有2.5万人的小城市。若是在内地，只能算是一个规模较小的县城，但在地广人稀的西藏，就是一个比较大的城市了。它既是那曲地委和行署的所在地，又是那曲县的县城。果然是这样，无论是在大街小巷，还是在机关宅院，我们都没有看到一棵树，整座城市就像一片水泥森林孤零零地伫立在茫茫的草原上。

真是好一座名副其实的裸城！

那么，究竟是什么原因使得那曲连一棵树都不能生长呢？是因为这里海拔太高？或是因为这里气候太冷？也许是的。那曲不仅海拔高达4500米，而且冬天经常遭受暴风雪的袭击，气温有时降至零下40摄氏度，氧气也只有内地的50%，属于典型的高寒缺氧地区。在一般情况下，这样的地方只能长草，连灌木都无法生长，更不用说是树了。但仔细想想也不完全是如此，因为在同那曲地理环境相似的西藏其他地方，只要有人居住，也可生长少许的树木。如果是一座人口相对集中、设施相对较好的城镇，那树木就更加可观了。据说，为了让那曲有一片绿荫，当地的干部群众曾经多次试着在城里植树，尽管费尽了九牛二虎之力，但最后无一成功。没想到栽活一棵树是如此的艰难，竟然成了那曲人永远实现不了的一种美好愿望。

原来,那曲不能生长树木,根子是地下的冻土层在作怪。别看这里的地面青草茵茵,无边无际,但在距离地面1.5米至3米以下的地方,是一片晶莹剔透的冰雪世界。任何树木一栽下去,起初枝繁叶茂,然而当主根一深入到冰雪层,马上就被冻死,这样整棵树也就枯萎了。据介绍,这隐藏在地下的冻土层,不仅是树木的无情杀手,也是地上建筑的无形陷阱。特别是一些负重很大的建筑,如果把地基打在了冻土层上,那无异于冰山上的楼阁,说不定什么时候就会轰然坍塌,造成十分可怕的悲剧。正因为如此,前些年在修建青藏铁路的时候,有关部门就曾组织专家进行技术攻关,终于解决了冻土层这个隐患,使列车能够在这条世界屋脊的天路上安全顺利地飞驰。

我们原以为,在这样一个连一棵树都长不了的地方,一定是缺乏生机的,一定是非常贫困落后的。但没想到的是,那曲人却以顽强的意志,克服常人难以想象的困难,在这片没有树的草原上,描绘了一幅蓬勃发展的动人图景。

那曲城郊的欧玛亭嘎村就是这样一个缩影。这里的110多户人家,其祖祖辈辈过的曾是逐水草而居的游牧生活。哪里有水草他们就把牛羊赶到哪里,帐篷也就搭到哪里。一顶顶"夏不遮雨,冬不避寒"的破烂帐篷,就是他们的栖身之所。如今,由于党和政府实施牧民定居工程,家家户户都建起了宽敞明亮的新房。同以前相比,这简直是一个天上一个地下。在村里,我们同一个名叫索朗扎西的牧民进行了亲切的交谈。他今年28岁,全家四口人,夫妻俩带两个小孩。高原的阳光虽然把他晒得黑乎乎的,但目光中却透露着一股年轻人的朝气。他的新房面积115平方米,总计花了6万元,其中政府资助了1.5万元。房子里面布置得十分漂亮,不仅梁柱和四面墙上都绘满了五颜六色的吉祥图案,而且还摆放着冰箱、彩电等家用电器。更让索朗扎西自豪的,是他养了33头牦牛,按目前市场行情,每头牦牛的价值至少在1万元,再加上每年还有近万元的奶制品收入，这可是一笔不小的财富啊！西藏有个传统，衡量一户人家富不富，不像内地那样看有多少土地，而是看有多少牛羊。所以解放前在藏区有些地方，几个同胞兄弟共娶一个妻子，目的就是不分家而不减少牛羊的数量。我们边喝着热腾腾香喷喷的酥油茶边聊着，都为索朗扎西家发生的崭新变化而感到十分的高兴。近些年来，在那曲县共有16000多户游牧民像他这样建房定居，过上了安定和美的生活。有些家庭还办起了小商店、小茶馆、小饭馆和小旅馆，使广袤的草原汩汩流淌着现代商业气息。

在那曲地区现代草原畜牧业示范基地，我们又目睹了那曲人在长不了树的草原上发展生态经济的生动实践。这个占地3450亩的基地，分为现代高效养殖示范场、高寒草地科技生态园和放牧实验示范地等3个区域，主要从事牦牛和绵羊的良种选育和推广、天然草地的保护、优质牧草的种植以及草地放牧的承载强度的科学研究。紧靠示范基地的，是西藏牧工贸有限公司，这是一家生产和销售牛羊奶产品的企业，年产酸奶2000多吨，这种酸奶外表看起来有点像内地的豆腐，又有点像国外的奶酪，如果加上一点白糖，吃起来香甜可口。这两家单位，就像两个龙头，一个为牧民培育输送良种牛羊并指导他们科学放牧，一个将牧民的牛羊鲜奶收购上来进行加工，这样既延长了产业链，又充分利用和保护了草原，还从上下两头解除了牧民的后顾之忧，为草原牧业的发展开辟了一条崭新的大道。

回到那曲城里的时候，已是下午4点，由于时差关系，太阳才刚刚偏西。虽然阳光有些火辣，但街上依然人来人往。人们或戴着藏式毡帽，或戴着各式太阳帽，其中不少人还戴着墨镜，在街边尽情地逛着。特别是在一些摆满当地草原特色产品或佛教饰品的小店和小摊前就更为热闹，许多人都在精心地挑选和购买自己喜爱的商品，也有一些年轻人在装修华丽的饮食店里悠闲地喝着咖啡和酥油茶。看得出这些人绝大多数都是外地来的。当地的同志告诉我们，自从通了铁路，那曲被确定为西藏开放旅游区以后，来这里旅游观光的人与日俱增，尤其在一年一度的赛马节期间，每天的游客有近万人次。旅游这门"无烟工业"正在成为那曲发展最快、最具潜力的新兴产业。

  望着这一派繁荣兴旺的图景，大家又情不自禁地谈起了这次那曲之行的感受。谈着谈着，大家的心里忽然一亮：谁说那曲没有一棵树？我们今天所看到的，难道不就是在那曲这块大地上一棵棵蓬勃生长之树吗？而且这是一棵棵可持续发展之树。只要不断地科学浇水和施肥，这些树终将汇成一片郁郁葱葱的大森林。

2014年6月

有不少红柳,被狂风拦腰斩断,被严寒冻掉树头,但依然顽强地活着。在它们的断裂伤痕处,又生长出许多新的枝条,蔚成了一种百折不死、屡杀不绝、生生不息、枝繁叶茂的绿色生命奇观。

阿里红柳

西藏的阿里地区,被称为人类生命的禁区。

这里,地处海拔4300多米,不仅空气稀薄,含氧量低,而且干旱少雨,气候恶劣,大风常年刮个不断,冬季漫长而又寒冷,到处一片冰天雪地,最低温度可达-41℃,一般的生命很难在这里存活。

然而,就是在这样一片不毛之地上,却奇迹般地生长着一种树,这就是红柳。它们像一个个绿色的使者,挺立在河滩、地头、山脚和路旁,矮的两三米,高的则达四五米,有时一株独立,有时几株并肩,有时成片成林。它们为高原撑起了一片春色,为大地增添了蓬勃生机。如果再细心一点的话,你还会发现,在这些红柳中,有不少虽被狂风拦腰斩断,被严寒冻掉树头,但依然顽强地活着。在它们的断裂伤痕处,又生长出许多新的枝条,蔚成了一种百折不死、屡杀不绝、生生不息、枝繁叶茂的绿色生命奇观。

同红柳一样牵动人眼球的,还有这里的特殊地貌和风景。在西藏乃至尼泊尔和印度的北部地区，阿里自古以来就被尊为宗教圣地。这不仅因为喜马拉雅山、冈底斯山和喀喇昆仑山在这里相汇而被称为"万山之祖"，而且因为这里是雅鲁藏布江、恒河和印度河的发源地而被称为"百川之源"。也许就是这个缘故，地处这三山之中的雪山冈仁波齐被尊为神山，由这三山雪水融汇的玛旁雍错被尊为神湖。每年从春末到秋初，都有一批又一批的国内外佛教徒不辞辛苦，甚至一步一叩来到这里转山或转湖，以让心中的最高神灵洗尽自身的罪孽，求得超脱轮回。

　　与神山神湖相映的是土林。过去，我们只知道有石林，有雅丹地貌，没想到土也能成林，而且是无比巨大的土林！走进其中，就像走进了一座没有边际的天然雕塑艺术馆。你看，那各种各样的形状，有的像巍峨宫殿，有的像碉楼古堡，有的像逶迤长城，有的像亭台塔柱，有的像巨轮航行，有的像长龙盘舞，有的像狮虎出山，有的像万马奔腾，有的像雄鹰展翅，有的像仙女出浴，有的像孩童嬉戏，有的像智者沉思，有的像夫妻相拥，千姿百态，惟妙惟肖，方圆几百平方公里，极尽万千气象，大自然的鬼斧神工就是这样展现着无穷的魔力。更让人感叹的是，在这片土林深处，还隐藏着一个古老的王国，这就是吐蕃政权瓦解后由其王室后裔在公元10世纪时建立的古格王朝。也许是为了防御敌人的进攻，也许是为了显示国王至高无上的权力，古格王宫修建在一座陡峭的山头上，虽然漫长的历史和岁月风雨使它变为了一片废墟，只剩下了一些大大小小的洞窟和山顶的几间殿宇以及里面的佛像和壁画，但从其自下而上、依山叠砌的布局中依稀可见当年直逼长空的恢宏气势。在高原阳光的逼射下，满山的断壁残垣和莽莽的土林颜色融为一体，使整个王宫遗址呈现出一种少有的残缺美和沧桑美。

　　在土林的一角，有一个村庄，一栋栋藏式小楼整齐地排列着。这个村庄叫札布让，共36户186人。我们顺便来到了一个名叫次珠德吉的藏胞家里。

一进庭院，大家的眼睛为之一亮，院内红柳繁茂，鲜花怒放，一片柳绿花红，真可谓不似花园胜似花园。房子里也是绚丽多彩，美轮美奂。墙上、屋顶上和厅堂的长条矮柜上，都绘满了五颜六色的美丽花纹，矮柜后面的长椅上面放着绣有彩色图案的垫毯，正面墙上中间挂着毛泽东等领袖画像。藏族人民对毛主席的感情特别深厚。没有毛主席，就没有他们的翻身解放，就没有他们的幸福生活。看见我们来了，主人连忙迎了上来，热情地请大家落座，并为每人端上了一杯香喷喷的酥油茶。在闲聊中，我们得知次珠德吉今年43岁，夫妻俩一个小孩，现在的新房是2007年盖的，建筑面积550平方米，造价17万元。一个三口之家享用这么大的房子，我们一方面为他们感到高兴，另一方面又不免觉得有些奢侈和浪费。大概是看出了我们的疑惑，主人解释说，房子建得大一些主要是为了能多接待客人。原来,随着近些年旅游的兴起，来西藏旅游观光的人逐年增多，去年就达到250多万人，其中徒步和自驾游的就有2万多人。神奇的土林和神秘的古格王朝宫殿自然也就变得热闹起来。于是，次珠德吉便抓住这个千载难逢的商机，办起了家庭旅馆，34个床位，一年接待游客1700多人，收入10万多元，在他的带动下，札布让村有32户开办了家庭旅馆，拥有床位500多张，总收入近80万元。一个昔日荒凉贫瘠的小村就这样依靠旅游走上了致富的康庄大道。随后，次珠德吉领着我们参观了他的旅馆客房，一个房间四张床，白色的被子，花色的床单，既整齐又干净，连同那洗漱、淋浴和抽水马桶等设备一应俱全的卫生间，着实让我们吃了一惊。万万没有想到在阿里这样一个十分偏僻的地方，竟然有这样漂亮的家庭旅馆。旅游，让这里不再荒凉，不再孤寂。旅游，让这里变得现代，让这里与世界融在了一起。

离开札布让村，我们又到了狮泉河镇。这里是阿里地委和行署的所在地。50年前，这里还是一片寸草不生、没有人烟的荒漠。也许是天公的有意安排，

1965年，因原址交通不便，地委行署决定另觅新址。有关人员看见这里地势平坦，背靠高山，由新疆至西藏的交通大动脉新藏公路又经过这里，而更为难得的是这里还有一条静静流淌的狮泉河。于是，便在这里安营扎寨，建设新城。那时可不像现在，一切都靠白手起家，一切都靠自力更生。就这样经过几年的顽强拼搏，一座新的城市在荒漠上拔地而起。如今的狮泉河镇，不仅街道整洁，楼房林立，而且车水马龙，人气很旺。特别是街边那些迎风摇曳的红柳，更使这座已有2万多常住人口的小城市显得春意盎然、婀娜多姿。在新兴城市的建设上，人们常常把赞美献给深圳，而不会把颂歌唱给狮泉河，这是因为比起深圳来，狮泉河镇太过遥远，太过陌生，区区几平方公里的规模也实在太小，太不起眼，太微不足道。殊不知，若是论其建设的艰巨程度，可以说深圳要远远逊色得多。深圳是用现代化设备、用全国人民的智慧和力量，乃至用国外境外的资本建起来的，而狮泉河镇是阿里人民在高寒缺氧连基本生存条件都不具备的恶劣环境下用肩扛手提建起来的。这是一场对人体极限的挑战，其中的艰难与困苦，其中的付出与牺牲，都是一般人所无法想象和承受的。

　　在狮泉河镇的前面，还有一片2万多亩的人工红柳林。能在荒漠上用双手撑起偌大的郁郁葱葱，这不能不说是一个奇迹。据说红柳的生命力极强。为了吸取水分，它的主根可深入地下10多米，而侧根最长可达30多米，其体量是地上的好几倍。正是这十分发达和庞大的地下根系，使得红柳不惧严寒和干旱而顽强地生长。由此我想到了阿里人。他们不就像这一株株的红柳吗？记得新中国成立后第一批进藏的内地人员曾和藏族同胞一道，铸就了一种"特别能吃苦、特别能战斗、特别能忍耐、特别能团结、特别能奉献"的"老西藏精神"。如果说，这种"老西藏精神"是阿里人的"根"的话，那么发生在阿里大地上翻天覆地的变化则是由这种精神生发出来的。可见强大的精神之根，永远都是枝繁叶茂大树的深厚基础和不竭源泉。

红柳,阿里人的象征!

红柳,阿里人的骄傲!

2014 年 7 月

大凡有非常成就的人，在他事业的起步阶段都是异常艰难的，横亘在其面前的，不仅有陡峭的山崖，而且有数不清的险阻。这时他只有敢于冒险勇于登攀，才能登临到一个比较平缓的事业高度，然后再以此为新的平台继续向上攀登，从而最终到达人生事业的辉煌顶点。

飘过国界的哈达

在西藏，凡是接待来自他乡的客人，主人都要为他们献上洁白的哈达。这是一种藏传佛教的风俗，也是一种美好吉祥的祝福。

去年7月中旬，因为前往日喀则地区的聂拉木县樟木镇进行专项调研，动身的时候，当地的群众照例热情地为我们每人献上了一条哈达。

车轮飞转，哈达伴行。我们沿着中尼公路向樟木前进。

中尼公路是西藏目前唯一的一条国际公路，修建于20世纪60年代，起点是拉萨市，越过喜马拉雅山，最终到达尼泊尔的首都加德满都。而樟木就在中尼边境的中国一侧。

在此之前，由于我们所到的西藏其他地方，都是雪域高原，所以预想中的樟木也肯定是这番模样。但是在过了聂拉木县城进入喜马拉雅山南边的一条大峡谷之后，随着海拔的降低，两旁的景色也像电影的镜头一样不断变幻和切换出新的画面。先是在铁青色的光山秃岭上叠印出绿茵茵的草地,接着草地又渐渐地幻化成翠生生的灌木林,而后灌木林又在不经意间切换成了郁郁葱葱的大森林。一些不知名的树木,从刀劈斧削般的石壁隙缝里斜生出来,用虬干曲枝悬空撑起了一把把巨伞,绘成了一幅不畏艰险、顽强不屈的绿色生命图景。峡谷中间,一条小溪欢快地奔流着,不时被水中的石块激起白色的浪花。哗哗的水声伴着沁人的绿意,把我们带进了一个童话般的仙境。

这是缺氧贫瘠的西藏吗?我们简直不敢相信自己的眼睛。

大概是看见我们脸上的惊异表情,随行的藏族同胞告之说,因为这里地处喜马拉雅山的南坡,经常受印度洋暖湿气流的影响,所以气候温和,雨量充沛,非常适合树木的生长。其实在西藏,这样的地方很多,西藏不仅是世界的屋脊,而且是全国最大的林区,其中不少地方还是人迹未至的原始森林。

真是一个完全不一样的西藏,一个令人耳目一新的西藏,一个生态优美生机盎然的西藏。

峡谷很长很深,一眼望不到头。两边的山峰相峙而立,就像两扇耸入云霄的巨大绿色屏风,把天空夹成了一条云的河。公路是沿着一边的峭壁开凿的,上是望不到顶的悬崖,下是见不到底的深渊。人坐在车上,不免有些胆战心惊。偏偏这时前方又出现了滑坡,本来刚好可以会车的路面向下坍塌了一大半,临时用木头撑搭起来的路面显得十分单薄。我们的心被吓得猛地蹦到了嗓子眼,幸好司机是常年在崇山峻岭中驾车的藏胞高手,只见他小心翼翼地把车子紧靠里边慢慢行驶,车子在坑洼不平的路面上颠簸了几下就安全地通过了。大家悬着的心也一下子放了下来。然而没过多久,又是一阵云雾奔涌而来,霎时之间,树林、公路和整个峡谷都隐藏在了一片茫茫的白色中。我们的车子也宛若在天上的云海里缓缓飘驶,只有谷底的流水声提醒大家这是在人间。也许是因为浓重的云雾遮盖了视线,我们原本觉得很危险的公路也不觉得那么危险了。人类有时就是这样奇怪，只要眼睛没有看见，许多平时不敢涉足的危险也能毫无畏惧地闯过去。

山间的气候说变就变，刚刚还是云雾缭绕，现在却是细雨霏霏。飘飘洒洒的雨丝好似无数轻盈柔软的手指，把山中的每一片树叶、每一块岩石化作了精美的琴键，弹奏出一曲又一曲天籁般的原生态小调，如梦如幻，奇妙极了。雨不知什么时候停了，整个山林青翠欲滴、流光泛亮，像浸透了的碧玉，又像水灵灵的翡翠。特别是那些瀑布，不是十几条，而是上百条，依次悬挂在绿色山崖上，好似无数条白色的哈达在飘舞。我们不由得感叹西藏山水的神秘与神奇，连瀑布都充满了这么浓郁的"藏味"。

越往下走，山越来越陡，路越来越险。这与一般的山脉越到高处越陡险不太一样，喜马拉雅山的南坡在山腰以下几乎都是悬崖峭壁，不少地方简直就是垂直状态。反倒是到了5000米左右的高处显得相对平缓，而在快要临近峰顶的地方又重新变得险峻。这也在无形中应对了人生及事业的一个规律。大凡有非常成就的人，在他事业的起步阶段都是异常艰难的，横亘在其面前的，不仅有陡峭的山崖，而且有数不清的险阻。这时他只有敢于冒险勇于攀登，才能登临到一个比较平缓的事业高度，然后再以此为新的平台继续向上攀登，从而最终到达人生事业的辉煌顶点。

也不知向下拐了多少道弯，在海拔2300米的前方坡谷绿荫中，隐隐约约地现出了一方方五颜六色的屋顶，有灰色的，有黛色的，有白色的，有红色的，原来是樟木镇到了。这是一座典型的山城。街道沿着"之"字形的盘山公路而建，两边都是两三层砖木结构的精致藏式小楼，其中也夹杂着一些六七层的现代建筑。各种各样的商店一间接着一间，有卖尼泊尔商品的，有卖印度商品的，有卖瑞士名表和国外戒指、玉器等高档商品的，但更多的是卖当地的木制、牛羊毛和丝织等工艺品的，还有不少的宾馆和饭店，特别是那些特色风味的小吃店，从里面不断飘溢出来的牛羊肉香味，让人闻了直吞口水。街上人流如织，车水马龙，使本来因为街路合一就很狭窄的街道显得更为拥挤。一些中青年妇女在街边的自来水龙头下冲洗着长长的头发，一些老人和小孩三三两两地坐在街旁，那悠闲自在的神态，仿佛在向过往的行人诠释着幸福的真谛。

从镇中心再往下约3公里，便是我国的边境口岸。这里不仅有庄严的海关，而且还有初具规模的边贸市场。每天，一辆辆满载货物的中尼两国卡车不时从这里进出，一批批中尼两国的边民和商人在这里做买卖。中国的电子产品和日用产品从这里源源不断地输往尼泊尔各地，而尼泊尔的大量精美手工制品也从这里源源不断地输往中国的西藏和内地。同时这里还是中尼两国旅游的主要出入通道，每年都有数以万计不同肤色、不同国籍的人士来此观光旅游。据说在高峰时期，边贸和旅游的日均人流都在五六千人。在从事边境贸易和旅游业的中国人中，有全国各地的商人，也有本地的边民。其中最值得一提的是夏尔巴人。这个原本居住在喜马拉雅山南部深山老林中的原始部落，是藏民族的一个分支，过去从不知生意二字为何物，但自十几年前搬到樟木镇后，如今已成了闯荡市场的生力军。300多户人家不仅都做起了边贸生意，而且还办起了为旅游服务的各种店铺，尤其是2009年兴办的夏尔巴民俗文化度假村，独特的民族风情和奇异的自然山水让许许多多的中外游人赞叹不已。夏尔巴人也由此逐渐走上了富裕的康庄大道。真没想到，方兴未艾的边贸和旅游，使这个昔日贫瘠落后的边陲小镇到处流淌着一种国际化的气息，呈现出一派繁荣兴旺的景象。

在离开樟木镇的前夕，我们特意去参观了中尼友谊桥，它像彩虹般地横卧在大峡谷的急流之上，标示着中尼两国的分界线。桥的这头属于中国，桥的那头属于尼泊尔。当我们兴致勃勃地到达桥的中间时，早在那里等候的尼泊尔边防人员便迎了上来，一个个地同我们热情拥抱，并为我们每人献上了一条金黄色的哈达。双方就像多年的老朋友重逢似的,有说不完的话,有叙不完的情。在友谊桥上,我们深切地感受到了中尼两国人民之间源远流长的深厚友谊。

沉浸在友谊氛围中的时间总是短暂的。不知不觉半个时辰过去了。当我们同尼泊尔朋友告别时,大家心里都有一种依依不舍之情。这时,我情不自禁地抚摸着胸前的哈达,然后又抬头望了望盘绕在重峦叠嶂中时隐时现的中尼公路,不知怎的我忽然感到这条公路就像一条绵延千里的哈达,系着友谊和祝福,一头连着尼泊尔,一头连着我们中华民族。而樟木,就是这条千里哈达上的一个吉祥如意结。

中尼公路,一条飘过国界的哈达。

中尼公路,一条穿越时空的纽带。

2014 年 11 月

如果说自然生态环境的恶化会威胁人类生存的话，那么精神和道德生态环境的恶化同样会使人类摆脱不了覆灭的命运。所以人类不仅要善待自然，而且要善待自身，保护好精神和道德的原生态。

神奇勒布沟

一

在西藏山南地区的错那县，有一个十分神奇美丽的地方，名叫勒布沟。

千万不要以为这是一条不起眼的小沟，它是喜马拉雅山东段向南伸展的一条大峡谷。

从山南地委行署所在地的泽当镇去勒布沟，需要翻越两座5000米以上的山口。记得那天出发时，天晴气朗，秋风轻拂，天空蓝得透彻，只有少许的白云悠悠飘过。公路两旁是刚刚收割的庄稼，一堆堆青稞被码成一个个圆锥形，看上去就像任意撒放在地里的一个个大包子。没过多久，车子便进入了一片草原，略呈金黄的绿茵随着起伏的山头绵延，一直漫向遥远的天际。偶尔在山间盆地会突然出现一个明镜似的湖泊，蓝天白云倒映其中，湖光山色融为一体，使人仿佛置身在一个别有天地非人间的仙境。

或许是高原的天气变幻莫测，就在我们为眼前的景色所陶醉时，太阳却悄悄地收起了那朗朗的笑脸，天空顿时被厚厚的乌云罩得严严实实，大地处在一片昏暗之中，好像是回到了盘古开天地之前的那种混沌状态。这时随着一阵狂风骤起，豆大的雨点哗哗而至。狂风卷着暴雨，暴雨裹着狂风，如瓢如泼，铺天盖地，好似要把整个宇宙掀翻淹没似的。过去总认为西藏是干旱少雨地区，没想到雨会下得这么凶这么猛，充满着一种高原特有的剽悍味。

没等我们缓过神来，倾盆的大雨又旋即变成了核桃似的冰雹密集地砸落下来，我们的车子就好像受到炮弹的攻击，到处砰砰作响，那声音听起来怪吓人的，幸好前面的挡风玻璃没被砸破，不然的话车子就没法向前开了。过了好一阵子，冰雹停了，大雪又变戏法似的飘了起来，纷纷扬扬，漫天飞舞，柔美中透着一种野性，迷乱中显出一种洒脱。在我们这个星球上，可以说大雪是最好的化妆师了。转眼之间，到处一片银装素裹，原本一座座光秃秃的山头变成了一座座光闪闪的雪山。在一望无际的雪白中，一辆辆汽车就像一只只白壳虫在缓缓地蠕动。真是好一幅壮美的高原风雪图。

在顶风冒雪中我们好不容易过了第一个山口，迎接我们的又是大雾，一切都笼罩在茫茫的白色中，能见度只有两三米。听司机说，公路下面就是一个高原湖泊，湖岸非常陡峭。但因为雾很浓看不到下面，大家也就不感到害怕。人的心理就是这样奇怪，虽然知道危险，但看得见和看不见所产生的心态是截然不同的。也不知什么时候，浓雾神不知鬼不觉地消散了，高原又恢复了它的本来面目。不过天空云层低垂，就像一口倒悬的锅压在头顶，使本来就有些气虚的我们更感到难受。大家算是领教了西藏高原的天气，短短的三四个小时，就经历了阴晴雨雪和春夏秋冬。大自然不愧为最神奇的法师。

为了挽回因天气耽误的时间，车子加快了前进的速度。这时，前方不远处出现了一个很大的山口，越过它就是喜马拉雅山的南面，就是勒布沟。山口的风很大，不时发出凄厉的尖叫。由于前几天持续下雨，加上又在全面改建，公路上到处坑坑洼洼，泥泞不堪。刚过山口时因为坡度比较缓，所以还不觉得什么。然而越往下走，随着秃岭变成草地，草地变成灌木，灌木变成乔木，峡谷也逐渐变得陡了起来，直至两边的坡度快成了直角。也许是风景常在险要处。只见两边壁立千仞，森林繁茂，飞瀑流泉，辉映其间。要是在平时，大家会尽情观赏，但今天却毫无兴致。因为眼下的情形实在危险。由无数"之"字形盘旋的公路，就像挂在万丈悬崖上的梯子，一直垂向深不可测的峡底，而且没有任何护栏。车子在窄窄的泥泞路上行驶，一会儿滑向左边，一会儿滑向右边，一会儿陷进水坑，一会儿又吼叫着冲了上来，溅起一片泥水。尤其惊险的是，每到"之"字形的急转弯处，眼看着车子就要向万丈绝壁下冲去，我们都吓得不敢作声，就在这千钧一发之际，只见司机猛地一下扭打方向盘，于是，车子便来个180度的急转弯，然后又颠簸着向前驶去。由于雨水过多导致山体水分饱和，路上经常可以看到滑坡和塌方，经过临时抢修，勉强可以通过一辆车子。好在藏族司机历经百炼，这些全都在他们的不慌不忙中化险为夷。就这样不知经过了多少道急弯，也不知经过了多少个险段，车子终于从5000多米的高度下到了2500多米的勒布沟麻玛乡，大家也终于长长地舒了一口气。

真是路不经过不知险。这是我迄今为止走过的最为艰险的一条道路。

二

在勒布沟麻玛乡附近，我们参观了张国华将军对印自卫反击战的前线指挥所。

这是一间大约30平方米的低矮房子，竹子墙，木板瓦，位于峡谷一侧，紧靠悬崖峭壁，虽然经过了修缮，但看得出是当年临时搭建起来的。选择这样一个地方作指挥所，其艰难和危险程度是可想而知的。当年不通公路，只有羊肠小道，有些地方根本就没有路。来到这里，先要在四五千米的高原上徒步好多天，不仅要克服缺氧和低气压带来的高原反应，而且还要爬山过岭，身体透支所付出的代价是一般人很难承受的。然后翻过喜马拉雅山又要进入勒布沟的险峻山崖和莽莽丛林，别看这里气候宜人，风景秀美，其实到处都是潜伏的危险。毒蛇、猛兽、蚂蟥、悬崖、乱石、滑坡，还有常常不期而遇的暴雨和洪水，稍不留神这些东西就有可能吞噬人的生命。不仅如此，指挥所距离中印边境只有二三十公里，几乎就在敌人的炮火底下。一旦发生危急情况，防守和撤退都非常困难，后勤的保障和供给也是一个很大的问题。由此可见，在这里指挥作战，除了要有高超的智慧和本领之外，还要冒着极大的生命危险，如果没有身先士卒、勇于牺牲的精神是绝不可能做到的。

但是，张国华将军是好样的！这位当年率领中国人民解放军第十八军和平解放西藏的共和国著名将领，在对印自卫反击战中又展示了自己的杰出军事领导才华和大无畏英雄气概，为维护祖国的领土完整书写了崭新的一页。

现在就让我们把镜头定格在半个世纪之前那个充满枪林弹雨、炮火连天的战场上。

1959年春，印度政府公然违背有关国际法的规定，向中国提出了大片领土要求，不仅要将已被其非法占领的东段边境所谓"麦克马洪线"以南9万平方公里和中段边境2000平方公里的中国领土划入印度，还要把西段边境一直在我国政府有效管辖下的阿克赛钦等地区3.3万多平方公里的领土也划归印度。这理所当然地遭到了中国政府的拒绝。于是，印度政府一方面采取非法移民和建立据点等手段蚕食中国领土，一方面不断挑起边界纠纷，制造流血事件。面对印度方面的武装挑衅和侵占，中国政府一直采取忍让克制的态度，并为和平解决中印边界问题做出了不懈的努力。但是，印度政府却错误地估计形势，认为中国政府软弱可欺，不仅蛮横地关闭了和平谈判的大门，而且变本加厉，频繁调兵遣将，集结军队，更加疯狂地入侵和占领中国领土。在这种忍无可忍的情况下，中国政府不得不决定对入侵的印军进行反击，以保卫祖国边疆的安全和祖国领土的完整。

遵照中央的决定，西藏和新疆的边防部队立即进行了周密部署。西藏军区成立了以司令员张国华为首的指挥部，主要负责东段的作战指挥。1962年10月20日，震惊世界的中印边境自卫反击战打响了。尽管印军的主力是号称参加过第二次世界大战、打遍欧亚的劲旅和装备精良的"王牌部队"，尽管喜马拉雅山南侧恶劣的自然条件和地理环境对我军作战有严重的不利影响，但张国华司令员在这间小小的指挥所里，运筹帷幄，沉着果断地指挥我军的各参战部队，翻高山、穿密林、攀悬崖、涉急流，采取从两翼开刀、迂回侧后、包围分割、各个歼灭的战法，以迅雷不及掩耳之势，一举突入印军前沿，全歼印军第七旅及其他一部，俘虏印军准将旅长，收复了被印军侵占的领土，取得了克节朗—达旺之战的胜利。我军另一支部队也在瓦弄方向拔除了敌人的多个据点，给印军以沉重打击。与此同时，负责西线作战的新疆部队也在红山头等战役中告捷。第一阶段的自卫反击战结束后，中国政府于10月24日发表声明，提出和平解决中印边界问题的三项建议。但印度政府却拒不接受，再次向边境增派军队，赶运武器，并于11月14日和16日重又向我军发动猛烈进攻。有鉴于此，根据中央指示，我军决定再次反击入侵印军。在张国华将军的指挥下，西藏边防部队于11月16日至21日在东段分别发起西山口和瓦弄地区反击战，前者全歼印军3个旅，毙俘印军准将旅长以下官兵5200多人，后者歼灭印军1200余人。西段的新疆边防部队也在同一时间打响班公洛地区反击战，清除了入侵印军的全部据点。至此，历经一个月时间，对印自卫反击战以歼敌4885人，俘敌3968人和缴敌飞机、坦克、大炮等大量武器装备而胜利结束。

  山峰如剑，溪水如歌。如今，随着对印自卫反击战的炮声退至历史的深处，张国华将军的指挥所也静静地隐藏在了峡谷一角的丛林中，整个勒布沟呈现出一派森林繁茂、原始平静的景象。如果没有门前那块木牌的提醒，如果没有有关人员的讲述，人们一定会认为这简陋的小木竹房只是伐木工人的临时居所，而决不会想到这是对印自卫反击战前线的最高指挥机关，也决不会想到在这山高林密人迹罕至的大峡谷里曾经会弥漫着战争的滚滚硝烟。一场短短时间的军事较量，却带来了中印边界长时间的持久和平，这就告诉我们，在一定条件下，战争不仅仅是流血的对抗，而且是最好的和平盾牌。这也让我们想起中国的"武"字，《说文解字》曰"止戈为武"，由此可知"武"的本义是制止战争。这不仅反映了中国古人的造字智慧，而且体现了中华民族自古以来就是一个爱好和平的民族。

  战争的目的是消灭战争，这或许是战争的最高境界。

三

勒布沟，藏语的意思为"快乐神秘之地"。正如它的名字一样，因为地处边陲、高山阻隔，这片美丽的土地在漫长的历史上鲜为人知，居住在这里的门巴族人祖祖辈辈也因此过着与世隔绝的生活。直到1959年西藏实行民主改革后，这里才渐渐地打开山门结束封闭状态，经济和社会面貌也随之发生了显著的变化。

过去，勒布沟被称为饥饿的山谷，门巴族人除了在山上刀耕火种之外，大部分时间靠打猎和采集野果、块根之类度日，他们住的也是破旧的柴草房，不仅不能遮风挡雨，而且因为房子太小一家几代人不得不挤在一起勉强栖身。那时的门巴族，还处在原始社会的末期，外面的精彩世界对于他们来说无异于幻想中的天堂。但是，仅仅半个世纪的时间，他们便奇迹般地跨入了现代社会。在麻玛乡，我们走进了一户门巴族人家，这是一个四口之家，夫妻俩带两个女儿，主人名叫格桑旺堆，中等偏瘦的个儿，黝黑和略带皱纹的脸上满是憨厚和勤劳。他家现有3.6亩耕地，1662亩草场，养了6头牦牛和2头犏牛，外加编制竹木工艺品和边民、护林、种粮、草场等各种政策补贴，每年收入大约5万元。由于家庭经济状况不断改善，他在2005年就盖起了两层宽敞明亮的小楼房，里面彩电、冰箱等现代化家具一应俱全。生活在这样舒适的房子里，一家人其乐融融，幸福无比。应该说，像格桑旺堆这样的家庭只是勒布沟的一个缩影。错那县的主要领导告诉我们，在勒布沟的4个门巴民族乡，共有农牧民261户671人，2013年经济总收入达到769万元，农牧民人均收入6424元。比起昔日那种茹毛饮血的野人般生活，这可是天壤之别啊！

让我们没有意料到的是，在勒布沟还见到了一位女大学生，她叫斗卓玛，

24岁，2011年毕业于河海大学，现在是勒布办事处的干部。高高的鼻梁，清秀的脸庞，黑黑的眼睛，披肩的长发，一个标准型的门巴族美女。大概是不想显得太出众了吧，她一身普通年轻姑娘的打扮，倘若换上门巴女性的服饰，穿上那用羊毛织成的镶有孔雀蓝边、斜襟右衽的红色氆氇外罩衣，腰间系上那被称为"金玛"的白氆氇围巾，再在后背挂上那漂亮的整张小牛皮，那简直就像一个从天上下凡的门巴仙女了。因为受习惯思维的影响，此前我们脑子里的勒布沟是绿色中的文化沙漠，门巴族没有文字，几乎都是文盲，不可能有什么读书人，没想到却出了一个女大学生，而且是重点大学的毕业生，这真有点像鸡窝里飞出金凤凰。看见我们来了，斗卓玛热情地迎了上来，大概是看出了我们眼光中有些惊奇，于是她介绍说，党和政府十分重视门巴族教育事业的发展，勒布沟已经出了50多名大中专毕业生，这些有知识有文化的年轻人，如今活跃在勒布沟的各个角落，成为建设家乡的生力军。文化教育，就像勒布沟丰沛的雨水一样，滋润着门巴这个古老的民族焕发出新的生机和活力。

在勒布沟，有一座建在山边台地上的小小宫殿，相传这是六世达赖喇嘛仓央嘉措的离宫。说是宫殿，其实就是一间用块石垒砌起来的不到10平方米的小房子。里面摆放着一些白色哈达，以及一些祭祀之类的器皿，墙上隐约可见斑驳模糊的壁画。从房顶中央拉出的几根绳索上挂满了五颜六色的经幡。勒布沟是仓央嘉措的故乡，所以这里的人至今对他都怀着一种特殊而又深厚的感情。在14岁进入布达拉宫清廷册封他为六世达赖喇嘛之前，仓央嘉措一直生活在这里。是勒布沟的山水养育了他。有人认为仓央嘉措能够写下那么多脍炙人口的情歌，主要得益于他从小受到门巴族男女爱恋婚俗的影响。在门巴族，年轻男女的婚前社交比较自由，女子一般到了16岁，男子一般到了18岁，彼此之间便开始自由交往。这时，无论男方或女方，都会唱起情歌，或表达对对方的倾慕与爱恋,或倾诉对情侣的痴痴思念,或抒发对爱情的忠贞不渝。这些情歌大多4句,采用比兴手法,生动形象,具有很强的艺术感染力。经过一段时间的接触,双方有了较深感情后,经征得父母同意,于是由男方请媒人或由其父母带上竹筒酒和哈达去女方家提亲,如对方同意这门亲事就会喝酒并收下哈达,然后择期举行订婚仪式,半年或一年之后再正式结婚。婚礼那天,男方家身穿节日盛装到女方家迎娶新娘,女方家的舅、姑、兄弟等陪同前往,在途中新郎要敬女方家三道酒。新娘到了男方家后即被带入内室,里里外外换上男方家的新衣和首饰,表示新娘从此属于婆家人。之后新娘和新郎登堂入座,乡亲们向两人一边敬献哈达和敬酒,一边高唱萨玛酒歌。婚礼第二天,娘家以舅父为主的客人以酒不香浓、敬酒女郎脸无笑容为借口,高声责骂男方家,并掀翻酒碗杯盘,这时男方家急忙端上好酒好菜,向娘家人赔罪,最后以舅父接受男方家的"赔罪酒"而平息。婚礼期间,人们豪饮大吃,狂歌劲舞,高潮迭起,通宵达旦,热闹非凡。正是从小的这种耳濡目染,为仓央嘉措的情歌创作提供了丰厚的素养,同时也点燃了他身上的文学天赋和激情,使他成为一个享誉文坛,深受人们喜爱的杰出诗人。

在西藏各地,近年来建立了不少的便民警务站,每站配有人数不等的民警,主要任务是为当地群众排难解忧,维护社会安全与稳定。实践证明,这是一个社会管理方面的创新之举,受到广大群众的热烈欢迎。勒布沟的便民警务站也是如此。全站8名年轻民警,大多来自内地,高原的阳光把他们晒得有些黝黑,看得出他们与当地的群众已经融为了一体。哪里的群众有困难,他们就出现在哪里;哪家的人心里有解不开的结,他们就把思想工作做到哪家。虽然他们的好事做了千千万,但还从未遇到过社会治安方面的问题。尽管改革开放以来勒布沟的经济和社会有了长足的发展,但并未像内地那样患上社会风气败坏症。这里没有尔虞我诈,没有勾心斗角,没有坑蒙拐骗,没有打架斗殴，没有盗窃抢劫，没有杀人放火，没有见死不救，没有嫁祸于人，没有沽名钓誉，没有弄虚作假，人人都保持着原始社会的那种淳朴、诚实和善良，俨然一个纯粹的世外桃源。为此，我不由得感慨万千。现在，无论国内国外，人们都十分重视自然生态环境的保护，都希望有更多的原始生态净土。其实，在日新月异的现代化中保留一方原始人类的精神和道德领地，使人类精神和道德的原生态环境不遭受破坏，同样显得特别的重要。因为这是我们人类赖以生存的精神家园。如果说自然生态环境的恶化会威胁人类生存的话，那么精神和道德生态环境的恶化同样会使人类摆脱不了覆灭的命运。所以人类不仅要善待自然，而且要善待自身，保护好精神和道德的原生态。

勒布沟，一个自然原生态和精神道德原生态完美统一的人间秘境。

2014 年 11 月

越是最珍贵的东西就越是漠视其存在，就越是不珍惜，就越是不当一回事，这大概是人类的一个通病。

墨脱公路

墨脱公路终于建成通车了。

这是一条具有里程碑意义的公路。它使全国唯一不通公路的县成为过去，谱写了中华大地县县通公路的历史新篇章。

这是一条修建时间最长的公路，短短的117公里，从动工到竣工，整整花了半个多世纪。

行驶在这条公路上，真让人百感交集，心潮奔涌。

农历正月，正值藏东的旱季，到处一派水瘦山寒，林疏叶稀。那天，我们从波密县城启程，先越过帕隆藏布江，随即进入嘎隆拉雪山。沿着盘山公路蜿蜒而上，开始时天高云淡，日丽风清，但到了离山顶不远，却是风雪弥漫，寒气逼人。在一片白茫茫中，一个黑色的洞口显得十分醒目，原来这就是嘎隆拉雪山隧道。过去，这座高达4700多米的雪峰，是进出墨脱一道难以逾越的天然屏障，终年积雪的山顶不时发生雪崩和冰崩，给来往的行人和车辆带来了无数的不幸和灾难，特别是每到冬春两季大雪封山，这里便成了人迹消失、鸟类飞绝的生命禁区。如今虽然打通了雪线以下的隧道，但还是不时受到风雪的侵袭。我们原以为过了隧道风雪会小一些，谁知道恰恰相反，凌厉的山风裹着硕大的雪花，肆意地狂舞着、翻涌着，把天空搅得纷乱迷离。路上的积雪厚达1米，漫山遍岭银装素裹，让人很难辨出哪是公路哪是沟壑。多亏护路工人开着铲车在雪地里开辟出了一条道路的轮廓，才使得这条通往墨脱的唯一交通动脉勉强保持了畅通。越野车小心翼翼地蠕动着，不知什么时候进入了一片原始森林，两边山上的千年冷杉和高山松尽管枝头压满了积雪，但依然纹丝不动地参天挺立着，望过去就像一个个披着皑皑白甲布满整个山野的威武军阵。路又悬又陡，雪也越来越大，几乎是一团抱着一团簇拥而下，遮蔽了天地，遮蔽了视线，也使本来就很险峻的公路变得更加危险。古往今来，在多少诗人的笔下，雪这个大自然的精灵曾被作为美好和纯洁的象征被尽情地歌咏，而在墨脱却成了人们心头永远的痛和患。

　　雪是如此，雨也是如此。在下到一个叫物资转运站的地方时，我们小憩了一会儿。这里也是雨雪的分界线。如果说此前经过的是一个白色的世界，那么这里展现的则是一片绿色的海洋。由于这里地处喜马拉雅山的南面，从印度洋而来的暖湿气流常常在此交汇，因而气候温暖，降水丰富，年降雨量在5000毫米以上。充沛的雨水一方面孕育了多姿多彩的植被，那摇曳着长扇似叶片的芭蕉，那被称为植物活化石的桫椤，那挺拔粗大的楠木，那浓荫蔽地的樟木，那质地坚硬的铁木，那散发芳香的檀木，那身价千金的花梨木，那婀娜娇气的红豆杉，以及那许许多多叫不出名字的乔木和灌木，向我们描绘出了一幅浓郁的亚热带原始雨林风光。但另一方面，过量的降水又容易引发一些巨大的灾难。特别是那些特大洪水和泥石流，常常以排山倒海和雷霆万钧之势，无情地摧毁着一切，吞噬着一切，转瞬之间将一切化为乌有。据说2009年的一次泥石流就挟裹着无数几十吨重的巨石把一座近100米长的钢架桥梁冲埋得无踪无影，上演了大自然中惊心动魄的一幕。不仅如此，墨脱公路沿线还是地震高发区。这里平均每年发生地震400多次，几乎每天都有小震。所以山体滑坡、崩塌等随时都可能发生，简直是防不胜防。有人曾经做过统计，在这条公路上，几乎汇集了地球上所有的自然和地质灾害，平均每公里达3.7处，真可谓是一条名副其实的"天灾之路"。

丛林莽莽，苍山如海。越野车喘着粗气，在重峦叠嶂中颠簸着，一会儿爬上山坡，一会儿闯进山谷，有时还要加大马力冲过从山上奔泻下来流过路面的小溪，所溅起的水花先是重重地打落在车窗上，然后又迅速地散化成无数小水珠在玻璃上跳跃滚动。过了1个多小时，前方出现了一条马蹄形的高深大峡谷，只见两边青山巍峨夹峙，谷底一条大江汹涌澎湃地奔腾着。看它那纵贯于天地之间的非凡气势，我们猜想这可能就是举世闻名的雅鲁藏布江大峡谷。果不其然，这里就是这条大江上著名的三个马蹄形大转弯中的第二个。在进入墨脱县境内后，雅鲁藏布江由于迎面遇到喜马拉雅山东端最高峰南迦巴瓦雪峰的阻挡，被迫折流北上，于是绕着这座雪峰形成了第一个马蹄形的大转弯，然后重又咆哮着向南奔流而下，在崇山峻岭间劈开一道深达5000多米、长达500多公里的深壑，这也是世界上最深最长最险峻的一条河流型大峡谷。公路就嵌挂在一边的半山上，抬头是望不到顶的悬崖峭壁，俯首是深不见底的湍急江流，简直是危险极了。然而最危险的地方也常常是风光最奇绝的地方。刺天的山峰，穿空的怪石；飞扬的瀑布，潺潺的流泉；澄碧的深潭，汹涌的险滩；连天的绿浪，滚滚的林涛；悦耳的鸟鸣，沁人的花香；还有那横悬在江面上用白藤编织的巧夺天工的管状藤桥，汇成了一个"此景只应天上有"的美妙仙境。不过，最醉人的还是这里的空气，那清新甜丝丝的味道，让你的肺腑在顷刻之间变得一尘不染，生命也由此得到了净化和升华。这也不由得让人想起内地那千里雾罩万里霾飘的景象。本来洁净的空气是大自然对人类的无私赐予，是人类须臾不可离开的生命之本。也许是不需要任何付出就能享有，也许是贱价得无时无处不在，所以人类为了追求所谓的财富和幸福而肆意地糟蹋和污染它。越是最珍贵的东西就越是漠视其存在，就越是不珍惜，就越是不当一回事，这大概是人类的一个通病。

　　天黑时分，我们终于到达了墨脱县城，这是一个名叫扎木的小镇，海拔1100米，坐落在大峡谷山腰的一小块缓坡上。雅鲁藏布江像一条巨龙从它的身旁呼啸着擦肩而过。全镇虽然只有1000多人，但街道宽敞整洁，且大部分房屋都是新建不久的。在县城的莲花广场，建有一座"墨脱公路粗通纪念碑"，从它那满是风雨斑驳的碑身上，我们仿佛看到了墨脱公路艰苦卓绝的修建历程。早在1965年，西藏自治区就试图沿着雅鲁藏布江建设从拉萨通往墨脱的公路，但刚开挖不到4公里的路基就因太难太险而被迫停工。1975年又改从波密县的人行古道也就是现在公路的走向开始了第二次修建，3000多人奋不顾身地战斗在险峰深谷之中，然而由于地质构造过于复杂只好作罢。1980年又重新开工，好不容易开山凿岭修了106公里，突然一个晚上天崩地裂，大面积的塌方瞬间毁灭了大部分路段，整个工程不得不再次下马。1990年又打响了第四次修建战役，经过近5年的顽强拼搏，终于在1994年2月修通了到达县城的简易土质公路。为此，墨脱县特地举行了隆重的通车典礼，并修建了这座碑以示纪念。那天，当地珞巴族和门巴族的男女老少，身着盛装，载歌载舞，像欢庆盛大的节日一样庆祝着这个特殊的日子。在人们的喜悦目光中，几辆汽车披红挂彩缓缓地驶进了会场。然而，就在通车典礼的爆竹声刚刚响过，人们脸上的笑容还未退去，几座山体便轰然滑塌，猛地将公路拦腰斩成了几截，于是庆典变成了悲剧，墨脱公路也就成了中国公路史上通车时间最短的公路，那几辆汽车也只好静静地躺在县城里，没能再开回去。就这样上马下马，下马上马，屡建屡毁，屡毁屡建，墨脱公路的建设俨然成了一个世界级的大难题。但是，传奇从来就是在攻坚克难中创造的，胜利从来就是在坚持不懈中取得的。

进入新世纪的 2009 年，墨脱公路第五次开工重建，在广大建设者的艰苦奋战下，2013 年 10 月 31 日，墨脱公路终于建成正式通车了，墨脱人民多年翘首的期盼也最终实现了。

第二天是元宵节，我们参观了墨脱县历史博物馆。在一幅摄于 20 世纪 80 年代的照片前，大家凝视良久。画面上，几个珞巴族和门巴族青年各自背着一个装满物品的几十斤重的竹篓，弓着身子，满脸汗水，艰难地攀登在羊肠山道上。这就是当地人所说的背夫。在通车之前的世世代代里，墨脱的物资就是靠他们这样用竹篓背进背出的。在来回一趟十几天的路途中，他们不仅要翻雪山，下深谷，攀悬崖，穿密林，过激流，而且还要战胜猛兽、毒蛇、蚂蟥以及暴雨、洪水的侵袭，其艰险程度可想而知。如今公路修通了，虽然它的标准还很低，绝大部分的路面不仅是土质的，而且崎岖不平、十分狭窄，不少路段仅能通行一辆汽车，但这毕竟意味着一个时代的结束和一个时代的开始。有了公路就有了希望，有了公路就有了憧憬，更何况随着经济和社会的发展，这条公路也一定会越变越宽、越变越好，直至成为墨脱人民通向更美好明天的康庄大道。

墨脱公路，中国公路建设的一个壮举。

墨脱公路，西藏崭新变化的一个缩影。

2014 年 11 月

第四辑

人生过程同枫树息息相通，该长叶时就泛出新绿，该生长时就郁郁葱葱，该成熟时就红红火火，该收藏时就默默凋零，该谢幕时就斑斓奉献。人生只有像枫树一样，才能真正生活得丰富多彩，也才能真正生活得有声有色。

枫树的色彩

一

在加拿大，最美丽的是枫树。

岂不是吗？枫树不仅是加拿大的国树，也是加拿大的象征。你看，在这个国家的国旗上，不就飘扬着一片鲜红的枫叶？

今年6月有幸到加拿大访问，我们实地领略了枫树的风采。

我们到达的第一站是多伦多。这是加拿大的第一大城市，位于安大略湖畔。当车子出了机场沿着湖滨大道行驶的时候，我们便进入了一个枫树的世界。一片一片长势茂盛的枫树林，像一块一块硕大的天然翡翠镶嵌在湖边，构成了一道独特的景观。透过枫林，不时可以看到一幢幢豪华的别墅或楼房耸立其间，据说这些都是加拿大高官和富人的住房。前几年，香港首富李嘉诚也在湖畔兴建了一片蓝色玻璃外墙的高楼，吸引了不少人争相购买。看来，枫林和湖光不仅是一种赏心悦目的美景，更是一种让人心动的财源。

我们原以为只在安大略湖边有很多枫林，没想到多伦多市区也到处都是枫树。无论是街道两旁还是公园广场，无论是政府楼前还是企业门边，一棵棵枫树昂然挺立，有的苍劲，有的翠嫩，有的如擎天巨盖，有的如俊俏伞塔，有的结伴而生，有的独自而长，更多的则是成排成行，俨然一道道威武雄壮的绿色长城。与此相映成趣的是，大街小巷还随处可见饰有枫树的图案，广告牌上绘着枫叶，公共汽车上喷着枫叶，房子的外墙上画着枫叶，人们的衣服上印着枫叶，可以说，整座城市都被浓浓的枫味浸润透了。

按照安排，我们在去当地发行量最大的华文报纸星岛日报社考察前，顺道参观了安大略省议会大厦，这是一座融合了罗马复兴时期风格和意大利北部风情的十九世纪末期建筑，那圆形的拱顶和红砂岩外墙，一眼看上去就使人联想到那红色的枫叶。不仅如此，大厦里面的议政大厅等重要场所，也是枫木装饰的。而大厦前面的草坪上，几棵枫树枝繁叶茂，更是把大厦映衬得熠熠生辉。然而，同这极不协调的是，在枫树附近的草坪上却搭着一个白色的帐篷，里面坐着一群男女，有年纪大的，也有年纪轻的。还有几个人打着一条横幅标语，一个学者模样的人正站在那里发表演讲。经打听，这些人是在静坐示威，抗议政府减少就业和生活补贴。当地政府仿佛视而不见，既没有看到一个政府工作人员出来做工作，也没有一个警察出来维持秩序。

为了观看多伦多枫林景色的全貌，我们特意抽空登上了全市最高的建筑国家电视塔。站在580多米的高空瞭望，除了市中心的皇家银行、帝国银行、会展中心、市政厅、四季表演艺术中心等一大片现代化高楼外，四周几乎都是低矮建筑，蓬蓬勃勃的枫树汇成了一片绿色的海洋，一直涌向遥远的天际。陪同的加拿大友人说，现在是夏天，还不是观赏枫叶的时候，如果你们秋天来就好了。那时，萧瑟的秋风就好似醉客手中灵动的画笔，在大地上任意地涂抹着，转眼之间整个枫林就由绿变黄，由黄变红，多伦多也就在这一派姹紫嫣红中变得美轮美奂。特别是在早上和傍晚，天边的霞光和地上的红枫燃烧在一起，那铺天盖地的红，简直就是人世间一道绝无仅有的奇观。

听了友人的一番话，我们为没能观赏到加拿大的红枫而感到有些遗憾。但转念一想又觉得并非这样。比起秋天的枫林来，夏天的枫林虽然没有那撩人的红韵，但那生机盎然的绿，涌动着的却是一股青春的朝气，那繁荣茂盛的绿，奔腾着的却是一股向上的力量。人们置身其中，会在不知不觉中充满年轻的激情和活力。而秋天的枫林美则美矣，但那毕竟是一种成熟之后快要凋谢的美，是一种灿烂之后即将消退的美，红火中不免给人以冷寂，热烈中不免给人以悲凉。

是啊，我们千万不要一味地陶醉于那霜叶红于二月花的金秋枫林，其实，接天绿叶无穷碧的夏日枫林更值得赞美。

二

加拿大有一条枫叶大道。它东起魁北克省，西至尼亚加拉大瀑布，全长大约 800 公里。

这是一条观赏枫叶的黄金线路。试想，绵延逶迤近千公里，一路红枫似火，一路层林尽染，那该是一种何等壮观的景象！因此，每年 9 月中旬至 10 月中旬，世界各地的人们纷纷慕名前来，在这条路上汇成了一支支浩浩荡荡的旅游观光大军。

由于要去尼亚加拉大瀑布参观，于是我们也踏上了枫叶大道的西端路程。

汽车在伊丽莎白高速公路上飞奔。两边尽是青翠欲滴的枫树林，阵风吹来，不时腾起绿色的波浪。安大略湖就像一个不甘寂寞的少妇，常常挣脱枫林的遮掩展露出她的风韵。一会儿是枫林绿荫，一会儿是粼粼碧波。在这种绿色与湖光的交替中前行，我们感到惬意极了。

但是，就在我们享受这难得的美景时，一片很大的厂房群闯入了我们的视线。据介绍，这是福特、通用、丰田、本田、克莱斯勒等汽车公司在加拿大设立的制造基地，加上为其配套的企业，一共有3000多家。在过去相当长一段时期内，这些厂子的生意都非常兴旺，就像这里秋天的枫林一样红透了半边天。但是近些年来却急剧地衰落了。不仅所有的厂子都大大缩减了生产规模和裁减了人员，还有些厂子转移到了中国等地方。其实，岂止是汽车行业，其他行业也是如此。汉米尔顿钢铁厂原有3万多员工，现在只剩下3000人，而且只生产一些特种钢。北方电信原是一家享有盛誉的大公司，前几年却像雪崩似的不断坍塌，股票价格也从100多加元迅速降至几加分，最后不得不宣布破产倒闭。如今的加拿大制造业，已是一片萎靡肃杀。出现这种惨状，一方面是受2008年国际金融危机的严重影响，金融创新的泡沫化直接导致了实体经济的空心化；另一方面是因为企业的成本大幅上升。在加拿大，工会组织非常强大。工人一旦有了增加工资的诉求，工会就会组织工人进行罢工，同时代表工人与企业老板展开谈判，若工人的要求得不到满足，罢工和谈判就不会停止。前些年公交和环卫行业的工人大罢工，就使得加拿大全国的交通运输陷于瘫痪，所有城市的垃圾堆积如山、臭气熏天。我们访问的这几天，也恰逢机场后勤人员和邮政工人罢工而使航空和通信受到不小的影响。在这种情况下，企业老板为了尽快恢复生产，减少损失，不得不答应提高工人的工资，这样也就加大了企业的开销。长此以往，反之复之，许多企业由于劳动成本的不断上升而难以为继，于是纷纷关停或远走他乡。由此可见，发达国家的工会组织既有维护工人利益、遏制老板剥削的一面，又有增加企业成本、不利经济发展的一面。

　　大概是受眼前这些厂子兴衰的触动吧，我们不由得想起了此前同加拿大有关人士一起交流的情景。每次一见面，他们都频频竖起大拇指，称赞中国创造了发展的奇迹，在短短时间内一举跃为世界第二大经济体，到处呈现出繁荣兴旺、蒸蒸日上的景象，中国人了不起，中华民族了不起，加拿大要好好向中国学习。特别是一些华人华侨，他们更是感慨万分，祖国的空前强大，使他们昔日低着的头昂了起来，昔日弯着的腰挺了起来。可以说，他们从来没有像现在这样扬眉吐气。凭我们的直觉，对方的赞美是发自内心的，没有丝毫的虚伪之意。大家忽然感到，他们对中国发展的评价和感受，比起我们国内有些人来，要中肯得多、客观得多。这也许是因为距离的关系吧。正如对美的欣赏离不开距离一样，对世间任何事物的欣赏也离不开距离。珠穆朗玛峰只有从远处观看才能显示它的雄伟，祁连山顶蜿蜒的雪线也只有从远处观看才能显示它的风姿。倘若距离太近或者没有距离，是无法看清其真面目的。从国外看中国，由于有距离，所以视角就更广，这样就有比较，也就看得更为全面、清晰和真切。

　　这时，有人好奇地问起冬天的枫树林是个什么模样。同行的华人刘先生回答说，枫树是落叶乔木，一到初冬，一场寒流袭来，那火红的枫叶一夜之间便掉落殆尽，剩下的全是光秃秃的枝杈，在凛冽的寒风中瑟瑟发抖。不知为什么，他的话又不禁使我们想起路边的这些厂子乃至整个加拿大的制造业，它们不就像由火红到凋零的严冬里的枫林吗？

　　冬天光秃的枫树林在来年春天还会再次长出新叶，重新披上绿装。但是，经济一旦进入严冬，要迎来新的春天就没有那么容易了。

三

在风景如画的温哥华，我们对加拿大的枫树又增添了新的印象。

倒不是因为这里的枫树有什么特殊之处，而是我们在这里看到了在其他地方所没有看到的蕴藏在枫树身上的另一种内涵。

温哥华原是太平洋东岸巴拉德湾畔的一个小镇，名叫加斯，因1867年英国海员杰克·戴顿为锯木厂工人开的沙龙而得名。这里不仅有著名的枫树广场，有世界上第一座以蒸汽为动力的报时钟，而且有保持当年风貌的小街道，凡来温哥华的人，都要到这里来体验一下当年的历史和情景。我们抵达后也于傍晚时分来到了这里。我们先在小街上转悠了一圈，然后进入街边的商店里。这时我们发现了一个与外面完全不同的枫树风景——在精巧整齐的货架和玻璃柜里，摆放着各种各样五光十色的枫树食品：枫叶巧克力、枫叶糖果、枫叶饼干、枫叶茶、枫树酒、枫树油、枫树果汁、枫叶糖浆，真可谓琳琅满目，应有尽有，令人目不暇接。以前我们只知道枫树可以制作家具和工艺品，谁料到枫树还能制成食品。原来，加拿大共有144种枫树，其中有一种名叫糖枫，体内含有乳白色的糖汁，而且为单糖。每当春季，人们在树身上挖一个洞，让枫浆流出来，然后制成各种食品。这些食品不仅味道甜美，而且富含维生素，具有保健功能，就是糖尿病患者吃了也没有任何副作用。如今，在加拿大各地都有许多机械化的枫浆食品加工厂。枫树，已经深深地融入了加拿大的经济发展之中，成为全国一道十分美妙的经济风景线。

在人们的印象中，温哥华以公园著称，全市仅大型公园就有十几个，尤其是那三面环海的斯坦利公园、四季百花争艳的伊丽莎白女王公园和在陡峭峡谷之间高悬着130米长吊桥的卡佩兰诺公园，让人如醉如痴，不忍离去。但是，我们却觉得温哥华的枫树更加动人。因为这里的枫树，也许是由于受到海风的沐浴，有着一种宏大的气度。它们极少像别的地方的枫树那样连片成林，而是和其他树木在一起共同生长。还有的枫树，或孤零零地夹生在大片森林之中，或默默地伫立在其他风景树旁，心甘情愿地当好配角。或许是受到枫树这种品格的熏染吧，温哥华人有着一种宽广包容的胸襟。于是这里也就逐渐成为移民的天堂。不管是哪个国家的人，只要符合加拿大政府技术移民和投资移民的标准，温哥华人都热情地张开双臂欢迎他们。现在，在大温哥华地区的250多万人口中，有相当一部分是移民，其中华人移民就有40多万人。在横跨海峡的狮门大桥的对面山头上，就建起了一个相当规模的移民城，里面住着不少的富商和明星。如果说，各种不同的枫树在这里组成了一个五彩缤纷的大树林，那么来自全球各个角落的人们就在这里组成了一个友好和睦的大家庭。枫树，把温哥华人和全体移民紧紧地连在了一起。

　　在离开温哥华的头天晚上，我们会见了几位加籍华人，他们都是当地的议员和新闻、工商界的代表人士。出于对枫树的浓厚兴趣且想探个究竟，在商谈完关于加强两地合作、建立友好城市等事宜后，我们便请教他们，地球上的树木无以数计，为什么加拿大人独独那么喜爱枫树？可以说，世界上没有哪一种树能像枫树这样在一个国家有着至高无上的地位，也没有哪一种树能像枫树这样深深地渗透到一个国家的政治、经济、文化和人们的日常生活中。是因为加拿大枫树漫山遍野？是因为枫树高大秀美？是因为枫树有服务精神？面对我们的提问，华人朋友们时而点头，又时而摇头。他们认为我们讲得对，但又不全对。加拿大人挚爱枫树，是因为他们生活的这片广袤国土最适合枫树的生长，是因为他们的人生过程同枫树息息相通，该长叶时就泛出新绿，该生长时就郁郁葱葱，该成熟时就红红火火，该收藏时就默默凋零，该谢幕时就斑斓奉献。人生只有像枫树一样，才能真正生活得丰富多彩，也才能真正生活得有声有色。

枫树，加拿大永远的国色。

枫树，加拿大人生命的颜色。

2011年12月

> 古巴,你弱小而又强大,贫困而又富有。

古巴,那些我没有想到的

一

我没有想到古巴有这么美。

当我踏上这个岛国的时候,心里即刻就醉了。

这是一种无与伦比的美。正如著名航海家哥伦布在1492年发现她时所说:"这是人类眼睛所见到的最美的地方。"

如果把加勒比海浩瀚无际的湛蓝作为背景的话,那么古巴这个鳄鱼状的岛屿就是镶嵌在其上面的一幅绝版图画。

在这幅图画上,有绵延逶迤的群山,有清澈奔涌的河流,有丰姿绰约的田园,有如毯如毡的草地,有令人销魂的阳光和沙滩,特别是那全世界最著名的四大海滩之一的巴拉德罗海滩,更是以其长达20多公里白雪似的细沙和不断变换颜色的海水让人眷恋不已,以至有人发出这样的感叹:没有到过巴拉德罗海滩，就等于没有到过古巴。

但是，这幅图画的底色却是那赏心悦目的绿。你看，那各种不知名的树木，阔叶的、细叶的、针叶的、乔木的、灌木的，以及各种不同的绿，浅绿的、深绿的、翠绿的、碧绿的、墨绿的，汇成了一片壮阔的绿色波澜。大大小小的藤蔓爬满了一些树的枝干，看上去如须如髯，如泉如瀑。特别是那些榕树，粗壮的树干同从其分枝上生出并向下伸入泥土而长成树干似的根须紧紧地团抱在一起，形成了一种干根相连、干根不分，干就是根、根就是干的特有生命奇观，以至用十几人手拉手才能合围的巨大身躯，撑起了一圈遮天蔽日的硕大绿荫。在这满目的青翠中，还不时可以看到一些红色的花儿在怒放，那是凤凰树，也叫爱情树，这火烧火燎般的红，不仅点燃着人们心中的热烈、向往和美好，而且洋溢着一种万绿丛中几点红的诗意。

当然，最拨动人心弦的绿，还是那棕榈树的绿。无论是在山野海边，还是在街头巷尾，它们有时一株耸立，直插云天，颇显英雄气概；有时几株并立，肖然不动，犹如忠诚坚贞的卫士；有时成片成片地林立，俨然一支威武雄壮的军队。棕榈树的这种绿，不像其他的树那么青翠，那么鲜亮，而是葱茏中带着苍劲，碧黛中透着高远，是一种峻峭伟岸的绿，是一种顶天立地的绿，是一种大气凛然的绿，是一种卓尔不凡的绿。

在古巴首都哈瓦那市中心的革命广场，我更深切地感受到棕榈树这种非同一般的绿。同我国的天安门广场一样，革命广场不仅是古巴的象征，也是古巴的心脏。在这里，有古巴全国最高领导机关革命宫，有高达109米的古巴独立运动领袖马蒂的纪念碑，有镶挂着国际共产主义杰出战士格瓦拉画像的工业大楼，有镶挂着古巴著名军事家西恩富戈斯画像的邮电大楼，有国防部和国家图书馆等重要建筑。而与这些建筑并肩挺立的，还有广场四周那一棵棵巨伞似的棕榈树。不知怎的，我忽然觉得，只有棕榈树才能与革命广场相匹配。这些笔直参天的绿色形象，既使广场显得格外的雄伟壮丽，又使广场平添了一种特殊的精神内涵。

也许就是因为棕榈树是古巴绿色中的骄子，所以，古巴人不仅将其定为国树，而且将其庄严地镌刻在了自己的国徽上。

二

我没有想到古巴民族是如此的坚强无畏。

翻开世界地图就知道，古巴就在美国的家门口，而且一直笼罩在美国的重重压力和刀光剑影之下。

让我们不妨把历史的镜头重新回放一遍。

那还是在16世纪初期，乘着航海大发现的风帆，西班牙人威风凛凛地登上了这个被称为古巴的岛屿，从此这里便成为他们的殖民地，而且一直统治了300多年。在19世纪中期和末期，古巴虽然有过两次短暂的独立，但都以失败而告终。1898年又被美国所霸占。20世纪初，古巴共和国成立而使美撤离。由于古巴自然生态环境良好，战略地位十分重要，此后美国便一直对古巴虎视眈眈，企图将其据为己有而变为所属的一个州，并因此策划和实施了一个个侵吞这个岛国的阴险计划。

而让美国未曾料到的是，1959年1月1日，古巴人民推翻了巴斯蒂塔的军事独裁统治，建立了新型的国家政权，并于1961年公开宣布走社会主义道路。这不仅引起了美国的严重不安，而且使美国吞并古巴的美梦彻底破灭。于是美国恼羞成怒，不惜采取一切手段，妄想将古巴这个刚刚诞生的新型国家扼杀在摇篮之中。

但一波未平，一波又起。1962年，苏联通过海上秘密向古巴运送导弹并在古建立6个针对美国的发射基地，从而引发了美苏两国严重对抗以至差点启动核按钮的"古巴导弹危机"。这场危机虽然以苏联被迫撤走所有导弹而平息，但却急剧地恶化了美古关系，使美国对古巴采取了更为严厉的敌视政策。此后的古巴上空，真可谓乌云密布，电闪雷鸣，形势从未如此的危急和严峻。全世界一切正直的人士都对其投以担忧的目光。

这确实是一场实力悬殊的较量。一个是只有约11万平方公里面积的小小岛国，一个是拥有930多万平方公里幅员辽阔的大国；一个是新生的社会主义国家，一个是老牌的资本主义国家；一个是经济科技军事落后的弱国，一个是各方面高度发达的超级强国。大敌当前，重兵压境，古巴能顶住吗？

然而，古巴不仅奇迹般地顶住了，而且让社会主义的旗帜一直高高地飘扬在世界的西方！

由此可见，古巴对美国的斗争，既是一场反颠覆的斗争，更是一场反侵吞的斗争。可以说，只要美国一天不放弃颠覆和侵吞古巴的图谋，古巴就一天也不会放弃捍卫自己美好家园的斗争，直至取得最后的胜利。

这时，我不由得想起了菲德尔·卡斯特罗。这位充满传奇色彩的古巴前最高领导人，他不仅领导古巴人民粉碎了美国的一个个阴谋，取得并巩固了革命和建设的成果，而且一生共计躲过了美国人策划的638次暗杀。他那穿着绿色戎装的魁梧身影，他那手夹雪茄、临危不屈的形象，不就是古巴人民坚强无畏性格的集中体现和生动写照吗？

三

我没有想到古巴虽然困难但社会如此和谐。

记得小时候唱过一首歌,开头就是"美丽的哈瓦那,那里就是我的家"。说实话,如今的哈瓦那,并没有那么美好,甚至显得有些丑陋。

这里的街道十分陈旧,几乎看不到什么新房子。当年西班牙人在海湾老城留下的那些欧式建筑,除了武器广场周边的经过修缮而保持完好外,大多数都已破损不堪,整座城市没有高楼耸立,没有溢彩流光,只有那条贯穿新老城区的10公里海滨大道,在稍稍流淌着一点现代化的气息。

这里的物品十分短缺。在大小商店里,货架上的品种稀少,高档产品难见影子,生活必需品全需凭证购买。由于供应的物品很少,因而常可见到雪茄等紧俏产品的地下交易。

这里的基础设施十分落后。能源紧张,电力不足,停电现象经常发生。街面和马路坑洼不平,有些地段已经裸露。在路上行驶的几乎全是当年苏联和美国造的伏尔加、拉达和道奇等旧车,简直就是一个老爷车的博物馆。

这里的人民生活水平还很低。机关工作人员每月的工资只有20多美元,住的房屋非常简陋,没有高档家具。吃的东西也很简单,招待贵宾一般也就是一盘水果沙拉、一盘烤肉、一盘米饭和一杯果汁。

但是这里的很多东西又令我欣慰和钦佩。就是在这样极为困难的条件下,在哈瓦那以至全古巴,却没有要饭和捡拾垃圾的,没有住贫民窟的,没有失业的,也很少有发牢骚的,更极少有对党和政府采取对抗行动的。艰苦的生活并没有影响人民群众的快乐和安详,全国从上到下不仅关系非常融洽,而且就像一个团结和睦的大家庭。看来幸福有时是和贫富无关的。

这内中究竟有什么奥秘呢？我从古巴的各级党政机关和领导干部身上找到了答案。

我这次出访，有一项重要内容就是同哈瓦那市国际司司长就加强两地文化交流举行会谈。按照我的想象，作为一个国家首都的国际交流机关，是对外的门面和窗口，就是经济再不发达，也肯定会建得稍微气派一些。但当我们一行到达时呈现在眼前的却是一栋不大的老房子。在门口迎候的国际司司长把我们引到了一个不到20平方米的小房间。没有桌子，没有地毯，只有两张老式双人沙发摆放两边。由于人多坐不下，又临时加了一些椅子。真没料到一个如此重要的政府对外部门竟是这个样子，我的心里不禁生出无限感慨。

陪同我们的是古巴国务委员会翻译玛丽亚女士，她曾在北京大学留学4年，不仅会说一口流利的汉语，而且到过中国的不少地方，是个典型的"中国通"。或许是她感觉到了什么，便告之说：在你们中国，最雄伟、最豪华的往往是政府办公大楼，而在我们古巴，政府的办公楼都非常简陋，领导干部的生活也很俭朴，政府的部长都住在普通的居民公寓里，每户面积只有100多平方米。即使是中央政治局委员也和普通的老百姓一样执行统一的供应标准，而且外出视察没有警卫，也没有前呼后拥。但是，我们古巴的医院和学校却是一流的，里面的设施也很齐全和先进。全国不分城乡，所有人都享受免费医疗和免费教育。所以，尽管我们古巴人民的收入不高，但因为在基本生活和看病就学等方面有保障，这样大家也就满意了。

听了玛丽亚的这番介绍，我不由得频频点头。可不是吗？对于一个国家来说，经济困难有时并不可怕，老百姓的生活贫困也不可怕，可怕的是领导不与群众一起同甘共苦，不把老百姓的利益放在心上。如果领导光想着自己，就是老百姓再富裕、国力再强大，国家也不会有凝聚力和战斗力；如果领导严格要求自己，就是老百姓再贫穷、国力再薄弱，也会有无穷无尽的力量。

当然，古巴的困难，一方面是美国的长期经济封锁造成的，另一方面也与其自身长期实行权力过分集中的计划经济体制有关。但可喜的是，去年春天，古巴共产党召开了第六次全国代表大会，决定放开个体私人经营，并由此正式拉开经济改革的序幕。在哈瓦那，就可以看到个体书摊、个体饮食店、个体服装店和个体理发店等在营业，个体私营经济发展的浪潮正在古巴大地上蓬勃兴起。但与此同时，古巴的改革又是谨慎的，特别是在一些涉及群众就业和社会福利等根本利益的问题上，他们更是小心翼翼。这是因为改革不仅仅是为了发展，而更主要的是为了更好地保障和增加群众的利益。如果对此轻率行事，使群众在房改之后住不上房、医改之后看不起病、教改之后上不起学、退休之后养不起老，那就背离了改革的初衷，偏离了改革的方向。

如果说，过去古巴在克服重重困难中不断前行的话，那么，不久的将来，古巴一定会在改革的涅槃中浴火重生。

四

我没有想到古巴是一个包容性很强的国家。

由于受习惯思维的影响，过去我总认为古巴比较封闭保守，文化单调单一，生活缺少浪漫，社会缺乏色彩，处处都刻板呆板，一切都枯燥乏味。

然而，现实并非如此。

这里是一片宽容宽松、异彩纷呈的土地。

在喧嚣的街头，人们可以看到一对对穿着时髦的青年男女，相互挽着手或搂着腰在甜蜜地漫步，有些还在大庭广众之下拥抱接吻。那亲昵的样儿，仿佛周围就是他们两人的世界，全然不顾过往行人的目光。

在美丽的海滩，人们可以看到一群群只穿着三角裤的男性和只穿着比基尼的女性在波浪中嬉戏游玩、打情骂俏。有些男女情侣玩累了，就干脆上岸仰面朝天躺在沙滩上晒太阳，过会儿又紧紧地搂在一起，行为是那样的大胆、率性和火辣，以至使许多游人不好意思地侧过脸去。

有人说，这种场面就是同巴西、法国等那些极为罗曼蒂克的国家相比也毫不逊色。

离开古巴的头天晚上，主人特意邀请我们看了一场文艺演出，原以为是去剧院观看一般的宣传性节目，谁知车子向哈瓦那市的郊区驶去，没多久就进入了一片黑压压的大森林。大约过了半个小时，车子在一个用木头搭建的大门前停了下来。透过夜幕，只见在密林深处隐隐约约地藏着一个半露天的大型剧场。让游人一边沐浴着大森林的清凉惬意，一边享受着精彩的艺术大餐，这个创意真是妙极了。坐在里面，我们慢慢品着一种香甜爽口的古巴特产朗姆酒，怀着一种好奇的心情看着台上的表演。那变幻多姿的哈瓦内拉舞，那热烈奔放的曼博舞，那舒缓优雅的博来罗舞，那火辣欢快的萨尔萨舞，既充满着古巴民族的浓郁特色，又弥漫着西班牙舞的古老风情，既飞溅着巴西桑巴舞的狂放不羁，又散发着阿根廷探戈舞的高贵飘逸，再配上那漂亮女歌唱家夜莺般的歌声，简直让人如醉如痴。整场演出，不时博得全场观众的一阵阵掌声。从一定角度来说，这不是一台一般的歌舞演出，而是一台不同民族文化艺术的精彩展示。

在古巴，还有一件让我感动的事，就是这里还保留着著名作家海明威的故居并建有他的博物馆。这位文学巨匠在古巴一共生活了21年，写下了《老人与海》等不朽文学名著，直至古巴革命成功时离开。大家知道，海明威是美国人，而美国是古巴不共戴天的敌人。但古巴能够抛开国家仇恨，对一个敌对国家的作家而且是不赞成甚至反对革命的作家保存故居和建立博物馆，这是一种何等宽广的胸怀！无数事实证明，对于敌对国家的双方来说，思想文化的包容是最难做到的。纵观古今中外，有多少作家因有违当局者的意志而遭到残酷迫害，他们的作品也被无端禁止，何况还是敌对国家的作家及其作品呢？所以，古巴小国这种尊重敌国著名作家、尊重不同文化所表现出来的大气度，已经不是一般意义上的文化包容，而是站在了正确对待人类文化和人类文明的制高点上。

　　古巴，你弱小而又强大！

　　古巴，你贫困而又富有！

2011 年 12 月

本来建筑是一个地方最直接最直观的具象文化,是最能体现一个地方的文化基因和文化特质的。但在玛雅文明发祥地的坎昆,却看不到玛雅建筑在当代的继承和发展,这不能不是一件非常遗憾的事情。

坎昆之殇

一

墨西哥的坎昆,人世间的天堂。

这的确是一个十分神奇美丽的城市。她东临浩瀚无际的加勒比海,其他三面则被莽莽苍苍的热带雨林所包裹,特别是她的旅游新区,位于一个狭曲的半岛上,长约22公里,宽却只有几百米。从飞机上俯瞰,就好像一条巨蟒横卧在滔滔的碧波之中。从深海奔涌而来的浪花编织成了一条银白色的项链镶嵌在其岸线上,使整座城市更增添了一种雍容华贵的气度。

大约公元前1000年,这里开始孕育璀璨的玛雅文明。

那时的坎昆，是一片原始纯净的绿海，森林茂密，水草丰美，虫鸟欢歌，百兽出没。但最庞大的族类还是那些各色各样的蛇群。它们或游弋在草丛中，或盘蜷在石岩上，或爬行在树枝头，或潜伏在山涧里，或浮游在水面上。大的长达数丈，粗如碗口；小的只有尺余，细如纤绳。在玛雅语中，坎昆就是蛇窝的意思，由此可以想象当年这里曾是一个蛇的世界。据有关专家称，几乎所有人对蛇都有一种与生俱来的恐惧，这主要源于人类的祖先长期生活在丛林里与蛇共处，许多人因此失去了生命。所以，当玛雅人最初踏上这片土地看见群蛇盘舞的时候，他们便不由得产生害怕心理，并把蛇同天上的蛇形闪电和龙卷风等自然现象联系起来，认为蛇是一种能上天入地、惊天动地、呼风唤雨、倒海翻江的神物。于是由恐惧到敬畏，由敬畏到神化，因而也就将蛇作为图腾来崇拜。墨西哥国旗中央那一只展翅雄鹰嘴里衔着一条蛇站在仙人掌上的造型，就是这种古老图腾崇拜在今天的一种体现和延续。

半个世纪以前，坎昆还是一个只有几百来人的偏僻落后小村庄，如今却成为一座举世闻名的新兴旅游城。在人们的眼中，坎昆可以说是全球唯一一个自然风光与历史文化完美结合的最好之地。岂不是吗？有些地方自然风光很美，但缺少历史文化；有些地方历史文化厚重，但缺少自然风光；有些地方虽然也有自然风光和历史文化，但缺少品位和底蕴，而坎昆却两者俱佳，且独具特色。那历史悠久、辉煌灿烂的玛雅文明遗迹，那旖旎多姿、如诗如画的热带风光，那色彩斑斓、绵延千里的世界第二大珊瑚礁群，那由洁白柔软的天然细沙铺就的地毯一般的长长海滩，让人由衷地从心底发出一声声惊叹。人们来到这里，既可以享受玛雅文明的丰厚精神大餐，甚至做一番千年历史的神秘穿越，又可以饱览天造地设的独特自然奇观。如果是在丽日晴空，人们伫立海边眺望，那景象就更为迷人。一排排巨浪呼啸着冲向沙滩腾空而起，像瀑布飞扬，又像白练飘舞。在飞卷的浪花后面，是轻轻抖动的浩渺无边的蓝，近处是浅蓝，再往前是蔚蓝，远处是深蓝，直至与湛蓝的天空融为一体。真个是蓝得多姿多彩，蓝得一尘不染，蓝得如幻如梦。怪不得有人说：坎昆，是一个让人到了就舍不得离开的地方。

然而，当我们步入坎昆市内宽广繁华的海滨大道时，心里又不免有股说不出的滋味。按照常理，海滨大道应该沿海滩而建，应该是一条令人心旷神怡的海景路。但是走在这条大道上，却看不见阳光沙滩，看不见浪花奔涌，看不见碧波万顷，看不见泳儿帆影，这些全被街旁的高楼给挡住了。不仅如此，这些高楼几乎都是清一色的现代化建筑，缺乏玛雅文明的风格和特点。本来建筑是一个地方最直观最具象的文化，是最能体现一个地方的文化基因和文化特质的。在玛雅文明的发祥地看不到玛雅建筑在当代的继承和发展，这不能不是一件非常遗憾的事情。

当地的友人告诉我们，海滨大道的楼房几乎全是外国商人兴建的高档宾馆和别墅。他们为了吸引更多的顾客，赚取可观的利润，于是利用墨西哥的对外优惠政策，各圈一片海滩，各竖一片建筑，只要自己的宾馆能观赏到海景，哪管房子建成什么风格，哪管街道建在什么地方。而当地政府则因为海边的地块可以卖出更高的价钱，也就不得不做出让步。这样,海滨大道不靠海，建筑没有玛雅味，也就成了坎昆城市建设的两大败笔。

其实，如果我们放眼看一看，由于唯利是图而导致的城市建设败笔又何止墨西哥的坎昆呢？

二

在坎昆周围，残存着不少的古代玛雅文化遗迹,其中最著名的是奇琴伊察。

不像我国的一些古代建筑名胜已被五光十色的现代化所包围，这片玛雅古代建筑群废墟至今仍然静静地躺在原始热带丛林的深处，历史和时间仿佛在这里凝固了。

也许就是这个原因，奇琴伊察遗迹在2007年被评为世界新七大奇迹之一。

随着络绎不绝的参观人流，穿过一片浓浓的绿荫，我们在一座巨大的金字塔前停了下来。这座塔名叫库库尔坎，其意为主管风调雨顺的"羽蛇神"。它虽然不算很高，只有24米，但因其四围底部每边宽达55.5米，加上塔的顶部建有一个四方形的神庙，所以显得非常雄伟。在塔的四面斜坡上，各有91级台阶，再算上塔顶的平台，总共365级，恰好等于一年的天数。别看这些台阶的两边有石制护栏，倘若真的要爬上去，还是有不少人会犹豫害怕。特别惹人注意的是，在塔的北面台阶基座的两旁，对称性地各自竖立着一个很大的羽毛蛇头石雕。每年的春分和秋分这两天，当太阳照射到北面阶梯两边栏杆上，而在一级级台阶上形成的两道阴影恰好与基座的两个蛇头相连时，那形状就像两条活生生的羽毛蛇，而且随着阳光阴影的移动，使人仿佛觉得这两条蛇在向金字塔的底部缓缓地爬去。玛雅人这种把自然光影同人工建筑巧妙结合产生具体物像的技术，不仅是人类建筑史上的奇迹，也是人类文明史上的佳话。

在金字塔不远的右前方，是一个长160米、宽75米的古老球场。南北两侧的墙壁中间各有一个高达7米的石圈，东西两侧分别是名为豹庙和虎庙的看台，并设有拱顶的包厢。由于岁月和风雨的侵蚀，球场的大部分建筑虽已倾塌，但透过这些断壁残垣，依稀可以想见当年比赛的热烈场面。这时，我又想到了2000多年前的古希腊奥林匹克运动会。可以说，古代体育运动，不仅开启了人类逐步摆脱原始野蛮争斗而进入有序竞争的序幕，而且打开了人类强身健体、愉悦心情第一道大门，是人类开始由野蛮走向文明的重要标志，也是人类力与美结合最早开出的一朵灿烂之花。

离开古球场之后，我们又参观了耸立在巨大基座上形如蜗牛的气象台，横亘在宽阔平台上颇显恐怖的"骷髅台"，石柱林立状如梯形的千柱院，这些建筑虽然已经斑驳颓废，有的部分甚至残缺损毁，但气势依然非常恢宏壮观。只有那曾经人声鼎沸的贸易市场已不复存在，仅剩下几排残柱和几堆乱石散布在树丛之中供人凭吊。穿行在这些遗址之间，一股对玛雅文明的赞佩之情悄然而生。其实，我们在这里所看到的只是这个伟大文明的闪光一角。在坎昆乃至整个墨西哥，像奇琴伊察这样的城邦当时就有100多座，至今还留有宫殿、神庙、迷宫等众多遗迹。其中最大的一个城邦蒂卡尔面积超过60平方公里，居民达到15万人，其发达和繁荣的程度，完全可与世界的其他古代文明相媲美。

玛雅文明最辉煌的时期，是在公元300年到900年之间。遗址中的这些宏伟建筑，都是这段时期的杰作。如果是在我们中国，这并不是一件很难的事，因为当时的华夏民族已经进入文化科技比较发达的封建社会鼎盛阶段。而玛雅民族却还处在原始社会的石器时代，既没有青铜器，也没有铁器；既没有牛马等载重畜类，也没有轮车等代用工具，但他们硬是用最落后的体力和手工方式不可思议地创造了这些无声的诗和立体的画，为人类历史文明增添了一道绚丽的色彩。

当然，兴建这些建筑的代价是巨大和高昂的。为此，我脑海里不由得浮起了英国历史学家帕金森于1957年提出的著名的"办公大楼法则"，其基本含义是一个企业和组织往往会在最兴旺发达的时候兴建纪念碑式的豪华办公大楼，而大楼落成之日，也是这个企业和组织开始走下坡路之时。这内中的原因并不复杂，就是追求形象工程不仅会带来沉重的财政负担，而且会助长骄奢享乐之风，转移企业和组织的未来目标。一个企业和组织是如此，那么扩大到一个国家和一个民族呢？古埃及王国不就是因为法老为修造神庙和金字塔等超大型建筑而过度消耗了大量人力、物力和国力而由盛转衰的吗？玛雅文明的不断衰弱，恐怕其原因也在于此。

所以，从这个角度来看，玛雅人建造的那些宏大精美的建筑，与其说是玛雅文明辉煌的象征，不如说是玛雅文明衰亡的墓碑。

三

事情果若其然。

在经历了 600 年大兴土木的旺盛之后，公元 10 世纪时，玛雅文明突然神秘地消亡了，一座座城邦几乎在一夜之间被废弃在了茫茫的林海里，变得悄无声息了。

于是，人们把这称为"世界之谜"。

为了解开这个谜，多少人在苦苦地寻找，多少人在艰难地探索。

是因为气候的突然异常导致了玛雅人最后失去赖以生存的基础？是因为突发的自然灾害摧毁了玛雅人的家园？还是因为人为的因素导致了玛雅文明的毁灭？

对此，人们众说纷纭、莫衷一是，仁者见仁、智者见智，至今没有定论。

有些学者想从柬埔寨吴哥窟的陨落中得出某种启示。公元 7 世纪时，东方高棉王朝的这个巨大都城也是突然间被遗弃在大森林里而没有留下任何痕迹。如果不是 100 多年前一名猎人随着野兽的脚印深入这里，可能这片长达 10 公里的雄伟建筑群今天还被淹没在林海里无人知晓。对其猝亡的原因，人们认为最有可能的就是两种：或是全城传染瘟疫死得一个不剩，或是都城里发生内讧，互相残杀，血流成河，最后弃城而逃。由于没有任何文字和史料记载，此事只能永远成为世人的千古猜想了。

值得庆幸的是，古玛雅人为我们留下了约3万个象形文字词汇和800多个符号。从现已破译的文字内容来看，玛雅文明的突然消亡，一方面是由于严重的气候灾害引起的全面生存困境，另一方面是由于城邦间绵延不断的战争，致使人口锐减，田园荒芜，城市被毁。作为地球之子的人类，在大自然面前本来就是非常脆弱的，再加上自身内部的相互争斗和杀伐，岂有不灭亡之理？纵观历史，许多人类自己创造的文明最终不都是由人类自己毁灭的吗？

人类是聪明的，又是愚蠢的。

更加具有讽刺意味的是，20世纪的下半叶，考古学家在早已毁灭的墨西哥托尔图格罗古玛雅废墟上发现了一块刻有"世界末日"预言的石碑。实际上，古玛雅人所说的"世界末日"是指世界第5次轮回大周期的结束日。这是因为古玛雅人有着发达的数学思维和丰富的天文知识，他们不仅发明了"0"的概念并使用5进位和20进位数字系统，可以计算到230亿个单位以上，而且能预报日食和月食的时间，创造了由神历、太阳历和长纪年历组成的历法体系。根据这个历法，玛雅人计算出5125年为一次大轮回周期。对照现今的公历，第5次大轮回周期始于公元前3114年，结束于2012年12月21日。由于美国芝加哥大学教授何赛·阿圭列斯在1987年将这一日期写进了他的著作，"世界末日"的预言也由此迅速传播开来，并引起了全世界许多人的担心和恐慌。

可以肯定地说，玛雅人对"世界末日"的预言是缺乏科学依据的，但是，玛雅文明灭亡的教训却是必须认真汲取的。

2010年11月29日，对于坎昆来说是一个意味深长的日子。《联合国气候变化框架公约》第16次缔约方会议暨《京都议定书》第6次缔约方会议在这里开幕。坎昆曾是玛雅文明诞生和消亡的地方，如今又是全球生态和生物多样性最丰富的地方。选择这样一个特殊的地方来研究和商谈气候变化这样一个特殊的问题，其寓意是非常明显的。当各国领导人坐在这里的豪华会议室里，一边享受窗外的阳光、海滩和碧波，一边讨论减少大气排放和控制温室效应的时候，不知道他们会做何种的感想。他们想到了身边不远那废弃在热带丛林里的玛雅文明遗迹吗？他们想到了这个伟大的人类文明衰亡的根源吗？如果想得深切，他们也就会多一些危机意识，多一些共同语言，多一些责任担当，多一些实际行动，而少一些讨价还价，少一些推诿扯皮，少一些坐而论道，少一些空头支票。然而十分痛心，他们并非如此。他们似乎在进行一场战争，站在各自立场，相互指责攻击，特别是西方那几个发达国家的领导人，更是杀气腾腾，频频使招，只不过用唇枪舌剑代替大刀枪炮罢了。

人类有时就是这样，不到灾难临头是不会醒悟的。如果说当年玛雅城邦之间无休止的战争导致了玛雅文明消亡的话，那么，现在各国在防止气候变化上的战争再无休止地进行下去，最后等待人类的只能是毁灭性的命运了。

人类一旦毁灭，那么整个地球不就变为一座人类文明的大废墟了吗？

因此，我们必须大声疾呼：人类只有一个地球，在维护地球的气候和生态环境上，只有全人类的共同利益，而绝不允许有任何国家的私利！

坎昆，你让人警醒！

坎昆，你更令人忧虑！

2012年3月

孕育生命的地方是非常神奇的地方，那么孕育人类这个智慧生命的地方就更是神奇得不能再神奇的地方。而埃塞俄比亚正是这样一个地方，它对人类的贡献是原创性的。

从高峰跌落的文明

一

在日常的闲谈中，每当提及非洲的埃塞俄比亚，人们自然就会想到饥饿、贫困和落后，总认为那里是一片荒凉偏僻的不毛之地。

的确，当我们一下飞机进入这个国家的首都亚的斯亚贝巴时，就产生了一种非常糟糕的印象。全城规模虽然很大，有些地段也车水马龙一派繁华，但整体看起来十分陈旧，许多街道年久失修，房屋破破烂烂，路面坑坑洼洼，到处脏乱不堪。人坐在车上，犹如坐在簸箕里，不时地被抛得一上一下，稍有不慎脑袋就会让车顶撞个嘭嘭作响。如不关窗那就更惨了，这时被车轮卷起的滚滚尘土直呛得你喘不过气来，不一会儿从头到脚就会蒙上一层厚厚的污黑。更让人大惑不解的是，偌大的一座城市，绝大多数的大街小巷都没有名字，各家各户也没有门牌号码。就连那条两旁依次建有议会大厦、政府各部门大楼和国家博物馆的林荫大道也不知其名。所以，在亚的斯亚贝巴找人办事非常困难，必须以标志性的建筑或众所周知的地点作为参照系，否则只能是一头雾水、寸步难行。不知是失业所致还是其他原因，城里随处可见无所事事的人群。有些人站在街边东张西望，有些人坐在商店门前两眼一动不动地直瞪着来往的行人，有些人卷着又脏又破的床单横七竖八地躺在教堂周围。可以说，整座城市充满了一种灰暗的色调，很难闻觅到其大名中所蕴含的"新鲜的花朵"的芬芳。幸亏中国援建的非盟大厦、中心广场、中埃友谊路和那座大型互通式立交桥，以及被称为东非航空中心的国际机场异常地夺人眼球，才使这座城市呈现出几许瑰丽的现代化亮色。

埃塞俄比亚的落后，还表现在这样一组数字上。在世界各国经济和社会发展主要指标的排名中，这个有着 8000 多万人口的国家都处在最末的位置。你看，它的人均国内生产总值只有 387 美元，大概相当于发达国家 19 世纪的水平；人均预期寿命只有 42 岁，每年都有 10% 的婴儿夭折在生命的摇篮里；全国有一半以上的人口每天生活费不足 1 美元，终年在食不果腹、衣不蔽体的艰难中苦苦地挣扎；在电力之光已经普照全球各个旮旯的今天，这个国家却还有近 90% 的人用不上电，只能每天夜晚在漫漫的黑暗中摸索徘徊。数字是枯燥的，但也是无情的。在这一连串数字的背后，折射的是埃塞俄比亚的残酷现实，怪不得联合国要把它列为全球最不发达的国家之一。

在埃塞俄比亚南部，我们实地考察了一些农村地区。一路上，经常看见农民拿着一根棍子，赶着一大群牛羊，如白云般在公路上飘动。也有些农民驾着一辆辆驴拉车，装着一些柴草之类的货物，沿着公路不紧不慢地走着。在我们所到的村庄，几乎全是茅草房，几根木头撑起的支架，秸秆泥糊的墙壁，乱草遮盖的屋顶，最多只能挡挡风雨勉强栖身而已。村庄里，无论大人小孩，衣着破旧肮脏，身子干瘪瘦弱，眼里露出一副乞求的目光。我们不忍心地掏出袋里的饼干分给他们，有些儿童狼吞虎咽般地吃完了，又伸出黑黑的小手向我们索要，即便车子开动了还跟在后面追跑喊叫。在一户农民家中，那穷困的情形就更使我们的心里感到十分沉重和难受。全家9个人，一对夫妇，7个小孩，大的只有十几岁，小的还在怀抱里。一间只有六七平方米的圆形茅草小破屋，里面不仅漆黑一团，而且空空如也，除了一张用几块破木板贴地拼起来的旧床和一件旧床单外，其余什么东西也没有，简直就同原始社会差不多。我们给了这户人家一点钱，什么话也没说就默默地离开了。同行的友人说，这还不算最差的，在埃塞俄比亚的农村，比这户人家更穷更苦的比比皆是。我们听了都不禁黯然长叹。真没想到，在当今世界物质和精神生活变得如此丰富多彩之时，竟然还存在着贫困得这样一无所有的角落。

其实，埃塞俄比亚只不过是全球现代化进程中贫困地区的一个缩影。

二

对于非洲，过去连篇累牍的文字报道和电视画面，给我们造成了一种深刻的印象，除了古埃及文明之外，似乎非洲的其他地方都没有历史，都是文化沙漠，都是蛮荒地带。但到了埃塞俄比亚后，我们才知道这个现在看似十分原始落后的地方却有着令人惊异的悠久历史和灿烂文明，其中有些方面在世界文明史上还是绝无仅有的。

在埃塞俄比亚国家博物馆里，我们听到了人类诞生的最古老的足音，这是从遥远的密林深处发出的第一声人类文明的啼响。人们常讲，人类的文明史就是一部人类不断进行物质生产和精神生产的历史。应该说这样定义是远远不够的，它还应当包括人类本身不断进化的历史，也就是说，人类文明的进程从古猿变为能够直立行走人的那一刻就开始了。而1974年11月在埃塞俄比亚阿法地区发现的古人类化石"露西"就是人类文明最早的拓荒者。如今，在埃塞俄比亚国家博物馆一间十分普通房间的玻璃橱窗里，陈列着"露西"骨骼完全复原后的直立模型。据考证，"露西"生活在距今300多万年以前，是全球首次发现的第一位能够直立行走的古人类。由于她是一位年仅20岁的青春女性，又由于当晚在庆祝这个重大发现的现场反复播放着《钻石天空中的露西》的歌曲，于是，专家们灵感顿生，亲切地把这第一具人类化石称为"露西"。人类的第一个名字就这样诞生了，而且是那样的美妙动听，就像歌曲本身一样激荡着每一个人的心。在"露西"骨骼模型旁边的墙上，还挂着一幅根据化石模型创作的她的画像，虽然看上去她在整体上还未摆脱古猿的形态，个子也很矮小，但她毕竟率先从树上跳跃下来，站到了地上，变成了真正的人！她是我们人类的母亲，她是我们人类的"夏娃"。这石破天惊的一站，不仅有力地证明了达尔文进化论的正确，而且让地球上的生命产生了一个质的飞跃。我们常说，孕育生命的地方是非常神奇的地方，那么孕育人类这个智慧生命的地方就更是神奇得不能再神奇的地方。而埃塞俄比亚正是这样一个地方，它对人类的贡献是原创性的。这是上苍对这方土地的神圣赐予。人类生命的密码也只有上苍才能知晓。对此，我们人类应当永远保持一种敬畏的态度。一旦科学把人类生命的密码全部破译，那将会给人类带来毁灭性的灾难。

在拉利贝拉的石凿教堂，我们目睹了埃塞俄比亚辉煌的文明。这是人类历史上独特的一页。这组始建于公元12世纪的石凿教堂群，不仅有"非洲奇迹"之称，而且规模之宏大也举世无双。在一片连绵起伏的粉红色岩石山上，中间是一条人工开凿的约旦河，11座在岩石上开凿而成的教堂分布在两旁。那最大的一座教堂名叫梅德哈尼阿莱姆，意为救世主，面积达 782 平方米，长方形的大厅耸立着雕有几何图案的 28 根廊柱，看上去非常壮观。那最为精致的一座教堂是耶稣基督教堂，长 33 米，宽 23 米，高 11 米，里面有 5 个中殿，屋顶的飞檐由 34 根方柱支撑，非凡气势中透着一种少有的森严。那与之相邻的是圣玛丽亚教堂，虽然它的面积不算很大，高度也仅有 9 米，但里面从上到下都绘有精美的孔雀、大象、骆驼等吉祥动物和几何图形的壁画，特别是玛丽亚生活场景的图画，形象地再现了这位圣母的动人风韵。那最有特点的一座教堂是十字架教堂。由于其所处的位置较低，从高处俯瞰，整座教堂就像一个竖立在正方形岩石井里的巨大十字架，尽管里面既无绘画，也无雕塑，但那简单朴素的线条显得既庄重又肃穆。此外，还有那供奉耶稣受难像的各各他教堂，供奉圣父、圣子、圣灵的用于做弥撒的教堂，以及墨丘利教堂、天使长加百列教堂、拉斐尔教堂、利巴诺斯教堂和埃马努埃尔教堂，都以各自不同的风格，为我们描绘了一幅 800 多年前埃塞俄比亚基督教文明的独特风景。据传说，这些巨型岩石教堂的兴建，主要源于当时的国王拉利贝拉一个神秘的梦。在梦中，上帝指引他到耶路撒冷朝圣并得到谕旨，令他回国后建造一座新的耶路撒冷城，而且所有的教堂都要在岩石山上凿建。于是，这位国王醒来后便立即调集 5000 人在海拔 2600 米的高原上开始了这项巨大而又艰苦的工程。这个庞大的施工队伍先是寻找出那些完整的没有裂缝的岩石山，接着用铁镐、铁锤、铁棍和铁凿等简陋工具，围绕需要凿建的教堂四周开凿出一条 15 米深的沟槽，使其与山体脱离成为一块独立的巨岩，然后根据教堂的构造，采取镂空的方式，一点一点小心翼翼地将其中不要的岩石凿掉，渐渐形成墙壁、屋顶、廊柱、大厅和门窗，再在此基础上精雕细刻出各种图案花纹。就这样历经 30 个春秋，在数不清的千锤万凿中，在不断流淌的汗水和血泪中，一座座教堂在岩石中挺立起来了。没想到一个国王的偶尔一梦，竟然成就了世界上一个伟大的杰作，一个罕见的奇观。

在埃塞俄比亚古老的文字里，我们用心地阅读着这个国家多姿多彩的历史废墟。由于孤陋寡闻，过去我们只知道5000年前的古埃及王朝时期有过象形文字，但在其失传之后，非洲就再也没有自己的文字了。然而事实并非这样，早在公元前1000年左右，埃塞俄比亚就有了文字，且一直传用至今。这是现今非洲唯一一个有着自己传统文字的国家。众所周知，文字是一个国家历史的最集中体现，也是一个国家历史得以传承的根本纽带。离开了文字，再辉煌的历史也会变得黯淡无光甚至一片空白。世界上的一些古代文明和历史废墟之所以会成为"千古之谜"，就在于没有文字或者文字的失传。而埃塞俄比亚也正是因为有了文字，她的历史才会如此清晰地展示在世人的面前。沿着这些文字的笔画行迹，我们可以看到古埃塞俄比亚时代阿克苏姆王朝的景象。这里早已变成了一片废墟，在这个庞大的遗址中，也只留下了那些全部由整块花岗岩凿成的高高的方尖碑和巨大的石柱。其中最大的一座方尖碑，高约33米，重达500吨，是人类有史以来最大的也是最高的单块石体建筑，也是当今世界上独一无二的历史景观。尽管如此，我们也只能从中了解阿克苏姆王朝的一鳞半爪，真正全景式述说这个王朝历史的是文字。同样，对于埃塞俄比亚的另一处著名世界遗产法西尔格比和贡德尔也是如此。透过发黄的纸背，我们不仅可以领略这里的皇宫、城堡、教堂、修道院、多层塔、拱桥和长达900米的古城墙等遗址，而且可以看到宫廷和豪门奢靡污秽的生活情景，可以听到教徒的祈祷声和普通百姓的喜笑哀怒声，可以闻到街头巷尾散发的浓烈艺术和商业气息。可以说，一页页的文字，就是一幅幅当时政治、经济、文化的风情画；一页页的文字，就是漫长历史中一个个废墟的解析图。

从现存的众多遗迹来看，埃塞俄比亚的文明进程有着自己鲜明的轨迹，与其他古代文明相比，这是一种自成体系的文明，一种独树一帜的文明，一种没有中断过的文明，一种带有标本意义的文明。然而就是这样一种古老的伟大的文明，许许多多的人都对其十分陌生甚至一无所知，在人类的文明史上也没有获得应有的地位。这内中的原因是发人深省的。

埃塞俄比亚，一个被世界忽视和遗忘的文明古国。

三

几天的访问，几天的行程，几天的思考。

在我的脑海中，两个截然不同的画面反复映现，一个是埃塞俄比亚灿烂的历史，一个是埃塞俄比亚落后的现在。两个画面时而分开，时而交叉，时而重叠，又时而打着架。说实话，我怎么也无法把这两个画面联系在一起，但它们之间所形成的强烈反差又怎么也抹不掉。

作为一个在世界历史上曾经有着发达文明的国家，为什么会在近现代跌落至不发达的行列呢？

其中的原因是需要认真探讨的。

也许是盲目自大的心理阻滞了埃塞俄比亚的进步。就像先前我们中国有些人以"世界中央"和"天朝"自居、总是津津乐道于5000年的灿烂历史和四大发明一样，在同埃塞俄比亚有关人士的接触中，他们的话里话外也自觉或不自觉地流露出一股十分得意的情绪。他们总认为自己是非洲的老大，是非洲的中心；总认为自己有着3000多年的历史文明，因而看不起其他的非洲国家。不可否认，无论从哪个方面来看，埃塞俄比亚的历史文明都是应当大书特书的。早在公元前8世纪，在这块土地上就建立了努比亚王国。公元前后又建立了阿克苏姆王国，这在当时不仅是仅次于罗马帝国的最强大的国家，其版图扩张至阿拉伯地区和印度洋西北岸，而且也是当时非洲和中东地区的政治、经济和文化中心，直至 10 世纪末被扎格王朝所取代。13 世纪时，阿比西尼亚王国又趁势兴起。19 世纪初虽被分裂成若干公国，但仅仅过了几十年，在 1889 年又重新获得了统一。煌煌几千年，虎视何雄哉！在黑人非洲的范围内，埃塞俄比亚的历史文明应该说是任何一个国家都无可比拟的。大概也就是这个缘故，埃塞俄比亚人有着一种天然的自豪感。本来，对于一个国家和民族来说，这种自豪感是一种极为宝贵的精神财富，是一股推动社会发展的强大力量。但遗憾的是，埃塞俄比亚人常常陶醉在这种历史和文明的自豪感中。久而久之，这种自豪感也就不知不觉地变成了自大，变成了自负，以至飘飘然、昏昏然，老子天下第一，不再奋发努力，这样也就不断地与其他国家拉大了发展的差距，最终被滚滚向前的世界文明潮流越甩越远。

也许是优越的自然条件助长了埃塞俄比亚人不愿进取的心理。一般来说，贫穷落后总是和恶劣的生态环境紧密相连的。号称"非洲屋脊"的埃塞俄比亚，我们原以为到处都是穷山瘦水。其实不然，这个国家的自然环境在整个非洲也是上乘的。这里夏天不热，冬天不冷，温度适中，是最理想的宜居之地；这里雨量充沛，气候湿润，河湖众多，被誉为"东非水塔"，是青尼罗河的发源地；这里旷野千里，土地肥沃，植被茂盛，是难得的粮仓和动植物的天堂。特别是那被人们形容为"地球脸上最美丽伤痕"的东非大裂谷，就更是充满着一种异样的诗情画意。绵延千里、宽阔平坦的大平原，其间镶嵌着一个个巨大的明镜似的湖泊，绿色的庄稼不时随风涌起一阵阵碧波，一棵棵的伞树随意地从田间地头撑向天空，远处的群山朦胧地现出一层淡淡的灰黛，真个是好一幅美丽的田园山水油彩。我们参观了位于大裂谷中间的兰加诺湖，那浩渺的湖面，那月牙形的港湾，那金色的沙滩，那雪白的浪花，那蓝色的浴场，看上去就像大海一般。人们坐在湖边那用木头建造的盖有茅草屋顶的带有原始风格的敞开式房子里,一边品味着当地著名的特产咖啡,一边观赏着湖畔迷人的景色,不由得会产生一种不似大海、胜似大海的感觉。可能是因为埃塞俄比亚的山水太过美丽,所以在这方山水中孕育出来的人也非常美丽。远的不说,就说在近些年来举行的非洲选美大赛中,埃塞俄比亚连续夺得了三届冠军,这些年轻漂亮的黑色天使在T型台上所演绎出的风采,不知让多少观众痴迷倾倒、茶饭不思。然而,任何事物都是正负相生、利弊相伴的。埃塞俄比亚优越的自然环境,固然让人感到舒服,让人变得美丽,但同时也使人变得懒惰,变得平庸。因为沉湎于自然环境的优越,许多埃塞俄比亚人不愿干活、不愿吃苦,一味地坐享其成。他们只满足于现在,谈到未来就不耐烦;他们种植庄稼,只管开始播种,中间从不耕耘,等到成熟一收了之。所以,在这么一块肥沃的土地上常常会发生震动世界的大饥荒。试想,这样一个躺在优越自然条件上不肯吃力流汗、不肯进行创造性劳动的国家,怎么可能实现快速发展呢?

也许是长期的内部动乱导致了埃塞俄比亚的落伍。凡是了解历史的人都知道,近代的非洲,布满了西方侵略者罪恶的足迹,浸透了西方殖民者杀戮统治的斑斑血迹。但是,埃塞俄比亚却是一个例外。虽然1890年意大利用大炮轰开了这个国家的大门,但很快就被坚强不屈的埃塞俄比亚人民所打败。1936年,贼心不死的意大利又再次入侵,结果遭受了同样失败的命运。可以说,埃塞俄比亚是非洲唯一没有成为西方殖民地的国家。为此,他们感到非常骄傲,然而另一方面也使他们陷入了与西方发达国家长期隔绝、闭关自守的局面,这也从一定程度上影响了他们对先进知识和技术的学习、吸收。特别是近100多年来,埃塞俄比亚内部动乱不断,政权更换频繁,更使这个国家的发展雪上加霜。19世纪末期,孟尼利克称帝,1928年海尔·塞拉西登基,1974年一批少壮派军官用枪杆子废除帝制成立临时军政委员会,1977年门格斯图发动政变上台，1988年全国爆发内战，1991年梅莱斯推翻门格斯图政权，宣布实行多党制和议会制。1998年又和邻国厄立特里亚进行了三年争夺领土的战争。正是这种无休无止的争斗，使得埃塞俄比亚国无宁日，民无宁日，只有破坏，少有建设，到处都是百孔千疮。进入21世纪以后，整个国家才平静下来，逐渐步入正常发展的轨道。由此可见，动乱是发展的最大敌人。唯有稳定，才是一个国家走向文明昌盛的最响亮福音。

埃塞俄比亚，一座古代文明的高峰。

埃塞俄比亚，一个现代文明的低谷。

2012年11月

>**水**是瀑布的生命，我们要使维多利亚大瀑布不再干渴，就必须大力改善气候环境，让雨水更加丰沛。

干渴的大瀑布

今年9月，我到赞比亚访问，顺便去观赏了举世闻名的维多利亚大瀑布。

早就听人说过，维多利亚瀑布是世界三大瀑布之一。它位于赞比亚和津巴布韦交界处的赞比西河中游，宽约1.8公里，高达100米。不像伊瓜苏瀑布和尼亚加拉瀑布那样，巨大的水流从陡峭的悬崖上飞流直下又继续沿着下游的河道奔去，整个河流看上去是连贯的，瀑布不过是中途挂着的一条大水帘而已。维多利亚瀑布则是把赞比西河拦腰斩断，汹涌的瀑流突然坠落在一条宽仅80米刀劈斧削般的横向裂谷中，整个赞比西河好像一下子从地面的缝隙里消失了。每年雨季来临时，由于落差大水势猛，瀑布不仅激起惊天动地的轰鸣，犹如滚滚的雷声炸响，而且飞溅起300多米高的水雾，好像一团团白云在空中升腾缭绕，据说远在40公里之外也能望见。所以，当地的土著黑人便把这道瀑布叫作"霹雳之雾"。尤其神奇的是，别的瀑布只有在白天阳光的照射下出现日虹，而维多利亚大瀑布还有世所罕见的月虹。每逢新月升起，银辉洒地，水雾中便会映出一弯艳丽夺目的彩虹。也许就是因为极少看到这种惊心动魄和神秘莫测的景象，居住在大瀑布周围的世代黑人心里十分恐惧，不但从不敢靠近，而且还将其视为神的化身，每年都要举行隆重的仪式进行祭拜。直至 1855 年一个名叫利文斯顿的英国人探险来到这里才揭开了它的真实面纱。从此，维多利亚大瀑布就以其特有的神奇壮观而著称于世。

我住的宾馆就在赞比西河畔的树林里，离维多利亚瀑布只有几里之遥。一边是清清的水，一边是密密的树，水木清华，风景如画。不仅如此，这里还是动物的乐园。猴子不时跑跳到餐厅抢吃水果，狒狒在屋旁不慌不忙地散步，鹿群在河边低头吃着草。头天在宾馆附近还出现了一个蔚为壮观的景象，20 多头大象一起慢慢地穿过公路，看见它们悠闲自在、憨态可掬的样儿，来往的车子和行人都远远地停了下来，自觉为这群吉祥的天使让出一条宽宽的通道。大概是宾馆的环境过于幽静和清新，我们一觉醒来太阳已有几竿子高了，于是，匆匆吃了几口早点，就徒步向瀑布进发了。原以为会在郁郁葱葱的浓密绿荫中惬意地穿行，没想到路边的树木都显得无精打采。有些树木因阳光强烈卷起了叶子，有些树木的叶子掉得稀稀疏疏，甚至只剩下光秃秃的枝杈。幸好一路都是平地，只有日晒而无上下坡之苦。就这样走了 40 多分钟，只见一条深凹于地面之下的窄长裂谷横亘在我们面前。不用多问，对岸就是维多利亚大瀑布。

我的心不免凉了半截。这哪里是那道久负盛名的大瀑布啊！没有银河倾泻，没有恶浪排空，没有倒海翻江，没有震耳欲聋，只有两股不大的水流从峭壁上飞奔而下，看起来是那样的单薄和孤独，甚至有些有气无力。还好在津巴布韦那边，有一股较大的瀑流在吞云吐雾，发出低沉的响声，这样才稍稍弥补了一下大家心中的缺憾。因为水流大大减少，原来被瀑布遮裹的峭壁露出了陡险狰狞的原形，有些壁缝上还长了小树和小草。瀑布顶上的大部分河床也干涸了，一块块凹凸不平的岩石裸露着铁青和无奈。一些喜欢冒险的游人沿着壁顶行走，时不时地还俯身伸头向峭壁下探望，那惊险让人担心得直捏一把汗。瀑布底下裂谷里的水流也失去了往日奔腾咆哮的气势，就像一条细长的白练横着向下悠然飘去。一道世界级的大瀑布因缺水干渴而"小"成了这个模样，这使我们感到很意外又很难受。

非洲友人告诉我们，维多利亚大瀑布水小干渴的原因，是赞比亚现在正值旱季，长时间没有下雨。当然最主要的还是这些年来气候变化所致。30年前，大的干旱大约每8年出现一次，而现在缩短到每3至4年就有一次，因而雨水比过去大量减少。加之上游又建了水库，使得赞比西河的来水量不断减少，丰水期也大大缩短，所以瀑布自然也就没有以前那么宏大壮丽了。

听了非洲友人的话语，我若有所思地噢了一声，目光也由眼前的瀑布渐渐地移向了广袤的赞比亚大地。其实，几天来我们所看到的，干渴的岂止是维多利亚大瀑布，应该说整个赞比亚都是干渴的。在这个美丽的国度里，农村是干渴的，大片的土地因缺乏水分而不能耕种，大片的庄稼因雨水不足而长势萎靡，绝大多数农民在茅草屋里栖身，在饥饿线上挣扎，开裂的嘴唇企盼着喝上干净水，干瘦的脸上挂着一副苦涩的表情。城市是干渴的，即使是在首都卢萨卡，除了中国援建的那座政府大楼高高耸立外，几乎都是低矮的旧房子。不少街道肮脏简陋，没有人行道。就连堂堂的首都国际机场都没有一座廊桥。整个城市看起来就像我国的乡村小镇。企业是干渴的，由于缺少必需的人才和设备，大多数工厂和公司运转十分艰难，效率非常低下，中国当年援建的那条著名的坦赞铁路就因为管理和技术跟不上而时常停运。还有教育也是干渴的，数以万计的少年儿童上不起学，心灵就像一口没有知识泉水的枯井。医疗也是干渴的，多少身患疾病的人只能瞪着一双干巴的眼睛渴望打针输液。可以说，干渴使赞比亚丧失了旺盛的生机和活力。很长一个时期以来，虽然我们也对赞比亚给予了大量的经济和工程援助，但并未化作滚滚清流滋润和浇灌这棵大树茂盛地生长，干渴依然似恶魔般地张牙舞爪在这片土地上。

　　我们一边走着一边看着，并不时地议论着。观看别的瀑布一般是沿着两岸上下而行，而观看维多利亚瀑布则是沿着裂谷另一边平行而走。往常水雾弥漫挤满身穿雨衣游人的小道上，现在是阳光火辣，灼热难耐。不知什么时候，大家从干渴的瀑布谈到了江西那些在赞比亚干渴土地上投资创业的同乡们。从20世纪90年代初期开始，以江西国际经济技术合作公司为代表的赣版企业就开始试水赞比亚市场，经过20多年的开拓和打拼，如今已蔚成气候和规模，共有企业近百家，几乎占中国在赞企业的五分之一，江西在赞从业人员也已达到两万余人。江西的这些企业，在不断壮大自己的同时，既有效地促进了赞比亚经济的发展，又及时地为当地培养了大量的经营管理和专业技术人才。有一个年轻的方姓江西籍企业家，还和一位漂亮的黑人女子结了婚。这位黑人妻子不仅生育了三个活泼可爱的儿女，而且自己也成长为颇有名气的公司经理。更让我们吃惊的是，在一家江西人开的宾馆里，年轻的黑人服务员竟会说一口流利的南昌话，其中有几个还担任了部门主管。我们访赞期间，恰逢中华江西同乡会的成立，一些赞比亚的友好人士前来表示祝贺，他们说有很多的赞比亚人在江西的企业里工作，其中不少还成了骨干，为当地造就了一支永远不走的知识和技术人才队伍，而这正是赞比亚所急需的，比什么援助都解渴。

　　也许是被这些所深深触动了吧，这时，我不由得对着瀑布沉吟良久，心情就像浪花一样久久翻腾不息。如果说水是瀑布的生命，那么，人的知识、技能和智力就是一个国家发展的源泉。我们要使维多利亚瀑布不再干渴，就必须下大力气改善气候环境，让雨水更加丰沛。同样，我们要使赞比亚的发展不再干渴，就必须为其不断输送知识、技能和智力的雨水。这是因为赞比亚的干渴，归根到底是人的知识、技能和智力的干渴；赞比亚的差距，归根到底是人的知识、技能和智力的差距。如果这种差距不缩小，人的知识、技能和智力永远处于干渴的状态,那人的素质就永远难以提高。这样,即使物质、资金和工程项目的援助再多,也只能是无源之水,赞比亚的发展也永远形成不了一股波澜壮阔的瀑流。

离开维多利亚大瀑布返回的时候,我的心情变得异常豁朗。我没有因未看到大瀑布的雄姿而懊恼,相反干渴的瀑布给我的感悟和启迪,是任何壮观的景色也替代不了的。

感谢你,干渴的维多利亚大瀑布!

2012 年 12 月

在古希腊的废墟里，我们可以寻觅到现代民主政治的源头，可以寻觅到现代国家的雏形，可以寻觅到现代哲学的起点，可以寻觅到现代文艺体育的脉端。正是古希腊的废墟，紧紧地把历史和现实连在了一起。

活着的废墟

在世界文明史上，希腊的废墟恐怕是最值得一看的。

这里不仅是一个废墟的王国，更是一座人类文明的宝库。放眼望去，无论是在雅典和伯罗奔尼撒陆地本土上，还是在撒落于爱琴海湛蓝波光之中的众多岛屿上，每一座废墟都是一段沉甸甸的历史，每一座废墟都是一段光灿灿的文明。废墟，不仅让希腊人把对自己国家的骄傲和自豪写在了脸上，而且让全世界每个角落的人都投来了羡慕的目光。

其实，在希腊让人赞美的不仅仅是那些看得见的废墟，更是那些在残垣断壁之中透射出来的思想和艺术光芒。

沿着首都雅典市中心最高山丘上的卫城遗址拾级而上，我的感觉就像是在攀登一座古希腊建筑艺术的高峰。那仅剩下几排粗大圆柱和几堵破墙的高耸山门，那四方形基座上由前后各四根高大石柱支撑的胜利女神庙，那把坚硬挺拔的石柱化为身穿长裙头顶花篮少女的伊瑞克提翁神庙，使我们不知不觉放慢了观赏的脚步。尤其是那位于卫城正中的帕特农神庙，就更是让人叹为观止。它不仅是全市的制高点，站在这里整个雅典尽收眼底，鳞次栉比的房屋和微微荡漾的无边海浪辉映出一幅无比美妙的画图，而且也是古希腊建筑中一个最具代表性的杰作。这座长 69.51 米、宽 30.86 米的长方形建筑，四边由 46 根高达 10.5 米的石柱环绕，前后大门各有 8 根石柱支撑着的三角形屋檐，看上去显得既精美又壮观。

　　站在卫城这些公元前 5 世纪的废墟前，我不禁为蕴藏在其中的建筑理念所震撼。尽管这些建筑在漫长岁月的风雨中变得残破不堪，但那些由多力克式、爱奥尼亚式或科林斯式石柱构成的前柱三角形门廊和四周双列形柱廊，却让我们感到是那么遥远又那么亲近，是那么陌生又那么熟悉。我们从古罗马的建筑中，从古拜占庭的建筑中，从欧洲中世纪的建筑中，从许多国家近现代的建筑中，以至从美国的白宫和纽约证券交易所，都可以或多或少、若隐若现地看到它们的影子。特别是伦敦的那个闻名遐迩的大英博物馆，其正大门就是直接仿照帕特农神庙建造的。一种建筑风格能够如此长久不衰地对世界建筑产生重大而深远的影响，并且一直为不同时代不同民族的人们所欣赏，这不仅体现了古希腊人高超的审美观念，而且在人类建筑历史上创造了一道跨越时空的永恒风景。

　　从卫城东面往下走，可以看到山脚的左右两边各有一座剧场。一座是建于公元前 5 世纪的酒神狄俄尼索斯剧场，形状为半露天沉井式，共有 78 排由石灰石砌成的阶梯座位，可容纳 15000 人。最初这里只是单一地演出祭祀和赞美酒神狄俄尼索斯的歌舞，但不久即出现了第一位职业男演员泰斯庇斯，演出内容也随之由过去的临时准备改为事先创作剧本，所演剧目也不仅仅为酒神，还有其他神话故事和历史人物的传说。文学史真正意义上的戏剧也由此诞生。据说，古希腊人非常喜欢看戏，每当演出之时，剧场里座无虚席，人头攒动。随着沉井底部舞台上演员不断变化的喜怒哀乐表演，观众的情绪也跟着时起时伏，或笑，或哭，或悲，或叹。这时台上台下融为一体，舞台看台合为一台，演员和观众都一起沉浸在戏剧的情节和氛围中，整个剧场也就成为一个大舞台。文学艺术的发展需要特定的土壤。正是古希腊人对戏剧的这种狂热挚爱，才在这片土地上产生了戏剧这种伟大的文学样式，并一直传承至今。另一座是建于公元161年的希罗德·阿提库斯剧场，共有32排座位，可以容纳5000人。这原是一个大门带有屋顶的半露天沉井式大剧场。如今大门已不复存在，只有那些坍塌的大理石墙壁和拱形视窗，在依稀告诉人们当年剧场的气派和豪华。让我们没有想到的是，在这个古老得不能再古老的剧场里，居然摆放着一些现代演出设备。原来，这里现在每年还经常举办各种音乐会，上演芭蕾舞、歌剧和戏剧，特别是每年的雅典艺术节期间，这里人如潮涌，水泄不通，挤满了观看演出的男女老少。一个这样古老的剧场，在1800多年后的今天，还在发挥着原有的功能，跳跃着绚丽夺目的现代舞姿，飞扬着动人心弦的现代旋律，且不用现代音响，声音依然是那么清亮，这不由得使我们惊叹不已。

离古剧场不远，便是古雅典竞技场。这座公元前331年的建筑如今被修缮一新，整齐的阶梯座位围成了一个巨大的半圆，犹如一弯新月落在了地上。置身场内，我们脑子里立刻浮现出古代奥林匹克运动会的图景。那还是在公元前800年的时候，古希腊的各个城邦国正处在战争和瘟疫的深重灾难中。

为了解除人民的痛苦，恢复城邦国之间的和平，伊利亚斯的国王采纳祭祀的建议，和斯巴达等国的国王开始了神圣的休战，并一起在一个叫奥林匹亚的地方举办运动会。虽然竞赛的场地非常简陋，竞赛的项目十分有限，参赛的运动员也不多，但在激烈的赛场上，裁判员手拿发令棒，头戴橄榄花圈，一丝不苟地履行着自己的职责。他们既像一个严厉的法官，裁决着运动员的输赢，又像一个和平的使者，带来了各城邦国的友好。所以，这与其说是一次体育运动会，不如说是一次和平的大聚会。也许就是因为用赛场代替了战场，用竞技代替了杀戮，让人们从战争走向了和平，加之又能强身健美、愉悦心情，奥林匹克运动会也就受到了古希腊人的热烈欢迎，并规定每四年举行一次。每到这个时候，古希腊人便纷纷从各个城邦赶来，不仅是参加比赛，更是来传播和平与友谊。因而奥林匹克运动会也就成了古希腊人的盛大节日和狂欢。

但遗憾的是，在公元4世纪末期的古罗马占领时期，几百年从未中断举办的奥林匹克运动会，被皇帝狄奥多西取消了，直至1500多年后的1896年，一个名叫顾拜旦的人在雅典古代竞技场重新点燃了奥林匹克的圣火，举办了第一届现代奥林匹克运动会。从此，奥运的五环旗帜高高飘扬在世界各地，奥运的精神之光照亮了五大洲的各个角落。每四年一届的奥运会，不仅成了不同肤色的各国运动员展示力与美、争夺金银铜、奏响更快更高更强最响亮声音的盛会，而且成了全球人民友好交流最宽广的桥梁和纽带。尤其可喜的是，2004年奥林匹克运动会再度回到雅典举办，来自四面八方的各国人们在这里相聚、比赛和观摩。整个雅典成了一个欢乐的海洋。可以说，世界上没有哪一项运动能受到人们如此的喜爱，也没有哪一项运动能使全世界的人如此广泛地参与。或许是由于古雅典竞技场具有不可替代的特殊意义，在它的入口处立有一块纪念石碑，上面写有几行简单的说明文字。一项已经废除了上千年的运动会，不仅被现代人所恢复，而且充满着蓬蓬勃勃的生命力，其内中的原因是发人深思的。我想大概是古希腊人创造的奥林匹克运动会，体现了古今人类共同的情趣追求和精神价值吧。

在雅典老城区，还有一处重要的古希腊遗迹，就是大约公元前5世纪便已发展成形的安戈拉市集。它位于科洛诺斯山山丘上。这里不仅有众多的廊柱型商店、银币铸造厂，而且还有议事厅、法院、祭坛和提赛翁神殿等建筑。虽然这些建筑都不复存在，满地都是一片荒凉与颓废，但从一些残存的基座和倒塌的石柱中，可以想见这里昔日的规模和繁荣。陪同我们的希腊华人联合会主席张先生告之，古希腊时期的市集，既是重要的商业场所，亦是重要的政治、宗教和文化活动中心。市集里天天人流如织，熙来攘往。人们不仅在市集里购买物品，更在市集里议论时事，表达观点和民主决策。透过张先生的话语，我们的思绪不由得飞到了那个辉煌灿烂的古希腊年代。我们仿佛看到雅典市民正在庄严地投票民主选举执政官，仿佛看到议事厅里议员们正在热烈讨论和举手表决城邦的重大事项，仿佛看到市民们正聚在一起各抒己见地评论时政，仿佛看到苏格拉底等人正在街道巷尾向市民发表演讲。据说，苏格拉底就是在市场与别人的辩论过程中才逐渐形成了他的学说。可见，自由的市场环境是产生思想巨人的沃土。当然，在这一时期，不仅仅产生了苏格拉底，还先后产生了柏拉图、亚里士多德等一批著名的哲学家和思想家。他们犹如一颗颗光芒四射的巨星，不仅闪耀在古希腊的天空，而且穿透漫长的黑夜，辉映着现代人类文明的进程。

由于工作关系，我曾参观和考察过许多国家的废墟和古迹，古埃及的金字塔、古印度的皇宫、古玛雅的遗址，以及我国的万里长城等。所有这些虽然都令我赞叹，然而它们充其量只是当地一座孤立的古建筑而已，并没有看到它们对世界其他地方产生什么影响。如今虽然它们已举世闻名，但也不过是一堆供人凭吊和参观的遗迹，最多也只能让人们发发思古之幽情。古希腊的废墟却不是这样，可以毫不夸张地说，从它诞生的第一天起直至现在，都在悄无声息地发挥着作用，如汩汩泉流一样滋润着人类的历史和文明。这是一座座思考的废墟，这是一座座活着的废墟，这是一座座青春的废墟，这是一座座灵动的废墟。在古希腊的废墟里，我们可以寻觅到现代民主政治的源头，可以寻觅到现代国家的雏形，可以寻觅到现代哲学的起点，可以寻觅到现代文艺体育的脉端。正是古希腊的这些废墟，引导着人类从历史深处一步步地走向现代文明，也正是古希腊的废墟，能这样紧紧地把历史和现实连在一起。所以，从这个角度来说，古希腊废墟是其他任何地方的古迹都无法比拟的。

古希腊废墟，一个永远不老的童话。

古希腊废墟，一座永远不倒的丰碑。

2013 年 3 月

> **在**迪拜这样一个本不适合人类生存的地方,硬要人为打造一个几百万人聚居的国际大都市,而且还一味地追求式样奇特和超级豪华的"世界第一",这种发展模式是不可取的,实质上是一种掠夺式、破坏式和非理智的发展。

迪拜的恐惧

一

前些年我有幸访问了迪拜。

当看到犹如一个没有生命只有荒漠的星球上巍然耸立着一个繁华的大都市,我惊愕得不亚于发现"新大陆"。

怪不得人们把迪拜称为"沙漠的奇迹"。

眼下的迪拜,可谓是人间天堂。先不去说那些灯红酒绿、笙歌燕舞,不去说那些奇珍异宝、罕品怪物,不去说那些豪华盛宴、美味大餐,不去说那些流光溢彩、烂漫绚丽,单说那些众多的"世界第一",就让人头晕目眩,瞠目结舌。

　　这里有世界第一家七星酒店，名曰帆船大酒店。它像一扇巨大的风帆屹立于滔滔的碧海之中。1999年建成，费时5年，总计耗资40亿美元。据说里面金光闪闪，无论大厅、中厅还是套房、浴室，无论门把手、水龙头还是烟灰缸、衣帽钩，直至一张便条纸，都镀了黄金，简直就是一座名副其实的"黄金大厦"。

　　这里有高达828米的世界第一高楼迪拜塔。站在这座具有浓郁伊斯兰风格的摩天大楼上眺望，蓝色的大海伸向无边无际的远方，周围的建筑小得如同玩具一般，似乎举手便可触摸到蓝天白云。这时，你会情不自禁地产生一种"欲与天公试比高"的豪迈感。

　　这里有世界上第一座螺旋式"动力塔"酒店。这也是世界上第一个4D摩天大厦，整座大楼就像一个慢慢旋转的立体镜头，让人把四周的风光尽收眼底。

　　这里有世界上第一流的机场。有通往世界各地的国际航线，有世界上一流的飞机，有世界上一流的航空服务，有世界上一流的旅客吞吐量。但因国土面积太小而没有一条国内航线。

　　这里有世界上最大的"沙漠冰雪场"，面积相当于3个足球场，拥有5个不同难度及长度变化的坡道，最长达到400米。来自世界各地的人们在里面滑冰玩雪，于烈日炎炎中尽情享受冬天的冰雪乐趣。

　　这里有世界上最大的喷泉，约100立方米的总水量，喷出的水柱最高可达150米，相当于50层楼那么高。在6600盏灯和50个彩色投影机的照射下，喷涌而出的水柱随着各国的名曲翩翩起舞，变幻出1000多种姿势和造型，把人们带入童话般的梦境。

　　这里有世界上最大的海底度假村。2200多间不同的房子全部建在波斯湾

20多米以下的海底,清一色的有机玻璃与海水一样透明。人们在"龙宫"里可与鱼儿同乐、与海草相伴,欣赏海底的瑰丽景色,体验海底的别样生活。

这里有世界上最大的垂直迷宫,55层楼高。它的每一层阳台形成了错综复杂的路径,让你在"山重水复"中感受"柳暗花明"的快意。

这里有填海所造的世界第一个棕榈岛。共耗资180亿美元,面积达500万平方米,由一条长2公里的树干形岛屿、16座棕榈叶形小岛和新月形岛屿组成,从空中俯瞰,就像一棵漂浮在海中的棕榈树。岛上有2400栋别墅、公寓和宾馆,同时可住5000人,文化娱乐设施一应俱全,山水园林交相辉映,乃旅游和度假的绝佳胜地。

不仅如此,这里还有300多个填海而造的岛屿构成的世界上最大人工群岛,有世界上最大的人造码头、世界上最大的购物中心、世界上最大的游乐园、世界上最美的清真寺、世界上最高的住宅楼,甚至还有世界上最贵的牙套、最贵的面膜、最长的金链子、最长的涂鸦、最大的冰激凌、最大的LED外墙照明灯等,简直就是一个"世界之最"展览馆。

迪拜人不断创造着"世界第一"的神话。正如有的人所说,不管在什么领域,只有你想不到,没有迪拜人做不到的。

迪拜就是以这种魔幻般的"世界第一",吸引着全世界人的眼球。

二

在访问时,我被迪拜惊世骇俗的发展深深震撼着。

很多年以前,这里还是一个十分落后的小渔村,金色的沙漠和咸涩的海水构成了主基调。由于资源匮乏,生活在这里的阿拉伯人以捕鱼和采珠为生。

他们白天顶着烈日下海劳作，晚上住在破旧的帐篷里，过着几乎同原始人无异的日子。

那么，是什么原因让这个小渔村一跃成为闪亮耀眼的现代化之都呢？带着这个问题，我特意走访了迪拜文化交流中心。这是一间颇有特色的房子，地上铺着红色地毯，四周沿墙摆着红色坐垫，墙上挂着马灯和圆形草鞋。主人身穿白色长袍，头扎白色纱巾，戴着一个黑色围圈，一副阿拉伯人的打扮。他先为我们每人调了一杯咖啡，接着又端出几盘椰枣，然后向我们介绍了迪拜的历史和发展，那娓娓道来的语气，透着一股骄傲和自豪。

1833年，从阿布达比迁离出来的巴尼亚斯部落800人在这个小渔村建立了迪拜酋长国，不久受到英国的保护。从此英国把这里作为通往东印度公司的重要中转地，这样就带动了周边地区的人们来此经商做生意，迪拜也渐渐繁荣起来。但这时的迪拜，充其量不过是一个小小的商业贸易港口城市。

也许是老天爷的有意垂青，1966年，迪拜在离其海岸120公里的海底发现了石油。随着1969年第一桶原油出口，迪拜这片荒凉的沙海，眨眼之间变成了财源滚滚的风水宝地，遍地的沙子似乎变成了黄灿灿的金子，整个国家一下子富得流油了。1971年英国人撤离波斯湾，迪拜联合阿布扎比和其他5个酋长国成立了阿拉伯联合酋长国，从而大大增强了迪拜发展的空间和实力，迪拜也由此进入了前所未有的发展快车道。1975年迪拜的石油收入占到国民生产总值的54%。

有了石油这块"黑金"的雄厚财源，迪拜便开始了大规模的基础设施建设，不仅兴建高速公路，扩建港口和机场，兴建重要服务设施，而且大搞城市建设，使得过去破烂不堪的城市换上了新装，披上了新的色彩。与此同时，国家还拿出相当数量的钱为老百姓谋福利，从教育到医疗，从住行到养老，全部免费。

老百姓一有钱也变得任性了，花钱就像流水似的。不仅住着高档别墅，购置高档小轿车和现代化的家用物品，购买各种高级奢侈品，还乘着飞机到世界各地旅行度假，过着远比当时世界上绝大部分人优越舒适得多的现代化生活。

石油，让迪拜人当起了令人羡慕的"土豪"！

然而，好景不长。在多年的密集大量开采之后，到了20世纪80年代初期，迪拜的石油产量由高峰期的年产41万桶骤然下降到不足7万桶，经济出现了大幅下滑，发展陷入了困境。在这种情况下，迪拜政府以强烈的危机感，要求迪拜人树立"世界第一"的意识，用"世界第一"的标准来重新打造整个城市，把迪拜建设成为中东的金融中心和旅游观光城市，在石油资源枯竭的情况下走出一条转型升级的发展新路。

于是，迪拜开始推进多元化发展的经济政策，1985年成立了杰贝拉里自由贸易区，并在对外贸易上实行灵活自由宽松的政策，凡是到迪拜经商的一律免税。这样就吸引了世界各地的人来这里做生意，街上所有的小店几乎都是外国人开的，迪拜也因此成为全球没有所得税和营业税的城市。同时成立阿联酋航空公司，建设大型港口，使迪拜迅速成为国际性的人流和物流中心。

这一时期，迪拜在城市建设上也迈开了前所未有的阔大步伐。他们先后建起了许多"世界第一"的逆天建筑，而且每座建筑都是独树一帜，在全球绝无仅有。为了增强城市的吸引力，他们还兴建了大量的世界一流娱乐和服务设施，设立了马术等世界性赛事，凡来参赛的选手一律免费，从而大大提升了迪拜的影响力和知名度。短短20多年，迪拜不仅城市的面貌日新月异，变得新奇高大，让人惊叹不已，而且经济突飞猛进，国民生产总值呈几何级数增长，经济对石油的依赖度也下降到几近百分之一。一个石油资源枯竭、自然环境恶劣的弹丸之地，迅速成为一个具有发达商业、贸易、金融、旅游的世界级大都市。

迪拜人以敢为人先、勇当第一的精神，领导全球城市建设新潮流，把一个崭新的迪拜展现在了世人面前！

由此，迪拜赢得了国际上一片赞扬声，称其为产业升级和城市转型的成功典范。

三

人类通常犯的一个毛病，就是对不少事情的结论往往下得过早。

几天的访问下来，我在耳闻目睹了许多现象后，渐渐对迪拜这种发展模式产生了疑问。

迪拜果真走出了一条转型发展的成功之路吗？答案应该是否定的。

只要稍做分析，我们就会发现迪拜的转型发展，是以消耗巨量自然资源和环境为代价的恶性发展。迪拜地处沙漠，不仅气候恶劣，夏季最高气温达到50℃，有如赤日炎炎似火烧，冬天又常刮沙尘暴，遮天蔽日的黄沙直逼得人喘不过气来，而且干旱缺水，年降雨量只有20毫米，是全球水资源极为缺少的地区之一。可以说，除了那些耐旱的椰枣树外，几乎寸草不生。因此，要在迪拜种活一棵树木非常之难，仅一年的费用就要三四千美元。也因为如此，在迪拜，看一个人是否富有和尊贵，不是看其房子有多大多好，而是看其房子周围栽了多少树木，树木越多就越富有和尊贵，树木就是财富，绿色就是地位。不仅如此，迪拜又是一个资源十分匮乏的地方，几乎所有生产和生活原材料都要靠从其他国家进口，建筑的石头是从埃及买的，泥土是从巴基斯坦买的，树木是从美国买的，绿草是从澳大利亚买的，至于每天全市要消耗的水电等资源，那就更是一个天文数字了，不知要比其他地方高出多少倍。

然而，就是这样一个城市，却在转型升级的过程中，不断地扩大城区规模和人口数量，不断地刷新城市建筑"世界第一"的纪录。如今的迪拜，人口已从 1980 年的 28 万人急剧增至 300 多万人。而更让人忧虑的是，这里人均日用水量已超过 7 立方米，仅次于美国和加拿大，居世界第三位。有关机构专门做过统计，迪拜年用水量已超过自身可再生的 26 倍之多，就是加大海水淡化产量，那也难以为继。

同时我们还发现，迪拜的转型发展是一种追求"超豪华生活方式"的畸形发展。大手大脚和无节制地讲排场比阔气，已经成了迪拜生活的常态。位于棕榈岛中心的亚特兰蒂斯大酒店，2008 年举行开业典礼，邀请了世界各地的 2000 多位名流参加，包括好莱坞巨星罗伯特·德尼罗、篮球巨星迈克尔·乔丹、著名主持人奥普拉·温弗瑞等，举办了比北京奥运会规模大 7 倍的烟花表演，总计花费 2000 多万美元，被世界各大媒体誉为"全球最盛大的派对"。如果说这还只是亚特兰蒂斯大酒店的一次性超豪华消费，那么酒店里平日的超豪华消费就更令人咋舌。由于酒店内部的装潢极尽奢华，这里的住宿费十分昂贵，特别是那位于顶部 22 层面积近千平方米的皇家套房，一晚的价格竟高达 20 万元。也许因为是全世界最贵的皇家套房，里面充满着皇家气派。金碧辉煌的客厅，富丽华美的卧室，漂亮撩人的浴室，金叶铺成的餐厅，还有那一支由星级厨师和著名乐手等组成的专业团队的服务，让人不由产生一种"帝王般"的感受。特别是站在那一尘不染的宽阔阳台上，面对湛蓝的天空、壮阔的大海，仿佛一个人承包了整个波斯湾。这座超级酒店还有超级的娱乐，内部的水族馆里 65 万多种海洋生物展现着千奇百怪的风姿，尤其是那些鲨鱼、魔鬼鱼和食人鱼不时给人造成一种出其不意的惊悚；水上乐园中的各种冲浪滑水使人充满刺激，飞流直下的"自由落体"瀑流，让人胆战心惊吓出一身冷汗。至于迪拜人的日常生活，也彻底颠覆了人们的想象。在其他国家，人们养的宠物都是猫狗之类，而在迪拜，人们养的宠物却是狮子和老虎。

由此可见，在迪拜这样一个本不适合人类生存的地方，硬要人为地打造一个几百万人聚居的国际大都市，而且还一味地追求式样奇特和超级豪华的"世界第一"，这是违背人类可持续发展原则的，这种经济转型升级的方式也是不可取的。表面上产业和经济变得高级和现代了，而实质上是一种掠夺式、破坏式和非理智的发展。如果全球都像迪拜这样，那我们这个地球就会严重"透支"。由此我想到最近国际智库发布的"地球超载"警告：自1986年以来，"地球透支日"已提前两个月出现，2019年更是有史以来最早的一次，至7月29日，人类已用尽今年的自然资源。按照现时的资源消耗率，人类使用自然资源的速度，比地球生态系统再生的速度快1.75倍，等同于每年使用1.75个地球。倘若按照迪拜的资源消耗率计算，"地球透支日"还不知要提早多少天！这种状况如果继续下去，地球的资源就会快速耗尽，人类赖以生存的基础就会快速丧失，这样人类也就会快速走向自我毁灭。所以，迪拜在石油资源枯竭后的发展转型升级，不仅会无限刺激人们的消费欲望，对提高人类的生活质量毫无积极意义，而且会使经济和社会的发展走入歧途，以致产生无以估量的灾难。

迪拜，现代化之树上结出的一枚歪果。

访问结束的那天，当我走出酒店那凉爽舒适的空调房间时，外面灼热的阳光立刻把我炙烤得大汗淋漓，但不知怎地，我却感到全身发冷，不禁打了几个寒战，一种巨大的恐惧爬上了我的心头……

2019年8月

第五辑

> 其他东西可以丢掉,但"第一"和"唯一"的东西丢掉,是终生的一种遗憾,而且是一种无法弥补的遗憾。

拾取娃声一串

娃声,是一串对故乡的眷恋,是一串活泼有趣的游戏,是一串放牛的小小脚印,是一串稚嫩肩膀上被柴担压出的印痕,是一串初学栽禾的犊劲,是一串捉鸟捉鱼的快乐,是一串节日的欢笑,是一串朗朗的读书声。当然,也有调皮时挨打挨骂的痛苦,有长身体时吃不饱饭的烦恼……

村庄密码

在江西省的西北部,横亘着一条几百公里的九岭山脉,那绵延起伏的山峦,犹如镌刻在天地之间大大小小深深浅浅的无数"人"字形皱褶,显得辽远、壮阔和苍莽。而那浓烈沁人的绿意,又使这一条条皱褶充满着蓬蓬勃勃的生命力。

我的家乡就藏在山脉中段安义县北面的一个小小皱褶里。

这个皱褶，其实是一条南北走向的山垄，两边的峰岭在中间弯成了一个橄榄形的小盆地，南北长约4公里，东西宽约2公里。四周青山环抱，林木葱茏，流水潺潺，阡陌纵横，只在南面留下了一个通向外面的小小豁口。倘若单从自然环境看，真可与陶渊明笔下的"桃花源"媲美。

但是，在很久以前，这里却是个野兽出没、没有人烟的洪荒之地。元末明初，先祖来到这里安家立业。根据家谱上的记载，我们这一刘姓人家是从江西德安县陂溪村迁到安义县鼎湖桥南村，最后迁到现在的这个地方。至于德安县之前刘姓迁徙的来龙去脉，那就很笼统了。谱上说我们是汉高祖刘邦长子齐惠王刘肥之后，最早的祖籍地在徐州，唐朝末年南迁到江西饶州。由此看来，应是皇家血统。不过，历来许多姓氏续写家谱，都要找一个历史名人做祖宗，好像唯有这样才显得自己的身世不同凡响，才能使后人们感到无比的高贵和荣耀。这恐怕也是中华文化一种独有的情结吧！

听老一辈人说，先祖选中这么一个地方建立村庄，是花了不少心思、动了不少脑筋，并有仙人指点的。以前对这话也就听听罢了，没往深处想。后来随着阅历的增加，才发现先祖确实了不起，在村子的选址和建立上体现了一种大智慧，就是今天来看，也是非常科学、非常了不起的。

你看，整个村庄坐西朝东，蕴含着紫气东来。村后一脉从主峰逶迤而下的山峦，让村庄有了扎实的靠背；村前一条清澈的小港，让村子有了汩汩流淌的灵气；再前面是一片田野，让村子有了开阔的胸襟；再前面又是一脉绵延的青山，让村子有了一种瑞龙呈祥的意境。村子的布局也体现了一种礼仪和秩序，村前正中是一个总牌坊，两边隔段距离分别是四大房族的分牌坊，所有牌坊都是"山"字造型，中间高两边低，上面刻有横额、对联和图案。牌坊后面才是住户人家，青砖黛瓦和天井大院交相辉映。特别是在小港上游做了一道坝堰，将水引入村中，一条小溪流过牌坊前面，然后绕家缠户，流入村中，在山区营造了一种"人家尽枕河"的水乡特色。与小溪连通的，还有村前的两个池塘，面积不大，水面清澈，每到夏季，荷花盛开，满塘散发着淡淡的清香，醉人极了。可惜的是，在2000年以后兴起的建造"洋房"热中，这条小溪被废掉了。

因为亮丽，村子有了一个高贵的名字：珠珞。

在村子的南面，矗立着一片古樟林，十几棵古樟树由西往东一字排开，为村子撑起了一道绿色的屏障。远远望去，龙干虬枝，昂然挺立，苍苍翠翠，遮天蔽日，大多树身要五六个人拉着手才能围抱，其中最粗的一棵要七八个人才能围抱得过来。由于树冠巨大枝叶繁茂，古樟的根系异常发达，不少树根粗如水桶，像卧龙一样，一会儿钻入地下，一会儿又匍匐在地面。站在这里，你可以深切体会到树大根深的含义。

古樟林也有一个动听的名字：琼山。

珠珞，琼山。这不就是一个人间仙境吗？

一个闭塞平凡的山村，却取了如此高贵雅致的名字，我从中感受到了先祖的文化底蕴和品位。

从小时候起，我就很想知道村子的来龙去脉。多少次，我翻阅家谱寻找答案，但那里面除了一串串世族系表和名字外，几乎没有任何信息。所以，我只得把眼光投向琼山这片古樟林。据说这是先祖在这里开门立户时亲手栽下的。这样算来，这片古樟林也有700多岁了。村子有多老，大樟树就有多老。由于年代久了，有的树身已经空了，但依然枝繁叶茂，生机蓬勃。有些树的枝干虽然枯了，但又奇迹般地生出新的枝叶，重又焕发出新的青春。今人不见古时人，唯有樟林观古今。这是怎样的一种生命？同这些古老的樟树相比，人类的生命显得是何等的短暂和渺小。

从古樟树满是疙瘩的身躯上，我忽然感悟到了什么。是啊，琼山古樟林不就是我们这个刘姓村庄发展的缩影吗？它们刚栽下去时不过是一棵棵小小的树苗，以后慢慢开枝展叶，不断长大，枝生枝，叶生叶，一年一年，一轮一轮，也不知经受了多少雨雪风霜，也不知经过了多少春夏秋冬，最后长成了一棵棵枝繁叶茂的参天大树，蔚成了一片苍劲古朴的樟树林。而我们的先祖最初也是单枪匹马来到这里开基安家。他生有八个子女，老大和老二是女儿，老三随着"江西填湖广"的移民大军去了遥远的四川，老七不幸早夭，其余四个儿子则跟着父亲开荒创业，奋力打拼。就这样年年月月，月月年年，父生儿，儿生孙，子子孙孙，繁衍不息，由当年孤零零的一户人家，到清朝末年，竟然发展成了一个近千人的大村庄，四个儿子的后代也分别繁衍成了四大房族。由于田地有限容纳不了太多的人口，一部分人走出山口迁往其他地方发展，一部分人顺着山谷迁到里面的山上定居。一条大山垄，山上山下都姓刘，几乎成了刘姓的一统天下。

我想，不用再去寻究村子发展的历史了。村头的琼山古樟林，就镌刻着村子的年轮，记录着村子的变迁，折射着村子的沧桑，承载着村子的厚重。

村庄的全部密码，就藏匿在这片古樟林里。

地道农家

我家位于村子的最南面，也是村子的下头。所以离琼山古樟林很近。站在家门口，那一排古色古香的巨大绿荫就全部收进了眼里。

同村里的绝大多数人家一样，我家世代都是农民，是先祖第八个儿子的后人，隶属于八房，也是排在最后的房族。祖辈的日子过得很一般，只是到了祖父刘贤光手里，才有了明显起色。1920年以后，家里陆续购置了十来亩田地，房子也建得比较宽敞。父亲刘祈全1923年出生，由于家境有了宽余，祖父就让他读了十年私塾，在村里算是一个有点文化的人。由于毛笔字写得好，所以村里每逢有大的喜事和活动需要写字时都由他出面代笔。母亲魏木莲是个大字不识的农村妇女，吃苦耐劳，为人善良，且治家有方。一家人过着殷实富足的生活，可说是其乐融融。

然而，祖父和父亲并不就此满足。作为一个种田人，他们始终抱着中国的传统观念：土地是财富之母，谁拥有更多的土地，谁就拥有更多的财富；不想拥有更多土地的人，不是有出息的人；要想发家致富，就必须拥有更多的土地。不仅如此，他们还坚信，勤劳能够发家致富，勤劳能够改变命运。用我们今天的话说，就是勤劳能够更好地体现自己的本事，体现自己的生命价值。于是，他们也就比过去更加勤奋地劳动，比过去更加省吃俭用，希望有朝一日成为村里数一数二的富裕人家。

但是，人算不如天算。1939年日本鬼子侵占了家乡，一把火将我家的房子烧成了灰烬，全家人只好躲到山里避难栖身，直到日本鬼子撤出后才回到村里。站在房子的废墟前，全家人长叹不已，有家却无立锥之地，就是鸟儿也要有个窝呀！被逼无奈之下，祖父和父亲狠心卖掉了一部分田地，用卖地的钱到山口外的罗庄买了一栋旧的木头房子，在原址上建了起来，房子一排五间，父亲和我叔叔家各一半。两家人在这房子里一直住着。改革开放以后，村里人都盖起了小洋楼，但我家的房子还是原来的，至今有了近百年的历史，可以算是全村唯一的"文物房"了。

房子盖起后，全家人以为可以安定平静地过日子了。有一天，村里的保长突然找上门来，说国民政府要征兵，因我父亲符合条件，要他去抓阄，抓中了就得去当兵。父亲迫不得已去了。大概是越不希望发生的事就越会发生。父亲抓了一个纸团，展开一看，上面打了一个"勾"。这无疑是晴天霹雳，把全家给吓住了。这当兵可不是去外地"打长工"，是要上前线打仗的，搞不好就会把命送掉回不来了。但又不能硬顶着不去，否则保长就会上门来，把人给直接抓了去，而且全家也不会有好日子过。怎么办？那几天祖父急得吃不下饭睡不着觉，一个人偷偷坐到琼山古樟树下边抽旱烟边想法子。他听说如果肯出一笔钱，有人可以代替去服兵役。他想来想去，也只有这一条路了。于是又卖掉了一多半田地，加上向亲友借贷，好不容易凑足了钱作为"赎金"，让人替换父亲去当了兵。

父亲虽然躲过了国民党的兵役，但家里也因此伤了很大的元气，田地减少了三分之二，家用也常常入不敷出。然而祖父和父亲却没有丝毫的气馁，他们想，留得青山在，不怕没柴烧。只要勤劳刻苦，卖掉了的田地可以再买回来，损失了的家产可以再赚回来。于是，他们每天早出晚归，在田地里辛勤劳作。功夫不负吃苦人。一连几年，庄稼长得茂盛，连续获得好收成。这样家境又有所恢复，到全国解放前增加到了八亩多地，还购买了少许山林。

1951年土地改革时，我家被划为中中农。

我就是土改那年农历七月初六出生的，父亲给我取了个小名，叫劣根。那时乡下给孩子取的名字都很贱，据说这样容易养活长大。又因为我的八字里面有四个"金"而没有水，就给我取了个大名叫刘上洋。其中"上"是辈分，"洋"为弥补水的缺乏。我出生后，母亲奶水不够，恰逢本房的一位大妈刚生小孩奶水充裕，就让我吃她的奶水，一直吃到了三岁。"断奶"后，父母又专门请人做了一个银项圈给我戴上。所有这些，都体现了父母的良苦用心，为的是我能够平安健康成长。

我父母共生了四个小孩。我之前先后有个哥哥和姐姐，但都不幸夭折了。在我之后还有个妹妹。1957年发生流行性脑膜炎，除我母亲外，家里三人都传染上了，妹妹被病魔夺去了生命，我父亲虽然抢救过来了，但留下了气短咳嗽的呼吸道后遗症。我发病时高烧不退，口吐泡沫，父母亲吓得脸色发青。我是他们儿女中剩下的独苗苗，是他们唯一的希望和寄托，如果有个三长两短，那对他们的打击肯定是致命的。幸好我被送到县医院紧急抢救，治疗两个多月才捡回了一条命，而且恢复得很好。村里人都说我命大八字硬，将来必有后福。经过这场惊吓后，父母亲最怕我生病，每逢我有个头痛脑热，母亲就会拿个小竹盘装上一些大米，沿着村巷，穿过琼山古樟林，一边撒着米粒，一边用我的小名大声叫着："劣根，你快点回来，神灵会保佑你！"这是在呼唤我的灵魂归来。也真的很奇怪，经母亲这么一喊，我的病也就好了。难道真如人们所说，有些古老的事物因长久吸取天地的精华会变得很有灵性和神通，帮助人们祛病消灾？

由于父亲有些文化，家乡一解放，在一位领导的动员下，父亲到区里当了文书。但工作几个月后，他感到很不适应，觉得还是种田好，于是就告辞回家了。由于家庭成分是中中农，按照上面的政策，贫农和下中农是依靠对象，中中农和上中农是团结对象。因而父亲说话办事显得十分谨慎，宁可自己吃些亏，也不去跟人计较，能让人的地方他尽量让人。而有些出身好的人对我家也就显得很不客气。1958年村里办起了食堂，生产队长要把我家的全部房间打通作为吃饭大厅，父亲犹豫了片刻还是答应了。其实，村里有些人家的房子比我家的要大得多，因看到我父亲好讲话就把主意打上了。这样我全家只好挤到厨房里住，直到食堂解散。1964年生产队的一位干部要紧挨着我家做一栋新房子，并提出靠我家这边不再砌墙，要借用我家这面墙。我父亲不同意，但对方明知这样做不对也要坚持，我父亲只得忍气吞声做了让步。后来那家人看我到了省里工作，主动把那面墙砌起来了。我想如果我还在家种田当农民，结果又会怎样呢？从这面墙中，我看到了世态炎凉，看到了人情冷暖。

由于遭到了这样不公正的对待，我一直有些愤愤不平。两年后，"文化大革命"发生了，全国各地掀起了一场批斗牛鬼蛇神的运动，村里也对地富反坏"四类分子"开起了批斗会，并让这些人戴着高帽子游村示众。当中有一个人是我家的邻居。他家是村里的富裕户，有一栋两进两个天井的青砖大瓦屋，日本鬼子来时，没能被烧毁。之后家里又一路顺风顺水，财富滚滚而来，原来厚实的家底也就更加厚实了，还请了几个雇工。所以解放后被划为了地主，没收了土地，一家人一下子由人生的"峰顶"跌入了"谷底"。

看着眼前的场面，父亲始终沉默着，没说一句话，只是用眼光看了看我。

因为不谙世事，我当时并不理解父亲眼光的含意。后来读到一位作家的文章，讲他的祖父曾经拥有不少田地，因为遭遇变故，到解放时差不多把所有的田地卖光了，所以没有被划为地主，他的子女也因此避免了不敢抬头走路的厄运。

这时，我的心里才恍然大悟。世事风云变幻，祸福相伏相倚。昨天的福也许就是今天的祸，昨天的祸也许就是今天的福。这正如中国的古训所云："塞翁失马，焉知祸福。"

从此，我的心里变得平静了。

独子的孤独

20世纪五六十年代，是中国人口爆炸式增长的时期。每个家庭都有三四个甚至更多的孩子，像我这样的独子非常少。而独子，最大的痛苦是孤独。

当看到别人家的一大群孩子围着桌子有滋有味地吃饭时，我感到非常孤独。

当看到别人家的兄弟姐妹在一起嬉戏玩闹时，我感到非常孤独。

当看到别人家的小孩在一起哥帮弟、姐帮妹干活时，我感到非常孤独。

当看到别人家的兄弟姐妹逢年过节在父母带领下走亲戚时，我感到非常孤独。

无时不在的孤独，让我产生了一种强烈的心理，如果我有兄弟姐妹该多好，家里就会变得热闹了，我也不会孤独了。

所以，我时时渴望同小伙伴们在一起，几乎每天要把他们邀到一起玩。

在晒谷场上，我们做着各种各样的游戏。或者绕着仓库躲猫猫捉迷藏，输了的要被刮鼻子。或者爬到旁边的禾草堆上然后再跳下来，比谁跳得远。或者滚铁环打陀螺，看谁坚持的时间长。或者跳绳，比谁跳得久。有时也会在小溪边用泥土和水搅和在一起，用泥巴捏成青蛙、小鸟等动物。或者用竹筒做的射水器，相互打着水仗。或者用木头做的手枪，在后面的缺口插上火药片，用安着橡皮的栓子撞击，在"啪啪啪"的枪声中，相互展开激烈的"战斗"。对有个经常呵责小孩的单身癞痢头，我们还会搞些"恶作剧"，用纸包些牛粪悄悄放在他家的大门上面，他开门时牛粪掉在他的头上和脸上，一身臭烘烘的，气得他站在门口双手叉腰破口大骂："是哪个短命鬼干的？"我们躲在附近的屋里得意地笑着，但又不敢笑出声来。

小孩子在一起玩时难免耍小孩子的脾气，一有不合就会发气、吵架甚至相互打起来。这时感到委屈或吃亏的一方就会回家向父母告状，懂理的父母就会教育自己的孩子正确对待，不讲理的父母就会指责别人的孩子而维护自己的孩子。如遇到双方都是这样的父母，那就相互大开骂戒，以致伤了和气。记得有一次，我被一个小孩在转动木棍时不小心打了一下，头上起了一个大包，痛得我大哭不止。父亲闻声赶了过来，那小孩吓得在一旁呆呆站立着，我也以为父亲会把那小孩训斥一顿，但他在问清了情况后，就对那小孩说，这事不能责怪你，你不是故意的，不过以后玩木棍时要注意，不要再打着人。父亲说完便要我过去同那小孩拉拉手，我们又和好如初地玩开了。也有的时候，小伙伴们不愿理睬我，于是我就把家里好吃的东西搜出来，分给他们吃，极力讨好他们，让他们同意陪着我玩。

小时候，如果村里有现在这样丰富的儿童娱乐活动，我的孤独感也许会减少许多。那时整个村里没有一本"小人书"，更没有什么儿童活动场所，唯一的文化活动就是一年能看一次电影和戏剧。我看的第一部电影是《董存瑞》。村里大坪上竖起两根木杆，中间挂着一块白色幕布。晚上，村里男女老少拿着木板凳和小椅子，在大坪上密密麻麻挤坐着。父母带着我坐在一个角落里。看到桌子上的一部机子转动一个小轮，将光线射到幕布上，人在上面会走路、会说话，跟真的一样，我觉得非常好奇。戏是附近村庄的农民剧团演的，在大坪上搭个台，前面挂两盏煤油灯，演的都是帝王将相和才子佳人之类的古装戏。每当看电影和戏剧时，我就像过盛大节日一样，所有的孤独感也就烟消云散了。但这毕竟太短暂了。

听村里人讲故事，也能使我经常从孤独中走出来。我家堂屋的后门正对一条"花花巷"，一米多宽，青石铺面，两边的青砖房子夹成了一条南北通道，夏天非常凉快。我们常常坐在青石板上乘凉，听大人们讲些鬼呀、怪呀、妖呀、神呀之类的事情，但最受欢迎的是村里一个中年大哥给我们讲的那些撩人心魄的古代传奇。冬天气候寒冷，讲故事的地方就转到生产队部，屋里烧着一堆松木，大家坐在火堆边，尽管被烟雾熏得泪眼模糊，但听故事的热情仍像火一样旺盛。他没有什么文化，斗大的字认不了一箩，但不知为什么肚子里的故事却多得很，从《封神榜》到《三国演义》，从《西游记》到《水浒传》，从《隋唐演义》到《杨家将》，基本上都会讲，而且讲得绘声绘色，引人入胜。一些年轻人也被吸引到听故事的人群中来。大家最爱听的还是英雄遇美女的传说。记得有次讲《薛仁贵征西》，薛丁山在三打寒江关时，被樊梨花三次擒获。因为薛丁山长得英俊，樊梨花舍不得杀他，而是想方设法逼他成婚做了自己的新郎。大家听得津津有味，对薛丁山羡慕极了，眼睛瞪得直直的，嘴巴张得大大的，有的没有结婚的年轻人还有点想入非非，巴不得这样的好事降临到自己身上。向往异性，渴望艳福，这也许是人类本性的一种使然吧？

听故事就这样填补着我孩童时代贫乏的精神生活，也是我最快乐的时光，所有的孤独感在听故事中不知不觉跑得无踪无影了。

我家右前方一巷之隔是大队部。这原是地主家的房子，现在归了公家，里面还装了电话。凡是上面来了干部，一般都住在这里。我会到大队部门口听他们谈天说地，尤其喜欢看人打电话，见他一只手按住电话机，一只手摇着机把子，然后拿起话筒"喂喂"叫着总机把电话摇到所要的地方，接通了就讲话。我迷惑不解，两个人离几十里路远讲话怎么能听得到呢？我巴不得天天有人到大队部来，这样就热闹，不寂寞。但有时大队部没有干部来住，又恰逢我的父母亲外出，我一个人在家，孤独感就会强烈地侵袭着我，而且这种孤独感会转化成一种莫名的害怕。我读小学一年级的那年冬天，大队修建一座水库，所有男女劳动力都参加，父母亲也不例外，并吃住在工地。正好学校放寒假，我一个人在家，由邻居一位叔公帮着照顾。白天因有小伙伴在一起觉得很开心，但一到晚上，一个人在床上睡觉时，那就难过了，不仅感到孤独，还会感到非常恐惧。什么鬼怪妖魔，还有村里已过世的人灵魂再现等传闻，一起浮上心头，越想就越害怕，越想就越睡不着，只得把被子蒙住脑袋，龟缩成一团，一动不动，大气都不敢出，直到非常困倦才慢慢睡着。第二天我不敢一个人在家住了，就跑到水库工地，跟父亲他们一起住在临时搭的工棚里。

就这样，独子的孤独一直深深地刻在我的脑海里，甚至影响了我同别人打交道的能力。成家以后，我想不能只生一个小孩，免得下一代像我这样饱受孤独之苦，况且我又是单传，无论如何也得有两个小孩为好。1979年10月女儿出生后，准备间隔两年后再生一个。但次年中央就向全党发出了计划生育倡议书，提倡只生一个小孩。作为共产党员，我必须响应党的号召，决不做违背党的政策的事情。然而我也有自己的小算盘，就是不办独生子女证，也不领独生子女的补贴费，等到十年后中央放松计划生育政策后再生一个。没想到这一等就是四十年，才迎来了生育政策的改变。但这时我和夫人已六十多岁，只能把这个任务交给下一代去完成了。

现在常常看到一些文章，说孤独是一个人的最高境界。这是没有体验过孤独痛苦的故作高深。人类生来就是群居动物，爱好热闹是人类的本能。孤独，永远是人类的大敌。特别是对于正在成长身心的小孩子来说，孤独离他们越远越好。

倘若像有些人那样推崇孤独，使孤独成为一种流行，那人类世界离忧郁和麻木就不远了。

乡下放牛崽

放牛，是我童年生活的重要组成部分。

我家原有一头黄牛，因而我很小的时候就跟牛打交道，不过开始时只是跟在父亲后面帮着牵牵牛绳，到六岁时，我就经常一个人单独放牛。

随着人民公社的成立，各家的耕牛也全部归为公有，并由生产队派专人统一负责放养，于是我也就无牛可放了。这样实行了一段时间后，效果非常不好，于是又把耕牛分给每户放养。记得那天，琼山古樟林下人声鼎沸，热闹异常，三十多头耕牛系在木桩上。按照生产队的安排，各家都派人来认领自家放养的耕牛。父亲满以为会把家里原来的那头黄牛划给我家放养，但生产队长却分给了别的人家，要我家放养另外一头更为弱小的黄牛。父亲虽然有些不高兴，但还是接受了。当时我很天真地对父亲说："为什么不给我家放养一头大水牛？"父亲说："人口多的家庭放养大水牛，我们家人口少，放养一头小黄牛就可以了。"也是，自古以来的农村就是这样，哪家的人多就常常占上风吃赢手，哪家的人少就只得吃亏甚至受欺负。

放牛，曾被历史上一些文人士大夫描绘成是一件很浪漫的事。唐代栖蟾有诗曰："牛得自由骑，春风细雨飞。青山青草里，一笛一蓑衣。日出唱歌去，月明抚掌归。何人得似尔，无是亦无非。"宋代雷震有诗曰："草满池塘水满陂，山衔落日浸寒漪。牧童归去横牛背，短笛无腔信口吹。"明代高启有诗曰："日斜草远牛行迟，牛劳牛饥唯我知。牛上唱歌牛下坐，夜归还向牛边卧。长年牧牛百不忧，但恐输租卖我牛。"这些诗写得确实很有趣味，但离现实生活很远，只不过是文人士大夫的闲情逸致、闲吟低唱罢了。

其实，在乡村放牛，是非常辛苦的。

一年到头，不管阳光高照，还是刮风下雨，放牛是天天不能缺的。我们那时只上半天学，下午就放牛或做其他的事情。每年春天和夏天，我都要把牛牵出去吃草，如果山脚下或小港边的草多，那只要把牛绳搭在牛的背上，任它自己去吃，我坐在一旁看着就行。有时要让牛在田埂上吃草，那我得要在前面牵着绳子，眼睛也要随时紧盯着，以防止牛偷吃田里的庄稼。人们常说牛是最老实的，可这小黄牛并非如此，只要我稍不注意，它就会把嘴伸向田里的水稻猛吃几口。于是我就用竹鞭在它背上狠抽几下，它又乖乖地把嘴缩回到田埂上吃起草来。本来，春耕和双抢时，牛是最忙的。但因为我放的那头牛个子和力气小，所以大家都不愿拉它去耕田干活。这样，它也就无事可干，但我却惨了，不能闲着，得天天拉着它去吃草。就这样，日复一日，天天如此，我心里渐渐感到非常烦躁和无聊。也是，对于一个正处于爱跑爱动年龄的小孩子来说，每天这样被牛禁锢着，难道不是一种受罪吗？

深秋时节，田野里的草都枯萎了，我就把牛赶往山上吃树叶或竹叶。不知是什么时候起，村里所有牛的脖颈上都挂有一个竹筒，里面吊着一个铃铛，凭着声音可以判断牛的方位和远近，这样一有什么情况就可以马上发觉，我也可以坐在山脚边安心地玩和休息。但有一天下午，我把牛放到山上后就到山脚边摘野果子吃，因一门心思放在吃上，忘了听牛的铃铛声，不知牛跑到哪里去了，于是急急忙忙上山寻找，一直找到天黑还不见踪影。这牛是集体的，丢失了那还了得，要受到追究不说，就是把整个家当拿出来也赔不起呀。我害怕极了，但又不敢在山上久留，只好哭着回到家里。于是父亲就带着我打着火把来到山上，但找了好久还是没有把牛找到。父亲说这样不是个办法，不如就坐在山脚下等，母亲这时也赶来了。就这样整整守了一个晚上，第二天天亮时，牛自己回来了，全家人不由得长长出了一口气。

冬天来临，天气变冷，外出放牛就停止了。但每天早上和傍晚，我要把牛从槽里牵出来到池塘里喝水，还要从禾秆堆里抽出禾草抱到牛槽给牛喂一次饲料。如果天晴，就把牛系在木桩上，让它晒太阳。别看只是这样几件简单的事情，不管天寒地冻，还是雨雪连绵，必须天天做、定时做，这得靠一种耐力，否则是坚持不了的。

那些年，还经常举办耕牛评比活动，从村里一直评到县里。为了参加比赛，各家都在暗暗较劲，想尽办法把自家的牛养得膘肥体壮。我家也尽了最大的努力，但由于养的黄牛体型不大，在参加村里评比时就被淘汰了。而有个大队干部家养的一头水牛，由于体型高大，加上养得膘肥壮实，皮毛发亮，在评比中一路过关斩将，最后在参加县里评比时夺得第一名。当主人牵着披着大红花的水牛回到村里时，全村男女老少像迎接尊贵的客人一样把它围得水泄不通，有的在它头上摸摸，有的在它身上拍拍，主人脸上也洋溢着一副自豪的表情。

由此可见，动物世界和人类世界是相通的，许多成败都是天生就决定了的。如果先天素质太低，后天再怎么努力也是起不了多大作用的。

好会栽禾的崽哩子

在农村，看一个人有没有本事，一个最重要的衡量标志，就是栽禾的技术高不高。如谁栽禾又快又好，村上人一定会另眼相看。

也许就是出于这个原因，在我很小的时候，父亲就教我栽禾。

别看这栽禾，外行人认为很容易，不就是把秧苗插下去吗，其实是项难度很大的活。不仅要弯腰抬头，而且手里还要不停地把秧分开插下，并做到竖横成排。特别是先要由一个人"打线"，即选择田头中间一个合适的位置和角度，把五行秧苗从田的这头栽到那头。有些人可以把竖行秧苗栽成笔直的线条，这可要点真功夫，否则就栽得弯弯曲曲不成样子。只有"线"打好了，后面的人才能依次跟着把秧插好。

父亲是村里有名的栽禾"一把手"，禾栽得又快又好。那年春耕插秧时，他带我到田里，同大家一起栽禾。开始时，我动作很慢，禾栽得歪歪扭扭。为了让我尽快学会，中途休息时，父亲就挑一块小田，要我一个人继续栽插，他站在田埂上指点。我在田里认真学着栽插。人们常说，"蛤蟆没颈，孩子没腰"，意思是说小孩子弯腰栽禾不管多久腰都不会痛。其实不然，小孩子的腰一样会痛。学习栽禾的头两天还没有什么感觉，但在连续栽插一星期后，我的腰就痛得直不起来。尽管如此，我还是咬牙坚持着，一直到春耕插秧结束。

如果说春插是我学习栽禾的起步阶段，那么"双抢"就是学习栽禾的攻坚冲刺了。由于栽禾的一些基本技能已经掌握，下一步就是学习如何在栽插秧苗时把"线"打直，并且要做到栽插速度快。这是非常关键的一步，否则就不能说是真正学会了栽禾，而很多人往往就是在这个环节败下阵来。我暗暗鼓励自己，一定要冲过这个关口。于是，我单独要了一块田，专门学着"打线"，开始时禾苗行距栽得不直，父亲就接过秧苗给我做示范，并说，栽禾时眼睛不能向下看田里，要抬头向前看，横竖对齐，这样禾行就会栽得直。我按照父亲的话不断栽着，果然没多久就有些成效了。或许是有些事情越到后面越难做，栽了好多天后，我总觉得好像在原地踏步，没有什么起色，不由得有些灰心丧气。这时父亲对我说，千万不能泄气，只要坚持栽下去，到时一定会有一个很大的长进。于是我重新鼓起勇气和信心，不厌其烦地学习着"打线"的栽插技巧。

栽禾本来就很累，天气的酷热就更让我受不了。成天弯着身子低着头在田里栽禾，头上烈日暴晒，脚下水里发烫，身上火烤一般，汗水直往外冒，衣服全部湿透，整个人像从水里捞出来似的。特别是汗水流到眼睛里，刺得无法睁开。加上蚂蟥叮在小腿上，直到吸饱了血自己掉下，鲜血不断从伤口流出来。即使这样，我也同大人们一样，除了中午吃饭后休息两个小时，从清晨五点一直栽到晚上八点收工，累得全身都瘫了，只想躺下来睡觉。有一天上午，我拼命栽着禾，突然感到全身严重不适，身上不流汗，也没有劲，像要随时倒在田里似的。父亲知道我中暑了。于是马上请来一个"打师傅"，他让我坐在田埂的一块石头上，朝我身上喷了几口白酒，从头到脚推拿了一番，不一会儿我就出了一身大汗，全身马上就舒服了。我又下到田里，继续栽着禾。口渴了，就拿起从家里带来装满茶水的竹筒"咕咚咕咚"喝几口，或到附近的山脚下掬几口山泉。就这样,凭着一股不怕苦的劲头,经过顽强不屈的训练,我终于练就了一套"打线"的硬功夫,小小年纪就成了村里的栽禾能手。

每年放暑假,我会到生产队帮着插秧,顺带为家里赚点工分。村外最南面有个叫麻蓝畈的地方,公路旁有三块相接的水稻田,大家问我能不能串起来一起"打线",我笑着点了点头,先站在第一块的田头向第三块的田尾瞄了瞄,确定了大致方向,然后动手栽插,大约二百米长,一口气完成。大家一望,五行秧苗像五条笔直的线条在三块田的中间划过,都竖起大拇指对我连连称赞。我也没有想到这一手会"露"得这么好。此后凡是大队和公社的干部来检查生产,都要在这田头停留许久,欣赏我的"杰作",从此我插秧的名声就更加传开了。

长大后,读到五代时布袋和尚写的一首《插秧诗》:"手把青秧插满田,低头便见水中天。心地清净方为道,退步原来是向前。"这首诗让我更加明白,做什么事都要像插秧一样,只有心无旁骛,坚持不懈,有时即使看起来没什么进步甚至是退步,其实是在不断向前,最后一定可以到达理想的目标。

学前"练功"

父亲读过书,知道文化的重要。所以,在我上小学之前,就对我进行学习训练。

我六岁那年,端午节后的一天,父亲到县城去,说要给我买东西,所以我就早早地到村口琼山古樟林里等他回来。因为刚刚过完节,我还沉浸在兴奋中。节日那天早上,母亲在大门上挂上菖蒲、艾叶,在房屋周围撒上雄黄水,我则迫不及待地把母亲特意染红的咸蛋挂在胸前,在和小伙伴们相互炫耀一番后，就忍不住把它吃掉了，然后再挂一个，又吃掉，再挂一个，又吃掉，一直吃到七八个才罢休。还有吃粽子，因为只有这天才能吃到白糖，所以就拿着粽子狠劲地蘸着吃，一个粽子蘸了十几次糖，吃了也不觉得腻。随后父亲又带着我到邻近的靖安县仁首镇看划龙船。那击鼓划桨的比赛场面，直看得我热血奔涌。

看到太阳离西山还有两三根竹竿高，时间还早，我就同小伙伴们去玩了。正玩得起劲时，突然听到父亲叫我的声音，我赶紧跑过去，满以为父亲给我买了好吃的。谁知近前一看，竹篮里装着一叠厚厚的写着红字的纸，还有毛笔、砚台和墨条，什么吃的东西也没有。大概是看出了我的心思，父亲便指着竹篮对我说：这就是我给你买的东西。我问他买这个做什么。父亲说，让你练字。我说我还没上学，字都认不得，怎么练字。父亲说，不认得可以学呀，你要将来有出息，就得要读书。读了书的和没读过书的，脑筋大不一样，做起事情来也大不一样。

我懵懵懂懂地点了一下头。从此以后，我便当起了"家庭学生"，开启了学前教育。

父亲给我制定了三项学习任务。

描红当然是首要的，既可以学习认字，又可以练习写字，可谓一举两得。父亲拿出砚台磨好墨，先教我认会描红本上的字，接着教我握笔的姿势，再教各种笔画的写法，然后在描红本上示范。按照父亲的要求，我每天坚持描红练习一个小时。开始时描的是"一二三上中下"笔画少的字，以后就渐渐描笔画稍多一些的字。由于毛手毛脚，我经常会搞得手上衣服上都是墨，有时候不小心往脸上一揩，成了一个大花脸，惹得大家哄笑。到后来，我有时还会离开描红本，在毛边纸上练起来。就这样练了一年，还真有些长进，不仅认识了不少常用字，还可以独立写毛笔字了。到上小学那年竟然在过年时给邻居家写对联了。虽然字写得不好，但在六十多年前那个文化程度普遍不高的时代，还是让乡亲们吃了一惊。

与此同时，是学打算盘。父亲给了我一本手抄的珠算口诀本。我先花了几天时间，把"二一添作五、三下五除二、四下五去一、五去五进一"等全部口诀背得滚瓜烂熟，接着就在算盘上学习拨打，先学打"小九规"。我原以为很容易，谁知拨打起来并不轻松。心里念着口诀，手指头不是忘记拨算盘珠子，就是把算盘珠子拨错。有时虽然拨对了，但动作非常慢。后来经过反复练习，逐渐变得熟练协调了。到学打"大九规"时，我拨打的速度就很快了，最后快得有点令人眼花缭乱，村里人看了，都一愣一愣的，都说"这劣根崽子算盘打得飞起来，将来肯定不得了"。

第三项任务，就是学习20以内的加减法，父亲几乎每天都要出题给我做，我几乎都会交出一个满意的答卷。在此基础上，父亲又要我背诵10以内的乘法口诀，我基本上不费多少气力就学会了。

尽管父亲对我要求很严，看得很紧，但贪玩是小孩子的天性。对父亲布置的学习任务，有时马虎对付，草草完成。有时完不成时，还会编个理由蒙混过关。为此，父亲常常会瞪着眼睛凶我一顿，有几次还弓起中指敲击我的额头，又连打我几个巴掌。有一天下午，我准备打开本子描红时，村里几个小伙伴邀我去小港里学划水。我说等把这几页描好了再去，他们说有几个会划水的人在港边等着，我们学一会儿就回来。这样我就同他们去了。谁知一下到港里，立即就被水激起的兴奋浸裹着。几个会划水的人分别把我们的身子托在水面，我们不停地用双手划着水，就这样不停地划呀，划呀，也不知过了多少时间，居然可以不用别人托着，自己单独向前划个一两米远了。也许人的秉性都是这样，对自己想学的东西，往往是学到半会半不会的时候就越想学，越停不下来，越想尽快全部学会。所以，我明知到了时间应该回去了，但就是舍不得上岸，一直学到太阳下山才离开。

回到家后，我感到惶惶不安，心想今天挨骂是少不了的。但见到父亲，他什么也没有说，只是冷冷地看了我一眼，好像什么事也没有发生。我暗暗庆幸今天总算过关了。晚上我上床睡觉，刚刚躺下，父亲进来了，手拿一束竹梢，命令我把裤子扒掉，然后在我的屁股上狠狠地抽打，一边打一边喝道："你今天为什么不描红，做什么去了？"我边哭边说："我学划水去了。"父亲："你以后还敢这样不？"我说："不敢，不敢。"父亲似乎还不解气，又猛抽了一阵，打得我屁股上满是血痕，痛得我呼天喊地，在床上滚来滚去。最后，还是母亲过来劝说了一番，父亲才住手。

这次挨打，最重，也最刻骨铭心。

从那以后，我变得规矩多了。

喜欢捉鱼

小溪在村里七弯八拐缠绵了好一些时候后，便恋恋不舍地出了村，钻进琼山古樟林里逗留了一番，然后向着庄稼地里欢快地奔去，那是它心中的向往和归宿。

那时的小溪清澈见底，一群一群的鱼儿在水中游来游去。捉鱼，自然也就成了我们这些小孩的拿手好戏。

每年春天，是小溪水流最旺的时候，也是鱼类繁殖的季节。大大小小的鲫鱼、鲇鱼以及其他鱼类逆水而上，喜欢在水流湍急的地方产卵。这时是捕鱼的好机会。捕鱼的笼子是用竹篾做的，橄榄形，中间大，两头小，正中底下有一个喇叭形口子，外宽里窄，且里面的竹篾很密很尖，鱼儿进去了因篾尖密集刺痛而出不来。到了傍晚时分，我就会背着父亲做的这种捕鱼竹笼来到小溪边，选一个口子比较窄、水流比较急的地方，把笼子放下去，两边用石块和泥巴等压紧，让水从笼子里穿过。晚上，鱼儿就会逆着水流从喇叭口子进到竹笼里，但当它们想出去的时候无论怎样也出不去。第二天清晨，我到溪边把竹笼提起来，看见鱼儿在里面活蹦乱跳，虽然大多数时候只有几条小小的鲫鱼，心里也是乐得像开了花似的。

水稻吐穗扬花的时候，也是捉鱼的好时候。这时，田里不干不湿，在稻田里繁殖生长的小鲫鱼都不得不聚集在低洼有水的田角或田边。村里人把这样的小鲫鱼叫作"禾花鱼"。我和村里的童伴们，每人背着一个小鱼篓，手拿一个用苎麻编结的小捞兜，到田畈里四处游动，只要看到了稻田里哪个角落有禾花鱼，就用捞兜全部捞起来，倒进鱼篓里，回家后交给母亲。她先用水把鱼冲干净，接着把一只一只小鱼的肚子捏开挤出内脏，再放到簸箕里晒干或放在锅里烘干，然后装进坛罐里。要吃时就拿出若干条，用辣椒一炒，那味道好极了，直至今天都是我最喜欢吃的菜。可惜由于农药和化肥的滥用，稻田里这种小鲫鱼早已绝迹了。

乡下捉鱼，鱼叉也是少不了的工具。月朗星稀的夏夜，父亲一手举着火把，一手拿着鱼叉，沿着村里的小溪，围着村边的池塘，一路走着，一路观察，一旦看到有鱼伏在水中不动，或者在水里缓缓游着，就猛地把鱼叉往鱼身上一插，然后举起，只见一条鱼儿在叉尖上一边流着血一边拼命挣扎，父亲随手把鱼从叉尖上取下来，放进竹篓里。有时我看见水中有鱼，从父亲手里要过鱼叉，学着他的样子屏住气息向鱼插下去。不知为什么，明明看到插中了，但鱼却不知去向了。我问父亲是什么原因，他说我心太急鱼叉没握稳，插歪了。尔后，按照父亲讲的要领插了好多次，竟然也可以叉到鱼了。也有不少时候，是到田里捉青蛙。夜幕下，一阵阵蛙声此起彼伏，好似在演奏一支支交响曲。

父亲的火把在前面照着，我跟在后面随时严阵以待。当看到伏在田边一动不动的青蛙时，我就蹑手蹑脚地走过去，把布袋往蛙身上一盖，青蛙在里面扑腾几下，就被我紧紧地抓在手里。这样一晚可以捉到十几只，可谓是战果累累。在那时，总觉得夏夜叉鱼和捉青蛙是一件很好玩很有趣的事。现在看来这是在糟蹋和残害生命，是一种破坏自然界生物平衡的血淋淋行为。

用油茶渣饼晕鱼，也是乡下捉鱼的一种方式。不知是什么人，也不知是什么时候，发现山上油茶子榨完油后的渣饼，鱼吃了会晕眩。在天热鱼肥的季节，父亲带着我，把榨过油的渣饼在石槽里碾碎，再放进水桶里用水搅拌溶解，直至起了很多白色泡沫，然后选一个鱼比较多的小池塘或小港湾，把木桶里的油茶渣水，分批倒进水中，一边倒，一边搅动，让油茶渣泡沫向水中扩散。大约一个小时，水里的鱼因吃了这种水慢慢就会昏晕而翻白。这时，父亲和我就拿着捞兜把鱼捞起来。最多的时候，一次可以抓到十来斤鱼。那时，村里也用油茶渣饼晕鱼，不过选的都是大水塘、大港湾，抓到的鱼也就更多，每户可以分到好几斤。

冬天，天气寒冷水清浅，鱼儿基本不露面，所有的鱼都潜到池塘和河湾的水底去了，这时候捉鱼的办法就是把水抽干。那时没有抽水机，只有用一种叫水车的东西把水车干。这种水车是木制的，长一丈五左右，以木板为槽，头尾各有一个木轮轴，不过头部的轮轴大很多，两边连接着供人力转动的拐木，一条像龙骨一样装有若干刮水板的木链条，把木槽和头尾轮轴绕着连为一体，可以循环往复地转动。车水时，把尾部浸入水中，头部放至岸上，人用两个木制的把手套住两边的拐木转动轮轴，带动木链来回翻转，木链上的刮水板就能顺着把水提到岸上。每逢天不下雨稻田缺水，家乡人就用这种水车抗旱。冬天捉鱼时，大人们把好多部水车抬到水塘或港湾边架好，接着就一起车起水来。这车水是很累的活，手臂要来回运动，过不多久就酸痛，于是大家就轮流着干。水一车干，大人们就卷起裤腿跳到塘里捉起鱼来。当有人捉到一条大的乌鱼或鲇鱼，就会情不自禁地大喊一声，抓在手里的鱼尾巴也不断甩动，一下就溅得他头上全是泥水。这时我们小孩也会下到塘里凑热闹，跟着大人一起捉鱼，往往是鱼没捉着，却成了一个大泥人，冻得手脚通红。大人们还把水塘和小港底部的四周翻开，很多甲鱼便四脚朝天露了出来，大家抓住就一个劲儿朝箩筐里边抛，不一会儿就把箩筐装满了。冬天的鱼味道分外鲜美，特别是鱼汤做成的鱼冻，简直让人放不下筷子。但家家都拣小的鱼先吃，大的用盐腌着，留着过年和待客。至于甲鱼，是最贱的，很多人家都不要。没想到现在却成了高档食品，20多年前有一种"中华鳖精"还作为中国田径队的营养秘方，成了市场上的抢手货，真是此一时彼一时也。

爬树的乐趣

我爬树的欲望，是捉知了引起的。

每到夏天，村前村后的树林里成了知了合唱的大舞台。它们匍匐在树叶浓密的枝丫上，一个劲儿地叫着，那声音，此起彼伏，相互呼应，恣意任性，枯燥单调，使本来就很炎热的天气显得更加炎热。

有一次，我和几个小伙伴在古樟林里玩，突然，一些雨点从树上洒落在我的头上。大晴天的怎么会下雨，一问才知是知了拉的尿。我非常气愤，就想爬到树上去把知了捉下来。但又没有办法爬上去。这时，正好发现有一个木梯放在大树下，我如获至宝，立即把它扶起来靠在了树干上。我沿着梯子爬到树干的分叉处，但因树太高，枝太粗，没法再往上爬，只好眼巴巴地听着知了在树的枝丫上鸣叫。我有些无奈，很不情愿地从树上下来了。

大树上的知了没捉到，我心里的那股气就没法解。那就到一些不是很高很粗的树上去，非把这知了捉到不可。而这就要会爬树，但我这个功夫不行。于是，就向几个会爬树的小伙伴学，也可能是这方面天赋不错，在一棵树上学着折腾了几次，就掌握了爬树的技巧。这样，每听到哪棵树上有知了叫，我就悄悄地来到树下，两手把树身一抱，两腿把树身夹紧，接着两只手轮流抱着树干向上攀援，两腿在下边配合使劲往上夹蹬助力，三下两下就爬到树上去了。循着叫声，我发现了一只知了，于是屏住呼吸，伸出右手，五指并拢，猛地盖了上去。但这知了好像警惕性特高，"噗"的一声飞走了。我懊恼极了，心想是不是手脚重了，被知了感觉到了。我不甘心地倚靠在树上，等另外一个树枝上响起了知了的叫声，我又悄悄地爬过去，像前次一样，把右手五指并拢，轻轻地朝知了伸过去盖住，这一回成功了，知了被我捉在手掌里。我高兴万分，继续在树上转战，不断扩大战果，最终捉到了十几只知了。在这之后，我又学到另一种捕捉知了的方法，就是把一根竹篾弯成小圆形，插在竹竿上，然后绕上一层一层的蜘蛛网。因为蜘蛛丝有极强的黏性，只要看见树上哪儿有知了叫，人站在树下撑着竹竿把圆盖往知了身上一靠，知了就被粘住。对捉到的知了，我都会把它们的翅膀一一剪掉，然后放在地上。我蹲在旁边，看着它们爬来爬去，扑腾来扑腾去，心里充满着无限的乐趣。

爬树偷摘果子，也是我小时候经常干的一件事。凡是村里有的果树，如梨树、桃树、李子树、橘子树，一到果子成熟的季节，我都去偷摘过。偷得最多的是枣子和枇杷。我家菜园里有一棵枣子树，每年树上都会长很多的枣子。父母怕生枣子吃了会坏肚子，就不准我去摘着吃，我就会趁他们不在家时，爬上树去，猛摘一阵，装进口袋，然后狠狠地享用一番。如果没吃够，又再爬上树去，猛摘一阵，装进口袋，再狠狠地享用一顿。枣子是自家的，偷再多也就是被父母骂一顿。至于偷摘枇杷就没有这么顺当了。我们村的枇杷树很多，所产的枇杷个儿不大，但味道甜美，在全县乃至南昌一带都有点名气。因为枇杷树是公家的，又在离村里很远的山上，偷摘还得费点脑筋。为了不被发现，我们几个小伙伴常常以砍柴为幌子，偷偷摸摸地来到山上，钻进枇杷林里，爬上树去偷摘枇杷。之后，把偷摘的枇杷装在布袋里，等到天黑了才背着下山回家，一次偷摘公家枇杷的行为就这样不知不觉完成了。当时我们都感到非常得意，现在想来内心十分愧疚。

少时喜欢爬树，还因为迷恋掏鸟窝。山村里树木多，所以小鸟也多，特别是清晨和傍晚，成群的小鸟栖在林间的树枝上，叽叽喳喳地叫着，以它们特有的语言相互做着交流。有时我会突发奇想，如果我能听懂小鸟的语言，就知道它们在讲什么，就可以和它们说话。当看到小鸟在天空中飞来飞去，我又会傻傻地想，如果我能像小鸟一样长着一对翅膀，就可以在天空中自由地飞来飞去，想到哪就到哪，不用脚去辛苦走路了。白天，小鸟要么在天上飞着，要么在树上站着，要捉到它们非常困难。只有到了晚上，当它们回到窝里时，才能把它们"一锅端"。所以，不知有多少个晚上，我和几个小同伴不声不响地爬到树上，用手去捉窝里的小鸟，有的鸟窝做在树梢上，我们爬不上去，就用棍子把整个窝捅掉，小鸟吓得惊叫一声就飞走了，有时窝里也有翅膀还未长全的幼鸟，就会飞掉到地上，我们就把它们抓住，拿回家关在笼子里养着玩。有一对野八哥被我捉到后，我天天给它们喂食喂水，开始时它们还千方百计想飞走，慢慢地就跟我亲近起来了，一看到我就"咯咯"叫两声，我也会在它们的头和身上摸一摸。有一天我觉得不应该关着它们，就打开笼子，让它们飞出去。但这对野八哥在外面转了一圈，又飞回笼子里了。这样我就索性把笼子拿掉，它们就在屋子里飞飞走走，根本就不想回到广阔的天空中去。原以为环境只会改变人，殊不知动物也会被环境改变，舒适的生活会让它们失去自我，不再具有自由翱翔的本领。

夜里捉鸟，还捉出了一门"副业"，就是捉萤火虫。每当捉鸟没有收获的时候，我们就会想到在路边草丛或灌木丛中飞动的萤火虫。那忽闪忽闪、忽明忽暗的蓝光，在夜色中显得既神秘又迷人。当它们停在草叶和树叶上时，我们就蹑手蹑脚地走过去，轻轻地把它们捉住，然后放进玻璃瓶子里。开始瓶子里只有几点蓝光在闪烁，随着萤火虫的增多，慢慢整个瓶子通明透亮，就像一个耀眼的日光灯。古代有个叫车胤的人，家里很穷，没钱买灯油，就在夏天抓一把萤火虫装在口袋里，当灯读书。同样是抓萤火虫，我们却只是为了好玩。今天看来，我们在刻苦学习方面确实要恭恭敬敬地向古人学习。

害怕砍柴

小时候，我最怕的就是砍柴。

现在，无论城里还是乡下，做饭烧水用的都是液化气、天然气和电。而过去不是这样，有煤的地方烧煤，没有煤的地区只能烧柴。所以，许多没有山林的平原地区的人经常要到山里去砍柴。我们山里村子的最大好处，就是"近水楼台先得月"，做饭烧水用的柴火不用愁，到附近山上砍下来就行。

我很小的时候，就跟着父亲到山上砍柴，不过那不是厨房用的烧柴，而是用于烧炭的木材。合作化以前，土地和山林都是私有的，我家里在自己的山林上做了一孔土窑，每年都要砍些树木烧成炭，挑到街上卖，赚些买东西的钱。因为我年龄太小，砍不了柴，只能不时给父亲打打下手。虽然离村里不很远，但为了赶时间，常常一天不回家，中午就在窑边挖个土槽，放上鼎罐，再把米和水倒进罐里，烧火做饭。菜是从家里带来的。那时，觉得这样做饭和吃饭很有趣。所以，每次父亲上山伐木烧炭，我想方设法都要跟着去。

到了十来岁时，我就独立上山砍柴了。秋季和冬季，是砍柴最好的季节。我拿着一把柴刀，夹着一根两头包着尖铁皮的冲镐，到村后的山头上，拣一块树木长得齐人高的地方，一个劲儿地砍起来，砍一摞码一摞，砍完后，分成两堆，再砍两根细长的檵木条并将其扭软，把两堆柴分别从中间捆紧，然后用冲镐刺起一捆举起，紧接着又刺进另一捆，压在肩膀上挑起来下山。一个下午，我只能砍一次柴，手脚麻利的人可以砍两次。有时由于砍的柴多挑起来很吃力，就走一会，歇一会，擦擦汗，透透气。

有年秋天，我正在山上砍柴，突然，从不远的树林深处传来几声吼叫，我知道那是野兽的叫声，顿时吓得魂飞魄散，拔腿就往林子外面拼命跑，一直跑到有大人干活的地方才停下来。他们问我是什么野兽，我说不知道，但听那叫声估计是只会吃人的野兽。他们听了也感到害怕。从此以后，我就不敢一个人上山砍柴了。

果然，没过几天，我的舅舅在一座山上一棵大树的洞里捉到了两只老虎崽子。他用箩筐挑到街上交给了林业部门，不仅受到了表扬，还得到了六块钱的奖励。他喜欢打猎，经常上山用鸟铳打麂子和野猪。他会在野兽经过的路上选择一棵小树，将树干弯下，装上一个带有绳套的机关，再挖个小小的陷阱，把机关放在上面，并用树叶遮盖伪装，野兽一旦踏上去，就会被弹起套住。他还用瓷碗的碎片和土硝混在一起扎成土炸弹，外面再包上一层腊肉皮，放在野兽经常经过的地方，野兽闻到腊肉皮的香味就去吃，一下就被炸了。有一次包炸弹时舅舅把自己的一只眼睛炸瞎了，右手的手指也被炸断了两个，鲜血溅满了全身，他也满不在乎，伤口治好后，又照做不误。由于舅舅经常可以打到野兽，那些年我也可以吃到可口的野味，至今都口齿留香，难以忘怀。

大概是受了舅舅的影响，我父亲也买了一把鸟铳，有时候去山上打打野兽，但每每都是空手而回，只有一次很例外。那天傍晚时，他拿着鸟铳出门，刚到村前小港洼地的一片树林旁，就看见一群野猪在偷吃地里的红薯，于是他举起鸟铳对准其中的一头就是一枪，这头野猪便应声倒地。当时他高兴得不得了。但不久就得了那场脑膜炎并犯上哮喘。他心里后悔极了，觉得这是杀生对他的报应，以后就再也不去打猎了。父亲还要我不伤害动物。每当春暖花开时，我家堂屋的大梁上都会飞来一对燕子，它们在梁上做窝，在窝里孵化生育。堂屋的地上都是它们拉的粪便。我几次想把燕子窝用竹篙撑掉，但都被父亲制止了，并说，人和燕子是一家，有了燕子，家里就有了生机。

60年代初期，公社修通了到我们村子的公路。于是供销社立即就来村里收购杂木棍子。那时的杂木，是指除杉树和松树之外的其他树木。这种杂木棍子，一般长约两米，直径三五厘米不等。我们村山上这样的杂树很多。全村可说是男女老少全部出动，整天钻在林子里，见到合乎规格的杂木就砍。我们家也加入到了村里的这个队伍中，砍了一些杂木卖给供销社。那几年，琼山古樟林下成了杂木收购点，各种杂木堆得像小山一样，拉杂木的汽车沿着刚修的公路来来往往，各家各户也多多少少赚了一些钱。

家乡山上树木破坏最严重的一次，是安奉农场的地毯式砍伐。不知是什么人的决定，有一天，几辆卡车沿着公路拖来了几百个人，在村里安营扎寨。这些人拿着大锯和板斧，在山上一个劲儿地砍树。一棵棵几人才抱得过来的松树，一棵棵几百年上千年的枫树，一棵棵树冠巨大的株树，在嘈杂的锯声和斧头声中不断倒下，仅仅一年多时间，全村的山头就变得光秃秃一片，看不到一棵像样的树。为了回报村里，安奉农场给村里办起了一个用木炭做燃料的发电厂，给每家每户装了电灯。发电的第一天，电厂大门上贴了一副对联："珠今千载机器响，珞日万户夜明灯"。因为对联的开头把村子的名字嵌了进去，特别是破天荒地点上了电灯，村里许多人不由得拍手叫好。

发电厂不到一年就停掉了，山上的树木却要几十年上百年才能长起来。

这代价是不是也太大了？

忍受饥饿

"大跃进"初期，村里办起了公共食堂，大锅炒菜，大甑蒸饭，每天早中晚，十人一桌，大家一起吃。在我的印象中，开始时吃得还好，虽然没有什么好菜，但饭是放开肚量吃的。过了一些时候，米饭就逐渐少了。到后来，早餐和晚餐都改为吃米粥，只有中餐才吃米饭。再后来，为了控制吃饭的总量，又改为发饭票，男劳力每月三十五斤，女劳力三十斤，老人和小孩依照年龄段而定。就是这样也坚持不下去，改为吃红薯等杂粮为主。幸好就在这时，上面来了通知，解散公共食堂。这样，又恢复到了以前各家各户的独立生活。

由于公共食堂把今后的粮食都提前吃掉了，这样生产队就不能按过去的定量如数给每家粮食了，只能给一部分，家里也就天天吃了上餐没有下餐，靠采些野菜打发日子。当时我正处在长身体最需要营养的时候，却整天饿得发慌，以致面黄肌瘦，两眼发黑。为了活下去，父母亲带着我开了一块荒地，种上了青菜。过了个把多月，青菜就长起来了。母亲摘来叶片洗净切细，放进少许大米，煮成菜稀饭，这样终于解了燃眉之急，熬过了严重缺粮最艰难的时候。

过了一些时间，父亲看到村里一座新修水库的边上有块三分大小的地，虽然泥土被挖去做了库坝，地上全是细石头，但他决定把它开出来做稻田。一个多月，父亲带着我，利用中午和晚上的间隙，他用锄头把细石挖出来，我就把细石搬到田的外面。细石挖完后，本以为就是泥土，没料想是挖不动的石化土层，这样的地肯定是种不了水稻的。父亲便又带着我，从附近的山脚下挖土挑来填到地里。母亲每天中午送青菜做的饭给我们吃。就这样，硬是把一块废地变成了可耕之田。来年春天，父亲又挑来猪粪施到田里，带着我在上面栽上禾苗。大概是劳累过度，父亲的哮喘病越来越严重。有时候，一个晚上咳嗽不止，气喘得很厉害，我和母亲非常揪心。父亲怕这病有传染，吃饭时单独使用碗筷。我成家后一直坚持吃饭用公筷，就与我父亲这种好的影响有很大关系。

现在看来，种植水稻是件很简单的事，拖拉机把水田翻犁扎平后，把秧苗往田里一抛，撒上除草剂，到时施上化肥，喷洒杀虫剂，水稻熟了用机器收割就行。但在我们小时候，这一切都要靠原始劳动。翻田耙田是用牛拉的，禾苗是人用手栽的，田里的杂草是人用禾耙除的，化肥是装在撮箕里用手撒的，农药是人背着药筒喷洒的，稻子熟了是用镰刀割下后再在打谷桶上用手搭打脱粒的，大米是用牛拉碾盘碾出来的。每一粒粮食可说是来之不易。正如一首古诗所说："锄禾日当午，汗滴禾下土。谁知盘中餐，粒粒皆辛苦。"

由于父亲患病，开荒稻田里的除草就由我负责。稻子从插秧到收割，一般要除三次草。在除第二次时，是个星期日，那天出门时天气很好，只是天边有一些厚厚的云层，不像要下雨的样子。为防万一，我还是带着斗笠和蓑衣出了门。谁知除草除到一半时，突然刮起一阵大风，顿时乌云翻滚，天昏地暗。这时，一道蛇形闪电就在我前方几十米的地方闪过，紧接着就是一声炸雷从头顶滚过，天像漏了一个洞，雨瓢泼而下。我赶紧戴上斗笠，穿上蓑衣，伏在田埂边，一动都不敢动。原以为这场大雨一下子就会过去，但很久都没有停止。身边闪电一道一道，耳边雷声一炸一炸，吓得我的心"嘣嘣"狂跳，胆都快破了。也不知过了多少时间，才云收雨霁，阳光露了出来，我也长长地舒了一口气。也许是这次受刺激太深，以后只要一听见雷声，我就会紧张和害怕。

人是铁,饭是钢,田无肥料谷不长。地力是农作物的生命。由于地薄肥少,这年,尽管用了九牛二虎之力,这块稻田只收了七十来斤稻谷。但不管怎样,还是从一定程度上弥补了全家的粮食缺口。

三年困难时期,由于粮食不够吃,红薯是最好的补充。所以,生产队里的旱地全都栽上了红薯。大自然就是如此神奇,凡是人类大量需要的农作物在栽种时都很容易成活。红薯这东西很贱,每年春末把育好的薯苗剪成一根根,每根大约六寸长,把它们一行行插到地里,再稍微浇上一点水,十来天就能成活并生出新叶。红薯牵藤后,中途还要翻藤三次,以免其爬在地上生根又长出小薯,影响根部薯块的长大,这样到秋天就可收获。每到挖红薯的时候可热闹了,村上大人小孩都会一个不落地来到地里。大家七手八脚,流水作业,一些人在前面割薯藤,一些人跟在后面挖红薯,一些人把挖出来的一串串红薯摘下放进箩筐里。每每看到有大的红薯,有的人就会拿到旁边的小沟里洗一洗,或是顺手揩掉上面的泥土,大口地吃起来。也许同为饥饿所迫,这时生产队长也睁只眼闭只眼,任凭大家吃。挖红薯的这几天,大家就像过年过节一样高兴,因为可以尽情地让红薯把肚子填饱。全部红薯挖出后,除了选择少量的红薯存到山上地窖里用作来年的薯种外,绝大部分红薯连同薯藤叶,由队里根据每家的人口按比例统一进行分配。一斤稻谷相当于四斤红薯,这样每家都可以分到不少的红薯。我家也有一百多斤。母亲把这些红薯洗净,然后刨成薯丝,放到篾垫上晒干。每次煮饭时,做成只有少数米粒的"薯丝饭"。虽然非常难吃,但很经饿。可以说,那些年,我们是吃着红薯度过来的。

童年的饥饿,使我深切地体会到了没有饭吃的滋味,也使我懂得了一个人能吃饱饭就是最大的幸福。

迷恋过年

小孩子最盼望的是过年。

最先感知年味的是村头琼山古樟林。一进入腊月，村里的大人们上县城买年货，来来去去都要经过这里。所以，琼山古樟林下每天都响着人们购置年货的脚步声，流淌着一股准备过年的浓烈气息。

我们这些小孩子常常会跑到琼山古樟林里，看看谁从街上担着年货回来。如果有人眼角眉梢挂满笑意，就猜他一定买到了满意的年货。于是我们就围上去，说些好听的话，有时还会得到一粒糖子的奖赏。

我第一次上街，是五岁那年跟着父亲一起上街买年货。从村里到县城有十六七里路，父亲怕我一天来回太累，就在街上住了一晚，还在剧院看了一场县剧团演的采茶戏，名叫《战金山》。那时，县城只有一条五百米长的小街，街上只有一家百货商店，几家食品杂货店，街边还有些零星的小摊。县城虽然很小，但对我这个乡下孩子来说，这里的街道是我没有见过的，这么多的房子是我没有见过的，这么多的东西是我没有见过的，这么多的人是我没有见过的，那座七层高的宝塔是我没有见过的，电灯和汽车更是我没有见过的，对一切都感到非常新奇。父亲买了棉布、红纸、红蜡烛、爆竹、酱油、白糖、酒、咸鱼等东西，又带我到河边的码头去了一趟，看到城里有条这么宽的河，河中还用船和木板架了一座浮桥，我高兴得不得了，连忙跳着下了码头石阶跑到浮桥上，在上面晃悠悠地走了一通。那情景，至今都经常呈现在我的眼前。

乡下过年，大部分年货是自家做的，上街买的只是家里或村上没有的东西。最难做的是两样东西，一是豆腐。先要把黄豆放在水里浸泡，接着用石磨磨成豆浆，再接着用纱布过滤出豆浆，再接着把豆浆倒进锅里加温烧开，再接着倒进大圆木桶里降温到一定程度时放进石膏粉末，凝固后用勺子舀到一个垫有夏布的方框内，接着包好并在上面压上木板，等把水压干成型，豆腐才做好了。为了便于保存，母亲把豆腐剖成三角形放到油锅里炸一会儿，这样的油炸豆腐不仅香气扑鼻，而且随时要吃随时可以拿出来。二是米花糖。先要把大米倒在锅里炒成米花，接着把从货郎担子那里买来的米糖放进锅里融化，再接着把米花和糖搅拌在一起，适当放些炒熟了的芝麻，拌匀后铲起来放进一个木制方框里，再用小木棒压紧成型，最后用刀切成薄片。油炸红薯片的做法要简单一些。秋末冬初挖红薯时，就将部分红薯洗净刨成片，再晒干储藏，过年前拿出来放到油锅里炸一会儿捞上来，就成了油炸红薯片，吃起来又脆又香。米花糖、油炸红薯片、炒花生是家里过年时招待客人的主要食品，也是我们最喜欢吃的零食。这些东西最怕也最容易受潮的，做好后都要放在陶罐或瓷瓶里储存。为怕我偷吃，母亲还会藏到楼上的某个角落或地方。但我还是会上楼千方百计翻找，最后总能如愿以偿。

不知是什么原因，我们那一带过年不是腊月三十，而是二十九，而且不是吃"年夜饭"，而是吃"年午饭"。过年时，先打一挂爆竹，接着把大门关上，然后全家端起酒杯，相互说些"身体健康""红红火火"之类的祝福话，就开始吃菜。我们这一代人的小时候，由于贫穷，只有过年时才能同时吃到鱼肉鸡等好东西。所以，一上桌就拼命吃，直到肚子撑得鼓鼓的方才罢休。喝完酒才能"进粮"，也就是吃米饭，倘若酒没喝完就吃饭，就是"犯上作乱"，那是绝不允许的。全家吃完饭后，把大门打开，年饭算是吃好了。

大年三十晚上是隔岁，全家人吃一种叫作糊羹的东西，用红薯粉拌着肉丁、萝卜丁、冬笋丁和豆芽等做成，比汤要稠，味道鲜美，吃起来别有一番味道。现在过年大人都给小孩子"压岁钱"，我们小时候从没享受过这种"待遇"。当然这并不是大人不想给，而是手里没有钱，实在是给不了。能够穿件新衣服，就算是父母对我的最高奖赏了。

新年初一，天还没有亮，父亲要起床点灯，在大门口里边点燃一挂爆竹，紧接着把大门打开，意即"开门大吉"，然后再轻轻合上。爆竹一响，我也被惊醒了。早饭后，我们小孩会三五成群，到全村各家各户向长辈们拜年，一般是边鞠躬边祝新年快乐健康长寿。在年纪大的老一辈面前，还要跪下来磕头。最尴尬的是遇到年纪大而辈分比我低的老人，按年龄我要叫他公公，按辈分他要叫我公公。同村同姓这种年龄与辈分之间出现的矛盾，给相互间的称呼带来了困难。对这些人，在拜年时我就一律叫"哥哥"，只说声祝福的话就行了。这样，从村头拜到村尾，要花上将近一个上午的时间。

在有些年份的初一，村里还会请来狮子武术表演队。一阵锣鼓响过，一头狮子出来绕场一周，接着进行滚绣球、翻跟斗等各种表演。之后，是两个人武术对打、倒立行走，最后是把两张饭桌拼接成一个长方形平台，几个腰扎围巾的青年依次从远处对着桌子一阵小跑，然后一个个朝桌子上一跃，就轻松地腾越过去了，看得大家啧啧称好。但大多数年份，我们这些孩子拜过年后，只能自娱自乐。玩得最多的是爆竹，大家把自家门前没有燃开的爆竹捡起来，拣其中有引信的就用香烟头点燃，然后抛向一些正在嬉笑的女孩子中，吓得她们惊叫着跑开，男孩子们就在一旁哈哈地笑着。对一些没有引信的爆竹，就拦腰对折一下后，点燃露出的黑硝，随即抛向空中，"吱吱吱"的声音伴着红蓝色的光，划出一条美丽的弧线，像极了飞动的彩虹。

从初二开始，就是走亲戚了。那个时候亲戚之间的关系十分密切，不像现在这样缺少人情味，亲戚之间很少来往，人与人之间关系冷漠。按乡下风俗，首先要到母亲的娘家，给外公、外婆和舅舅、舅母们拜年。这些长辈，看到父母带着我来了，都非常高兴，把家里最好的东西拿出来给我们吃，临走还要给我们不少东西。接着，按照血缘的远近，依次到各个亲戚家拜年。同时亲戚也会来到我家拜年。就这样你来我往，我来你往，使亲情显得十分浓厚。当然也有少数亲戚眼睛很浅，看人打卦。我家有个表亲，与当时的一位大队干部家也是亲戚。有一次，我们两家同时到他家拜年，按常理，来者都是客，表面上应该一样对待。但这位亲戚却不是这样，对大队干部分外热情。吃饭前，泡茶敬烟；吃饭时，敬酒夹菜；临走时，给了一大串东西，还暗暗塞给了他小孩一个红包。而对我家则非常冷淡，除了进屋时寒暄了几句和端了一杯茶外，基本上对我们不理不睬，吃饭时也就是简单的一句"你们吃吧"，搞得我们非常尴尬和不快。离开时，给点不值钱的东西装装样子。这一次做客，对我的刺激极大，从此以后，我就没有再去过他家。

随着元宵将近，走亲戚也接近尾声。正月十三这天，村里人开始玩龙灯，到十五结束。这三天，男女老少喜气洋洋，家家户户挂起了灯笼，把过年的气氛推向了高潮。每个房族各有一条龙，全村共有四条，每条由龙头和十六节竹篾编制的一米长的圆形龙身和龙尾连接成，正月十二之前用各种彩纸把龙灯装饰裱糊好。龙头上画着大大的眼睛，嘴里衔着龙珠，下巴挂着长长的龙须，看上去十分威严和气派。每节龙身则用染上花纹的毛边纸裱糊。别的地方的龙是来回翻滚舞动的，我们村的龙是由人撑着向前慢慢游动的，只是偶尔稍稍舞动几下。每个青壮年撑一节，里面点上蜡烛，整条龙通体透亮，在茫茫夜色中，显得灵动而又壮观。四条龙从总牌坊出发，穿过琼山古樟林，在祠堂前缓缓转几圈，然后返回村里，在各条小巷子游弋。接着，又依次到盖了新房、添了人丁、刚刚结婚等有喜事的人家的大门前贺喜祝福，司仪念着贺词，四条龙徐徐舞动。接龙的主人燃放爆竹迎送，还要给些彩金彩礼之类，以图个吉利。元宵那天，四条龙要沿着村子四周山脚的小道转个大圈。村里人不能跟随，只能从村口远望。在山野里蠕动的龙灯，较之近处，更像"龙"的形象，更像"龙"在游弋。回到村里后，四条龙聚在村前的大坪上，围着各自的龙头盘旋。每条龙盘起来后,中间高昂的是龙头,渐次围盘的是龙身,那样子,让我们领略了"盘龙"的雄伟风姿。这几天,最高兴的还是我们这些小孩子,几乎每人手里都会提一个小灯笼,形状各式各样,我也要父亲做了个小灯笼。龙灯游到哪里,我们就跟到哪里。可以说,这些形态各异的小灯笼,与大龙灯相互辉映,成了一道独特的风景。

玩龙灯结束了,年也过去了。但在我们小孩子的心里,仍然"年"犹未尽,巴不得天天都过年。

小学时光

1958年,我上珠珞小学读书。

小学在村外南面的祠堂里,出琼山古樟林还要走三百米。别的姓氏的祠堂都建在村子里面,一般都位于村子的中心。不知为什么,我们刘姓的祠堂却建在村子的外面,且孤零零地立在田野之中。也许因为这里是村子的关口,凡是从村里去外地,或是从外地来村里,这里是必经之地。祠堂在此,既可以让老祖宗时刻护佑村庄的平安,又可以让全村人时刻把老祖宗记在心里,并保持一种敬畏感。

从地基来看,早先的祠堂是一栋大门呈"八"字形的两进赣派建筑,非常气派。但被日本鬼子全部烧毁,抗战胜利后又进行了重建。原来的前半部分成了一个大院子,后半部分重新建起了房子,青砖黛瓦马头墙,并列三大间,中间是祭祀大堂,两边是厢房。解放以后祠堂被改做了小学。除右边厢房的后半部分做了老师的住房外,其他房间都做了教室。学校有一至四个年级,每个年级只有一个班,各有二三十个人。由于全校只有一个名叫熊崇德的老师,所以他只能按照班级轮流上课。在上完这个年级的课后，接着又到另一个年级上课，不上课的班级就做作业或自习。他一个上午只能上四节课，而学校到了中午就放学，所以每个年级实际一天只能上到一节课。

上小学前，我有时会到祠堂里去玩。有一次，熊老师在教一年级学生做个位数加法，教了几遍后在黑板上写了一道题，要一个学生回答，但却答错了。刚好我在教室的窗子外看见了，就喊出了答案。这让熊老师大吃一惊，也对我留下了深刻印象。我正式上学后，得益于学前打下的一些基础，因而学习成绩很好，并当上了班长。县文教局有个干部到学校检查工作，熊老师要我代表全校学生发言。这是我第一次经历这样的场面，上台念稿子时，吓得两腿直打抖。一年级第二学期结束时，熊老师要我跳级，我父亲没有同意，说急火做不成熟饭，小孩子读书应一步一步来，这样学得会更稳当更扎实。

三年困难时期，农村的一些小学合并，我们村的小学只有初小，就被合并到设有高小的罗丰小学。这样我在村里读完二年级，就转到了罗丰小学读三年级。过了一年，罗丰小学又被撤销，整个公社只保留一个新民中心小学。校址是原国民党县长的一所住宅，大院高墙，前后天井，并排三列，上下两层，内面非常宽敞气派。学校离我家有八里路，我只能在校寄宿。熊老师这时已经升任学校的教导主任，看到我初次离开父母单独生活，他主动要我跟他一起睡，这样我就没有同别的同学一块睡通铺。同老师睡在一个房间，起初觉得很拘谨，但慢慢也就习惯了。特别是熊老师对我很关心、很照顾，像对自己的亲儿子一样，让我倍感温暖，我也把他当作自己的父亲。在他身上，我看到了另一种父爱，看到了一位老师的崇高风范。

由于老师缺乏，学校聘请了三个民办老师。我读四年级时，教我们语文的就是一位大我七岁的农业中学毕业生。他天资聪颖，学习认真，成绩优异，为人诚实，但读完农业中学却因为家庭成分是富农而不能继续升读高中，学校根据他的水平和表现，聘他来当老师。别看他年轻，但教学生动有趣，深受大家欢迎。对他的境遇，我当时只是为他感到一种朦朦胧胧的惋惜。直到以后才明了，如果他出身贫下中农，就会继续读高中、读大学，就会成为工程师或科学家，就会在更大的舞台上为国家为人民做出更大的贡献。但一顶家庭成分不好的帽子却断送了他的学业，断送了他的前程。一个有着发展潜能的人才就这样白白埋没了，而且理由是那么正当合理，谁都不会觉得这是人为造成的结果。

在小学六年级毕业前夕，班主任老师特意带我们到县城照相馆照了一张相。这是我第一次照相，当灯光亮起，镜头对着我时，心里一阵紧张。这次的相片，我一共印了十张，除了升学考试准考证和小学毕业证上两张外，其他八张我一直小心翼翼地保存着。但事情就是这样奇怪，越是小心翼翼怕丢掉，就越是容易丢失。我的这张"第一照"，如今怎么也找不到了。

其他东西可以丢掉，但"第一"和"唯一"的东西丢掉，是终生的一种遗憾，而且是一种无法弥补的遗憾。

1964年，我以优异的成绩，考上了安义中学。

那年，我正好十三岁。

2021年6月

有时就是这样，一件非常细小的事情往往会对一个人产生终身的影响。

米粉的力量

一个农村孩子，能考上安义中学，不仅家里人觉得很有面子，同时也为村里人争了光。

接到安义中学的录取通知书后，我父亲请来木匠，做了一个柏木箱子，用桐油刷了好多次，给我上学后存放衣服等日用东西。母亲则请来弹花匠，把用票到公社商店买的三斤棉花和一床旧棉絮重新捣碎，混合着弹了一床新棉絮，再套上蓝底白点的老式被套，算是我在学校盖的棉被了。她还到商店给我买了一个洋瓷脸盆，供我洗刷时用。这个脸盆我一直带在身边，直至现在还保存着。

报到那天，是父亲送我去的。出门时，母亲打了一挂爆竹，嘱咐我要好好读书。父亲挑着担子，一头是被子，一头是箱子。他在前头走着，我背着书包在后面跟着。虽然时令已是八月底，但太阳依然十分火辣，没走多久就大汗淋漓。本来就患有哮喘病的父亲大口喘着粗气，我连忙把父亲肩头的担子接过来挑着。不到半个小时，我也有些累了。父亲又把担子接了过去。就这样，父子俩轮换着挑，顶着烈日走了两个多小时，好不容易到了县城。

时近中午，父亲说索性吃了午饭再去学校报到。于是，我们顺便进了街边的一个馆子店。那时所有的店铺都是国营的，吃饭要付粮票。父亲点了两个菜，一盘豆腐，一盘青菜，两碗米饭，并给了一斤粮票。稍后，他把其中的一碗饭改成了一碗肉丝炒粉。大约等了半个钟头，服务员就把饭菜和肉丝炒粉端上来了。父亲说："你把米粉吃了。"说完他就端起饭碗吃起来了。

我看了看父亲，心里有些难过。因为我读书要花钱，家里生活比较困难，父亲自己舍不得吃点好的，却给我吃肉丝炒粉，真是可怜天下父母心啊！

在今天，一碗肉丝炒粉是再平常不过了。但在五十多年前，这可是美味佳肴。在农村，一般只有过年过节才能吃到，而且是没有肉丝的米粉。平时只有家里来了客人，才能在饭前一段时候，或炒一碗米粉，或煮一碗面条，给他们加个餐，俗话叫"吃汤"。有时母亲多做了一点点，就单独悄悄地添给我吃，我马上躲在一边狼吞虎咽吃个精光。

那个时候，我吃的几乎全是没有佐料的炒粉，即使有佐料，也就是放点豆芽。吃肉丝炒粉，于我还是第一次。还没拿起筷子，我就流口水了。青瓷碗里，因放了酱油的米粉缠堆起一缕缕橙红，肉丝和豆芽拌杂在其间，米粉上黏着一个个细小的油泡，闪着微光，最后铲起来的几块结了巴的米粉堆在最上面，还有几根青菜作为点缀，一阵阵香味扑鼻而来。我从没见过色香味这么好的米粉，仿佛那碗里盛的不是米粉，而是诱惑，是口福。我不忍心一个人吃，想分一些给父亲，但被他用手挡住了。看父亲态度坚决，我只好自个吃了。果然，味道好极了。"唆"的一声，一串米粉进到口里，又滑溜，又柔软，又鲜美，又爽口。三下两下，我就吃了个底朝天，还用舌头沿碗里狠狠地舔了一番。

安义中学的环境十分优美，高大的教学大楼位居校园后面正中，坐北朝南，前面是一个波光粼粼的湖泊，四周杨柳依依，构成了一种"波光、楼影、绿荫"的意境。东面是校领导的办公室和老师的教研室，西面是学生宿舍和食堂。整个校园围绕中轴线展开，是中国传统建筑群的典型布局。学校大门外是一个宽阔的大广场，建有一个戏楼式的主席台，县里的重大活动都在这里举行。广场西边有一排篮球场，东北面是县大礼堂，是开大会和文艺演出的主要场所，学校的开学典礼也在里面举行。

我们这一届初中共有四个班，每班五十人。我分在初一（1）班，并担任班长。但不知为什么，中学生活开启后，我会时时想起那碗肉丝炒粉。其中不仅包含着父亲对子女的爱怜，也包含着父亲对子女的希望。于是，我在心里暗暗发誓，一定要好好学习，以优异的成绩报答父母。恰好开学第一课，不是老师教学课文，而是班主任给我们讲述钱学森、华罗庚等科学家的感人事迹，讲述本校历届高中生考上北大、复旦等名牌大学的故事。大家听得津津有味，我也从中受到极大的鼓舞，决心以他们为榜样，奋发努力，刻苦钻研，争取将来考上高中、读上大学，做一个工程师或科学家，这样我就有钱经常吃肉丝炒粉了。我没有想到，一碗肉丝炒粉，一节故事课，朴实无华，没有什么大道理，却会对我产生那么大的激励作用，可以说这是任何政治思想课都比不了的。由于有了精神动力，我对学习抓得很紧。老师在上课时，我认真听讲；晚上自习时，我认真做作业和复习功课。有时遇到做不出来的难题，我会不停地琢磨和思考，直到弄明白为止。因县图书馆就在学校外面广场的对门，我特意办了一张借书证。所以课外时，我还看了不少小说、散文和《十万个为什么》等书籍。功夫不负有心人，我的学习成绩一直都很好，不仅作文经常被老师当作范文在课堂上宣读，还张贴在有关专栏里让大家欣赏，而且每次期中和期末考试，我的各科成绩都名列前茅。

肉丝炒粉不仅给了我学习的力量，而且给了我战胜艰苦生活的勇气。现在的不少书籍，在描写中学生活时，都充满着浪漫，充满着诗意。其实，我们那时读中学是非常艰苦的。我们住的宿舍非常简陋，每间面积差不多同教室一样大，两层木头架子的竹板通铺住有四十人。住竹板通铺，夏天是凉快的，到冬天可就惨了。一床薄薄的被子，一半垫一半盖，一上床就蜷缩着身子，但根本就睡不暖和，不仅整个晚上脚都是冰凉的，而且常常在半夜被冻醒。遇到寒潮冰雪天，白天即使穿着土布做的棉衣棉袄和棉鞋，坐在教室上课时也全身发冷，只能默默咬牙坚持。一到下课，大家就一涌而出，跑到教学楼的走廊里或楼前的坪场上拼命蹦跳，尽量让自己的身子暖和起来。

如果说住的条件差，那么吃的条件就更差。学校只负责做饭，大米由学生自己解决。这样我每个星期要从家里背六斤大米交给学校食堂，并领取相应的饭票。早餐是一碗米粥和两个馒头，中餐和晚餐各四两米饭，炊事员在食堂窗口用木勺添给我们。吃菜分两种情况，家庭富裕的同学，每月交三元钱，由食堂供菜；家里贫困的学生则自己带菜吃。我每个星期从家里带一竹筒子菜，大多数时候是芥菜腌制的咸菜，有时咸菜里再加几块小腊肉，最好的菜是干辣椒炒小鱼干。有一次，同班一个姓陈的同学看到我带了一竹筒子萝卜丝炒小虾，趁我去图书馆看书时他悄悄吃了个精光，害得我只好到街上买了半斤酱油拌饭吃了一个星期。几天后这事被我知道了，心里虽然十分气愤，但也无可奈何。因为他的父亲是副县长。在我这个乡下农民儿子的眼里，那可是一个非常大的官，我怎么也惹不起，只能默不作声。没想到多年后我也走上了领导岗位。一次偶然的机会碰到这位当年的同学，虽然我对他十分客气和热情，但他却显得十分拘谨，没有了当年那种干部子弟居高临下的气派。我不由感慨万千，中国真是个官本位无处不在的国家，一个人一旦当了官，在别人面前无形中就会有一种心理优势，而且官越大，这种心理优势也就会越大。

中学的劳动课也是很苦的。那时，提倡教育为无产阶级政治服务，与生产劳动相结合。所以，我们学校建了一个农场，地点在县城北面一个叫樟灵岗的丘岭上，我们每星期有半天要去农场参加劳动。有时从学校的厕所挑大粪去为芝麻、花生等经济作物施肥，有时为农作物除草。尽管累得腰酸背痛，但我从来没有叫过一声苦。

也许有人会说，一碗肉丝炒粉哪能对我产生那么大的力量？其实，有时就是这样，一件非常细小的事情往往会对一个人产生终身的影响。因为这碗肉丝炒粉会使我经常想到父母所受的苦，会想到生活的不易，会想到学习的来之不易。所以，即使学校的生活再艰辛，我也能战胜一切困苦，闯过一切难关，朝着心中的目标不断努力前行。

2021 年 7 月

如今的水库已经变成了一个旅游休闲的景点。人类的智慧就是这样无穷无尽，原本仅仅以灌溉和发电为主的水库，又赋予了其新的内涵和新的功能，为人民过上幸福美好生活增添了新的色彩。

冬修水库

在农村，最苦的农活就是盛夏"双抢"和冬修水库。

对于"双抢"，在学校放暑假时，我因或多或少参与而有体会。但冬天修水库，我却是第一次参加。

我国是一个农业大国和人口大国，尤其是农村人口多，吃饭问题始终是个大问题。因此，我们党十分重视农田水利建设。毛主席早就指出：水利是农业的命脉。从新中国成立初期开始，全国农村每年都要开展大规模的兴修水利活动。因南方一般在冬季进行，所以被称为"冬修"。这项水利基础建设，为促进粮食生产、保障农业丰收，发挥了十分重要的作用。

1968年冬天，是我回乡当农民的第一个冬天。公社决定在一个名叫洞下的地方新建一座水库，要求各个大队派出青壮劳动力参加。我们珠珞大队参加的人员共有一百多人，我是当然人选。新修水库之地离我们村有十几里路，所以我们只得住到水库工地附近的七房村。这是一个十几户人家的小村庄，到水库工地只有二里路。我们以生产队为单位，分别住在每户人家里堂屋的地上，先铺上一层稻草，然后每人把自己带来的被子铺上去，就算是床了。每个生产队有两人负责做饭买菜，炉灶就临时搭在屋子旁边的杂物棚里。

开工的那天清晨，东方刚刚露出一点鱼肚白，生产队长急促的喊叫声把我们从睡梦中惊醒，大家就赶紧爬起来，扛着工具来到水库工地。这是一条长约2公里的山坳，水库坝址选在两山之间距离最窄的地方，并在坝址的两边和中间各竖有一排用绳子连接的竹竿作为标识。大概是为了营造气氛，工地上红旗招展，广播声声，山脚两边插着"战天斗地创大业，敢教日月换新天""愚公移山改造山河"等大幅标语。几乎是在同一时间，各大队的劳动力从四面八方涌来，汇成了一支浩浩荡荡的施工大军。大家在坝址以内划定的各自地段上，锄土的锄土，铲土的铲土，装土的装土，挑土的挑土，推土的推土，场面十分热烈而又壮观。我不由得有些兴奋，劲头也来了，先是自告奋勇挑土到堤上，头两天还不觉得很累很苦。到了三天以后，两个肩膀渐渐火辣辣的，扁担放上去就像针刺一样痛，双脚也像灌铅一样，每迈一步都沉沉的。生产队长看我受不了，就让我换着铲土。谁知也差不多，开始时还能坚持，到后来手上全磨起了水泡，血糊糊的一片。生产队长让我再换成用独轮车推土，因有肩带套住两个车把，双手只要抓住车的把手把车子往前推，这样肩膀和手就没有那么痛了，但推了几天下来，脚掌又磨破了，动脚就痛，走路都一拐一拐的。最后，生产队长对我说，你放慢一些，这几样事你看着做，不要勉强。这样，我就根据"痛"的程度，几项活轮着干，肩膀疼痛好些时，我就挑土；手掌疼痛好些时，我就锄土铲土；脚底疼痛好些时，我就推土。也许是反复磨炼的结果，过了一些时日，肩膀不痛了，手上和脚上的水泡也消了，而且结了一层薄薄的茧皮。

然而，旧的伤疤好了，新的痛苦又来了。由于天气不断变冷，整天在工地被北风吹着,不仅脸上和耳朵生了冻疮,而且两只手也冻裂开了一条条口子,痛得厉害。于是我请人在公社商店买了两盒"百雀羚"霜膏,但没搽几天就用完了。因囊中羞涩,没钱再买,只好向房东要了几根破布条扎着止痛。更为难受的是,因为人多而热水少,要隔六七天才能轮到用热水洗脚洗澡,所以,每天拖着疲惫的身子从工地回来后,一吃完晚饭便往被窝里倒头睡觉。有天深夜,我的脚上突然有些疼痛,开始我以为是不是碰破了,但迷迷糊糊中觉得有什么东西在脚上乱动。我睁开眼睛抬头看了看,黑暗中,隐隐发现一只大老鼠在咬我的脚指头,还好只把袜子咬了一个洞,在咬皮肤时,把我痛醒了。我猛地把脚一蹬,连忙坐起来,那只老鼠随即往门边一窜,眨眼不知去向了。我苦笑了一下,白天穿着一双解放鞋,长时间不洗脚,发出的一股刺鼻酱油味,不惹老鼠来吃才怪呢。这时我想起小时候,母亲晚上把个鼠夹放在厨房里,老鼠来找食物时就将它夹住,接着放在灶火里煨熟,第二天早上拿出来剥掉皮挖掉内脏,然后给我吃,那味道真是鲜美极了。可惜我现在没有办法把这只老鼠抓住,否则就可美餐一顿了。

　　冬修水库,最怕的是寒潮来袭。有一天我们收工时,天气还是好好的,不料半夜刮起了大风,清晨还下起了小雨。风裹着雨,雨夹着风,空气中浸透着一片凛冽的寒意。由于天气太冷,加上劳累,大家都不愿意起床。在生产队长三番五次的大声催促下,才揉揉蒙眬的睡眼,不得不从被窝里爬起来,穿着雨衣向工地走去。不一会儿,各个大队的社员相继到达,各种颜色的塑料雨衣把整个工地装扮成了一个彩色的世界。由于人多踩踏,到处泥泞不堪。我穿着一件绿色雨衣,顶着风,冒着雨,把一车土往大堤上推去。这时,堤坝已经建到一半高了,加之路上全是烂泥,脚下不断打滑,每向前推一步都十分吃力。在推到堤坡中间时,车子陷进泥泞里,无论我怎么拼命用力都推不出来,最后筋疲力尽,连人带车翻到了一边。后面的人见了,连忙过来把我和车子扶起来,并帮着我把车拉到堤上面。我把土倒下后,长长地透了一口气,不料里面汗湿的衣服被风一吹,顿时后背像冰水浇了似的,冷得刺骨,脸上也被呼啸的北风刮得像刀子一样痛,简直难受极了。为了抵御寒冷,我只好推着车子歪歪扭扭地半跑着返回。

　　快近中午,淅淅沥沥的小雨变成了纷纷扬扬的雪花,水库工地和两边山上顿时银装素裹,一片雪白,在工地上奋战的人们也变成了一个个雪人。此刻,大家多么期望早点收工,早点休息,以躲开这冰冷的风雪,缓解连续的紧张和劳累。但就在这时,喇叭里响起了播音员高亢的声音:"风雪再大,也没有青年突击队的干劲大;天气再冷,也没有青年突击队的热情高,让我们以他们为榜样,坚决打好洞下水库攻坚战!"随着广播声,大家不约而同望去,在茫茫风雪里,只见二十多个年轻人,每人挑着四个土箕的泥土,向着大堤奔跑。其中有一个不小心摔倒了,但他马上又爬起来,挑起担子继续往前冲。他们就这样不断来回地战斗着,使风雪笼罩的工地顿时充满了热腾腾的气氛。当时,我只觉得这些人身体好干劲足斗志昂,后来读了法国著名存在主义作家阿而贝·加缪写的《西西弗的神话》,才从精神层面对此有了一些认识。这个神话讲的是有个叫西西弗的人,不停地把一块巨石推向山顶,而石头由于自身的重量又滚下山去,西西弗又走下山去,重新把巨石推向山顶。巨石再滚下山,西西弗再把巨石向山顶推去。对这种循环往复的劳动,西西弗并不感到痛苦,而是觉得很快乐。因为他认为推动巨石就是他的工作,就是他的一切,甚至可以超越自己的生命,他比他推的巨石更坚强。可见,精神的力量是无穷的。青年突击队在修建水库时的顽强拼搏,大概就是来自类似这种精神力量的支撑。

　　修水库是一项高强度的劳动,最怕吃不饱。而由于粮食紧张,每人每餐的定量只有五两米饭,加上菜都是青菜和萝卜,所以通常只能吃个半饱。尤其是在这样风雪严寒的天气，热量消耗更大，肚子也饿得特快，所以都巴不得早点吃饭。大约一点钟，负责炊事的两个社员把饭菜挑到工地，大家立即放下工具，拿起碗筷，围着两个临时炊事员。他们一个用木勺给大家添饭，一个用铁瓢给大家添菜。尽管饭菜是冷的，大家也毫不在乎，埋着头吃。我更像饿狼似的，三下两下就把饭菜扒进肚里了。如果可以放开来吃，我肯定要连吃三大碗。说实话，这么重体力的劳动，要到天黑才收工，吃这么一点饭是远远不够的。

就这样，起床、施工、睡觉，再起床、再施工、再睡觉，我和乡亲们每天做着这反复来回的直线机械运动，体力超过极限，脑力完全闲置。水库完工回家时，我几乎瘦成了一个黑人，连熟人都差点认不出来了。

可以说，这是我一生中参加的最为艰苦的一次劳动。

随着时间的推移，特别是我到外地工作后，这段冬修水库的经历也退到了记忆的深处，以至渐渐模糊了，淡忘了。可能是人年纪大了容易怀旧吧，前些年，我突然想到要去洞下水库看看。大大出乎我的意料，如今的水库竟变成了一个旅游休闲的景点。波光粼粼的岸边山上，一条蜿蜒的石板小道串起几栋颇具特色的房屋，可以居住，可以吃饭，可以散步，可以垂钓，真个是休闲怡性的好去处。我一阵感动，甚至有些自豪，为自己参与修建的水库的这种崭新变化而感动，而自豪。其实，放开来看，不仅仅是洞下水库，全省和全国各地修建的许多水库不都是这样吗？新安江水库变成了著名的"千岛湖景区"，柘林水库变成了"庐山西海景区"，江口水库变成了"仙女湖景区"。人类的智慧就是这样无穷无尽，原本仅仅以灌溉和发电为主的水库，如今又赋予了其新的内涵和新的功能，为人民过上幸福美好生活增添了新的色彩。

2021 年 9 月

> 文字写作没有什么诀窍和捷径，只要多练多写，坚持不懈，水平就会慢慢提高，到一定时候，甚至有一个质的飞跃。

初学"爬格子"

1971年上半年，我从新民公社毛泽东思想文艺宣传队调到公社党委办公室工作。

由于当时的干部文化程度普遍偏低，有些干部根本没有上过学，是在参加工作后开始学习文化的。所以，写材料的人非常缺乏，十分需要这方面的干部。因我在宣传队经常搞点文艺创作，写了一些歌词、对口词、朗诵诗、三句半之类的东西。虽然这些文字水平很低，但给人留下"笔杆子"的印象，因而引起了公社领导的关注，把我调到办公室。

从此，我成了一名"社办干部"。虽然不吃商品粮、不拿国家工资、不属于正式国家干部，但编制、口粮、工资都纳入公社户头，我也属于公社干部的一员。特别是每月有33元的工资，这在那个时代是一件令人羡慕的事情。对此，我十分感激，也十分珍惜。

记得到办公室的第一天，分管办公室的公社党委委员李孔锐找我谈了一次话，先是鼓励了我一番，接着明确了我的职责和任务，主要是起草公社日常文稿、撰写有关材料和为公社广播站写作稿件。我认真听着，并一一记在小笔记本上。

就这样，我正式开始了机关文字写作生涯，也就是人们戏称的"爬格子"。

起初，主要是写些通知、函件，还有简单的工作安排、工作汇报和工作总结之类，我都能够顺利完成。要求稍高一点的是写领导讲话稿，但那时公社每次开会，领导都是即席讲话，根本不用起草稿子，只要会后根据记录整理就行。也许是过于自信，我总觉得写材料不是一件很难的事。这年秋天，因为全社粮食增产，公社党委布置我写一个"狠抓革命促生产，夺取农业大丰收"的经验材料。我满以为凭自己的文字能力，写好这个材料没有问题，而且这是个展示自己文字水平的好机会。于是，我找来了有关材料，翻阅了当时的报纸，结合平时掌握到的情况，认真梳理了一番，就动手写了起来。为了把材料写得生动，我挖空心思，采取文艺创作的手法，用了许多形容词，对社员们战天斗地夺丰收的情景，进行了大量生动的描述。可以说，凡是我认为"高昂、有力、优美、精彩"的词句都用上了。稿子一写好，我就交了上去，心想领导看了一定会非常满意，一定会竖起大拇指对我表扬一番。就在我扬扬得意之时，公社书记万垂福拿着稿子找我来了，对我直截了当地说：你这经验材料写得天花乱坠，像文艺作品一样，拿回去重新写吧。

原本想"露一手"，没想到却"露了马脚"，我从头到脚像被浇了一盆冷水。

看来这经验材料要写好，还真不容易，非得下番苦功夫不可。

当时，县里有一批干部下放在新民公社，其中有两位是有名的"笔杆子"。一位名叫胡奕炎，原是县政府干部，笔头过硬文章好，下放后在公社"五七"大军办公室工作，负责下放干部和上山下乡知识青年的日常联系和管理。一位名叫王伟峰，原为县委办公室副主任，不仅写得一手好材料，而且还会创作剧本。"文化大革命"初期，他因为县采茶剧团写了几个小戏剧而遭到批判。

他很不服气，写信向毛主席告状。但不知怎么鬼使神差，他将信封上敬祝毛主席万寿无疆中的"万"字错写成"无"字。信寄出后被有关部门退回，结果他被打成现行反革命，戴高帽子游街示众。后来经甄别为笔误而平反，下放到新民公社工作。这两位文字内行，平时对我就很关心，对我的写作也常常给予鼓励。这次材料没写好，我首先怀着内疚的心情向他们表示歉意，同时虚心地向他们请教。

为了帮助我写好材料，两位老师指导我如何围绕主题确定所写的主要内容，并找了好多份先进经验材料给我参考，同我一起讨论和列出了写作提纲。材料共由三个部分组成：一是树立信心，确定粮食增产目标；二是提高粮食产量所采取的主要措施；三是几点体会。在讨论中，王伟峰觉得有些方面的情况不够充实特别是缺乏有说服力的例子，还同我一道骑着自行车到白田、乌溪、罗丰等大队召开座谈会，请大家谈事例、谈经验、谈体会。真没想到，这次收集到的材料还不少，例子也有好多个，其中有三个例子最为典型。第一个是，有个生产队因不愿意推广矮秆良种，偷偷在一部分田里栽种了高秆水稻。此事被大队书记知道后，立即责令他们用辘辘把高秆水稻滚平，重又栽上了矮秆水稻。第二个例子是，为了保证矮秆良种密植化，秧苗栽插前必须用木制划格器划好格子，然后按照格子栽插。有个木匠认为秧距过密，悄悄放大了划格器的尺寸。不知怎么这件事被发现了，马上以"破坏粮食生产"的罪名对他进行了批斗。第三个例子是，有个社员为消灭水稻病虫害，连续多天在田里喷洒农药。有一天因农药中毒，引起剧烈头痛，晕倒在田里，幸好发现及时被抢救过来。这些正反两方面的例子，无疑为我写作材料提供了新的具体的素材。大概是担心我的写作技巧不行，尔后，王伟峰又再三对我说，写材料一定要主题突出，材料翔实，结构合理，逻辑严密，观点准确，表达清晰。我写出初稿后，他们又详细地提出意见，我又认真地进行修改。就这样，在他们手把手地指导下，我前后一共改了六稿，最后拿出来的稿子总算像个样子。我把这篇经验材料交给万书记，得到了他的肯定，并上报到了县里。现在看来，这篇材料因为贯穿了阶级斗争和"左"的错误观点，应该予以否定。但毕竟通过这一次实践，使我慢慢摸到了一些门道，之后写出来的典型经验材料也稍稍像个样子。

为公社广播站撰写稿件，相对轻松多了。播音员是一位叫张莺霞的上海下放女知识青年，温文尔雅，内外兼秀，不仅有个好嗓子，而且写得一手好字，也是"社办"编制。每天早、中、晚三个时段，随着《东方红》乐曲的响起，她就开始播音。先是转播中央人民广播电台新闻节目，接着播发本地新闻，然后播放革命歌曲或革命样板戏选段。我几乎每天都要写一篇小稿子，或小报道，或小通讯，或小故事，或小评论，交给公社广播站播出，同时也向上级新闻单位投稿。由于写通讯报道有了点小名气，我又做了县革命委员会报道组的"土记者"。县里经常组织我们到各公社、场、镇和各部门采访，写了不少通讯报道，在省、地、县的报纸和广播中刊播。不过，那时候的稿件不管是谁写的都不署名，一律冠以"县报道组"的名称。

这个时期，是我文字写作的起步时期，培养了我对文字工作的兴趣，为我以后从事机关文字工作打下了一定的基础。同时也使我体会到，文字写作没有什么诀窍和捷径，只要多练多写，坚持不懈，水平就会慢慢提高，到一定时候，甚至有一个质的飞跃。

2021 年 9 月

> 做什么事都要讲究科学,不能违背大自然的规律去盲目乱干,否则必然会受到大自然的惩罚。

试种"三季稻"

入党不久,我被派到公社农科所担任党支部书记。

农科所位于公社所在地向家坪的西面,相距大约1公里。有30多亩稻田,主要从事农业科技的推广和农作物的培育示范工作。由于刚成立不久,各项工作还没有走上正轨。人员也都是新调来的,有一名农业技术人员,有两名在县农科所短期培训过的人员,其余都是上海下放知识青年和当地农民。

这次到农科所任职,是公社党委对我的培养。"文化大革命"前,国家干部队伍主要来源于历届大专院校毕业生。只要考上了大学,就可以由国家统一分配,当一名机关干部或教师,或者是进入企事业单位工作,正如人们所说的"高考改变命运"。但从"文化大革命"开始后所有大专院校都停止了招生,因而党政干部只能从表现好的基层干部、工农兵和知识青年中选拔。我们公社已有几个优秀的大队干部和知识青年转为了国家正式干部。其中有个上海下放女知识青年,还直接转正提拔为宜春地区团地委副书记。此前不久,公社副书记刘新榆对我说:你政治立场坚定,工作认真负责,有一定的思想水平和写作能力,经公社党委研究,决定把你列入"转正"名单,上报县委审批。我听后，简直不敢相信自己的耳朵，足足愣了几分钟，直到从刘书记手里接过"转正"的表格要我填写，才确信这是真的。然而，表格交上去以后，好久没有消息。后来县里回话了，说我没有在实际岗位上经受锻炼，这方面不符合条件，所以转为国家正式干部没有被批准。尽管这样，我还是感谢组织对我的关心、重视和信任，并表示一定接受组织的考验，一如既往地把工作做好。

这次公社党委派我到农科所任职，就是为了弥补这一课。

公社农科所同生产大队是同级，所党支部书记是同大队书记一样小得不能再小的干部。但自己毕竟是第一次在一个单位当领导，心里有一种别样的感觉，甚至还有几分扬扬得意。我暗暗下定决心，一定要以革命加拼命、苦干加巧干的精神，干出一点成绩来，使农科所的工作有一个良好的开局。

为了有效地发挥农科所的服务功能，把工作做在实处，我组织全所人员开展了一次讨论。大家认为，从全公社范围来看，要使农业生产特别是粮食生产不断得到发展，要着力解决三个方面的制约因素：一是高标准农田不多，所里应在建设"示范田"方面起带头作用；二是这两年种植水稻矮秆良种"珍珠矮"，有效地增加了粮食产量，所里要积极协助公社继续抓好水稻矮秆良种的种植和推广；三是水稻病虫害有高发趋势，特别是稻飞虱和二化螟、三化螟对水稻的生长危害极大，应指导全公社各生产大队做好有关病虫害的防治工作。因为全所人员都是年轻人，都有一种昂扬向上的革命精神，目标一明确，大家就风风火火地干起来了。

其实，还有一个问题在我脑中盘旋良久。这就是为了彻底解决粮食问题，省、地、县都在强调水稻亩产跨纲要，即长江以南水稻亩产超过800斤，因而大家都形象地把这叫作"过长江"。实现这个目标，在杂交水稻普及的今天，已经变得非常容易，但在当时却十分困难。为此，公社党委要求广大干部群众发扬当年人民解放军渡江作战的精神，千方百计打赢这一仗。然而，尽管采取了不少措施、想了不少办法，水稻亩产也就刚刚突破700斤，离"过长江"还有一段差距。我想，作为公社农科所，能不能在提高水稻亩产上出点奇招呢？如能有所突破，那对全公社的水稻亩产跨纲要、"过长江"就是一个很大的贡献，自己的工作也可以一炮打响。于是，我找到技术员等几个人进行商量，能不能向海南岛学习，在现有的双季稻上再增加一季，改种三季稻。他们的态度非常鲜明，说根本不可能成功。我说事在人为，你们没有试过，怎么就能说不行？在我的坚持下，所里拿出五分水田，开始了三季稻的试验。第一季采用塑料薄膜遮盖保温，提早一个月育秧，4月上旬栽插。第二季和第三季都顺着时间提前一个月。前两季水稻都收获不错，我心里喜滋滋的。第三季秧苗栽插后，长势也很好，我更是信心满满。那些天，我几乎每天都要到田头看几次。当看到有的稻禾开始扬花抽穗，我想肯定有希望了。但一连多少天过去了，这些稻禾就是不结谷，少数结了谷的，也都是瘪谷。当然大多数稻禾都没有扬花抽穗，还是原来的老样子，最后田里所有的稻禾都慢慢枯黄了。事后总结原因，是我们这里秋季的阳光和温度不够，不利于水稻的正常生长、发育和结实。

试种"三季稻"就这样以失败而告终。

本来想旗开得胜、马到成功，没想到却事与愿违，一上阵就摔了一个大跟头。这件事让我认识到，做什么事都要讲究科学，不能违背大自然的规律去盲目乱干，否则必然会受到大自然的惩罚。

农科所的实践，从科学上给我上了既直观又深刻的人生第一课。

2021年9月

吃派饭的最大好处，就是可以利用吃饭的时间，同户主拉家常，直接了解他们的想法和要求，加深同他们的感情，密切同社员群众的联系。

吃派饭

在农科所干了一年，我于1973年初又重新回到公社办公室。

事前，公社书记万垂福对我说，你走后，办公室没有写材料的，所以让你回来。那时，每个公社干部，都要分头到每个大队蹲点，常年和群众同吃同住同劳动。我虽然是个不拿国家工资的编外干部，但工作是不分编内编外的。所以，万书记特意要我在农忙时抽一段时间下去蹲点，一方面替他发现有关情况和问题，一方面可以使我直接掌握写作的"第一手"素材。大约三月中旬春耕开始时，我下到了乌溪大队后屋生产队。蹲点期间，白天一起和社员参加插秧等生产劳动，或是对春耕生产的进度和薄弱环节进行检查和督促，晚上则参加社员的评工记分，商量第二天的生产安排，必要时也组织全体社员学习时事政治，总结春耕情况，肯定和表扬好的，批评和纠正差的。每隔几天，我会把所做的事情和了解到的情况及时向万书记汇报，然后再根据他的要求抓好落实。

后屋村是一个生产队，二十多户人家都姓陈。我住在生产队长的家中，他家一共三口人，夫妇俩和一个儿子。他们对我非常热情，专门腾出一个房间，用长凳和木板搭好床铺并挂上蚊帐，我只要带上被子到里面住就行。吃饭则是每家每户轮着吃，除了"五保户"和地主、富农、坏分子等家庭外，家家都要安排。每天到哪家吃饭，由生产队长头天通知，俗称"吃派饭"。

按照统一规定，不管到哪家吃饭，我每天交一斤二两粮票和三角钱。

当时农村普遍都很贫穷，农民生活十分困难，只能勉强维持温饱。但即使这样，我到社员家里吃饭，他们都很欢迎，都感到是一种荣幸，是对他们的一种信任。因为在那个"左"的年代里，上面的干部能到他们家吃饭，至少说明他们家在政治上是可靠的。对个别表现不好的家庭，生产队长有时不安排干部去吃饭，这户人家不仅会感到很没有面子，而且会诚惶诚恐，生怕哪天会作为阶级斗争的"活靶子"被批斗，搞得抬不起头来。

无论是到哪家吃派饭，每家都会想尽办法，拿出家里最好的东西做给我吃。农村那时是很难见到荤腥的，只有过年时腌制剩下的少许腊肉和咸鱼，平时藏着，舍不得吃，留着招待客人。但只要轮上我来吃饭，他们都会毫不犹豫地把这些好菜端上桌子。那时一家可养几只鸡，有的特意把鸡生的蛋留下来，等我到他家吃饭时，或蒸或炒，做给我吃。看到这种情况，我十分感动，但又非常难受。对饭桌上的这些"美食佳肴"，我几乎不动筷子，就是动筷子，也是象征性地做个样子。说实话，不是我不想吃，而是不忍心吃。比起他们来，我的生活要好一些。虽然每天吃公社食堂，伙食也很一般，但还是隔三差五能吃到少量的炒肉片和红烧鱼之类，特别是公社每次开大会结束的时候都会"加餐"，大家在一起大块吃肉、大口喝酒，狠狠地饱餐一顿，打一番牙祭。说实话，在中国，最苦最穷的还是生活在最底层的农民群众。

有一次，我到一户社员家吃饭，户主三十多岁，夫妇俩生了四个孩子。妇人做了四个菜，其中有一个是干辣椒炒腊肉，也是唯一的一个荤菜。我刚上桌端起饭碗，四个小孩也跟着爬上桌，三下两下把菜碗里的腊肉全部抢吃掉了。主人上桌发现后，气得直瞪眼，对四个小孩喝斥了一番，并给了每人一巴掌，小孩们哭着下了桌。我心里却很不是滋味，如果平时有好吃的，他们也不至于这样。于是我对主人说，小孩吃了就等于我吃了，这不还有其他菜吗？只要有吃就行。主人尴尬地笑了笑说："我家小孩不懂事，你千万不要怪罪。"可能是吸取了教训，此后轮到我在他家吃饭时，小孩都到外面玩去了，等我吃完了他们才回来。

由于卫生条件落后，农村的脏乱差现象非常严重，普遍存在不讲卫生的习惯。村子里到处都是猪粪、牛粪，下雨天污水遍地流，有的地方简直没办法下脚。夏天洗澡可以在小溪里，春天就不行了，只能在家里烧盆热水，倒在木盆里，人坐在里面用水擦洗身子。吃也不讲卫生，有些食物用手揩揩就吃，也不用水洗干净。由于环境太脏，苍蝇蚊子特别多，有时一抓一大把。有次到一户贫农家吃饭，他非常客气，也不知他从哪里捉到了一条大鲇鱼，叫老婆烧好装在一个旧瓷盘子里，放在一张旧的四方饭桌上。那天中午我有事晚到了一会儿，他就添好了饭坐在桌子边等我。我一进屋，他热情地招呼我坐下，把饭端给我。我拿起筷子准备吃时，只见那个装着鱼的盘子上爬满了密密麻麻的苍蝇。主人用手在菜碗上挥了挥，苍蝇顿时飞了起来，黑压压的一片。他用筷子将鱼划成两半，接着把沾了鱼汤的筷子往嘴里吸了几下，然后把鱼的一半夹到我碗里，并说：没什么菜，还好昨天捉到了一条大鱼，赶紧吃。因为那时卫生意识比较弱，根本没考虑那么多苍蝇爬过的东西会不会有很多细菌，吃了会不会生病，我竟吃得津津有味。谁知到了半下午，肚子开始胀痛，然后大泻不止。还好当时年纪轻身体好，也没吃药，到晚上就慢慢止住了。

有一户家庭，因为户主长期生病而缺乏强壮劳动力，加上有两个小孩，因而生活极为贫困，常常被人冷落瞧不起。到他家吃派饭，对他来说是个很大的负担。我第一次去他家吃饭时,桌上就放着一碗青菜、一碗咸菜,外加一碟霉豆腐。主人感到有些不好意思,而我却笑着吃了起来,边吃边和他拉家常。从他口中得知,为了我吃这餐饭,因家里实在拿不出什么菜,头天晚上他硬着头皮到哥哥家里想借个鸡蛋,但被他的嫂子毫不客气地拒绝了。我听后虽然对他哥哥家这种不近亲情的做法感到不是滋味,但又不便表示什么,只是对主人劝慰几句,尽量说些鼓励他的话,让他感到干部是把他放在心上的,没有对他另眼相看,走时还特意多给了他一点钱和粮票。

吃派饭的最大好处,就是可以利用吃饭的时间,同户主拉家常,直接了解他们的想法、要求,还可以向他们征求对搞好生产的意见。有次在一户年纪较大的人家里吃饭时,在谈到如何提高低产田的粮食产量时,主人说不能仅仅靠施肥,在春耕时适量撒些石灰,这样可以防止土壤板结,有利于禾苗生长。我同生产队长商量,采纳了这个建议,事后证明效果很好。还有一次,我去一户青年人家里吃饭,刚走到门口,听到夫妇俩为没钱买儿子读书用具的事在吵嘴。我马上转身跑到商店花了两毛钱买了铅笔、笔记本,送给了他们的儿子,夫妇俩转怒为喜,马上和好了,并连声对我表示感谢。自此以后,夫妇俩经常要我去他们家吃饭。可见,吃派饭可以加深同社员们的感情,密切同群众的联系,应该说一举多得。

也有的时候,吃不上"派饭"。有一天,到了吃早饭的时间,但不见有人来叫我吃饭。我开始认为是人家饭还没做好,就耐着性子等。但等来等去,出工的钟声响了,社员们都去干活了。我一想不对,估计是生产队长忘了通知我到谁家吃派饭。我准备去问他,而他一大早就到县城买东西去了。看来今天的派饭是吃不成了,我只好到设在大队部的供销社商店买了三块桃酥饼,当作早饭吃了。然后骑着自行车回公社,把一些文件整理了一番,晚饭后又回到生产队。当我告诉生产队长忘了给我派饭时,他拍了拍脑袋说:"我怎么这样糊涂，搞得你吃不上饭饿肚子。"我笑了笑说："没关系，人总有忘事的时候。"此后，直到我蹲点结束，就再也没有发生这样的事了。

  大学毕业后，我一直在城里工作。虽然每年都会经常下乡调查研究，但一般都在乡里的食堂用餐，有时也会到农村群众家里吃饭。由于生活水平的不断提高，群众家里的菜肴非常丰盛，然而不知为什么，我就是吃得没有过去那么可口，更没有了当年吃派饭的那种感觉。为什么会有这样的变化，我自己也说不清楚。但有一点可以肯定，就是对农村生活不习惯了，甚至有些厌弃了。这一方面可能是自己的生活城市化了，但根子却是自己对农民的感情淡漠了，对农村的生活疏离了。每每想到这里，我的心里就有些惭愧和不安。

2021 年 9 月

> 大学梦圆,既是以往岁月的继续,更是人生征途上新的开始。

大学梦圆

从上学的那天起,读大学就是我的梦想。

然而,在我回乡当农民的那一刻起,我就不敢再做大学之梦了。

这时,对于我来说,大学已如天上的星辰,遥遥而不可及。

不料,1973年,峰回路转,柳暗花明,露出了一线希望的曙光。

大约是6月初,有一天公社开完会,我出门时,正好同公社主管宣传文化教育的干事杨晓走在一起。杨晓中等个子,长着一对浓浓的眉毛和炯炯有神的眼睛,高中毕业后参军入伍,三年前从部队转业,分到新民公社工作。由于公道正派,办事干练,大家都很乐意和他打交道。

走了将近十来米远,杨晓把我拉到一旁,悄声对我说:"告诉你一个好消息。"

我惊疑了一下,问:"什么好消息?"

杨晓说:"上面来了文件,大学要开始招生了,主要是从有两年以上社会实践的工人、农民和解放军战士中招收,条件是具有初中以上文化程度、家庭出身好、本人表现优秀,采取'自愿报名,群众推荐,统一考试,组织批准,学校录取'的方式进行。"

我一听眼睛亮了，连忙问："我可以报名吗？"

杨晓说："当然可以。"

第二天，我就写了一份报名申请书交上去了。我想，从各方面的条件看，我有一定的优势，但有些方面比别人又有差距。不管结果如何，一切顺其自然。

半个月后，杨晓干事通知我：公社党委开会研究了，认为我符合条件，同意我的申请，并要我准备参加文化考试。我高兴极了，感谢组织给了我这样一个好机会。

由于一直没有放松学习，我的功课任务不是太重，语文应该问题不大，主要是数学，有些定理、公式之类淡忘了，必须重新温习。复习一般利用晚上时间，只是到了考试前一星期，才请假全天候地学习，一面向新民中学的老师请教，一面自己复习，做最后的冲刺。

文化考试是在7月中旬进行的，全县共有400多人参加。其中绝大部分是上山下乡知识青年和回乡知识青年，也有极少数是工矿企业的青年职工。考场设在我的母校安义中学。当我走进教室的那一刹那，仿佛不是上考场，而是奔赴一个特殊的战场。

这次考试虽然不叫高考，科目也只考语文和数学，但整个程序却同"文化大革命"前的高考一样。考场气氛森严，纪律严明，门口有公安人员守卫。我们这些考生凭着贴有本人照片的准考证入场，然后在两名监考老师的严厉目光下对号入座。尽管我反复告诫自己要保持平常心态，然而还是有些紧张，额头上不由得冒出细微的汗珠。上午考语文。打开试卷，出乎意料，没有语文基础题，只要求从两个题目中选择其中一个写一篇作文。我选了"从你亲身经历的一件事谈千万不要忘记阶级斗争"。因为平时写点文章，对阶级斗争理论比较熟悉，也经历过一些这方面的事例，所以我写起来比较顺手。此时，教室里安静得出奇，只听见笔尖发出的"沙沙"声和电风扇转动的"嗡嗡"声，特别是监考老师来回监视的身影，更使本来就十分严肃的考场又增加了一种威严。我把作文写好后，又从头到尾检查了一遍，觉得可以了，就提前半个小时交了卷。下午考数学。前面的题目比较容易，最后有一道勾股定理的题目算是比较难的。但因我以前自学过，考前又复习了，所以在做这道题时也没遇到多大的困难。走出考场时，我对自己的考试成绩做了一个大概的评估，总体上应该不错。事实上也是如此。我上大学的第一个寒假期间，去看望我的中学语文老师。他告诉我，我的语文考了85分，在全县考生中名列第二，总分也排在前列。

对于为什么要进行这次文化考试，我们这些考生当时并不知情，只是后来才得知,这是在一种特殊背景下采取的特殊措施。1970年,因"文化大革命"中断的大学招生开始恢复，但只需组织批准、不需文化考试就可入学。1973年初，邓小平正式复出并担任国务院副总理，主管教育科技等工作。针对在大学招生中这种严重忽视文化基础的问题，经邓小平点头同意，4月3日，国务院批准下发了《关于高等学校1973年招生工作的意见》，决定在大学招生中增加语文、数学、理化等科目的书面文化考试。这样，文化考试就成为本年各地大学招生中的一项重要内容。

文化考试结束后，接着是检查身体。医院开始说我脾脏肿大，身体可能不合格，我心里顿时凉了一大截，幸好在复查时排除了。考试和身体这两关通过了，并不等于就能被录取读大学了。据说这次大学招生，全国总共招收学员15.3万人。我县招收不到30人，同参加考试的人数相比，录取率约为十三分之一。根据个人表现和考试成绩，县里确定了一个录取的初步名单，我有幸是其中之一。杨晓干事得知后，马上把这个消息告诉了我，我当场兴奋得跳了起来。

然而，8月10日，《人民日报》在头版头条推出了"白卷英雄"张铁生，认为这次考试是旧的高考制度的复辟，是资产阶级教育路线的回潮，必须坚决纠正。这样，文化考试的成绩不再作为录取的重要依据。于是各地便对原定的录取名单进行了调整，有的人被拿掉了，有的人新补上了。还好我被保留在了录取的名单内，但由一所综合性大学工科专业改录为江西师范学院中文系。人生的命运就是这样阴差阳错。如果录取没有改变，我毕业后就不可能从政，也不可能有以后的发展和今天。

8月下旬，我正式接到录取通知书。当我打开信封时，激动的泪水"哗哗"往下流。上大学对我不再是梦了，吃国家粮对我不再是梦了，拿国家工资对我不再是梦了，当国家干部对我不再是梦了。从现在起，我彻底跳出"农门"了。不像今天，农村和城市的差别不是很大，有不少人甚至还向往农村的生活。但在改革开放前，由于城市和农村的户籍管理实行二元结构，城市户口和农村户口不仅不能相互流动，而且两者的待遇也有着天壤之别。城市居民和国家公职人员有的待遇，吃农业粮的没有；城市居民和国家公职人员有的保障，吃农业粮的没有。所以，对于城市居民和国家公职人员，吃农业粮的人除了羡慕，还是羡慕。谁一旦转为城市户口特别是当上工人和干部等国家公职人员，那立马就翻了大身，祖上十八代都感到非常荣耀。我虽然是"社办干部"，但吃的仍是农业粮。所以，这时我感到拿在手里的，仿佛不是一张普通的大学录取通知书，而是一张彻底改变人生命运的"通行证"。

我捧着沉甸甸的录取通知书，久久舍不得放下，心情也无法平静下来。我想我这次上大学，从公社到县里的有关领导和人员，没有吃过我一根烟，没有喝过我一杯酒，没有接受过我的任何礼品。我也没有找过任何"关系"和"门路"，请负责招生的有关领导和人员给予关照。我在心底里对他们充满了满满的敬意和感激，同时心里也感到很过意不去。为此，在离开公社上大学的前夕，我找到杨晓干事，想请他和有关人员吃顿饭，以表示感谢之情，但却被婉言拒绝了。我被他们这种清正廉洁、秉公办事的精神深深感动了。然而没有想到的是，次年1月18日，《人民日报》刊登了南京大学哲学系学员钟志民因"走后门"主动退学的消息。此后，社会上便出现了一种议论，说我们这些工农兵学员都是通过"走后门"上大学的。粉碎"四人帮"恢复高考以后，这种议论更是达到了高峰，甚至一直延续到现在。应该说，这种看法是有失公允的。事实证明，我们这些工农兵学员绝大多数都是从正道跨进大学之门的，即使是出现了"走后门"的现象，那也是个别的、极少数的。那种"一根竹篙打倒一船人"，把个别当整体，把支流当主流的说法，绝不是实事求是的态度，也不符合历史唯物主义精神。

　　人们常说，凡属过往，皆为序章。我深知，大学梦圆，既是以往岁月的继续，更是人生征途上新的开始，以后的路还很长很长。

2021年10月

后　记

我的这本散文集，今天与广大读者见面了。

本集收录的散文作品，共分为五个部分。其中绝大部分作品都先后在《人民日报》《求是》《光明日报》《人民文学》《江西日报》《百花洲》《星火》等报纸杂志发表，其中多篇被收录《百年沧桑》、《百年红色散文选》、全国年度散文精选等权威选本。有些还进入中学课外读本和模拟试卷。只有少数几篇没有公开发表，是首次与读者见面。

散文创作作为一项高脑力劳动，需要付出更多的时间，包括闲暇时间。我创作的散文数量不是很多，但花的功夫却不少。俗话说，一寸光阴一寸金，寸金难买寸光阴。我的散文，有不少是在闲暇和业余时间写作的。我有一个习惯，就是无论什么时候，都细心积累创作素材，每每有触动自己心灵的人和事，随即拿起笔来进行创作。在西藏督导党的群众路线教育实践活动期间，我将自己的所看所行、所思所想，一一记录下来，利用工作之余，撰写了反映西藏的系列散文。在国外访问考察时，我利用晚上和在机场候机的时间，整理笔记，梳理心得，写了几十篇国外散记。特别是有时为了写好一篇散文，可以说是绞尽脑汁，搜尽枯肠，把好些闲暇时间都用上。从某种程度来说，我的散文都是苦出来的。

在当前的文学领域，散文园地可谓千姿百态。无论是作者人数，还是创作数量，都是其他文学不可比拟的。特别是在散文的体例和写法方面，许多作者刻意求新求变求异，实现了大胆的突破。在散文创作的这股变革潮流面前，我作为一个散文作者，极力想在创作手法上进行创新，以使自己的散文写得有些新意。但因为水平有限，所写散文存在诸多不足，希望大家提出批评和意见。

本散文集的出版，得到了有关方面和同仁的大力支持和关心。著名作家和评论家古耜给予了悉心指导，江西人民出版社从选题、内容、出版等环节进行了全过程把关，特别是江西出版传媒集团总经理助理、江西人民出版社总经理（社长）张德意精心安排出版事宜，并提出了许多很好的意见和建议。江西人民出版社总编辑梁菁对书稿非常重视，并进行了认真修改。责任编辑徐旻对全书的版面编排、文字修订和装帧设计付出了大量心血。冷青在书稿的打印和收集等方面做了不少工作。在此，一并表示衷心的感谢。

图书在版编目（CIP）数据

难以攀登的美 / 刘上洋著 . -- 南昌：江西人民出版社，2023.9（2024.1 重印）

ISBN 978-7-210-14748-0

Ⅰ．①难… Ⅱ．①刘… Ⅲ．①散文集－中国－当代 Ⅳ．① I267

中国国家版本馆 CIP 数据核字（2023）第 119064 号

难以攀登的美
NANYI PANDENG DE MEI

刘上洋 著

责 任 编 辑：徐　旻
装 帧 设 计：马范如

江西人民出版社 出版发行
Jiangxi People's Publishing House
全国百佳出版社

地　　　　址：	江西省南昌市三经路 47 号附 1 号（330006）
网　　　　址：	www.jxpph.com
电 子 信 箱：	jxpph@tom.com
编辑部电话：	0791-88629871
发行部电话：	0791-86898815
承　印　厂：	江西千叶彩印有限公司
经　　　　销：	各地新华书店

开　　本：720 毫米 × 1000 毫米　1/16
印　　张：22
字　　数：300 千字
版　　次：2023 年 9 月第 1 版
印　　次：2024 年 1 月第 3 次印刷
书　　号：ISBN 978-7-210-14748-0
定　　价：66.00 元
赣版权登字 –01-2023-308

版权所有　侵权必究
赣人版图书凡属印刷、装订错误，请随时与江西人民出版社联系调换。
服务电话：0791-86898820